外贸女经理

夏龙河 著

山西出版传媒集团
北岳文艺出版社
BEIYUE LITERATURE & ART PUBLISHING HOUSE
·太原·

图书在版编目（CIP）数据

外贸女经理 / 夏龙河著. -- 太原 : 北岳文艺出版社, 2025. 2. -- ISBN 978-7-5378-6970-6

Ⅰ. I247.5

中国国家版本馆CIP数据核字第2024QL2752号

外贸女经理　夏龙河 / 著
Waimao Nü Jingli

出 品 人：郭文礼	出版发行：山西出版传媒集团·北岳文艺出版社
总 策 划：汪恒江	地址：山西省太原市并州南路57号
策划编辑：董江波	邮编：030012
责任编辑：董江波	电话：0351-5628696（发行部） 0351-5628688（总编室）
助理编辑：宿文韬	传真：0351-5628680
复　　审：张　丽	印刷装订：山西万佳印业有限公司
终　　审：刘文飞	
宣传运营：刘思华	开本：720 mm × 1020 mm　1/16
董江波	字数：271千
印装监制：郭　勇	印张：19.25
装帧设计：装帧設計	版次：2025年2月第1版
	印次：2025年2月山西第1次印刷
	书号：ISBN 978-7-5378-6970-6
	定价：68.00元

本书版权为本社独家所有，未经本社同意不得转载、摘编或复制

目录

第一章　陈娜之死 …………………001

第二章　徘　徊 …………………035

第三章　下一站是不是幸福 …………076

第四章　幸福通道 …………………111

第五章　迷　茫 …………………134

第六章　大卫回来了 ………………166

第七章　路上的风景 ………………203

第八章　爱情只是个神话 ……………233

第九章　重新开始的爱情 ……………264

第一章 陈娜之死

1. 陈娜跳楼了

早上八点钟的时候,苏小菲走出家门。刚走到二楼,手机就响了。苏小菲很烦,一大早的,上班要挤公交车,匆匆忙忙的,谁这么早打电话啊?

她拿起电话想教育对方几句,没想到对方比她还急,直接喊上了:"苏小菲!你怎么不接电话啊,你怎么了?急死我了!"

对方的语气吓了她一跳,因为喊她的是李小小。李小小个子高高的,身材瘦瘦的,恰似一根大豆芽,平时说话跟快断气的蚊子似的,不仔细听你都听不见。她能发出如此猛烈的吼声,真让苏小菲不知道今夕是何夕。

苏小菲说:"小小,大清早的你干吗啊!死人了怎的?真是的!"

李小小声音变了,变得厚重悲凉:"姐姐,真的死人了。陈娜死了!"

苏小菲吓得停下了脚步:"你胡扯什么!陈娜好好的,昨天晚上我们还一起吃饭了呢!"

李小小说:"真的,姐。一个小时前,娜姐从十八楼跳了下来。我也是刚来,这儿围了很多人呢。"

十八楼?苏小菲都不相信自己的耳朵了。她说:"你胡编吧,哪儿来的十八楼?她不是住二楼吗?她家的别墅也才三层楼,哪里来的十八楼?"

李小小说:"她不是从自己家那儿跳下来的,她是从碧海大酒店跳下来的。"

苏小菲还是不肯信:"她今天还约我去逛街呢。"

李小小说:"姐,我什么时候蒙过你?听说她是跟张刚吵架了。你快点来吧,我都不知道怎么办才好了,我觉得自己也要死了。"

苏小菲放下电话,还是不太相信。大清早的,一个大活人说死就死了,怎么说也是太突然了。陈娜跟她老公张刚关系比较紧张,可话又说回来,结婚十多年,谁不是这样啊。昨天是周日,苏小菲跟陈娜一起逛街,买了一大堆衣服,晚上两人一起去"渔人码头"吃了饭,临回家的时候,陈娜还说晚上找个帅哥陪陪,气死张刚。看起来很乐观的一个人,怎么说没就没了?还从十八楼跳下,真够狠的。

苏小菲靠着墙站了一会儿,想到十八层楼,心就跳得不行。好像她自己现在就在十八楼的阳台上悬着,打着秋千。不行,得赶紧找个人,她觉得自己受不了这么沉重的消息的重击,她需要把这个消息转出去,让别人帮自己分担些。

她拨通了高峰的电话。除了陈娜的父亲,高峰应该是最挂念陈娜的男人了。

高峰显然还没起床。过了好长时间他才接了苏小菲的电话,问她什么事儿。

苏小菲在心里把措辞推翻了好几遍,感觉以任何形式说出这个消息意义都一样,就不管了,干脆一闭眼,喊道:"高峰,别睡了,陈娜死了!"

喊完后,她才想自己这不是废话吗。陈娜就是高峰的天,天塌了,他上哪儿睡啊?

果然,空气凝滞了两秒钟,高峰的声音就在她耳朵里雷鸣般响起来:"苏小菲,你扯什么淡啊!陈娜哪里得罪你了?"

苏小菲抚了抚胸口,吸了一口气,说:"高峰,你听我说,我绝对不是开玩笑,你想想,我会拿自己的好朋友开这么过分的玩笑吗?我是听李小小说的,李小小现在就在现场。我其实不应该跟你说的,但是我心里受不了,我就想找个人说说。你知道,陈娜是我最好的朋友,我们今天还约好晚上去吃意大利面,她……"

苏小菲语无伦次地说着,高峰打断她的话,问:"她怎么死的?"

苏小菲说:"跳楼。从碧海大酒店十八层跳下去了。"

高峰在那头"啊啊啊"地喊叫起来,吓得苏小菲挂了电话。稍微定了定神,她给公司经理打电话请了假,下楼搭车就朝碧海大酒店奔去。

苏小菲脑子里胡思乱想着,总觉得陈娜不至于走到这一步。

按常人眼光来说,陈娜属于有钱又有闲的一类人。她有豪华别墅,有各种高档轿车,本身条件更不用说,跟张刚结婚前是时装模特,身材容貌都是百里挑一。这些年虽然陈娜跟张刚关系一般,但是,她身边从来不缺男人追求。拿她的话说,只要想开了,男人也就那么回事儿。

陈娜虽然三十五岁了,但是看起来一点儿都不老,没生过孩子,身材依旧,脸庞也跟二十五六岁时差不多。这样的女人,什么样的男人能配得上呢?但是人就是奇怪,张刚一开始对她也是爱得要死要活的,结果追求到手不到十年光景,美人还依旧,他就暗香入别人怀了。陈娜呢,更是大彻大悟,身边人换了一个又一个。苏小菲给她算过,仅仅这两年,她就换了三任身边人了。

陈娜曾经跟苏小菲说:"别拿男人太当回事,越拿他们当回事,自己就越轻贱,越轻贱,男人就越不拿你当回事。"

这样一个看破红尘的有钱人,竟然会自杀?

碧海大酒店在海边。这儿是这个海港城市最豪华的地段,高档写字楼聚集于此;这里也是这个城市车流量最大的地方,加上刚好是上班时间,他们被堵在路上半个多小时。这半个小时,苏小菲接了不下二十个电话。

陈娜和张刚是这个城市的名人。十年前陈娜是这个城市的名片,参加过全国性的模特大赛两次,进入过前十名。从北京参加完模特大赛回来,市领导参加了她的庆功宴。张刚曾经是某单位的领导秘书,后来辞职下海搞房地产,成为这个城市里最富有的人之一。

陈娜跳楼了,半个城市还不震动了?

苏小菲还没到,就看到碧海大酒店前围了一大堆人。她抬头看了看高耸入云的饭店大楼,想到身材纤细的陈娜从天而降的样子,眼泪一下子就涌了出来。从那么高的楼上一跃而下，得需要多大的勇气啊。陈娜有恐高症，小时候荡秋千都能吓哭了，十八层楼啊，得有多少个秋千高啊，她不知道得吓成什么样子。往下坠落的时候，她哭了没有，她后悔了没有？

抹着眼泪走过去，苏小菲看到一大群陌生人，认识的没几个。陈娜的遗体已经清理干净了，地上只有一大摊血迹。陈娜的妈妈在一大群陌生人中间号啕大哭，陈娜的老父亲蹲在地上，一把一把地擦眼泪。苏小菲凑了过去，因为跟陈娜是发小，小时候两人都把对方的家当成自己家，所以很熟悉。陈娜的父亲是一名教师，话不多，看到苏小菲过来，眼泪更是止不住，只好扭过身去。苏小菲看到他肩膀剧烈地耸动着，真担心他坚持不住，一下子垮了。

这时候，陈娜父亲兜里的手机响了，老教师哆嗦着站了起来，摸出了手机。苏小菲知道他伤心得接不了电话，走过去，接过了他手中的手机。

是陈娜的哥哥陈辉打来的。陈辉在警察局配合调查。他问了问父母的情况，让苏小菲帮忙把父母送回家。

在大家的帮助下，苏小菲把陈娜的父母搀扶上车。在这个过程中，有几个记者缠着她，问一些乱七八糟的问题。其中有一个看似很文雅的男记者，问网络上流传的陈娜是同性恋，是不是真的，还问她跟陈娜是什么关系。苏小菲恼了，不淑女了，骂他们道："你们这帮坏良心的孙子，你们是人还是畜生？如果是你们的家人跳楼了，你们还能这么采访吗？"

这话太重，骂得记者们晕头转向，他们怔了怔，就散开了。

苏小菲一直没看到李小小，就给她打电话。李小小说先回公司了，在跟领导请假，一会儿就可以赶过来。苏小菲让她直接到陈娜家，李小小答应了。

苏小菲把两位老人扶上楼送进家，刚站稳，她的手机响了，是同事顾晓墨打来的。顾晓墨问："苏姐，你怎么还没来？"

苏小菲说："我家里有点事，可能上午过不去了，我刚刚跟谭经理请假了。"

顾晓墨小声说："苏姐，你最好能赶紧过来。大卫来了，别的我就不说了。"

顾晓墨挂了电话，苏小菲立刻就坐不住了。

苏小菲在外贸公司上班，担任地毯部主管。地毯部隶属工艺品部，部门经理谭林是个老好人，平时对他们这些部门主管管理得很宽松，反正年底奖金跟业务挂钩，随各人折腾去吧。工艺品部下的几个部门拥有众多的业务员，而且个个都不是省油的灯。除了一个部门是做玩具的，其余三个部门业务高度重叠，涵盖服装、鞋帽、地毯、家具、油画、竹制品，逮着什么客户就做什么业务，为了抢夺客户能打破头。大卫是个大客户，美国人，他几乎天天在中国转悠，说不定哪天就"哪哪哪"地在办公室外敲门。这人真是怪，来去也不用人接，贴着地皮就来了。

但是，大卫的业务做得真是不错，他的单子都比较大，付款利索，验货也痛快，人长得又高又帅，是工艺品部最受欢迎的客户。从去年开始，大卫的业务都是跟苏小菲做，只要听说是大卫来了，哪怕正在挂吊瓶，她也得拔掉针头赶过去。如果她有一次没去，经理给大卫另安排了业务员，万一跟大卫合作又比较顺畅，那她就没戏了。

苏小菲赶紧给经理打电话，谭林问："怎么了，有事儿？"

苏小菲问："听说大卫来了？这个家伙，怎么不提前打个电话啊！"

谭林"嘿嘿"地笑，说："这熊人就是这么与众不同。最好你能赶回来，回不来我就只好让别人上了。客户来了，我总不能推出门去吧。"

苏小菲说："那你让顾晓墨上吧。每次大卫来，我都是带着她一起去看货。"

谭林说："她不行，业务不熟练，你是知道的。别砸了工艺部的牌子。"

苏小菲咬咬牙，说："那我赶回去。"

谭林说："没问题。"

陈娜的妈妈趴在床上，什么都顾不得了。陈老师强撑着，听到苏小菲有事，说："小菲，你回去吧，我们没事。别耽误工作。"

这时候门响了，苏小菲开了门，看到李小小红着眼圈站在门外。她身后,是陈娜的舅舅舅妈。

苏小菲把他们拉进来,说了几句话,又跟李小小交代了几句,就赶紧往公司赶。

2. 大卫来了

大卫正在公司的样品室转悠,竹制品部的业务员小戴正兴奋地给他介绍着各种产品的特点。苏小菲先在门口看了一会儿,发现大卫绷着脸,看不出喜忧,只是随着小戴的介绍漠然地翻看着样品。

大卫偶尔抬起头,有些茫然地看看天花板,她就知道这小子现在很失落。她的虚荣心得到了小小的满足,就招呼了一声,朝他们走去。

大卫看到苏小菲,眼里放出了光,目光里满含喜悦和幸福,就像孩子找到了妈妈。苏小菲的虚荣心顿时膨胀到了极限。正在热火朝天介绍样品的小戴抬头看到她,脸色马上就变了,介绍戛然而止,扭头就走,连招呼都不跟大卫打一个。

大卫显然不在意这些,他跟苏小菲打招呼,跟她握手,没等她说话,他就说他是路过这儿,所以来看看,但是……

大卫不往下说了。苏小菲知道他在吊她的胃口,故意不理他。

大卫说:"你不问,我就不说了。"

苏小菲说:"好,我问你,但是什么?"

大卫狡黠地眨了下眼,说:"您的态度不够诚恳。"

苏小菲突然想到了陈娜,心情陡然暗淡。她说:"对不起大卫,我今天心情不好。我的一个朋友自杀了,我刚从那儿赶过来。"

大卫很惊讶地瞪大了眼珠子,张大了嘴巴:"自杀?天啊!她怎么能这样!对不起,菲。"

苏小菲调整了一下情绪说:"没事,我不该跟你说这些。我的意思是我们得尽快结束工作,我还要去帮忙料理后事。希望你谅解。"

大卫说:"哦,那你忙吧。我今天来,就是送个样品给你,别的以后再说。"

大卫从背包里拿出一张地毯彩稿，苏小菲草草看了看，是一张很经典的稿子。她把彩稿放好，说："大卫，真不好意思，今天不能陪你了。"

大卫有些失望，但是显得很理解，他说："没事，是我打扰你了。这样吧，你先忙，晚上我请你吃饭，可以吗？"

苏小菲有些惊讶。大卫很少请她吃饭。客户来，都是她管饭的，这似乎是不成文的规矩。上次他来三天，苏小菲管了他六顿饭，总共花了一万多块钱，心疼得苏小菲嘴歪鼻子斜。虽然公司报销，但是费用是跟利润和年终奖紧密挂钩的。那时候，苏小菲就在心里想，这个大卫真是抠门，吃这么多天饭，也不主动结一次账，一点儿绅士风度都没有。她在心里把他骂了个热火朝天，这小子一点儿感觉都没有，吃饱了，还提出来要玩，让她领着去上海去福建，说是去看工厂。那不扯淡吗？谁跑那么远找工厂？省内的各种厂一脚就能踹出十个，那么远的工厂谁会去跟单？

苏小菲说："大卫，我恐怕没时间跟你一起吃饭。我朋友……"

大卫脸色凝重起来，打断她的话说："不，今天晚上我有事情谈，你一定要来。"

苏小菲看他非常认真的样子，知道自己没有选择的余地了。就像今天，她如果不来，损失的是自己。客户是上帝啊，是自己惹不起的。

她只好说："那好吧，你定个时间，告诉我地点，到时候我过来。"

大卫绷着的脸马上松开了，说："谢谢你，到时候我给你打电话。"

苏小菲赶紧找车，让司机把大卫送到宾馆。自己收拾了一下，刚要走，电话响了，是老公赵德海的电话。赵德海是她的大学同学，同系不同级，上学时也不认识；但是，毕业后都到了省外贸系统，也算是同事了。

赵德海昨天带着客户下了工厂，苏小菲心里一直惴惴不安着。这些年外贸不太好做，赵德海做一种船上用的笤帚，这种笤帚生产比较简单，但是原材料不好弄，原材料是一种墨西哥高粱，这种高粱秸秆硬，弹性大，每家工厂都对原材料产地严格保密，算是资源稀缺性行业。给赵德海供货的这家工厂老板是个典型的大老粗，做工粗糙，不讲究质量，给赵德海搞砸了好几个单子。

苏小菲问他："验货顺利吗？"

赵德海说："不顺利，工厂做的笤帚质量很差，烦死我了。"

苏小菲说："陈娜自杀了。"

赵德海好长时间没说话。即便是隔着电话，苏小菲也能感觉到赵德海身边空气的抖动。

隔了好一会儿，赵德海才说："哦。"

苏小菲知道，赵德海不是冷淡，而是心情太复杂、太惊愕，不知道该说什么。他竟然没有问她为什么自杀，怎么自杀的，很显然，赵德海被这个消息震蒙了。

她还是告诉了他："她是从碧海酒店跳下来的，十八层。"

那边还是没声音，苏小菲听了一会儿电流的滋滋声，说："好了。我挂了啊。"

她清楚赵德海的心情。他是追过陈娜的，发疯似的追过，但是陈娜对他没感觉。现在想起来，苏小菲都感觉有些好笑。

当初陈娜在模特队受训，教练脑子发热，带着一帮穿着比基尼的模特在海边沙滩赤脚练猫步，吸引了大批民众围观，赵德海是围观者之一。

他是受经理之命，到别的公司送发票的。人家在那边等着发票给他们付账，赵德海却让满目的春色挡住了脚步。一直到经理打电话催他，赵德海才想起自己的任务。赵德海被经理狠骂了一顿，也记住了那个有着天使一般面容的女孩儿。

后来他打听到了陈娜的电话和工作单位，对她开始了猛烈地追求。最夸张的是他听说陈娜喜欢吃福山的糖葫芦，竟然骑着电动车来回四十多公里，去给她买糖葫芦。买了还见不着陈娜的面，只能托演艺公司看门的大爷捎给她。这样捎了三个多月的糖葫芦，他才见了陈娜一面。陈娜不是高傲，也不是有什么远大理想，就是单纯不想谈恋爱。

那次见面，是苏小菲陪她去的。

陈娜小公主般出众，不谙世事，她对赵德海说："你别送糖葫芦给我吃了，我现在不喜欢吃糖葫芦了。"

赵德海穿着假名牌西装，打着领带，头发梳得一丝不乱，听陈娜这么说，赵德海竟然兴奋了，问："那你喜欢吃什么？告诉我，我去给你买。"

陈娜笑了，说："你买的任何东西，我都不想吃。"

赵德海不屈不挠，说："那我们做朋友吧。"

陈娜说："我现在训练忙，也没时间交朋友。你以后别来找我了，因为你，我们教练都训我了。"

说完，她拉着苏小菲就走，留下赵德海独自愣在那儿。

苏小菲感觉这个男孩不错，还算有风度。虽然他发型弄得太板正了，跟三十年代上海奶油小生似的。

苏小菲能顺利到省外贸公司上班，还是陈娜的父亲帮忙找的关系。后来，她去参加广交会，算是正儿八经地认识了赵德海。赵德海头发有些乱，人也不那么精神，但是很干练，正在跟老外介绍他的产品。苏小菲看到他头顶的省外贸公司的门头，才知道他竟然也是外贸系统的，并且英语还真不错，起码比当时她的英语要好。

她拿了他一张名片，知道了他叫赵德海。

陈娜从始至终都没把赵德海放在心上，赵德海也再没来骚扰她。陈娜觉得这个人还不是太赖皮，苏小菲却知道，这个痴情的赵德海常来陈娜上班的演艺公司门口转悠，只是为了能看她一眼。

她是他的女神。从始至终，哪怕是在女神频繁换男友的时期，她依然是他心目中不可玷污的天使。苏小菲心理阴暗的时候，觉得陈娜一直呆在她老公心里太不公平。陈娜是天使，清纯的时候谁不是天使啊。你陈娜不过是拒绝了凡夫俗子赵德海的求爱，反而完美无缺了，成了断臂维纳斯了，这不是扯淡吗？她在赵德海面前，用最刻薄的字眼损害陈娜的形象。现在的陈娜虽说不是人尽可夫，却是前男友多多，她说的也都是事实。不过这确实有点不够君子作风。当初赵德海跟她确定恋爱关系的时候，他就说，陈娜在他心里永远是第一位的，任何人都不能改变。

当时她觉得自己以后实实在在的是他的妻子，陈娜在赵德海心中不过是个偶像。偶像是什么，不过一张纸片而已，没有实际意义。她没想到后来自己竟动心思了，扯得大旗呼呼响，非要占领陈娜在老公心中的位置。

陈娜是美若天仙，那有什么用？还不是要嫁人？嫁人了还没有生育，还跟老公闹别扭，跟我们俗人一样，也喜欢鼻涕一把泪一把地翻着过去的恶心事儿。最后，还假装看破红尘，换男朋友跟换衣服一样频繁。把这样的人当作女神，不是有病是什么？

赵德海却把自己的偶像守护得跟宝贝似的，就是不允许她打破陈娜的形象。赵德海跟气愤难平的苏小菲吵了好几次，苏小菲终于疲乏了。跟一个不可救药的人讲道理，不是典型的对牛弹琴吗？

现在女神以这样与众不同的方式去了天堂，完美地结束了她的俗世之旅。赵德海应该是悲伤还是欣慰呢？

3. 谁杀死了陈娜

无论如何，陈娜是苏小菲最好的朋友。此生唯一，来生恐怕也没有可比拟的了。

走在大街上，苏小菲看着两人曾一起走过无数次的街道，悲伤无以复加地蔓延上来。她觉得悲伤这东西也是很势利眼的，刚刚在陈家，因为陈娜的父母那么哀伤，自己光顾着照顾他们，哀伤便消失了。现在它们趁她空闲的时候偷袭上来，苏小菲现在真想立马躺倒在马路中间，痛痛快快地哭一场。

她知道自己不能，但是得找个地方，把悲伤发泄出来，否则会憋死人的。

在一棵小树旁，她找到一块石头。石头平整干净，似乎专门在那儿等她。苏小菲坐下，做贼般四下看了看，才闭了眼，让憋了好久的眼泪痛痛快快地流出来。她心里也在骂陈娜：陈娜啊，你这个蠢货，怎么说走就走了呢？你死也得先跟我说声啊，这不是活活要人命吗？

流了一会儿眼泪，苏小菲又张大嘴巴无声地哭了会儿，心里的毒排得差不多了，她找湿巾擦擦脸。刚要起身，手机响了。

是李小小打来的。

李小小是陈娜的姨表妹，跟陈娜、苏小菲关系都很好。她问苏小菲有熟悉的律师没有。苏小菲还真有个认识的律师，是公司的法律顾问，姓关，估计祖上跟关老爷是一家子，人很热情。

她问李小小："找律师问什么事？"

李小小说："让陈辉跟你说吧。"

陈辉："小苏，我只是想找个律师咨询一下，我有什么证据才能证明，陈娜是被人杀害的，而不是自杀。"

这话让苏小菲吃惊不小。她问："你怎么这么说？"

陈辉说："我觉得陈娜不是自己跳下去的。她现在不在乎张刚了，怎么会为他跳楼？"

苏小菲觉得这话说得有道理，但是，认定杀人，不是有道理就可以的。最重要的问题是，陈娜真的是张刚杀的吗？

陈辉说："我觉得张刚有杀人动机。他找了个情人，想跟陈娜离婚，陈娜不离，他就想杀了她。"

苏小菲不同意陈辉的话。张刚有情人是真，但他不想离婚也是真的。

陈娜一直没有生育子女，张刚想找人生个孩子。陈娜一开始是同意的，为此事还征求过苏小菲的意见。苏小菲知道这种事太敏感了，不是一般人能操作好的。陈娜虽然人长得漂亮，但是没有那么多心眼儿，又没有肚里能撑船的气度，她觉得这事弄不好就是个麻烦。

陈娜说："那怎么办？总不能看人家断了后啊。"

苏小菲说："要不抱养个吧。风险相对能小点。"

陈娜倒是同意，张刚不干。他说自己就想要个自己的儿子，哪怕是试管婴儿也行，钱多少无所谓，不想抱养一个跟自己毫无血缘关系的。

两人就僵在了这儿。

苏小菲说："陈辉你这么说不能说没有道理，但是还属于推理的性质，别太肯定了。"

陈辉正在痛苦之中，啥话也听不进去，说："小苏，你知道陈娜怕高，她就是想死，也不会从那么高的地方往下跳。"

苏小菲没法说，跟一个完全失去理智的人谈话，说理是没用的。苏小菲只好说："我给你找律师问问，等会儿我给你回话。"

其实根本没必要问，怎么问呢？证明一个人杀人，得有证据，这是警察的职责，跟律师没有关系。律师不是万能的。很多人一遇到难题往往先想到律师，其实他们也是生意人，他们所说的话，都是从自己的角度出发，带有很强的个人色彩。好的律师尚可，遇上差的律师，他们嘴上是无所不能，做起事来却是没有一点儿能力。

凭良心说，张刚对陈家是很不错的。他给了陈老师一家一套靠海的大房子，还找关系把陈辉从一个普通老师调到了区里。怎么说，人家对陈家也是有功劳的。不能人一出事，就把人家所有的好都忽略，这不是情绪问题，是品质问题。

放下电话没多久，高峰的电话来了。

高峰说他在碧海大酒店，现在什么都看不到啊。苏小菲告诉他，现场在酒店北侧，那儿有一摊血。

高峰万分沮丧地说："没有啊，什么都没有。难道是他们冲干净了？小菲，你得帮我，我怎么也要看陈娜一眼。"

苏小菲说："我怎么帮你啊？她现在在哪儿我都不知道。"

高峰说："在殡仪馆冷藏室。"

苏小菲说："知道得这么详细，你自己去不就行了？"

高峰说："她家人不让我看。"

苏小菲突然有了一种感觉，她感觉杀了陈娜的人，就应该是这个高峰。高峰是陈娜的初恋。高峰给了她最纯洁的爱，陈娜曾经更是飞蛾扑火般毅然投入了他的怀抱。之前，她是个多么傲气的小女生啊，须臾之间，竟然就放下了所有的身段，委身于他了。那时候的高峰有什么呢？几乎一无所有。没有钱，没工作，甚至没有一技之长。苏小菲认识他的时候，他只是街头的一个小混混。

那么漂亮，看起来前途无量的陈娜竟然就爱上他了。别说陈娜的父母不答应，就是苏小菲等一干朋友也没有一个觉得他靠谱的。

两人交往了一年。那是陈娜生命中最暗淡的一年。虽然有了刻骨铭心的爱情,但她却饱受打击,甚至还耽误了事业。一向比较淡定的陈老师好几次要跟她断绝父女关系。陈娜的妈妈深受打击,在那一年,住了三次院,每次都是跟陈娜争执时,当场晕倒。

后来,实在没办法的陈家妥协了,条件是高峰要找到一份体面的工作,或者做生意,然后要有自己的房子。

这对于高峰来讲是个难以逾越的鸿沟,却让陈娜看到了希望。

高峰想做生意,从南方贩卖小家电,在这边批发,并且已经联系了很多零售商。陈娜觉得可以,就把自己攒下的几个钱和父母替她借的准备参加一个全国性大赛的费用都借给了高峰。

就在一切看似明朗起来的时候,高峰却不见了。

陈娜拉着苏小菲找遍了这个城市的各个角落,高峰却像人间蒸发一样,消失了。高峰是个孤儿,他的几个朋友都是当地的小混混,陈娜和苏小菲也都不认识。

他走了一个多月,陈娜发现自己怀孕了。苏小菲陪她去做了人流。那是陈娜第三次做人流,也是最后一次。从那以后,她就再没怀孕过。

从认识高峰,一直到高峰走了一年后,这两年多的时间里,陈娜简直是从天堂走了一回,又从地狱走了一回。所以,当高峰也说陈娜是被张刚杀害的时候,苏小菲简直气疯了。

她喊:"她是被你杀害的。"

高峰一怔,说:"我说的是真的。她想离婚,张刚不想离,怕她分钱,他就杀了她。"

苏小菲说:"我说的也是真的。高峰,你想想,如果不是认识了你,她会不能生育?会跟张刚结婚?"

高峰没来得及反驳,苏小菲就一字一顿地说:"是你杀了陈娜!"

4. 大卫的晚宴

大卫约苏小菲吃饭的地方,是碧海酒店的西餐厅。

在去酒店的路上，苏小菲估摸着赵德海快回来了，就给他打了个电话。

她问他什么时候能回来。赵德海没回答，却反问她在做什么。苏小菲说客户约她吃饭，在碧海。

赵德海冷笑了一下，说："是那位美国帅哥吧。"

苏小菲感觉到了他言语中的蹊跷，问他："你什么意思啊？"

赵德海说："没什么意思。就你自己吗？"

苏小菲脱口而出："不是，还有我们经理。"

赵德海"哦"了一声，说："我今天不回去，在这边验货呢。客户挺挑剔，笤帚做得太差，实在是质量过不了关，今天客户都气得蹦老高了。我这边还有点事，先挂了。"

赵德海挂了电话，苏小菲长出了一口气。不过吃顿饭，心虚什么？难道自己潜意识中有别的期望？苏小菲自嘲地笑了笑。

碧海酒店在海边，酒店门口正对大海。苏小菲去的时候，大卫还没到。她看了看表，刚好到他约好的时间了。等了五六分钟，大卫才从酒店的另一个门走了进来。

苏小菲不禁笑了。

大卫知道她一向准时，自己却掐着时间，等她到了五六分钟再进来。不得不说，论资排辈的意识已经深入了这个美国人的脑袋。可怕的入乡随俗。去年她到纽约，大卫请她吃饭，他还比约定的时间早到了几分钟。她当时觉得那是应该的，是美国人推崇的绅士风度。现在，这个绅士在中国久了，也学会了国人饭局的那一套。

大卫没有穿他平常喜欢穿的休闲服，而是穿得很正式，出席晚宴一般。这一下子就把苏小菲的心情搞坏了。她以为他只是出来休闲一下，顺便谈谈下一步的合作计划。大卫这一身打扮让苏小菲感觉闹心。这个时候，她需要放松，需要别人的安慰，最不需要一脸板正地谈生意。

大卫跟苏小菲打了个招呼，两人进入房间坐下。大卫问她现在心情是否好点了。

苏小菲勉强笑了笑，说："谢谢你关心，略微好点了，起码我开始接受这个现实了。"

大卫说："哦。生命就是这么无常，很多人今天还好好的，明天就没有了。"

这个话题让苏小菲难受，她又差点流泪，说："是，真让人没法说什么。"

大卫说："所以，我认为，人活着要及时行乐。别临死的时候，留下一大堆遗憾。"

苏小菲心里动了一下，她不知道大卫的"及时行乐"是什么意思，就说："人对于快乐的看法是不一样的。有人把堕落当成快乐，有人把行善当成快乐。"

苏小菲不再说话。

大卫看了看她，很狡黠地笑了笑："你做什么会快乐呢？"

苏小菲说："我把做我喜欢做的事当成快乐。"

大卫问："那你喜欢做什么呢？"

苏小菲微微一笑，说："我喜欢优雅。喜欢优雅的男人，喜欢优雅的衣服，喜欢读优雅的书。"

大卫想了想，问："你的先生优雅吗？"

这个话题让苏小菲有些措手不及。她把这个话题拽出来，是想给大卫画一个圈子，让他的行为别太过分，没想到他用这个话题来反击了。

苏小菲想了想说："还行吧。有时候很优雅，有时候不。"

大卫显然不想换话题，继续追问："什么时候优雅呢？又什么时候不呢？"

苏小菲突然意识到了自己的角色。她只是一名外贸公司的业务员，虽然需要洁身自好，但是对于这些别有用心的客户来说，保持一定程度的暧昧也是非常必要的。苏小菲笑了笑，说："这个还需要明说吗？"

大卫虽然好色，但也算是色之有道，他暧昧地笑了，说："我懂，我懂。"

大卫让苏小菲点菜。苏小菲不饿，随便让大卫点了几个。大卫说："今天我请客，希望你不要错过时机。"

苏小菲苦笑了笑，说："你真会挑时候请客，你是知道我今天没有胃口吧。"

大卫无奈地摊开手，说："菲，真不好意思，我明天就回国了。并且可能，我是说可能，可能回到美国后，我就不负责中国区的业务了。"

苏小菲几乎不相信自己的耳朵了："你说什么？"

大卫艰难地笑了笑，说："你听到的没错，不用怀疑。我明天回国后就不负责中国区的业务了，我的老板让我负责别的区域了。"

苏小菲惊讶到了极点："为什么啊？你负责中国区这么多年，咱也接触五六年了，一切都那么顺畅，为什么要换人？你的老板是不是脑袋……出问题了？"

大卫耸了耸肩，说："这不算什么，正常调动。"

苏小菲还是很激动："正常调动？除非你的老板是个白痴！别的人知道九目地毯和十目地毯的区别吗？能看懂添色油画和手工油画的不同吗？熟悉我们这些贸易公司吗？他懂得应该怎么跟我们打交道吗？"

大卫虽然也不高兴，但还是安慰苏小菲道："中国区域的新任经理应该是个业务很棒的先生，这个你可以放心。"

苏小菲却知道，新来的经理是否能选择她来供货，是个未知数。即便最后能选择她，谁知道要经过多少让人崩溃的磨合。她能抓住大卫，成为她的主要供货商，天知道她付出了多大的努力。当然，还有老天爷的照顾。与其他客户相比，大卫不但要货量巨大，而且宽容，好相处。现在很多客户来中国选货，都是先选人，业务员要年轻貌美的，要肯有"牺牲精神"的。像大卫这样的客户，虽然有点色，但是懂得分寸，工作认真，算是极品客户了。

大卫要走的消息占据了苏小菲的整个身心，她痛苦地拍了下自己的头："大卫，告诉我，出了什么事？没法补救了吗？"

大卫低下头，显然也很沮丧："没法补救了。"

苏小菲问他："是怎么回事呢？跟我有关吗？"

大卫摇头说："一批家具出了问题，我被我们的客户投诉了。"

苏小菲知道国外的投诉，一般就是指因为质量问题，消费者或者零售商投诉给他的老板，不是很大的事。

她问："就这个？让工厂赔货不就行了吗？"

大卫很丧气地说："不行，事故太大，老板很生气。"

看到苏小菲一脸沮丧，大卫忙说："当然，你做得非常好。以后我会建议我的下一任只跟你合作。"

苏小菲端起酒杯，跟他碰了一下，说："谢谢你。不过你的下一任会有他的选择。"

喝了几杯闷酒，大卫脸红了起来，话里也有了酒意，他说："菲，我舍不得你们。"

苏小菲差点就流出泪来。一起这么些年，一起面对过很多困难，说换人就换人，真是让人伤心。大卫人不错，合作这么些年从来没有刁难过自己。两人只吵过一次。那是二零零五年，大卫在广交会上看上了她们公司挂的一条地毯，让她报了个价格。然后，苏小菲看到大卫拿着她给的图片，直接就到别的公司摊位上去了。她知道他是去别的公司要报价。等大卫拿着图片转回来，苏小菲一把把图片抢过来，直接就喊："不！这个单子我们不给你做了。"

大卫很疑惑地看看她，又看看在一旁的公司经理谭林。谭林不说话，瞪着眼看她发飙。

她气咻咻地说："我们的样品，您怎么可以让别的公司报价？"

大卫看她真生气了，有些害怕，说："您别生气啊，我不过是借用一下图片，看看别的公司的报价，又不是真让他们做。"

苏小菲还是不肯罢休："这也不行。您知道我们做一个新样品，从公司到加工厂，要付出多大的努力吗？这图片要是让别人拍了照片，我们的所有努力就算白费了！你们美国人不是讲究知识产权保护吗？别忘了，这是我们做的样品，我们拥有专利、有知识产权，您这是对我们的侵犯！"

大卫恼了，转身便走了。

事后，苏小菲想想自己也是太冲动。这些外国人有时候也会玩些小聪明，拿着别人的样品来她这里问价格，大家都心照不宣。生意场上，没有绝对的光明磊落，不出大格就行。

说起来，大卫真的不错，自己向人家那么发脾气，他不记仇，那天晚上还笑吟吟地请她喝咖啡。

想到这儿，苏小菲更舍不得他走了："我找你们老板反映一下情况，我就告诉他，如果换中国区的经理，我就不跟他做了。"

苏小菲是半真半假说这话的。大卫却慌了，说："你别那么做，老板真的不会再跟你们做的，这对你和老板都是个损失。这个时代工艺品已经没有多少产地优势了，你找个客户也不容易。"

这个话题勾起了苏小菲的担忧，她问他："大卫，我们做的地毯贸易，您觉得前景如何？"

大卫想了想，说："你这个问题问得太好了。你们做的地毯业务，都是手工地毯，而且是档次比较低的手绣（一种地毯制作工艺）、胶背（一种地毯制作工艺）。如奥勃松地毯（一种法国式地毯品种）和萨瓦那瑞地毯（一种法国式地毯品种）这两种附加值比较高的地毯，虽然也有人做，但是因为技术保密，没有大面积铺开。你们目前的手工地毯，是属于比较低档的手工地毯。二十年前，你们的加工费比现在便宜得多，但是那时候的手工地毯在国外能卖到十五美元一平方英尺，现在却只能卖到四美元，你知道其中的原因吗？"

苏小菲点头，说："知道一点儿。几十年以前，做手工地毯的，都是国企，或者乡镇企业，他们费用大，所以成本高，价格出得也高。现在都是私人小厂，成本低，价格报得很低，形成了恶性竞争。"

大卫摇头，说："这只是其一。最重要的一点儿是，那时候的手工地毯质量好，图案品种多，是高档工艺品。现在你们生产的手工地毯，搞得像假冒伪劣产品一样，你们的人只会搞价格战，自己把一个好好的产品糟蹋了。手工地毯如果想发展，只能走高端路线，做精品，高价格，因为你们的加工成本越来越高，不走精品路线，手工地毯根本没有未来。对了，你知道你们烟台的高家吧？"

苏小菲笑了笑，说："做手绣的，谁不知道高家啊。人家那是艺术品，没有图纸，没有设计，对着照片做手绣，价格是按平方厘米算的。哎呀，我去拜访了人家很多次，让他随便出价格，买他一块地毯，一千元一平方英尺都可以，人家就是不卖。人家的地毯都是直供英国贵族的，而且产量低，我们做贸易的，出多少钱人家都不卖。"

大卫说："哦，我说的是人家的精品意识，而不是让你做他的货。你们的手绣别说到高家的那种水平了，就是回到二十年以前的那种水平，当然，我是说整体上，那你们的手绣地毯在国际贸易上，还是精品货。"

苏小菲苦笑："很难了。现在这种情况下，有人降价，我们不跟着降都没法做，怎么可能还要涨价。"

大卫说："这个确实难，已经烂到这种情况了，想重新做好，还得从头开始。"

苏小菲与大卫碰杯，喝了一口红酒，问："你不负责中国市场了，那你会去哪里做市场呢？"

大卫说："我们在越南找了一些工厂。当然，他们的地毯产业还不成熟，还需要培养。"

苏小菲一怔，说："那是不是意味着，很多单子要从中国撤到越南？"

大卫说："是。但是暂时对你没影响。我们要把别的公司的单子先试探性地撤过去。能不能成功，还不一定呢。"

苏小菲不由得说："今天真是够倒霉的。"

大卫说："怎么了？"

苏小菲说："我最好的朋友今天没了，我最好的客户今天跟我告别了。你说，我是不是够不幸的啊？"

大卫搓了搓脸，说："我也是。"

两人默默地吃菜，突然有人闯了进来。

苏小菲转身抬头看，竟然是赵德海。赵德海看着她，眼光极度轻蔑。

苏小菲很惊诧："赵德海，你不是今天不回来吗？"

赵德海没接她的话，反问道："你不是说晚餐还有谭林吗？"

苏小菲被他的话激得往后缩了缩头,只好编瞎话,说:"谭经理临时有事,不来了。"

赵德海"哼"了一声:"真的?那我打电话问问他。"

苏小菲火了,说:"你随便。"

赵德海怒气冲冲:"苏小菲,你没必要狡辩了,有用吗?铁的事实摆在面前。你还是承认了吧。"

苏小菲喊道:"我承认什么?"

赵德海冷冷地说:"承认什么?你还在这里装傻,你不知道该承认什么吗?你这些年业务量噌噌地上涨,你出来吃顿饭还不敢承认,你说你该承认什么?"

话说到这种地步,苏小菲反而不怕了,说:"赵德海,我可以告诉你,我苏小菲坦坦荡荡,没有什么需要承认的。我今天骗了你,你也不想想我为什么要骗你?你一个大男人,业务越做越差劲,一年赚的钱还不到我一个月赚的,天天就盯着自己的老婆,琢磨男女之间那点事,要不是你心思龌龊,我跟客户一起吃顿饭还用骗你吗?"

赵德海脸都紫了:"你现在真的是不要脸啊,骗人还这么多理由,跟人上床还说我龌龊?苏小菲,我真服了你了,你是一点儿良心都不讲了。"

苏小菲冷笑了一声:"我不讲良心?我还跟人上床?我想骗你还能告诉你我在哪儿吃饭?大卫是我客户,我希望你自重一点儿,别在人家面前丢国人的脸!"

赵德海还要骂,大卫站起来了,他笑着对赵德海伸出手,说:"您好。是我邀请了苏主管一起吃饭。因为我要回国了,这个业务不再需要我了,我们合作多年,现在我要离开中国了,我请苏主管吃顿饭,这错了吗?"

大卫表现得有礼有节,赵德海好像被噎住了,半天说不出话。他没跟大卫握手,只是狠狠地看了看苏小菲说:"苏小菲,我希望你自重!"说完,便转身走了出去。

苏小菲站起来,低着头说:"大卫,对不起,我老公是典型的传统大男子主义,我向你道歉。"

大卫笑了笑，说："没关系，我们继续吃饭。"

话虽然这么说，两人的饭局却变得索然无味了。两人坐了一会儿，便草草地结束了这场宴会。

苏小菲起身穿衣服，大卫突然抱住了她。苏小菲一愣，也礼节性地回抱了一下。大卫在她耳边说："菲，你是我见过的最有魅力的女人。"

苏小菲知道大卫不是逢场作戏，却也只是笑了笑，说："你曾经说过，你夫人是最有魅力的女人。"

大卫哈哈一笑，放开了苏小菲。

5. 苏小菲的仇敌

苏小菲作为陈娜的好友，接受了警察协助调查的要求。警察倾向于陈娜是自杀的，因为有足够的证据证明，陈娜的老公张刚在晚上十二点之前离开了酒店，回到了他的别墅。那天晚上只有陈娜一个人住在酒店，住在张刚公司的包间里。张刚的公司常年在酒店租了几个房间，其中一个就是给陈娜用的。陈娜在这里招待好友，或者偶尔自己住一住。当然，苏小菲也常用陈娜的那个房间，招待自己的朋友。

陈娜的众多好友，都受到过陈娜的关照，其中包括苏小菲和李小小，但是现在没办法，她们只得接受陈娜已经离开这个世界的事实。

苏小菲和李小小在警局和陈家之间来来回回跑了几天，一直等警察调查完毕，陈家也接受了陈娜自杀的现实，她俩才回归到正常的生活轨道。

苏小菲也接受了大卫已经离开了自己的事实，她得重新寻找新的客户，还得试着跟大卫的接任者进行接触。

然而，每次走进自己的办公室，苏小菲想到大卫再也不会从外面敲自己的门了，她再也不能带着大卫去工厂验货了，心里就感到发冷，感到发虚。有大卫在，她可以不费力地完成任务，拿到高额奖金，现在他走了，前途未卜啊。

她想到了一句话，这话是陈娜送给自己的：别想得太多，想得越多，越不想活下去。

是啊，这个世界至少在生意场上奉行的是丛林法则，大家都想活得好一些，想得到权力，得到最肥的草原、最美的配偶，甚至别的动物崇拜的目光；而竞争是残酷的，甚至没有底线的。当年大卫刚来这里收地毯和家具、油画的时候，无数的业务员瞄上了他，在上海国际地毯交易会和广交会上，数不清穿着超短裙的刚从外贸学院毕业的小姑娘围着他转，男人往往好色，大卫当然也不例外。那段时间，大卫整个人都流淌着淫荡的气息，连他的脏乎乎的皮鞋也在笑着走路。

苏小菲也联系了大卫，给他推送了样品图片并报了价格，但是仅此而已。她很明确地知道，论及业务以外的手段，她不是那些疯狂的小女生的对手。这些女孩子被灌输了太多的无底线的成功学，这些在拜金的氛围滋养下成长起来的女孩子，在某些方面，完全可以碾压像苏小菲这种老一辈的外贸从业人员。

不过苏小菲不急。大卫他们来这里，是来做业务的，不是来跟女孩子谈恋爱的，他们最终要被业绩所鉴定。他们短暂而幸福的荒唐时光，必定会被业绩重新打量。到那个时候，大卫们才会从肉山酒海中脱身出来，来跟像她这样的技术派做业务。

果然不出所料，两年后，大卫最终被苏小菲的业务能力和个人魅力所折服，只要是苏小菲能做的业务范围内的，都给了她。这成就了苏小菲，她的业绩曾经超过公司里做了几十年业务的老油条，成了公司业务量最大的业务员。

成也大卫，败也大卫。当年苏小菲因为要应付大卫的大量订单，没有精力开发其他客户；现在大卫要走了，自己跟大卫公司的业务风雨飘摇，寻找能替代大卫的客户毫无头绪，苏小菲在公司的地位岌岌可危。

苏小菲进入办公室后，顾晓墨马上跟进来，向她汇报这两天发生的事情。

具体来说，大卫要离开中国市场的事，工艺品部的人全都知道了。苏小菲的死对头戴金梅因此兴高采烈，虽然没明说什么，但是这两天她说话声都变了。据顾晓墨估计，大卫的接替者来中国的时候，戴金梅肯定会暗中出招，以期取代苏小菲，成为这家美国公司的中国代理。

苏小菲笑了笑，说："没那么容易。同一家公司，同一个部门，她怎么也得讲点规矩吧。"

顾晓墨撇了一下嘴，说："你什么时候看到她讲规矩了？当年她刚来公司的时候，你不是带过她吗？后来她去了竹制品部，不是还想跟你抢一个欧洲客户来吗？"

苏小菲"哦"了一声，说："多年前的事了，提这个干吗？"

顾晓墨说："我就是提醒你一下，等大卫的接任者到了，你可不能松手。你要手一松，戴金梅把客户拿下了，以她的德性，她能挤对死你！"

苏小菲拍了一下顾晓墨的肩膀："小屁孩，怎么这么阴险？客户又不是专供咱的，谁抢着就是谁的呗，人啊不能那么自私。再说了，天下的客户多着呢，除了这家公司，还有别的公司呢，忙你的去吧，别担一些没用的心。"

顾晓墨边走边嘟哝："我担的心怎么没用了？大卫的货做不了了，你怎么能赚那么多钱？你赚得少了，我的就少了，我担的心够有用的了。"

苏小菲笑了笑，又沉默了。

顾晓墨的话句句说到了她的心坎上。在公司里，现在大家伙儿普遍衡量一个人的价值，那就是这个人赚了多少钱。你赚得越多，就越受大家尊重，反之，就会被人瞧不起。戴金梅当年是她苏小菲带出来的，这个女孩子贪心，控制欲强。当年苏小菲有客户来的时候都带着她，甚至有时候就干脆让她带着客户去工厂选货，当然，赚的钱也有她的一份。她没想到，戴金梅竟然暗中带着客户去苏小菲指定的工厂之外选货，然后把货从其他公司拿走，暗中赚一份钱。

一开始苏小菲让戴金梅单独带的客户都是小客户，这种事也没人告诉她。直到有一次，苏小菲因为家中有事，让戴金梅带大卫去天津一家九十道（地毯制作工艺）地毯厂挑货，大卫在挑完货之后，又被她带到另一家工厂，让大卫又挑了一些。此事让大卫很不高兴，再一次来烟台的时候，他就跟苏小菲说了此事。

苏小菲觉得奇怪，因为大卫所说的另外一家工厂的货，不但没入公司的仓库，更没从公司发货。苏小菲就问戴金梅，是否有此事。戴金梅支支吾吾不肯承认。苏小菲让大卫把他们公司的货单发来，从货单上得知，那批货竟然是戴金梅从别的外贸公司发出去的。

这种做法是公司严令禁止的，此事要是被公司领导得知，降薪扣奖金是最轻的处理，一般都是直接卷铺盖走人。

苏小菲把电子货单给戴金梅看，严厉地训了她一顿，但没有将此事告诉任何人。当然，苏小菲从此再也不敢让她带着客户去工厂了，一些紧要资料也不会再让她看到。戴金梅也不含糊，半年后去了竹制品部。竹制品部本来是只做竹制品和柳编制品出口业务的，戴金梅去了这个部门后，又加上了地毯、油画、家具等业务，与苏小菲的地毯部业务严重重叠。没办法，现在都是承包制了，业务员也是各尽其能，别说像谭林这样的部门经理，即便是总经理，也没法管。

戴金梅开始明目张胆跟苏小菲抢客户。苏小菲不想得罪她，就让了一些小客户给她。戴金梅并不满足，要跟苏小菲抢大卫。苏小菲不肯让，并告诉大卫，他如果跟戴金梅做，那就不要跟她苏小菲做了。大卫没有选择戴金梅，这使得戴金梅非常恼火，把苏小菲当成了她的仇敌。

6. 忐忑的苏小菲

苏小菲给大卫发了邮件，让他把他的接任者的照片、嗜好、喜欢什么样的产品等所有资料给她发过来。

大卫人不错，资料很快发了过来。苏小菲仔细看了，接任者名叫皮特，三十多岁，对地毯和油画有研究，喜欢喝酒，更喜欢漂亮的女孩子。

苏小菲揉了揉脑袋。又是一个雄性激素旺盛的家伙，自己能否搞定他，还真是难说啊。

苏小菲正在思考对策，李小小打来了电话。

李小小说："苏姐，我想跟你借点钱。王伟要出国。"

出国？苏小菲愣了一下："出国干什么？"

李小小说:"打工。放心,不是打黑工,正规途径。原先跟陈娜姐说好了,要到张刚公司上班的,这下也没法去了。在别的地方上班挣钱太少,要还债呢,所以他想出国试一试。"

苏小菲的心狠狠地疼了一下。

李小小的老公王伟这几年一直在做点小生意,本来多少是有点赚头的;但两人不知足,借钱投资开了一个品牌服装店,结果开了三年倒闭了,赔了近五十万。李小小工作不稳定,虽然还做着保险,每月工资却只有一两千,根本还不起这么多的债务。陈娜曾经说想让王伟到张刚的公司去,让他负责个小工程,可以赚点钱;没想到,事还没有任何眉目,她却先去世了。

苏小菲问:"说吧,你需要多少?"

李小小迟疑了一会儿,说:"越多越好。我们还一个没借着呢。总共需要十多万呢。"

苏小菲说:"行,我知道了。过了今天,你就来拿钱吧。"

李小小沉默了一会儿,说:"真的谢谢你,苏姐。我们现在跟别人借不出钱来,连我父母我都借不出钱来,只有你能帮我,我会好起来的,你放心。"

李小小说到这儿,差点哽咽起来。苏小菲说:"别说这些,我信你跟信我自己一样。这么说倒见外了。对了,你舍得让王伟出去吗?"

李小小这下彻底哭了,她说:"不出去还有别的办法吗?我们欠了人家那么多钱,还有银行的;别人的不说,欠了我父亲三万,他一年要了五次,真没别的办法了。"

苏小菲说完叹了口气,没法再说什么了。

李小小情况比较特殊,很小的时候,她的母亲就因病去世了,她父亲二婚后,又有了孩子,因此李小小在家里不大受人待见。也许是因为这个,她成熟得早,高中的时候就和同学王伟谈起了恋爱,并且修成正果,结了婚。

苏小菲跟陈娜是邻居,李小小跟陈娜是姨表姐妹,李小小小的时候常住陈家，因此三个女孩从小就很要好。好好的姐妹三个，陈娜死了，李小小处境不好，苏小菲感觉上天对她们真是太不公平了。

三人中，李小小最单纯，遇事总是先替别人着想，因此很得陈娜和苏小菲的疼爱。陈娜活着的时候，没少帮她。现在陈娜没了，自己不帮她，谁能帮她啊。

刚放下电话，顾晓墨走进苏小菲办公室，说老大找她。

苏小菲来到工艺品部经理办公室，经理谭林让她坐下，然后关上了门。

苏小菲笑了："老大，您这是秘密谈话啊。"

谭林给苏小菲倒了杯茶水，然后在自己座位坐下，说："先说第一个事啊。陈娜没了，你请假的时候怎么不跟我说一声？"

苏小菲"哦"了一声，说："老大，我请假的时候，告诉过您我一个好朋友跳楼了啊。"

谭林说："你没说你好朋友名字啊，我怎么知道是陈娜？"

苏小菲有些惊讶："老大，您老也是陈娜的粉丝？"

谭林有些不好意思地笑了笑，说："我是陈老师的学生，你到咱公司工作，还是陈老师找的我呢，你都忘了？"

苏小菲忙拱手，说："老大的恩情，我怎么敢忘记！不过那时候我脑子蒙了，没想到这茬，我向您道歉。老大哪天要是想去看望两位老人，我陪您一起去。"

谭林"哼"了一声，说："不用了，我早就去过了。说第二件事吧，大卫走了，下一步你有什么打算。"

苏小菲笑了笑，说："我打算有什么用，我当然是希望跟接任者好好合作啊。不过这天有不测风云，那么多人盯着接任者呢，客户最终到底是谁的，谁知道呢。"

谭林正色道："小苏啊，这个事你可不能掉以轻心。别人就不说了，咱公司就有好几个人盯着这个事呢。过去这四五年，你一直是工艺品部的老大，咱工艺品部的业绩，靠的是你，你靠的就是大卫，你一定要把大卫的接任者牢牢地攥住。需要我做什么，你放心，我全力配合。"

苏小菲问:"老大,您是不是听到什么风声了?"

谭林想了想,说:"算了,我也不瞒你了。大卫的公司还做胶合板,他们的胶合板也是跟咱公司做。这个负责胶合板的美国人我认识,昨天我去总公司,在总公司的样品室外面跟他打了个碰面,也跟他聊了几句。他跟大卫关系不错,我问他大卫的接任者是谁,人怎么样,他告诉我,大卫的接任者比较难对付。哎呀,这让我真是担心啊。你这个人我知道,工作认真,善于做业务,但是跟人打交道,特别是跟陌生人打交道,你不如戴金梅。"

苏小菲冷笑一声:"那就让戴金梅跟他做呗,她做了,也是咱部门的业绩。"

谭林不高兴了:"我要是想让她做,还叫你来干什么?我叫你来,就是让你防着她点!当年她的事,你别以为你不说就没人知道,这笔账我给你记着呢!这种人是害群之马,当年她要是把大卫抓到手了,我这个部门经理都得让位给她!"

苏小菲笑了笑,说:"老大的意思我明白,我尽力吧。"

谭林说:"对了,还有个事。市外贸系统可能有一项活动,好像要评比什么'首席外贸官',三年一届,对有重大贡献的个人进行表彰,力度挺大,对个人和部门都有奖励,你要做好准备。咱部门,你是唯一有希望拿到这项荣誉的人。"

苏小菲挥手:"老大,您还是别把希望寄托在我身上了。竹制品部的草编,玩具部的布娃娃,那都是大项目;我这边以地毯和油画为主,前几年有大卫全力支持,我的业绩还勉强,现在大卫的接任者能不能跟我做起来,还没法说呢。要想出人头地,还是靠他们稳妥。"

谭林看着苏小菲说:"不!我还是想靠你!我觉得靠你稳妥。"

7. 看星星

苏小菲到银行取了十五万元,把这十五万元以李小小的姓名存了一张活期存款单,然后打电话给李小小,让她来拿钱。

李小小带着王伟一起来了,说要请苏小菲吃饭。

苏小菲说:"吃什么饭啊,现在你们这么紧张。"

李小小说:"是王伟要请你。再紧张也不差一顿饭,他这几天就要走了,算是给他饯行吧。"

苏小菲没法拒绝了,只得跟着李小小下楼。

王伟有辆二手车,是生意好的时候花三万元钱买的。苏小菲上了车,王伟问了声好,就拉着两人到了附近比较好的海鲜大酒店。

王伟个子一般,一米七多一点儿,体型偏瘦。可能是这几年不顺的缘故,他的头发乱糟糟的,脸色也不好。再看李小小,虽然穿得比较时髦,但是苏小菲知道,她似乎老是穿着这件衣服,很少见她换过。

王伟让苏小菲点菜,她知道这时候客气是对他们的伤害,就拣着便宜的点了几个。每个人身上都是有气场存在的,苏小菲明显感觉到了王伟的压抑。李小小虽然笑着,但是那笑很虚,像气泡似的。苏小菲不想让气氛压抑下去,就说了些轻松的话。

李小小征求苏小菲的意见:"苏姐,咱喝杯酒吧?"

苏小菲很少喝酒,看到气氛过于压抑,为了缓和一下,就说:"喝点。"

李小小给苏小菲倒了酒,自己也倒了一杯,王伟开车不敢喝。

苏小菲不提陈娜,不提王伟出国,可说的话题就很少。三人偶尔说句话,慢慢喝酒吃菜。

喝着喝着,李小小的眼泪腾地就冒了出来。

苏小菲就怕这个,她把酒杯一墩:"不许哭!天天哭哭唧唧的,多招人烦!"

李小小擦了擦眼泪,憋着,但是憋不住。王伟说:"苏姐,就让她哭吧,她哭一会儿就会好些。自从陈娜姐没了,她就这样,说哭就哭。"

提到陈娜,李小小憋不住了,呜呜地哭出了声音。苏小菲也是瞬间满面泪水。她擦了擦眼泪,斥责李小小:"你这是请我吃饭,还是让我来看你哭?你再这样我就走了!"

李小小起身跑到卫生间,好一会儿才出来。

她两眼红红的，说："苏姐，对不起，您别生气。"

苏小菲说："我不希望看到你这样。你这样下去，日子还过不过了？"

李小小"嗯"了一声，坐下，但是饭却不想吃了。

李小小说："苏姐，等王伟走了，我会天天找你玩，你不会烦吧？"

李小小是勉强笑着说这话的。苏小菲却不知道怎么回答。她怕再惹出李小小的眼泪，想了想，才说："小小，人这一辈子要面对很多事，别动不动抹眼泪。王伟出去不过是三年，三年后一般就能办绿卡，就可以回来了。想想三年后，他带着钱回来，多好啊。人不能只想着离散，还要想到光明；否则，人人都没法活下去了。话说，这谁活着不是面对一大堆的问题啊。我……"

苏小菲差点把自己最好的合作者大卫走了，以及接任者是否能和自己合作的事说出来，话到嘴边，她又生生地咽了下去。

李小小点了点头，说："我知道，苏姐。我家对门男人就出国了，现在回来了，也有钱了。想想也真快。"

苏小菲说："就是。不是有句话吗？冬天来了，春天还会远吗？"

李小小说："我刚才……是想到了娜姐。原先吃饭都是我们三个一起，那时候，多好啊……这几天，变化太大了，我适应能力太差，一直适应不过来。"

说到这儿，李小小的脸又阴沉了下来。苏小菲怕她再哭，就说："谁也不能陪你一辈子。就说陈娜吧，陈娜看着比我们有钱，其实活得比谁都苦，人家守着你哭过吗？"

李小小抹了抹眼泪，没说话。

苏小菲说："心里最苦的人，是说不出来的，甚至不敢说。为什么？因为怕一说出来，自己压不住，很可能就爆了。能说出来的都不是真的苦，陈娜是真的苦呢。她的骨头里都是苦水，所以，她没法说。"

李小小说："陈娜姐真可怜。"

苏小菲知道，李小小跟陈娜的感情是比自己要深的。李小小的妈死了后，她受了继母的气，常常跑到姨妈家里，一住就是好几个月，都是跟着陈娜同吃同住，感情比亲姐妹都要好。

李小小是依赖性比较强的那类女孩，陈娜在她的心目中不光是姐姐，也是母亲。她做任何事情都要跟陈娜说，让陈娜帮着拿主意。为这个，王伟还跟她吵了一架。当时，她怀孕了，不想要孩子，就问陈娜。陈娜说怎么能不要这个孩子啊，他是一条命。

李小小二话不说，就把孩子生了下来。

王伟为此又跟她大吵一架，说他加上他的父母都不如陈娜的一句话。

李小小说："当然了。当初没有我姐就没有我这个人。你说，你能跟她比吗？"

李小小就在这一方面非常有主见。在她心中，这个世界上，陈娜第一，苏小菲第二，谁也没法和她俩比，永远不会变。

吃完饭后，苏小菲和李小小一起去陈家，看了看两位老人。陈辉不在家，陈娜的父亲坐在屋子里发呆，母亲在收拾房屋。

陈娜的母亲看到李小小和苏小菲来了，忙让两人在沙发上坐下，让两人吃水果。

两人跟两位老人说了一会儿话，看着天色不早了，索性一起去厨房做了晚饭，陪着两位老人吃饭。

两位老人都是知识分子，要脸面，在两人面前都极力露出笑脸，努力吃饭。苏小菲和李小小也是小心翼翼地赔着笑，生怕一句话说错了，打碎了四人努力营造出来的像窗户纸一般脆弱而又温馨的场面。

吃完饭后，苏小菲和李小小长出一口气，洗刷了碗筷，赶紧向两位老人告辞后下了楼。

此时，外面已经灯光明亮。苏小菲怕自己的眼泪掉下来，昂头看星星。不知是因为下面灯光太亮，还是被乌云挡住了，她一颗星星都没看到。

8. 回家

苏小菲收到了皮特的一封邮件。他给她发了一些图片，让她做样品，并报价。苏小菲喜出望外，迅速把样品发给了相应的工厂，让工厂报价，然后把价格在当天就报给了皮特。

忙活了一天，晚上回家的时候，经过菜市场，苏小菲去买了赵德海喜欢吃的鸦片鱼（比目鱼）。赵家人有个特点，都超级喜欢吃鸦片鱼汤，包括儿子霖霖。市场的新鲜鸦片鱼价格是几个月前的两倍，吓了苏小菲一大跳。卖鱼的说，现在封海了，这鱼都是偷着去抓的。因为是稀缺生意，所以才那么贵。

苏小菲觉得这鱼贩说得很有道理，也就没多废话，很干脆地花了一百多元买了一条鱼。

因为下定决心要维护家庭和睦，进了家门后，苏小菲先阳光地叫了声妈。他们婚后住的是赵德海父母的房子，这一度让苏小菲感觉压抑无比。

婆婆正在看电视，看到苏小菲拿着这么大一条鱼，显得很惊愕，说："霖霖今天不回来，你买鱼干什么啊。"

苏小菲说："他不回来，我们吃啊。爸爸和您好长时间没吃鱼汤了，今天我在市场看这鱼好，就买了。"

婆婆围着鱼看了看，很心疼地说："这鱼现在可贵了，花钱可要节约，过日子不能大手大脚。"

婆婆和苏小菲一向不对付，苏小菲每次看到她都心情灰暗。今天婆婆好像心情还不错。苏小菲提着鱼进厨房做饭，婆婆边看着电视边说："我准备给你爸缝裤子呢，就不帮你了。"

苏小菲心说：你骗鬼啊，爸的裤子在电视上啊。苏小菲不想跟她计较这些，就说："您忙吧，等会儿吃鱼就行。"

她看过一本刊物，说女人做了婆婆后，她的大脑会经过质的裂变。裂变的方式有二，一种是完全慈母型。这种变化的前提是家庭非常完美，婆婆不担心被边缘化，朝这种方向变化的婆婆非常少。另一种是张牙舞爪型。儿子成了别人的老公，并且日益主导了家庭的经济和社交大权。婆婆的神经就会发生变异，怕儿子完全听媳妇儿的，把以前占主导地位的老妈撇到一边。婆婆没有安全感，观察儿子、打击儿媳就成了大部分婆婆不自觉的行为。

儿子、婆婆、儿媳,这三者的关系,有点像三国时期的魏、蜀、吴,关系复杂着呢。

苏小菲采取的策略是装傻。不是很恶劣的挑衅她基本就装作看不见,但是触及她底线的事,可就不行了。

跟赵德海结婚这些年,她就跟婆婆吵了一次。说起来不是什么大事,但是触到了苏小菲最敏感的地方。

那次苏小菲的妈妈跟苏小菲嫂子吵架,来找苏小菲述说委屈。这种事都是各说各有理,苏小菲听妈妈说了,觉得嫂子有些过分,但是守着妈妈不能那么说,就两头和稀泥。

妈妈走了后,婆婆跟公公说话,让苏小菲听见了。婆婆说:"我看咱那亲家也不是什么好鸟,能跟儿媳妇动手,不是省油的灯。"

不知道公公说了句什么,婆婆的下一句直接让她崩溃了,婆婆声音很低,说:"你认为咱儿媳妇就是什么好东西了?没有好老的,难有个好小的。"

苏小菲张口就回应:"妈,你说说看,我哪儿不是好东西了?我怎么不是个好小的了?"

那边静了好一会儿,可能婆婆没想到这话让她听到了。然后,她听到公公小声在骂婆婆。苏小菲可不想就这一开始就熄火,她得听到婆婆的回话。妈妈本来就弄得她心情极度不好,婆婆可谓是火上浇油。

婆婆可能觉得躲不过,索性就豁出去了,骂道:"怎么不是好东西你不知道吗?每天一大早,我辛辛苦苦给你们做饭,你们谁有点良心体谅我一点儿?上个月我感冒,天天去打针,发烧三十八度,还要给你们做饭,你们还真能吃下去!起来做顿饭,能死人不成?既然给人家当老婆,就得做饭给男人吃。还有,脏衣服回家就一扔,我是婆婆,不是你雇的洗衣婆!给人家当媳妇,就得有个当媳妇的样子,你以为自己是慈禧太后啊!应该怎么当媳妇,你可以回家问问你妈,你妈为什么跟你嫂子打架?她觉得自己儿媳妇不好,上火;她的闺女给别人当媳妇,就好了吗?你今天听了你妈的事,多想想自己吧!"

苏小菲真是气疯了,凭良心说,她很少在家吃早饭。外贸跟别的行业不一样，因为时差的关系，有时候要半夜跟客户交流，还得一大早上班，因此她养成了在办公室吃早餐的习惯。结婚前，婆婆做饭给她儿子和老头子吃；结婚后，她基本还是做给他们吃，这怎么就不行了呢？

她就说："妈，我也跟你说，我是来给赵德海当老婆，不是给他当老妈子的。结婚前，你能给他们做饭，结婚后怎么就不行了？你做的饭，我可以不吃，让我一大早起来做饭伺候你们，我做不到！晚上我工作到下半夜一点，谁帮我了？早上我就多睡那么会儿，你怎么就那么不平衡了？还说拿儿媳妇当闺女，如果这是你闺女，你也这样说她吗？"

公公开门出来，让她回卧室，别嚷嚷了。她不听，说："爸，这事是我妈闹起来的，您得让我把话说完。"

婆婆也跑了出来，指着她说："你说得没错，儿媳妇和闺女就是不一样。人家对门闺女每周回家，都给他妈买补品，买脑白金，你呢？你行吗？"

苏小菲回道："既然闺女这么好，当初你怎么不养个闺女呢？"

婆婆说："我如果知道儿子找了个媳妇这么不讲理，我宁可让儿子打光棍！"

苏小菲说："那行，我走！你不用让你儿子打光棍，你让他另找吧。我给他腾地方！"

苏小菲一分钟也没耽误，带着东西就回了公司宿舍。结婚后，她也在宿舍里备有铺盖，生活用具一应齐全。这间宿舍留着，是怕在公司加班太晚，以备临时使用。没想到，这儿成了苏小菲的大后方，每当跟赵德海闹别扭了，她就不回去，在这儿重温单身时光。

跟婆婆吵架住宿舍，那还是第一次。

住了两天宿舍后，她感到委屈了，凭什么是自己要跑出来呢？凭什么不是婆婆跑出来呢？还不是因为房子是人家的！

从那时候开始，她就很想有套自己的房子。

当锅里的鱼熟得差不多的时候，赵德海回来了。他一闻到鱼肉的香味，就变得高兴起来，说："妈啊，怎么今天舍得做鱼吃了？味道不错啊。"

婆婆没吭声。苏小菲从厨房探出头来，说："回来了啊，是我做的鱼。"

赵德海有些惊愕，没说话，放下东西，看电视去了。

说实话，苏小菲在家做鱼这只是第三次，以前只是看婆婆做过几次。第一次做得不是很成功，主要是太咸了，辣椒放得太多，还有一次是做糊了。

这几个失误的点，这次她都注意了。为了不至于太咸，做好了以后，她才放的盐。每放一点儿盐，她就尝尝，尝了五六次，才搞定。

当鱼端上桌，她忐忑不安地等着大家的评论。婆婆只管吃，不说话；赵德海好像还是对她有意见，边吃边看电视；公公吃了口，品了品味道，赞了声好，说："不错，真不错。"

公公说完话，看了看婆婆，就不说话了，低头吃鱼。

苏小菲松了口气。

吃了饭，婆婆起来收拾桌子，苏小菲说："妈，您歇着吧，我来收拾。"

婆婆狐疑地看看她，说："好，我去给你爸缝裤子去。"

苏小菲心想，这么大岁数了，还说谎，不怕人笑话。

虽然自己主动要洗碗，但是苏小菲心里总觉得不舒服，似乎大家都有心事，有什么事瞒着她。

收拾完了，她不想跟他们一起看电视，就回了卧室。

结婚的时候，她要求在卧室放一台电视，赵德海不同意，说那样显得生分，也费电。那时候，赵家上下，对她都很好，看起来那么美好，似乎永远不会吵架的样子，她就没再坚持。现在，自己面对着空空四壁，苏小菲感到当初的自己真是太傻了。

她不知道什么时候睡着的。醒来的时候，看到赵德海已经在床的另一边睡着了，她自己身上也盖了一床被子。

她脱了衣服，钻进被窝。赵德海醒了，翻了个身，继续睡。

她往他身边靠了靠，伸出胳膊，搂着他。

赵德海喜欢裸睡，她的手就往他腿上摸，快摸到根儿的时候，赵德海推开她的手，转过身，给了她一个后背。

苏小菲怔了怔，赵德海的鼾声已经响起来了。

第二章 徘 徊

1. 张刚来访

苏小菲没想到张刚能到公司来找她。

她跟张刚交往很少，只是在陈娜刚结婚的时候跟他见过几次面。那时候，他还没下海，是一名小领导。两年后，张刚就下海了。具体原因陈娜不说，张刚也不说，你从他平静的脸上看不出一点儿风起云涌。

几年之后，他就变成了一个非常有钱的房地产开发商。

张刚刚下海的时候，他跟陈娜关系还没破裂，两人几乎是形影不离。每次苏小菲给陈娜打电话，她不是在和某个局长吃饭，就是在跟某个领导喝酒，就这样吃着喝着。等陈娜约她的时候，她突然发现，陈娜是自己开着车来的，还常换，没多久，就从"夏利"换到了"宝马"。似乎那车就在空气中飘着，她随意伸手一抓就是一辆。

而张刚的公司，就在陈娜的应酬中茁壮成长，最终张刚成了这个城市中屈指可数的富豪。

但是，张刚没有别的大老板大腹便便、志得意满的样子，他还是板着脸，心事重重，这让苏小菲很是刮目相看。

现在，张刚坐在苏小菲的对面，笑吟吟地说："苏主管，我想请您吃顿饭，可以吗？"

这才上午十点钟，这么早就吃饭？但是人家这么大的老板找上门来了，肯定是有紧要的事，她也不好拒绝，只得答应了。

两人下了楼，钻进张刚的车里。张刚开车很稳，一声不发，有种很沉重的气氛在车内盘旋。苏小菲坐在副驾，无意中一抬头，竟然看见张刚眼角滚出泪珠。张刚发觉了，赶紧伸手擦掉。他脸上表情还是板着的，似乎那眼泪不是从他眼里流出来的。

苏小菲感觉自己呼吸都不畅快了。她能感觉出张刚极度的悲痛。不用想，她也知道张刚是因为想起了陈娜，思念没法排遣，他才来找她。

这么一想，苏小菲就感觉不是很舒服，她又被人当成了一个宣泄情绪的窗口了。能为他人做点事是好的，但是她不喜欢被人当成一个异化了的窗口。

也就是说，她只是陈娜的一个替代物，一个排污口。

张刚人极为精明，他似乎能感觉到苏小菲情绪的变化。拐过了一个弯，他说："对不起，我实在找不到合适的人说话。"

他这么一说，苏小菲反而感觉不大好意思了，好像自己心里的小把戏让人抓住了一般。

她说："没事儿，反正我闲着也是闲着。"

想想这么说有点生硬，她就说："您请我吃饭，这还是第一次呢。"

张刚微微笑了，问："那您想吃什么呢？"

苏小菲说："还不到吃饭的时候，要不咱去喝茶吧。"

张刚说："好。"

苏小菲这么说，是因为她想起了陈娜曾经说张刚有一间茶楼，让陈娜经营，陈娜不想干。当时苏小菲感觉非常可惜。她最大的理想就是拥有一间茶楼，品茗上网，多自在的事。

张刚果然说："我开了间茶楼，不是很高档，我带你去看看吧。你要是有喜欢喝茶的客人，可以带他们去，免费。"

苏小菲笑了笑，说："好。谢谢。"

茶楼坐落在这个城市的中心位置，里面很大，却没有门头，倒是旁边服装店的门头，显得很高档。

经过一楼大厅，苏小菲跟着张刚走了进去。此时，张刚心情略微好了点，问苏小菲喜欢喝什么茶，苏小菲说随便吧。

张刚说:"我这人比较专一,喝了十多年普洱了,别的不喜欢。陈娜也喜欢喝这个。"

说到陈娜,张刚神情有些暗淡,苏小菲忙说:"那就喝普洱吧。"

张刚没让服务员冲茶,而是自己动手,沏茶倒茶,忙完了,给苏小菲拿了一盒点心,说:"这是我国台湾省产的茶饼,味道挺好的。"

苏小菲吃了一小块,味道真不错,淡淡的香,跟茶叶差不多。

张刚说:"陈娜最爱吃这个。这个产品还是她吃着好,才想办法弄进来的呢。"

苏小菲说:"今天你总是提到她。"

张刚说:"我想她了,是我害了她!"

这话吓了苏小菲一大跳,她手里的点心都掉在了桌子上。

张刚看到她的样子,忙解释说:"我是说……我是说我伤了她的心。"

张刚这么说,苏小菲就上火了。她心里想:当然是你伤害了她,要不她会变成那样吗?要不她会自杀吗?那是自己最好的朋友啊,从小到大,每一次快乐每一次忧伤,她们都一起分享,她们互相都是对方的二分之一,现在自己的一半没有了,你知道那种痛苦吗?

她不看他了,狠狠地咬着小点心,似乎咬的就是眼前的这个张刚。

张刚看了看她,为了平静心情,喝了一口茶。

他说:"不过……怎么说呢,这些年,我们是互相伤害。不可否认,我有过很多女人;她呢,你们应该也都知道,她也有过……不少男人。"

苏小菲冷笑了一声:"张总今天叫我来,就是想跟我说这个?"

张刚摸了一下脸,说:"哦,不是,我只是随便一说。我是爱陈娜的,哪怕是在我们互相伤害的日子。有很多时候,我们的互相伤害,其实是在强调自己的重要性。现在想想,我那时候真是太幼稚、太混蛋了!你知道,陈娜一直活在她女神的光环里,不肯低头,不肯认错,而且喜欢用一个错误,掩盖另一个错误,这不仅害了她,也害了我。我一直以为,她早就不爱我了,我也伤害不到她了,没想到,她一直爱着我,用她对我进行伤害的方式表达她的爱,我简直就是个傻子啊,一直在恨她,不停怼她,一直把她怼得无路可走，怼得她崩溃了。可惜，一直到她跳楼了，我才想明白这些，我……我真就是个混蛋啊！"

张刚说到这里，已经是泣不成声了。

苏小菲沉默了一会儿。她回想了一下这几年陈娜对张刚的评价，都是哪句话狠毒说哪句，毫不留情，给人的感觉就是这两人已经是水火不容的死对头了。她想不出来，陈娜在哪里表现出了对张刚的爱。但是她觉得张刚说得也有些道理，陈娜对张刚的恨是怨恨。不是冤家不聚头，冤家之间的爱恨是无法说清楚的。她感觉不到其中的微妙，或许这就是身临其境者与旁观者的差距吧。

张刚抹了把眼泪，拿出手机，把陈娜临跳楼前发的一条短信给她看。短信内容是：张刚，我到地府也饶不了你！

2. 女厂长王蓉

与张刚见面后，苏小菲的心情很多天都平静不下来。陈娜有钱有别墅有豪车，但是如果外在的财富无法丰盈内心，财富再多又有什么意义？相比而言，还是自己这样的生活好些，虽然钱少，但是平稳舒心，自己吃的是自己赚的，撑不着也饿不着。

赵德海好几天没回来了，苏小菲给他打电话。赵德海接了，问她："什么事？"

苏小菲很温柔地说："你什么时候回来啊，我去买鸦片鱼炖汤。"

赵德海说："我们在工厂呢。"

没等她再说什么，赵德海就挂了电话。

赵德海这时正烦着呢。

赵德海的主要客户是一个叫希姆的犹太人。希姆最大的生意，是给美国几家大的船运公司提供笤帚。这种笤帚跟中国传统的笤帚不太一样，扎笤帚用的原料必须是一种墨西哥品种的高粱。墨西哥高粱的苗子比国产高粱的苗子韧性好，不容易断。美国人规定船上不能用化工产品生产的笤帚，所以这种笤帚在美国销量很大。

但是这种高粱种植是个问题。中国的笤帚工厂不缺劳动力，不缺技术，就缺种植基地。墨西哥高粱的种植基地一般都在内蒙古、新疆等这些有大片土地资源的地方，但是产量很低，因此原料一直是制约这个产业发展的最大问题。

烟台附近既具备一定的种植规模，又满足生产条件的工厂，就是位于青州德丰的一家工厂。

当年赵德海是在广交会上认识希姆的，希姆拿着一把手枪大小的笤帚到处找公司生产，一直没有好项目的赵德海就硬着头皮把这个业务给接了下来。

幸运的是，赵德海在离烟台三百公里的德丰找到了能生产这种笤帚的工厂。然而，那时候这家工厂单子很多，不太想接新客户。但是工厂缺钱，哪家公司能先付款，他们就先给哪家公司做。外贸公司不会预付款，赵德海没办法，只好自己借钱先垫付了资金，才给希姆把第一个单子做了出来。

后面的业务就水到渠成了，赵德海跟这家工厂合作了八年多，工厂规模越来越大；但是这家工厂有一个非常严重的问题，就是对质量的把控不严格。

这次客户订了五万把中苗笤帚，样品也合格了，赵德海本来觉得没什么问题了，年轻的女厂长王蓉也是信心十足；但是验货的时候，还是出问题了。

这次希姆亲自来验货，吃了饭后，赵德海带着希姆来到工厂，工厂的人打开包装箱，本来还跟赵德海说笑的希姆首先愣住了。赵德海一开始没有在意，仔细看了看也呆住了。他摇晃了一下身子，差点就倒了下去。

女厂长王蓉还觉得有些奇怪，问："怎么了？这批货我可是全部用的好料，绑绳赵经理也都看过了，还能有什么问题？"

赵德海拿出一把笤帚，说："出大事了。"

王蓉反复看了几遍，不高兴了，说："质量这么好的笤帚，你们要是还不满意，咱这生意没法做了。"

赵德海绝望地说："您还没看出问题来吗？"

王蓉说："赵经理，您可别吓我。这是我接手厂长做的第一批货，要是这批货砸了，我爹能骂死我。"

赵德海递了一张样品彩图给她，说："您看下，这是你们当初做的样品。"

王蓉看了一眼，就瞪大了眼睛。

这批笤帚，客户特意注明，不要铁箍，末端做成锥状。他们做的样品也没错。但是，大批货物却按一贯做法做出来了，每把笤帚的末端，都顶着铁箍，五万把扫帚啊。

王蓉面如死灰。

赵德海问她："怎么办？"

王蓉一急，眼泪就涌了出来。赵德海一看这架势，知道依靠她是不行了，赶紧打电话给老厂长，也就是王蓉的父亲。

老厂长虽然退居二线，但是一直住在工厂里协助女儿。听说货出了问题，他立马跑来了。他了解了一下情况，看了看笤帚，找尺子量了量，说："还有办法补救。"

他指示王蓉："你赶紧先安排整理车间停下，拆箱拆铁箍，然后再安排车间旋锉笤帚把，拆一箱送一箱，车间旋锉完，赶紧包装。一共不到两千箱，两天就能弄完了。"

赵德海一听就急了，说："两天？开什么玩笑，明天上午必须送码头，船都订好了。要是明天发不了货，麻烦就大了。"

老厂长说："那我没办法，这是两千箱啊，两天工人也得通宵加班。"

赵德海拱手，说："王厂长我求求您了，两天真的不行。最迟后天上午得送到，而且我还得跟那边的货代好好说说才行。"

王厂长把头摇得拨浪鼓似的，说："你才开玩笑，后天弄不完。"

赵德海说："那怎么办？走空运，空运费您负担？"

王厂长恼了："我凭什么负担？大不了我不发货。反正这货在我这儿不愁卖。"

赵德海说:"您是不愁卖,我怎么办?我就把客户丢了!"

王厂长说:"那我也没办法。"

眼看事情进入僵局,王蓉忽然说话了,说:"行,后天上午到。爸,你安排车,后天一早发货,别的事我来安排。"

王厂长狐疑地看着她:"这可不是开玩笑。两千箱货全部拆完,也得一天。何况还得拆铁箍,重新旋锉笤帚把,还得包装。"

王蓉很坚定:"没办法的事,弄不完也得弄。是咱的错,咱就得承担责任。"

赵德海赞赏地看了看王蓉。

王蓉说:"您放心,赵经理。在我这儿,我能做的,绝对不为难您。"

赵德海和王蓉先监视工人拆了两箱,拆下铁箍,旋锉好笤帚把。赵德海量了量尺寸,对王蓉说:"就这样就行。"

王蓉对赵德海说:"那就没问题了。放心,后天一早到不了码头,我就把我自己送去!"

赵德海带着希姆到了城里,找了一家酒店住下,让希姆休息。他不放心,又回了车间。

王蓉把全厂的工人都调了过来,拆箱的拆箱,拆铁箍的拆铁箍,偌大个仓库,成了大车间。

第一天晚上,工人加班到十一点,留下一半打通宵,一半回家睡觉。第二天一早,打通宵的工人回家睡觉,晚上七点再上班,之后全厂工人打通宵。

王蓉在车间,跟着熬了两个通宵。别说王厂长了,就是赵德海看着都心疼。第三天一大早,集装箱车到了工厂门口的时候,全部货刚好装完。

希姆都很惊讶,他握着王蓉的手,说了一大通感激的话。

赵德海给她翻译过来,大意是,您是女中豪杰,比您的父辈有能力。

王蓉笑了笑,说:"这是我们的错,我们就得承担责任。"

希姆要坐飞机走,赵德海要回公司。王蓉想自己开车送他们,赵德海让她找了个司机替她开车,逼着她在家休息。

王蓉说："要不我在车上睡一觉吧，我到别的公司还有点事。"

王蓉的车是三排座的商务车，她到最后排睡了，司机开着车从德丰赶到烟台飞机场，是下午三点多。希姆的飞机是八点的，赵德海要陪着他等飞机，让王蓉先走。王蓉说："反正没事了，晚上我们也不回去，就在这儿陪你们等吧。"

司机在车上睡着了，王蓉睡醒了，与赵德海陪着希姆在大厅里坐着，聊天。

王蓉知道赵德海在公司受排挤，就对他说："赵经理，您自己有客户，有订单，干脆拉出来自己单干得了，在单位受那么多闲气干吗？现在很多业务员都出来单干，很赚钱呢。"

赵德海叹了口气，说："不是那么简单。我单位是大公司，客户到中国来，还是喜欢找大公司做，他们对小公司没信心。我要是出来单干，别说开发新客户，老客户能不能保住都没法说。"

王蓉说："自己做，也不一定永远就是小公司。您应该能看出来，将来外贸的趋势，是工厂兼外贸。外贸公司要渐渐消亡，大公司会越变越小，最后就没了。"

赵德海点头说："我其实有这种想法，但还不成熟，我还得考虑考虑。"

送希姆上了飞机，两人走出候机厅。下台阶的时候，赵德海一脚踏空，差点摔倒。王蓉转回身扶他，结果赵德海一下子就扑到了她的怀里，差点把她也扑倒。

王蓉站稳脚跟，竟然抱着赵德海，好久没松手。

赵德海怔了怔。未婚女子那特有的体香让他陶醉了，他也抱着她，站了一会儿，才松开了手。

3. 自己的家

苏小菲下班后，坐公交车到学校接孩子。今天是周六，儿子赵霖霖回家的日子。到了学校门口，儿子已经等了好长时间了。大部分学生都已经走了，剩下不多的几个学生在老师的陪伴下，焦急地看着校门外。

霖霖老远看到苏小菲，就想往外跑；老师很谨慎，一把拉住他，等着苏小菲走近。

苏小菲走过去，跟老师打招呼，老师对苏小菲说，霖霖在美术方面很有天赋，应该给他报个美术特长班。学校门口人很多，吵吵闹闹的，没办法交流更多，苏小菲跟老师客气了几句，拉着儿子就走。

从学校回家要挤5路公交车。这个点刚好是下班高峰，车上人挤得满满的。到站后，车上只下去了几个人，要上车的却是一大堆人，很多都是来接孩子的。

苏小菲等了三趟车都没挤上去，此刻天却已经黑了。

她正着急的时候，电话响了，她看也没看就接了。因为心情不好，口气就不那么婉转，她问："谁啊？"

对方一怔，才说："说话怎么这么个语气啊？你这是对谁说话呢！"

是婆婆。苏小菲一听她不悦的语气更上火了，但是她不能发火，只能压了压火气说："是妈啊，我没看是谁呢。您有事吗？"

婆婆冷冷地说："没事！"

婆婆挂了电话，苏小菲对着电话呸呸两声。她知道婆婆这是想问她这么晚怎么还不回来，还有接着霖霖了没有。听到自己语气不那么友善，婆婆就生气了。

想到这事，苏小菲就更上火了。

从霖霖的学校回家坐公交车不方便，但是如果骑电动车，穿过两个菜市场，走小胡同，十分钟就到家了。

一开始为了霖霖是否要住校的问题，她跟赵德海和公婆一起商量过。她想给公公买辆电动车，可以在霖霖放学十分钟前往学校赶，等赶到了，刚好放学，接上孩子，十多分钟就赶回来了。

公公同意这个方案，但婆婆死活不同意。

她的意思是苏小菲可以骑着电动车上班，下班后刚好顺路接孩子回来。

这话差点就把苏小菲气疯了。自己的家、学校和单位距离上看基本是三角形，家离单位近五公里路。三角形还叫顺路？主要问题是，这个城市冬天雪大，大冬天的顺着大三角形的路，先把孩子送去，自己再去单位？会不会迟到不说，近十五公里路，不冻死也得摔死。

她不同意这个方案，婆婆也不同意公公接送孩子，没办法，孩子就只能住校。多花几个钱倒无所谓，孩子才这么大点，在学校习惯吗？能吃饱吗？

私下里，为了孩子住校，她哭了不知多少回，为这事还跟赵德海吵过，但是没用。好在儿子很让人放心，适应能力强，在学校住得还算顺利，老师也照顾得挺好。

但是看着很多老人骑着电动车接上孩子走了，她就又想起了这事，心里就觉得窝火得不行。

天越来越暗了。她扬手叫了一辆出租车，拉着儿子就上了车。

回到家，婆婆不理她，问孙子："霖霖，怎么才回来啊？"

霖霖说："我和妈妈坐不上公交车，是搭出租车回来的。"

婆婆对孙子抱怨说："我让你妈买个电动车来回顺道接你，她不干。唉，不听老人言，吃亏在眼前。挣得再多，也扛不住这么花钱。坐出租车，啧啧，奶奶这么大岁数了，从来没舍得坐过出租车，你妈可真有钱。"

苏小菲在卫生间洗手，听了这话，差点就怒火朝天了。公公在那边说："人家不买，有自己的想法。从咱们家到学校再到单位，围着城市转了大半个圈，天天这么走，还不累死？"

苏小菲没听清婆婆在那边嘟囔了句什么，公公就喊她吃饭了。

苏小菲答应了一声，洗了把脸，就走了出来。

婆婆不是很高兴，只顾跟霖霖说话吃饭，完全剥夺了她跟儿子亲昵的机会。苏小菲草草吃了点饭，就不吃了。

她打开电视看新闻，竟然看到他们公司的老总在电视上大谈企业发展。老总大肆吹牛，苏小菲实在忍不住，张口就说："真恶心人！"

婆婆正在喂孩子吃饭，听了这话，猛地把筷子一拍，喊道："你这话说谁呢？"

苏小菲一怔，说："我说我们公司老总啊。"

婆婆张口就骂："你找借口怎么不找个好的？骂老总有跑到家里骂的？你欺负我老糊涂了是吧？有意见就当面说，我最讨厌指桑骂槐，没教养！"

苏小菲恼了，喊道："我怎么没教养了？我骂我们老总怎么就没教养了？跟您说吧，指桑骂槐是您的拿手戏。我不会！也不想学！"

公公可能也觉得苏小菲这个骂挺蹊跷，就制止住老婆子，说："她说骂她公司老总你就让她说清楚啊，你怎么不让人说话呢？"

说完公公又转身对苏小菲说："小苏，这个事你可得说清楚，你说恶心，我可是清清楚楚听见了，这可不是你应该说的话。"

苏小菲说："爸，您刚才没听到电视里我们公司老总在发言吗？我还要怎么说清楚？我们那老总，天天说得比唱得还好听，自己在上海北京都买了房子，还成了先锋模范，我骂他怎么了？这跟我妈有什么关系啊？"

公公狠狠地看了婆婆一眼，又赶紧跟苏小菲说好话："小苏，这个就是你妈不对。她以为你骂她呢。好了，别生气了，看电视吧，继续看。"

婆婆却不服气，说："我就不信那么巧，我看了三十年电视，都没看到你们老总上电视，你今天一看就看到了。哄谁啊？"

苏小菲差点就崩溃了，说："你怎么能这么一点儿理都不讲呢？你没看到等于我就看不到吗？你还吃了六十年饭呢，你用过电脑吗？"

公公摔了筷子："都别吵吵了，不怕人家笑话！小苏不是说刚刚她是看到她老总才骂的吗？我打电话问问别人，到底刚才电视里有没有她公司老总出现。还有小苏，你别跟你妈叨叨了，她老糊涂了，跟她叨叨什么啊，这像个过日子的样子吗？"

苏小菲的眼泪顿时就涌了出来，说："这怨我吗？她有个当妈的样子吗？"

婆婆站起来要跟她继续理论，被老头子狠狠地摁了下去。苏小菲扔了遥控器，回了卧室，把门摔得要地震似的。

婆婆用手指着门说："你看你看，这像有教养的样子吗？"

公公不回应她的话，跑到一边打电话去了。

不大一会儿，他就心事重重地走过来，对老婆子说："真是你错了，老李说刚才真的是他们公司那个什么老总出来了，在电视上大谈特谈，牛皮吹得哄哄的，老李现在还在家里骂他呢。"

老婆子一怔，仍胡搅蛮缠道："那也不一定是骂谁呢，她弄不好是借题发挥呢。你没看她那样子，一回来就气鼓鼓的，凭什么啊。"

公公知道让她给苏小菲道歉是不可能的，就自己走过去，在儿媳妇门口说："小苏，我打电话问老李了，你说的都是真的，是你妈错了啊。她也知道错了，你就别生气了啊。"

听听里面没动静，公公叹了口气，走到一边吸烟去了。

4. 房子

第二天是周六，苏小菲还是按照自己的习惯，一直躺到了九点半才起床。忙了一周了，凭什么不能睡个够呢？

公公已经出去遛鸟了，婆婆好像也出去了。苏小菲到厨房看了看，锅里留着饭，不过很少，好像是给霖霖留的。看到婆婆没给自己留饭，苏小菲气得真想把锅摔到地上。把霖霖喊起来，安顿他吃了饭，苏小菲泡了包方便面吃了，刚收拾好碗筷，婆婆就回来了。苏小菲收拾了一下，出了门。

苏小菲已经准备好了买房子的钱，她今天出去，就是想看房子，早日买到房子，从这个家里搬出去。

外面艳阳高照，走到大街上，苏小菲有些蒙。她天天在公司里忙活，根本不知道应该去哪里买房子。想咨询下朋友，把自己那些狐朋狗友过滤了一遍，发现竟然没有个懂房子的。

最合适的人，应该是陈娜了。可惜，她已经不在这个世界了。想到陈娜，她突然又想到了张刚。反正就是打个电话咨询一下，耽误不了多长时间。张刚是开发商，在这个城市，恐怕没有比他更懂房子的人了。

张刚接了电话，听起来好像在开车。

苏小菲说："张总，真是不好意思，打扰您了。我想去看房子，不知道哪里的合适，想请教您一下。"

张刚问："你在哪儿？"

苏小菲说："我刚出家门，在解放路这儿。"

张刚说："你到南大街路口等我，我从家具城过来，一会儿就拐过来了。"

苏小菲刚走到对面站定，张刚的车就停在了眼前。

苏小菲上了车，突然觉得不应该坐张刚的车，因此有些不自在。

张刚看了看她，说："你想买什么样的房子？"

苏小菲说："不要太大的，六十平方米就行，不能离开市区，价格不能太高，我能承受的价格是三十万左右。我想找您帮忙参谋下，我买哪个位置的房子比较合适。"

张刚想了想说："今年新开的楼盘没有小户型，价格也太高，都是炒楼炒起来的。我觉得若论经济实惠还是去年开的楼盘比较好，设计也比较合理，价格适中，并且因为要开新楼盘，开发商急于出手，价格还可以商量。"

苏小菲说："您给说个具体的楼盘吧。我对哪儿有合适的房子卖，一点儿概念都没有。"

张刚想了想说："先上上林花园吧，我刚好没事，带你去看看。"

苏小菲说："那不用，真的不用，我坐公交车去就行，何况今天只是转一转看一看，心里有个数而已。"

张刚说："我真没事，你就别客气了。我去办我的事，不过是顺路。"

苏小菲听他这么说，心里才踏实些。对于友谊，她喜欢等量交换，不喜欢欠人情；可是这个张刚，自己是根本没法跟他等量交换的。

一路上，张刚又给她介绍了几个地方，她只记住了上林花园。

到了上林花园，她下了车，跟张刚告别。售楼处人不多，苏小菲去看了看模型。上林花园是六层的楼房，别的楼层都卖光了，剩下的都是六层的。她失望地走出来，一抬头，却看见张刚在路边等着她。

张刚跟她打了个招呼。苏小菲心情很复杂，说实话到处跑着看楼房应该有个车,有个参谋;但是这个人是谁不好啊,偏偏是这个张刚,这个在她心目中间接杀死了最好朋友的凶手。

张刚说:"告诉你,看楼盘我是最好的参谋,你不用是非常错误的。"

苏小菲想想也是,自己不过坐坐他的车,烧点儿汽油;这点儿油钱,别说他不会在乎,自己都不在乎,实在不行,给他钱不就结了。何况他欠陈娜的太多了,自己剥削他点,刚好给陈娜报一点儿仇。

有了这个理论基础,她就心安理得地上了他的车,看了一个又一个楼盘。

看房子竟然会上瘾,总感觉下一个会有惊喜。一直到中午,看了四家,她对楼房的价格和优劣都有了大体了解。一看手机,时间已经十二点多了。

她要请张刚吃饭,张刚说:"算了吧,你如果不想看了,我就得走了。"

苏小菲执意要请他,张刚说:"刚刚我接了个电话,有个朋友约我谈点事,就在这附近,你自己坐公交车回家吧,我去跟我那朋友见个面。"

这个理由不错,苏小菲赶紧下车,坐公交车回了家。

晚上,赵德海回来了。因为多日没在一起,赵德海晚上显得比较主动。苏小菲也想搞好两人之间的关系,就很配合。完事后,苏小菲躺在赵德海怀里,说:"德海,我想买房。"

赵德海一愣,问她:"怎么突然想买房子了?"

苏小菲说:"想到这个奇怪吗?我回到这个家,就有一种进了别人家的感觉。你看你妈,看我跟看仇人似的,好像我是来侵略你家来了。"

赵德海说:"我看是你心态有问题。我觉得她对你挺好的,你洗碗她都不让你洗。"

苏小菲"哼"了一声说:"你妈最会装了。你在家的时候,她对我一个样子,你不在家,她又变成另外一个样子了。我真是奇怪了,我是来跟你们一起过日子来了,不是来给她当敌人来的。你妈倒好,跟我玩起离间计来了,真是好笑。"

赵德海推开她的头,说:"我妈不是那样的人,你是过于敏感了。再说,这个房子早晚都是我们的,你发什么神经?我们那几个钱,够买房子吗?"

苏小菲说:"我们可以贷款啊,现在很多人都贷款买房,再说多套房子怎么了,以后房子会越来越贵,把钱买房子,总比存银行合算。"

赵德海说:"反正我不同意。现在外贸公司形势不是很好,说不定哪天就倒了,万一公司倒闭,我们没有工作怎么办,拿什么还贷款?"

苏小菲说:"要不我们跟亲戚朋友借点钱?"

赵德海生气地说:"要借你去借,我可不管。我太累了,睡觉了。"

赵德海转过身去,一会儿便打起了呼噜。

5. 皮特的订单

李小小打电话给苏小菲,说她听说一个比较好的小区,刚建的,不是很大,是小公司开发的,价格比较便宜。唯一的缺点是小区边上有条臭水沟,所以,买的人不多,开发公司说那条臭水沟他们会盖上的,大家都不相信。

苏小菲一听来了兴趣。她不在乎什么臭水沟,只要价格便宜就行。

苏小菲和李小小打车去看了房子,觉得不错。两人商量了一下,觉得她们都不懂房子,还是找个人参谋一下比较好,想来想去,苏小菲还是想到了张刚。没办法,谁让自己只认识他呢?

张刚接了电话,听苏小菲说完,说:"那个地方价格低,是有原因的,你们外行人不懂。盖房子要讲究风水,那个地方本来还是可以的,但是那条臭水沟,把风水破坏了。即便是盖上了,那条沟还是存在,所以还是别买那个地方的房子为好。"

苏小菲问:"那会有什么后果呢?"

张刚说:"这个事怎么说呢,有人信有人不信,但是搞开发的,总要找人看看风水,否则会影响销售。按照风水的迷信说法来讲,旁边有臭水沟,人会不顺利,还容易生病等等。"

苏小菲迷惑了:"真的这样吗?"

张刚说："这都是迷信的说法，我也不太信，但是有人信啊。买房子是大额投资，所以无论信不信，还是避开的好；否则，等买了房子，再讲究这个，就晚了。"

苏小菲以前不信这些东西，但是想想买这房子得几十万呢，万一真的对身体不好呢？万一真的会有事呢？冥冥中的东西，谁能说得准？

忙活了一上午，苏小菲匆匆回到公司，疲惫不堪，顾晓墨告诉她，大卫的公司来邮件了。

苏小菲忙打开邮件看了看，差点就疯了。

这位新上任的皮特先生，对苏小菲邮寄去的一批地毯彩稿非常不满意，几乎是全盘否定。还有工艺，在苏小菲的工艺设计里，有些高档地毯，要用二十目做法，或者"米字阵"以体现细节或者立体效果。皮特不懂工艺，让苏小菲发点有这些针法的地毯，他要看一下。

还有奥勃松为什么这么贵，萨瓦纳瑞跟九十道地毯有什么区别，二百道跟一百二十道看起来没有什么两样啊，怎么价格差得那么多啊，等等。皮特的问题一大堆，很显然，这位皮特先生根本不懂地毯。

苏小菲震惊了，简直要崩溃了。有些业务员喜欢这种业务上的傻白甜，可以利用他们在业务上的认知差距，狠狠地赚上一笔黑心钱。比方把一百二十道地毯以二百道的价格卖掉，把九十道当萨瓦纳瑞卖掉，但是这种黑心业务只能做一次，客户绝不会上第二次当。苏小菲是认认真真做业务的，不会以次充好拉低价格，因此她只能等客户被骗够之后，再回头找她。问题是各种类型的骗子太多，很多人被骗急了，就直接放弃了这里的市场。能做地毯的国家太多了，比方道数地毯的始祖是伊朗，也被称为波斯地毯，现在巴基斯坦、印度、阿富汗都在生产质优价廉的波斯地毯。萨瓦纳瑞地毯的始祖是法国，虽然法国产的地毯价格高，但是质量是苏小菲他们这里没法比的。即便是手绣地毯，也是从英国传过来的。据说现在朝鲜已经在生产手绣地毯了，是中国人传过去的工艺。

实话说，能像大卫那样专业又认真，还最终选择了苏小菲的客户，概率是非常低的。

苏小菲知道，皮特肯定会把他们公司的图片和样品要求发给很多家中国公司，让这些公司出彩稿，做样品，报价格，符合他审美眼光的中国公司，会得到大量的订单。而苏小菲断定，自己很难在这场荒唐的混战中获胜。她的收获，应该在三年之后，这位名字叫皮特的先生在被无数骗子骗了一圈之后。但那个时候，他效力的公司能不能用他，还是一个问题。再换新人，这个新人是个什么情况，自然还是个未知数。

苏小菲把皮特的邮件转给了大卫，希望大卫能向他的老板反映一下。大卫很快就来信了，他说他的接任者确实不懂地毯，他需要一个过程，并希望苏小菲能全力帮助他。他可以在适当的时候，提示一下皮特先生，让他多跟苏小菲合作，要相信她的眼光，但是他不能把苏小菲反映的问题告诉他的上司，因为那样"不道德"。最后，大卫告诉苏小菲，他最近一直在越南，这个陌生的环境，让他很怀念跟苏小菲合作的时光。

苏小菲看完大卫的邮件，骂了大卫一句，只得联系工厂，让工厂设计师按照皮特的要求另画彩稿。

工厂看到皮特的要求，不乐意了。因为按照皮特的要求画的彩稿，几乎就是我国上世纪六十年代流行的大花布，大红大绿。花的配色更不行，而且这个皮特尤其喜欢紫色，要知道，在地毯行业，紫色是比较忌讳的，因为颜色太跳了，配色太难，会使得整条地毯的颜色变得很难看。如果工厂的彩稿不被皮特接受，那这个稿子在全世界就很难找到客户，几乎就算废了。即便彩稿通过，做了样品，也很难拿到大订单。这些工厂都是个体户，都是从当年的家庭手工作坊成长为工厂的，他们对什么样的地毯图案会在世界流行都很明白，因此没人愿意陪着这个皮特先生玩。

苏小菲无奈，只得亲自去了一趟工厂，与工厂老板和设计师研究配色，以求在皮特的要求和好稿子之间寻找最大的折中。最后，经过几天的努力，才敲定了最终方案。

这次的彩稿出来后，皮特没有说什么，只下了几个小单子，价格倒是还可以。

苏小菲算了一下，加上彩稿的费用，工厂做了这个单子后，差不多能覆盖了费用。第一关终于过了，苏小菲长出了一口气。

6. 妈妈病了

苏小菲突然接到叔叔的电话，让她快回去，老妈病了。

苏小菲顾不得别的了，跟经理打了个招呼，就往家赶。

苏小菲家庭情况有点特殊。她本来有个姐姐，小的时候，父亲带着她出去玩，出车祸死了。父亲因此得了病，三年后去世了。叔叔为了照顾他们，就跟苏小菲的妈妈结了婚，叔叔虽然对苏小菲母女很好，但是苏小菲回家总是觉得尴尬，就很少回去。

妈妈身体一直不好，各种状况持续不断。叔叔六十多岁，刚退休，对很多男人来说，这并不是个很老的年龄，但他和妈妈一样，已经老得不成样子了。

半路上，苏小菲接到叔叔的电话，说他们快到医院了，让她直接赶到医院。

苏小菲赶到医院的时候，妈妈正在手术室抢救。

叔叔看到苏小菲，像看到了救星，说："小菲，我们拿的钱不够，医院不让进手术室，我跟他们说了很多好话，才开始手术。家里的钱都是你妈存放的，我找不到。你先拿五千元交押金，等你妈醒了，我就有钱了。"

苏小菲没带这么多现金，就让顾晓墨先送五千元钱过来，交给了叔叔。

苏小菲觉得该给赵德海打个电话，好歹他是苏家的女婿，丈母娘病重，不来看看是说不过去的。

赵德海一开始不接，打了第三遍，他才接了。

苏小菲没给他说话的机会，抢先说："我妈病了，在市立医院。"

赵德海沉吟了一会儿，说："小菲，对不起，我今天没空，有个客户要过来。"

客户对于外贸人来说，那是真正的上帝。赵德海口气一转，又说："该花的钱只管花啊，算我的。我这两天太忙，过了这两天，我去医院看看妈。"

赵德海挂了电话。苏小菲觉得他太冷漠，但是找不到合适的话反驳他。

妈妈从急救室里推出来的时候，已经是下午了。只是因为身体虚弱和血压高引起的暂时昏迷，所以问题不大，苏小菲一颗心落到了实处。

医生说需要住院观察几天，要他们再准备些钱。

妈妈告诉了苏小菲放存折的地方，苏小菲打车回家，取了钱，带了点需要的东西，回到了医院。

晚上，苏小菲让叔叔回家，自己照顾妈妈。

反正回到宿舍也是自己一个人，在医院陪陪妈妈，也不会耽误睡觉。

因为吊瓶里配有安定，妈妈白天睡了一天，晚上睡不着了。

苏小菲陪着妈妈说话，妈妈回忆曾经她父亲在世时的美好时光，就呜咽起来。苏小菲感觉奇怪，妈妈平常不说这些，倒是常常说起叔叔的诸多好处。因为医生说过尽量不要让病人激动，苏小菲劝妈妈不要想这些，叔叔对他们一家不薄，过去的就过去了。

妈妈擦擦泪，点了点头，问："德海最近很忙吧？"

苏小菲感觉妈妈话里有话，忙赶紧辩白："嗯，他最近可能要出差。"

妈妈转过了头，说："两口子没有说不开的话，何况你们有孩子，别的不说，多为孩子想想，少闹别扭。"

苏小菲听这话就知道妈妈猜到了他们有问题。她不想让妈妈担心，顺口就说："妈，我和德海没什么事，你别瞎想。他跟老板一起见个客户，然后下了工厂，估计今天赶不回来，我就没跟他说，明天我一定让他来看看您。"

妈妈说："看不看我倒不重要，重要的是你们两口子要好好的，别让外人看笑话。"

苏小菲说："我知道。再说了，谁有那个心思，看我们笑话啊。"

妈妈不说话了，眼角滚出泪，说："我想睡了。"

苏小菲关了灯。

奇怪的是，没关灯的时候，感觉很困，关了灯反而睡不着了。苏小菲想到自己跟妈妈说的话，她拿出手机，给赵德海发短信。编了好几次，都删了。斟酌了好长时间,她发给他:"睡了?"

看到提示对方已收到,她就放下手机,等他回信。

等了有十多分钟,没回应。

她知道赵德海不会睡,最多躺在沙发上看电视。

她又给他发了一条:"如果你还有点人性,明天就来看看我妈。哪怕看一眼就走。"

最后这一句她是想了好一会儿才加上的,这一句似乎有央求的意味。没办法,她真的需要他来看看妈妈,她不想看到妈妈怀疑且悲哀的眼神。

不一会儿,就收到回信了:"好。十分钟。我没有再多的时间。"

苏小菲一看到"好"的时候,心里有点感动,等看到后面那几个字,心里就恨了起来。

男人,真的没有良心吗?

当初妈妈对赵德海多好啊。做了好饭,一定要跟苏小菲说,让她叫着赵德海一起回家吃。她知道赵德海喜欢吃鸦片鱼,只要看到市场有新鲜的鸦片鱼,无论多贵,都要买回来,等赵德海回来吃。

也就是因为这个,妈妈练就了做鱼的好手艺,想一想,那得是耗费了多少昂贵的鸦片鱼啊。妈妈工资不高,叔叔没有退休金,可以想象,他们的日子该有多么艰难。赵德海,你怎么变得这么冷漠了呢?

苏小菲在被窝里抹眼泪,听到旁边床上妈妈翻动身体的声音,她怕妈妈觉察到什么,赶紧装睡。

妈妈在那边却说话了,妈妈问:"小菲,睡着了吗?"

苏小菲说:"没有。"

妈妈说:"我也睡不着,咱说会儿话吧。"

苏小菲说:"好。"

妈妈略停了停说:"小菲,你长大了,也有孩子了。人啊,就这样,一辈一辈的,都是为了孩子活着。"

苏小菲说:"嗯。"

妈妈说："你是个好孩子，妈妈很满意。你叔叔对我也不错。人活着，没有十全十美的，我满足了。"

苏小菲说："嗯。"

妈妈又说："你知道我身体不好，万一我哪天不行了，或者没了，你多照顾你叔叔，好歹他对咱家是有功劳的。"

苏小菲说："妈，你这是说什么话呢。你身体没什么大毛病，您得好好活着呢。刚才您的话也不对，人活着不单是为了孩子，也是为了老人。老人孩子都有，才是日子。"

妈妈说："话是这么说，可是人老了，都得死呢。"

苏小菲感觉妈妈话里有话，便说："妈，您是有什么事吧？"

妈妈忙掩饰，说："没什么，什么事也没有。"

苏小菲说："我知道您不说实话。我听得出家里出事了，有什么事，您该和我说啊。您自己憋在心里，憋出了毛病，不光您遭罪，我们也跟着受牵连。"

妈妈一再否认，苏小菲只能相信她。

第二天上午，苏小菲回了趟公司，处理了一些事务，回到医院的时候，已经十一点了。

"德海来过了。"妈妈说。

不用妈妈说，苏小菲也知道他来过了。桌子上的补钙营养品什么的，是他的手笔，还有那束花，都是他看病人的一贯做法。

"来就来吧，还买什么花，不好吃不好用的，花钱倒不少。"妈妈假装抱怨，却掩不住高兴。

苏小菲没好意思说，那花是他从他同学的花店拿的，不是快要枯萎的，就是插花剩下的，花不了几个钱。

营养品看起来一大盒子，其实没多少东西，体面还不贵。中国人糊弄中国人的那一套，赵德海全用在了自己家人身上。

"还给了我一百元钱，说让我买点好吃的，这孩子。"妈妈的话平平淡淡的，没听出是褒还是贬。

苏小菲问:"他待了多长时间?"

妈妈说:"大约十分钟吧。他说今天要出差,我就让他走了。"

7. 皮特来了

苏小菲接到皮特的邮件,说下周日到北京,周一到公司。今天已经周五了,苏小菲看了心里直骂娘。这个皮特,也不等她把样品准备好,搞这种突然袭击,这到底什么意思啊。

苏小菲手头大小客户有三十多个,能正儿八经下个单子的,也就七八个。皮特效力的这家公司销量最大,剩下的几家加起来,也没有这家公司一半的销量。

所以,她输不起。即便她对皮特有诸多的不满,她还是要用尽洪荒之力,以期获得一些认可,拿到一些单子。

苏小菲给工厂打电话,问了问样品的准备情况,又让他们赶紧找人赶货,以便皮特来时,能看到略微大一些的样品,这样效果会更好一些。

周日下午,苏小菲早早到了机场。虽然知道飞机不晚点那是新闻,苏小菲还是没敢不按时来,她是怕万一那架飞机机长神经了,提前飞来了呢?

结果,她在机场等了两个多小时,才等到飞机降落。

这趟从北京飞烟台的航班有三个外国人,以苏小菲的经验,其中一个个子不高,大脸盘小眼睛的胖子,拖着拉杆箱,看起来很干练的外国人应该就是皮特了。

苏小菲看到他也在昂着头找人,就朝他挥了挥手。

皮特朝她笑了笑。不知为什么,皮特的这一笑,让苏小菲觉得有种阴森森的感觉。她仿佛在哪部美国大片中看到过类似的笑容,诡异的笑容中,暗藏玄机。

皮特走到苏小菲面前,苏小菲跟他握手:"皮特先生,欢迎您来到烟台。"

皮特笑了笑,说:"谢谢。苏小姐,我们在广州见过。"

苏小菲一愣:"是吗?我怎么一点儿印象都没有?"

皮特笑着说:"那是因为您太漂亮,围着您的人太多。二零零四年广交会,我跟大卫一起去的,到您的摊位见过您。不过那时候我是负责别的业务,您的业务是大卫负责的。"

苏小菲想了想,但什么都没想起来,她只得说:"抱歉,皮特先生,我还是想不起来。"

皮特呵呵一笑说:"正常,正常,美丽的小姐对我们这种不帅气的男人,都是不屑一顾的。"

苏小菲尴尬地笑了笑,接过皮特的拉杆箱,带着皮特走出国内到达大厅,走到停车场,司机师傅已经下了车,打开了后备箱。苏小菲说了声谢谢,把拉杆箱交给了司机师傅。司机刚要把箱子放进后备箱,皮特却忙阻止道:"NO!NO!"

他示意司机,把他的箱子放进汽车后排。司机有些不解,他看了看苏小菲,苏小菲笑着点了点头,说:"听皮特先生的吧,也许他的箱子里装着什么贵重物品呢。"

苏小菲拉开车门,司机把箱子放进去,皮特随后也钻了进去。

苏小菲无奈,只得坐在副驾驶位置上,之后和司机一起把皮特送到碧海大酒店住下。

按照惯例,苏小菲帮皮特登记完毕,送进房间之后,再跟皮特约好吃晚饭的时间,他们就要先回去了。他们回去准备一下,也给皮特让出时间,让他洗个澡,略作歇息。然而,让苏小菲没有想到的是,当她说晚上七点来接他吃晚饭的时候,皮特却直接拒绝了她。他的理由似乎也很合理,他今天很累,不想吃晚饭了,想休息。

苏小菲却从皮特的眼神中看出来,他在撒谎。

很显然,他晚上另有他约了。而且,以她对这些外国男客户的了解,这个他约的"他",应该是"她"。

苏小菲非常懊恼,却不能点破,只能以不吃晚饭对胃不好的理由劝说皮特。皮特不肯答应,苏小菲只得作罢。

回到公司后，苏小菲气得在屋子里转圈，她感觉自己就像一只无头苍蝇一般。

谭林大概是听司机说了此事，过来安慰她："小苏，没事啊，这些老外就这样，做事不靠谱。"

苏小菲气得眼珠子直冒火："我怎么能不生气？这个皮特这不是耍人吗！他让我接机，弄得好像来烟台找我似的，晚上却不让我请吃饭。这谁都知道，客户来到中国，先接触谁，谁就能接到大单子，能卖出货去。特别是卖现货，客户先到谁家挑货，谁家卖出的货就多。地毯工厂就这些，谁都能带着客户去转一圈，他这要是明天跟着别的公司的业务员下了工厂挑货，我这不是白忙活了吗？"

谭林说："没法说。也许皮特真的是不想吃晚饭呢，或者……或者今天晚上即便他见了别的公司的人，也不一定明天就会跟着他下去挑货。"

苏小菲苦笑一声，说："老大，谢谢您的好心，您不用来安慰我了。我没把皮特抓到手，您应该帮我想办法，说这些有什么用？"

谭林笑了："我能有什么办法？我又不是美女。我要是个美女，我肯定会想办法把皮特拿下。别乱想了，好事多磨，当年大卫不是也有这么一个过程吗？"

苏小菲白了谭林一眼，说："皮特怎么能跟大卫比？大卫懂业务，素质也高，这个皮特什么都不懂，恐怕连十目地毯九目地毯都分不清，配色更是外行。别人能把九目地毯当十目卖，能把次品当精品卖，我肯定不会这么做啊。但是不这么做，咱的价格就降不下来，怎么能有办法跟别人竞争啊？"

谭林摇了摇头，说："这种客户我也见过，没办法，先等等吧。吃亏多了，他就知道哪家公司是认真做生意的好公司了。"

苏小菲坐卧难安，她一直盯着手机，期盼皮特能打电话给她，或者发一个短信给她。她觉得自己现在这种急迫的心情，比当年跟赵德海谈恋爱时等他的电话还要急切。苏小菲在心里暗骂自己：苏小菲，你的傲气呢？当年她去法兰克福展会，国际最大的家具商要跟她合作，让她做中国区全权代理，条件不言而喻。那时候自己多单纯啊，二十三岁，一脸的傲气和干净，直接回绝了那个一脸猥琐的家具商。

这个家具商后来另外选择了一个国内代理，自然也是一位美女。家具商直接给这位美女代理办了移民手续，在法国给她买了一幢别墅。美女冬天和夏天都住在欧洲，春天和秋天住在中国，家产早就过了千万。苏小菲有比较重的故土情结，不想移民，但是她去北京看过人家的大别墅和仓库，羡慕得要死。

后来，她设身处地想了想，如果再有那么一次机会，她会不会跟那个家具商合作？想了大半天，她还是觉得自己不可能做那么恶心的事。她不是保守，而是觉得即便要上床，也得是自己喜欢的男人才行。对于不喜欢的男人，她不会屈就，即便代价是法国的别墅，是辉煌的事业。苏小菲暗自叹息，这个社会的成功者都不是无缘无故产生的，如果没有潜在的资源，那就得付出自尊，甚至献出自己。

她跟这个家具商的美女代理做过业务，她是挺好的一个女孩子，温柔懂理，也懂业务，做事讲究，认识不少非富即贵之人，频繁出入所谓的高档会所；但是她看得出来，这个美女并不快乐。苏小菲跟她认识了一个房地产开发商，那个开发商后来一直邀请她去河北看他新开发的楼盘，苏小菲对此很是烦恼。自此，她也认为，这些所谓的精英，也不过如此。

今天不是周日，孩子不回家。苏小菲下班后，去了一趟医院，看了看母亲。母亲已经康复了，明天就要出院，对于苏小菲来说，这是一个让她感到快乐的好消息。

8. 皮特选货

第二天早上，苏小菲来到公司，估计皮特应该起来了，就给他发了一条短信：皮特先生，早上好。我几点过去接您呢？

这条短信苏小菲斟酌了好长时间才编好。她在里面设置了一个陷阱，那就是事先预设了皮特今天会跟她走，而不是问皮特，今天他是否会跟她去工厂。这等于给皮特拒绝自己，多设了一道障碍。

皮特好长时间没有回话。苏小菲更是心情紧张，一直侧耳听着手机的声音。

一直等了一个多小时后，苏小菲才接到了皮特的回信：九点半。谢谢。

看到这简单的几个字，苏小菲差点跳起来。她赶紧给经理谭林打电话，让经理派车。谭林简单问了情况后，马上让司机备车。

因为是外贸公司，要接待客户，每个部门都有一辆好车，当然也有差一点儿的。工艺品部的车是一辆七座的"福特"，高配置，原装进口，主要任务就是接待外国客户。苏小菲看了看时间，已经九点了，得赶紧出发了。她给司机打电话，确定司机已经在楼下等她了，她赶忙收拾了一下，带着顾晓墨下了楼。

从他们公司到酒店，如果不堵车，十分钟就到了，堵车那就没法说了。皮特九点才告诉她，让她九点半到酒店接他，没有给她充裕的准备时间。很显然，他有刁难她的心思；如果她没有按时赶到，那她就会显得很失礼，甚至不敬业。

苏小菲心中暗暗祈祷，今天是她跟皮特第一次正式见面，老天保佑，千万不要堵车，不要让她耽误时间。

然而，天总不遂人愿，他们走出公司不远，就开始堵车了。走几步停一会儿，走几步停一会儿，十分钟过去了，二十分钟过去了，前面的车还是一动不动。苏小菲急了，在车上急得不行。但是没用，前面堵的汽车别说一眼，两眼都望不到头。

苏小菲忙给皮特发短信："对不起，皮特先生。接到您的短信我就马上赶往酒店，路上车堵得很厉害，可能会晚一会儿。"

皮特回信了："好的。"

苏小菲从字面上琢磨不出皮特的态度，没别的办法，她只能硬着头皮捱着，绝望地看着前面的车流。

长长的队伍一点儿一点儿挪动，又过了二十分钟，他们终于看到了导致交通堵塞的原因，原来是前边发生了一起车祸。

等苏小菲赶到酒店的时候，整整晚点了半个小时。皮特等不及，已经站在酒店大厅等他们了。

苏小菲赶忙跑到皮特面前，向他道歉："对不起，我来晚了。"

皮特面无表情，显然很不高兴，他说："走吧，我们去工厂。"

皮特背了一个背包，晃晃悠悠走出了酒店大门。苏小菲和顾晓墨狗腿子一般跟在皮特后面。司机已经下了车，替皮特打开了车门。皮特还是选择坐在了后面，苏小菲就让顾晓墨坐在副驾驶位置上，她坐在了皮特的旁边。

在车上，苏小菲问皮特这次来是否要挑一些现货。皮特说先来看一看，没有具体的想法，如果遇到好的现货，也可以收一些。

皮特这么说，苏小菲心中有数了，知道该怎么应对了。

这次皮特说的是实话。他作为一个业务上的新人，必然要先转一圈，了解一下行情和各外贸公司的情况之后，才能开始选货。美国这些地毯客户，各家有各家的做法。有的只做高档订单，有的只选现货，有的是订单现货都做。像皮特效力的这家美国公司，订单和现货的数量差不多，这样他们即使有自己开发的新图案，也会去买别家公司的图案。

苏小菲估摸了一下，皮特今天跟她下工厂，明天以及之后的三四天，还会跟别的外贸公司下工厂，虽然工厂还是这些工厂，但是各家公司的报价是不一样的。皮特在这里待上七八天，差不多就能把各家的情况摸得差不多。当然，各家都有各自的妙招，这些妙招，皮特暂时是无法识破的。

过了这几天之后，自以为把情况摸得差不多的皮特就会开始挑现货。苏小菲推测，作为他上任的第一秀，这次他挑的货量不会很大，但对于皮特来说，却意义非凡。各家公司也会根据皮特的挑货情况，对他进行评估，并重新制定应对策略。

苏小菲这一路上，就不断给各家工厂发短信，安排他们如何准备地毯样品。

到了给皮特做新样品的工厂已经中午了。苏小菲询问皮特意见，是去工厂还是先吃饭。皮特说要先看样品，苏小菲把皮特的话告诉了工厂厂长。厂长叫李龙，是胶东地区最大的手工地毯加工厂厂长，中等个头，三十多岁，很干练。他带着苏小菲和皮特来到奥勃松地毯样品间，准备看看正在加工的半成品奥勃松地毯。

皮特对于工作还是很认真的，他从包里取出电脑，找到了彩稿照片和原始图片，对照着看样品。

苏小菲也是第一次看到样品，她也取出照片，仔细打量着眼前的样品。

李龙的工厂设计是很厉害的，他把地毯的整个色系都暗了一个色号，看效果还是皮特喜欢的那种大红大绿的风格，但是不刺眼，配色在层次鲜明柔和的基础上，照顾了皮特的眼光，加了皮特喜欢的紫色。设计师把紫色也弄了两个色系，一个色系是皮特喜欢的紫红，但是设计师把这个紫红用在了花骨朵上，因为花骨朵面积小，又掩映在绿叶中，因此倒也很是好看；另一个紫色是比较柔和的紫色，用在花瓣上，因为用得比较少，又搭配着比较鲜艳的红色，因此也不是很刺眼。这样既照顾了皮特的审美，又使得地毯的效果不至于太差，苏小菲朝着李龙竖了一下大拇指。

皮特对照着电脑看了一个多小时，皱着眉头，似乎对地毯效果不是很满意，却又找不到明显的缺点，因此有些郁闷。

苏小菲看着皮特的样子，想笑。她知道，对于一个外行来说，这就已经不错了。

皮特对着奥勃松样品拍了几张图片，然后又看了手绣样品和萨瓦纳瑞样品。

萨瓦纳瑞是一种源自法国的地毯，工艺复杂，一般一条地毯要用五十到一百个线色，每个线色由五个线色组成。打个比方来说，一般地毯，每个线色都是一种线，比方红色或者蓝色，但是萨瓦纳瑞的一个红色，却需要深红、浅红、粉色、淡紫色、浅黄五种线色的毛线揉在一起组成，这样的红色，会非常丰富，而且更加柔和。萨瓦纳瑞地毯是厚毯，一般厚度在零点五厘米或者零点七厘米，是一种非常昂贵的手工地毯。在中国，掌握萨瓦纳瑞这种地毯生产工艺的厂家很少，因此工艺很是保密。

李龙当年为了得到这种地毯的生产工艺，可谓是费尽了心思。这种地毯与其他地毯不一样，对工人的要求非常严格，李龙当年为了培养合格的工人，下了血本。招来的工人不仅要保证基本工资，而且还经常产出废品，最后能成熟手的工人不到一半。

经过两年多的付出，现在李龙的萨瓦纳瑞地毯已经可以小批量生产了。皮特摸了摸地毯的绒毛，不由得大加赞叹："OK（很好）！OK（很好）！"

苏小菲不失时机，让李龙把他的萨瓦纳瑞仓库打开。李龙打开仓库，仓库里有十多条地毯。皮特看了看，都很满意。李龙拿出货单，苏小菲报了每平方英尺五十美元的价格，皮特没还价，当即定下了。

开盘还算不错，苏小菲的心情略微明亮起来。但是她明白，真正的较量在下半场，后面的变数太多。

吃过饭后，皮特回来看手绣和奥勃松。李龙的手绣地毯有不少是在美国地毯界鼎鼎大名的卡斯图案，卡斯图案以图案漂亮、配色细致大胆著称，非常适合美国市场。皮特边看边拍照，一直拍到天黑，却没有订货。

天黑后，皮特的电话就一直响。苏小菲知道，那是本市、本省乃至全国的同行在争夺皮特。苏小菲气得咬牙切齿，恨不得夺过电话骂那些同行一顿，但是表面还得笑着，装成什么都没听到的样子。

厂长李龙要请皮特和苏小菲吃晚饭，皮特不肯，要赶回烟台。

苏小菲看皮特贼兮兮的样子，就知道他又是跟人约好了，晚饭又要跟别人吃了，而且这个"别人"应该还是个美女。刚刚皮特接电话的时候，哈喇子都快流出来了。

苏小菲趁着司机朝车上搬东西的时候，小声告诉他，让他慢慢开，当然，也别太慢，别让皮特发现她的意图。

司机是个高手，上路后，千方百计找机会被别的车超过。车似乎不慢，却总跑不出路程。皮特急得催苏小菲，苏小菲催司机。司机说："跑得快了出了事，谁负责？"

苏小菲把这话翻译给皮特听，说走得慢是为了他的安全着想，要是出了事，司机不但要被罚款，还要被解雇。

皮特不催了，却频频发短信，抓耳挠腮，苏小菲心里暗暗发笑。

终于到了皮特住的酒店，苏小菲说要在酒店里请皮特吃饭，皮特连连拒绝，背着背包就要下车。苏小菲问他明天几点来接他，皮特很明确地告诉她，明天他有别的事，哪天需要她，他会打电话。

9. 皮特的新要求

此后的几天里，苏小菲通过别的工厂的人脉，密切关注着皮特的动向。

这几天里，皮特分别跟不同的业务员去过李龙的工厂六次，几乎一天一次。一开始几次他都没要货，只是让业务员报价格。第五天，皮特带着原先来过的一个女业务员来挑货了。这个女业务员调动了几乎全省的地毯工厂人员都来到了李龙的厂子里，这些人员各自把地毯摆开。李龙的厂房和院子里摆不开，很多工厂只得把地毯摆在外面的马路上。如手绣、奥勃松、萨瓦纳瑞、九十道胶背、一百二十道、一百六十道、二百道、藏毯、机织地毯，林林总总，到处都是一车一车的地毯。

皮特挑了一天，具体挑了多少地毯苏小菲不知道，但是以她对大卫以前的购买力估算以及她从工厂打听到的数量，皮特挑的地毯数量，跟当年大卫在她这儿挑的数量差不多。

也就是说，这个皮特已经毫无疑问地选择了另一个业务员做他的主要货源供应者，把苏小菲当成了边角料，就像当年大卫对待其他的业务员一样。呵呵，这真是风水轮流转，今天到别家啊。

苏小菲打电话给李龙，询问别的公司给他的价格。让苏小菲出乎意料的是，给他的价格并不低。李龙的手绣地毯一般每平方英尺卖五个半美元，折合人民币三十五元，这个业务员给他三十六元五角。这让苏小菲很惊讶，以她自己的出货价格加上费用，这个价格她几乎不赚钱。

李龙悄悄告诉她，这个业务员很会做生意，她从别的工厂调了一些九目甚至比九目还差的廉价地毯，跟他的放在一起卖，价格一样。九目地毯收货价格是十八元一平方英尺，这家公司赚大了。

苏小菲直听得目瞪口呆。还是老招式，还是以次充好，还是以不惜砸国内地毯招牌的办法抢客户，这些无耻无知的人啊，等国内地毯在世界上完全烂大街的那一天,你们后悔就晚了!

这些天里,苏小菲每天都要发一个短信给皮特,问他哪天有时间。皮特的回答都是等等,他很忙。

苏小菲毫无办法。跟谁做业务,是客户的权利,即便人家上当受骗,那是人家愿意,你也毫无办法。而且以苏小菲的性格,她也不能告诉客户,国内手绣地毯,还有九目,甚至有缺德的工厂做到了八目半。九目地毯是国内的一个奇葩发明,是国内地毯界心照不宣的秘密。世界上的手绣地毯,是一百二十二针一英寸,俗称十目,九目地毯其实就是偷工减料,一英寸一百零六针,这种地毯可以大幅降低人工成本,而手工地毯制作中,人工成本占总成本的七成还多。

皮特就像将要断线的风筝,在外面飘了一周,在来到烟台的第八天早晨,他才发了一个短信给苏小菲:"苏,今天九点半来酒店接我。"

苏小菲看到这条短信,已经高兴不起来了。用不太恭敬的话说,这个皮特就像一条关了很多天的狗,放出去了,在外面转悠到天黑回家了,玩够了,现在不过是跟她打个招呼,敷衍一下而已。

苏小菲觉得自己不能装傻,还是要表明一下自己的态度;但是又不能说得太过,要有个度。想了一会儿,她回复了一个短信:好的。

很简单的两个字,没有尊称,没有逢迎的态度,有些冷漠,勉强为之,这就是苏小菲想要的态度。苏小菲把短信发给了皮特。

苏小菲提前一个小时出发。然而,让她哭笑不得的是,这次一路上畅通无阻,她和顾晓墨、司机不到九点就到了酒店附近。苏小菲让司机别忙着进酒店,先找个地方停下车,他们三个在海边溜达了一会儿,一直到九点半,苏小菲才叫上两人,开车进了酒店。

他们到达皮特房间的时候,是九点三十六分。这六分钟,是苏小菲的反抗,是一种无奈的维护自尊的方式。皮特自然明白,他很热情地跟苏小菲握手,仿佛苏小菲根本没有迟到,仿佛他们昨天还在一起。

苏小菲问皮特今天的打算。皮特提了个让苏小菲目瞪口呆的要求:"苏小姐,我想要烟台高家做的地毯,多少不限,价格不限,只要能买到就行。"

皮特所说的烟台高家,是国内绒绣工艺第一家。清朝中期,高家从英国引进了十字绣工艺,并开始在烟台生产手绣地毯,出口欧洲,开创了国内手绣地毯出口世界的先河。高家出口地毯至今逾二百年,期间因为各种原因或有间断,却从未停止对地毯工艺的研发和创新。与别的工厂工业化地毯生产不同,高家生产地毯没有图纸,只要给他们一张照片就行,他们对着照片绣地毯,同一张照片,生产出来的地毯互不相同,各有特色。这就要求绣工都要会配色、会设计,可以说个个都是艺术家。高家的地毯都是直供英国贵族的,因为生产能力有限,价格奇高,别家的地毯按平方英尺算,高家的地毯按照平方厘米算。即便如此,他们的地毯还是供不应求,据说地毯订单都排到十年以后了。去高家买地毯,那还不如把苏小菲直接卖给皮特算了。

因此苏小菲摇头,说:"皮特先生,您即便现在下订单,也根本订不到高家的货。多少钱也不行,高家的地毯比金子都要贵。当然,这不是最主要的,高家的地毯是艺术品,做得非常慢,订单也多,他们不卖现货,订单都排到十年以后了。您让我去给您买一条高家地毯,这个别说我了,就是整个烟台甚至山东的外贸系统,都没有人办得到!"

皮特一愣:"哦,这么难吗?"

苏小菲点头,说:"我们这儿有句话,金子有钱就能买到,满大街都是,高家的地毯你钱再多也买不到。"

皮特很失望:"她们都说苏小姐能买到高家的地毯,原来你也买不到啊。"

苏小菲笑了笑:"皮特先生,您说的这个'她们'都有谁啊?这些天,是不是她们带您下工厂挑货了啊?"

皮特点头,很无奈的样子:"是啊。有些公司的报价比苏小姐的报价低,这个没办法,我只能去挑她们的货。苏小姐,我可是把机会先给了您的,但是您的价格公司无法接受。当然了,苏小姐与公司合作多年,我还是要买您一些货的。高家的地毯这次买不到,没关系,我们可以等,先去工厂挑货吧。"

不管怎么说，去工厂挑货就会有收获。苏小菲藏起心中的抱怨，尽量打起笑脸，和皮特下楼，上了车。

苏小菲这些天也没闲着，她经过多方打听，得知皮特挑选奥勃松地毯比较少。胶东一带是手绣地毯的产区，奥勃松的生产力比较弱，前几天，业务员为了快速取得业绩，都只在附近转悠，没去奥勃松的产地德州一带，因此苏小菲就跟皮特商量，要去德州宁津看奥勃松。

皮特想了想，答应了。

从烟台到德州的工厂有近六百公里，要跑一天。那边生产皇宫地毯的工厂有大小几十家，跑两三家大厂，剩下的集中到一起选货也得一天时间，回来还得一天，这一去三天，周日跟孩子团聚算是泡汤了。

苏小菲给赵德海打了电话，跟他说了要带客户下工厂。赵德海问得很细，问客户是男是女，公司是她一个人去还是有别人，等等。苏小菲听烦了，直接挂了电话。

10. 在皮特的房间

德州宁津的奥勃松地毯，别说在国内，即便在全世界，也是鼎鼎大名。早在上世纪八十年代，就有欧美客商在这里投资，成立了国内第一家合资地毯厂，专门生产奥勃松地毯。与手绣地毯的遭遇几乎同出一辙，当年的宁津工资很低，工人月工资不到一百元，但是生产出来的奥勃松地毯能卖二十美元一英尺，企业产销两旺，红红火火。

后来工厂多了，恶性竞争开始。一些只有十个八个工人的家庭小工厂，甚至连设计师都不养，直接从别的工厂偷稿子，费用很低，同样的地毯，大工厂卖十美元，他们卖九美元，大工厂卖九美元，他们敢降价到八美元，甚至七个六个美元，大工厂因为成本高，压力很大。

当然，与手绣地毯相比，奥勃松还是略微有些优势的。手绣地毯的加工是下放到农户家里，由农村妇女在家里做，一条地毯要绣三四个月，甚至半年时间。奥勃松需要简单的设备，工人工资高，因此可以放到农户加工,也可以集中加工。

一些大工厂就把重点图案只放在工厂里做,不外放,这样也可以保证优质图案不外流,价格上就略有优势。

皮特大概是第一次到宁津的奥勃松地毯工厂里来,跟在厂长后面参观了样品室、设计室、染线车间、生产车间,皮特端着照相机,四处拍照,兴致勃勃,一副没见过世面的样子。苏小菲有些得意,看来她选择来德州,是来对了。

参观完了工厂的生产环节,厂长正要带着苏小菲他们去仓库选货,皮特突然提了一个要求,他想参观一下工厂的样品车间。

苏小菲犹豫了一下,还是把皮特的要求跟厂长说了。厂长让苏小菲跟皮特说,样品车间的货都没做完呢,看不出效果。他们刚刚参观完的样品室,就是从样品车间下来的。

皮特笑了笑,对苏小菲说:"我明白你们的意思,样品车间有很多秘密,这个厂长是不想让我看。"

苏小菲知道皮特较真了。这让苏小菲非常为难。没错,样品车间跟样品室是两个概念。样品室的地毯样品,都是可以对任何客户销售和订做的。样品车间却不是,这里绝对有秘密。这里有最新的地毯图案,而且大部分都是客户定做的样品。按照跟客户的协议,这些样品是要绝对保密的。如果让客户知道,他们的样品被别的客户看到了,客户就再也不会跟这家工厂打交道了。

苏小菲跟工厂厂长商量,是否能让皮特看一眼。他是个经销商,不是工厂,更不是设计,让他看一眼,图案不会流失的。他只是好奇,这个皮特是第一次到国内买地毯。

工厂厂长想了想,提出了两点要求:第一,不许带相机;第二,只能有十分钟的参观时间。

苏小菲知道,即便如此,也是让人家厂长很为难的。其实她不该向人家提这种要求,她提这个要求,主要是为了自己,通过这种方式哄皮特高兴,让他从她这儿多出一些货,这种行为有点自私。她的本意是厂长应该拒绝，然后她就有理由拒绝皮特了；没想到，厂长竟然同意了。

她只得把厂长的要求跟皮特说了。皮特点头同意。

不愧是大工厂，他们的样品车间竟然有五百多个平方米，分三个车间。别说皮特了，就是苏小菲，也是第一次走进人家的样品车间。这么大的车间，十分钟怎么能够参观完，一个小时还差不多。

不过既然答应了，他们只得遵守时间约定，走马观花地转了转，就从样品车间里出来了。时间虽然短，但是苏小菲还是看到了一些新东西，让她对地毯新样品的图案设计，又多了一些想法。

皮特倒是很满足的样子。苏小菲对他笑了笑，她知道，以他现在对地毯行业的了解，车间里这么多新样品，他根本看不出哪个好，哪个坏，哪个更值得借鉴。

接下来挑地毯现货，皮特表现得不错。皮特先泛泛地看了地毯的质量后，跟苏小菲要过了现货单，然后让厂长按照货号在他面前展开地毯；皮特看了地毯样品后，根据现货单上的规格当场定了数量，几个小时的时间，就选了两万多英尺的货。

一天的时间，苏小菲带着皮特跑了三家工厂，最后让附近的小工厂集中在一起，让皮特挑。

挑到最后，皮特累了，加上小工厂的货质量参差不齐，最后一场挑货数量不是很多。

即便如此，这一天的时间，皮特也挑了五万多平方英尺的奥勃松和一万多平方英尺的手绣。这让苏小菲有些喜出望外。

工作比较顺利，晚饭的时候，两人就放松了些。苏小菲要了红酒，跟皮特边喝边聊。皮特也一反常态，显得很随意。他甚至提到了自己的老婆，说他的老婆很漂亮，对自己也很好，但是，因为自己长年在外，他感觉老婆有自己的情人。

这比较正常。但下面的话，皮特就有些针对性了，他说人都需要夫妻生活，他理解老婆，完全理解。自己也是到处跑，公司在很多国家有工厂。他特意提到了大卫，说大卫在越南的工厂，也需要自己去监督一下。

也就是说，他现在的职位在大卫之上。公司在中国的生产，完全由他一人说了算。需要安排什么样的活儿，安排多少，他都可以做主。别的国家的工厂，都是其次的。

苏小菲知道皮特不是吹牛皮。只要他认可，他可以安排工厂全年做他的单子。

但是生意人都讲究策略。当初大卫跟自己关系那么铁，都要在中国找三家贸易公司。货比三家嘛，正常。这个皮特，能把自己的公司当作他们的唯一选择，天方夜谭吧。

话到了这里，皮特看了看苏小菲的脸色，说："苏小姐，非常感谢您这些天的协助，为了工作顺利，干杯。"

苏小菲跟皮特干了杯，心中感慨万千。

皮特说："今天挑的这些地毯，我非常满意。不过这价格，公司那边不是很满意，需要苏小姐再通融一下。"

苏小菲有些惊讶："这价格我是让到底了啊。去年大卫先生也是到这边挑的奥勃松，还比这个价格高零点二呢。您要是不信，我可以找出去年发货的单子给您看看。皮特先生，麻烦您给公司说说，我这边的价格不能再低了。"

皮特说："这个……比较麻烦。苏小姐，我刚刚接到了一些公司的报价，请您看一下，您要是不降一下价格，我没法向公司交代啊。"

皮特把手机短信给苏小菲看。苏小菲看了一眼，心里疼了一下。没错，都是自己的那些竞争对手发来的价格，比自己的报价低，可以说只能保住成本费用，一点儿利润都没有了。这种报价是典型的害人不利己，恶性竞争。

苏小菲闭着眼，平静了一会儿心情，说："皮特先生，这事我明白。我们这里的人就是这种竞争方式，让您见笑了。不过我不会以这种方式去竞争，也不会再降低价格，这不是我的做事方式。地毯的价格都是透明的，我自然知道有人会竞争，因此已经把利润降到了最低点，只有一点儿利润，这是长久合作的基础。我不会再降了，即便您因此不要这批货，去要她们的。不过我相信皮特先生不会这么做，您是一个有契约精神的人，您是先确认了我的价格才选的货，这个事情或许我的同行们都不知道吧，如果她们知道了，以她们的道德水准，她们应该不会这么为难您的。"

苏小菲这话，说得很委婉，说的是"她们"其实谴责的却是皮特。这些外国客户，向来以讲信用自居，其实不讲信用的也不少。

皮特马上说："苏小姐放心，我收的货自然没问题。只要苏小姐能配合工作，一切都没有问题。"

吃完饭后，回到酒店，大家各自回到房间，苏小菲洗了澡，正要睡下，突然接到了皮特的短信，皮特让她到他的房间来一趟，有一些图片要给她。

苏小菲没多想，穿戴整齐，便来到了皮特的房间。

皮特从皮包里，拿出了一些别的国家的地毯图片给苏小菲。苏小菲刚要走，皮特很麻利地端了一杯咖啡给苏小菲，苏小菲没法，只好坐下来喝咖啡。

苏小菲坐下后，皮特又拿出了一些公司开会的照片给她看。皮特告诉她，公司每年都会邀请几个供应商到美国，甚至到几个国家去旅游，费用由公司出。苏小菲如果跟他合作得不错，今年就邀请她去。

苏小菲有些不敢相信："还有这种好事？"

皮特说："当然！这个事大卫也知道。不瞒您说，当年大卫也推荐过您，不过公司没有批准。我跟大卫不同，大卫是公司的雇员，我呢，是公司的股东之一。"

这倒是不假，大卫跟她说过。

苏小菲很向往，说："我还从来没去过美国呢，真想去看看。"

皮特说："这个简单，只要您肯听我的。"

说这话的时候，皮特的手有意无意地搭在了苏小菲的肩头。看着她没有反应，他的手就停下不走了。

苏小菲心中一凛，知道自己被皮特忽悠进圈套了。自己刚刚不应该对他的话感兴趣，现在这个家伙顺着杆爬上来了。

吃饭的时候，他提到他的妻子，她就感觉这话里有文章。现在，她已经看到了文章的标题。

怎么办呢？

皮特没有给她更多的思考时间，搭在她肩头的手，就开始了探索性的游弋。

先是抚摸了她的脖颈，看着她还是没有反抗，手就从上往下，朝里边进军。

一刹那间，苏小菲也有些犹豫。面前是那么丰厚的诱饵啊，自己不需要生命的代价，只需装装虚脱，或者反抗不力，就差不多成为自己的了。做外贸的有多少女业务员因此成了金牌业务员。那真的是金光大道，闪耀着美元的金光大道。多么美好，多么诱人，如果皮特这次得手了，自己还需要为买房发愁吗？

皮特苦心经营，志在必得，如果惹了他，苏小菲弄不好真的就被吹灯拔蜡了。

从，还是不从？

不从怎么办？

皮特的一只手已经越过"平原"，另一只手已经开始出发，要进行新的"探索"了。令苏小菲吃惊的是，她的脑袋还没考虑清楚，身体竟然自作主张地站了起来，把皮特的两只手甩在了一边。

皮特一脸懊恼地看着她。

苏小菲说："对不起，皮特先生。我那边还有事，明天见。"

苏小菲看都不看皮特一眼，转身跑出了他的房间。

11. 还是房子问题

回到自己的房间，苏小菲先给自己倒了一杯水，之后就坐在沙发上闭目休息。

她苏小菲并不是那么传统的人，而是要看对眼，要有感觉，最起码不是用自己的身体做交易，不是被人要挟。她是个有轻微洁癖的人，心理上生理上都有。想到有些同行为了利益满足客户的这种要求，她就感到不适。

最艰难的时候，她曾经试图说服自己，无非就是那么一瞬间，也没多长时间啊，咋自己就接受不了呢？她知道，即便是自己的好友陈娜，也曾经有过身不由己的经历。曾经那么骄傲的一个人，却也曾一次次放下身段，沉入污泥当中。恐怕，这也是导致她崩溃的原因之一。

某个跟烟台临近的海港城市，有一家做得很大的私人外贸公司，女老板的英语是半把刀水平，翻译要靠翻英汉词典，却凭着半老徐娘、风韵犹存的模样，在五六年的时间里，硬是赚下了几个亿的身家。他们家的地毯仓库，几乎是山东地区最为庞大的地毯仓库，在美国和欧洲都设有分公司，几乎来到国内的外国客户，都要去他们家的仓库挑货。即便当年跟苏小菲合作得很不错的大卫，每次来到中国，也都要去他们家的仓库挑一些货。

人家有钱，可以在淡季的时候压低收购价格，从工厂囤积大量的各种各样的地毯。因为地毯数量和种类多，客户自然多。当客户多了，很多地毯工厂就自愿把地毯放到人家仓库代卖，这就使得人家仓库里的地毯不仅多，而且更加多样化。都知道人家是歪路子，可是人家硬是把歪路子走出了通天大道。

这是地毯圈的励志典型，苏小菲不知道其他圈子是否有这种让人无法言说却又非常励志的富豪故事，地毯圈的这个典型致富故事，却经常刺激着苏小菲的大脑。

苏小菲在沙发上坐了好长时间，一直坐到实在是累了，才上床睡下。

第二天下午，他们在太阳还没落的时候，赶回了烟台。皮特回了酒店后，一直到他准备离开烟台，都没跟苏小菲联系。苏小菲也不知道是谁把他送到了机场。

皮特走了后，苏小菲在家里休息了两天，还特意去学校把儿子接回来，跟儿子团聚了一晚上。婆婆依然对她不理不睬，公公跟她说句话，得趁婆婆看不到的时候。

赵德海一直没回来，给他打电话，说在陪客户。

苏小菲认识赵德海的部门经理，想给他打电话问问，又觉得不好，就把手机放下了。她隐隐感觉到了，赵德海有问题了。苏小菲知道，男人只要有了外心，女人是很难管住的，有时候还会越管越坏。算了，不管了。就像陈娜说的，只要想开了，男人算个啥？

至于婚姻，苏小菲已经失去信心了，凑合过吧。当初赵德海追陈娜不成，才追她，很有些爱屋及乌的意思。现在"屋"没有了，这个"鸟"当然也就没有什么意义了。

当初赵德海追苏小菲的时候，也很疯狂，比追陈娜还要狠，有些孤注一掷的意思，九十九元一束的鲜花，一周一束。要知道那可是十年前，苏小菲刚刚参加工作，每月工资还不到六百元。

苏小菲没有陈娜的定力，被赵德海的鲜花和甜言蜜语哄得七荤八素，分不清东西南北，赵德海提出的所有要求，她都无力拒绝，并且接连两次为他流产。

陈娜警告她说："你不要太相信赵德海。这种像疯子一样的男人不稳当，你要是信了他，你会后悔的。"

不得不说，陈娜不止人漂亮，智商也远超苏小菲。但是，当时的苏小菲已经被对方释放的男性荷尔蒙给迷住了，就像一条发情的小母狗，迷迷瞪瞪，浑浑噩噩，不顾陈娜的多次劝告，豪情万丈地跟赵德海结了婚。

应该说，结婚的最初几年，赵德海对苏小菲还是很不错的。两人都在外贸系统工作，有很多共同语言，两家的家庭情况也比较接近，都是本地人，没有什么生活习惯和习俗的差异。赵德海支持苏小菲的所有社交活动，甚至还跟着她一起多次参加陈娜组织的野餐和一日游。

苏小菲特意观察过赵德海，怕他贼心不死，对陈娜有什么企图。但是这个赵德海也算是一条好汉，自从跟她结婚以后，对陈娜虽然还是有些崇拜，却完全没有非分之想了。苏小菲挺满意，觉得赵德海拿得起放得下，算是一条汉子。

苏小菲不知道的是，其实赵德海是把对陈娜的那种念想，转到了她身上，她在不知不觉中，成了陈娜的替身。现在，陈娜离开了这个世界，在赵德海眼中，苏小菲身上没有了陈娜的光芒，变成了一个相貌平平的三十多岁的女人。因此，赵德海对她的感情就突然降温了，犹如寒潮来临。

苏小菲没有想到这些，她以为赵德海对她的冷漠，是任何夫妻都会经历的对对方失去兴趣的正常表现。还有，就是家庭原因。她与婆婆的冲突不断，这也导致赵德海疲惫不堪。

苏小菲因此再次想到了房子。只要他们拥有了自己的房子，他们三口之家离公婆远一些，她和赵德海的感情就会复苏。

当然，即便是赵德海真的要铁了心离开自己，那也没办法；而房子，则更是自己需要的落脚之地。

苏小菲让顾晓墨帮自己找一些市区的房产信息，她要在近期内赶紧买到房子，刻不容缓。

顾晓墨最喜欢干这种事，她当即背着包就出发了，帮苏小菲先打前站去了。

第三章　下一站是不是幸福

1. 约会

赵德海真的没有撒谎，这几天他在陪着另一个中东客户看货。

只不过带客户下工厂，他没有用公司的车，而是让刚上任的女厂长王蓉开车来接他们。更具体地说，是王蓉主动要来接他们。从德丰到烟台，来回四百多公里，赵德海本来要让公司出车的，王蓉不乐意，非要开车来接他们。

赵德海没办法，只得同意了。当然，想到王蓉娇憨的面容，他心里不由得很是有些愉悦。

自从上次两人无意中拥抱了一下之后，王蓉就常给他发短信。赵德海是过来人，他知道，这个小女生对他有意思。赵德海比王蓉大八岁，知道这种事是碰不得的，弄不好就是麻烦一大堆，多少年都还不完的情债。

但是，他总是控制不住自己去想她，想她身上那淡淡的温馨的香气，想她柔软的腰肢和藤蔓似的胳膊。那种缠绕，真的是销魂。

赵德海得知客户要来看货后，打电话告诉了王蓉，让她把工厂的卫生打扫一下，给客户留下一个好印象。王蓉听说客户要来了，很高兴，说她要开车到烟台接客户，她顺便去烟台办点事。赵德海告诉她，既然要接了，那就得把客户送回来，两个来回，多累。王蓉说她不怕累，就怕闲着，让赵德海把客户到烟台的具体时间告诉她就行。

两天后，赵德海接到客户电话，说他大约第二天上午十点半在烟台下飞机，让赵德海安排车，下了飞机直接到工厂。

赵德海刚要给王蓉发短信,王蓉的短信,抢先到了。

王蓉说她已经到海丰了,现在在别的公司呢,问他客户什么时候到。

赵德海告诉她客户得明天中午到,到机场接上他后,就直接到工厂。王蓉说好,但是,有个条件。赵德海问,什么条件啊?

王蓉说晚上得请她吃饭。

赵德海答应了。放下电话后,赵德海心里感觉就像是放进了好几只老鼠,在上蹿下跳着。这还不算,跳了一会儿,连猫也放进来了,在他心脏里大玩生死追杀,直玩得他两眼发花,头冒虚汗。

偏偏下午事很多。

先是财务要求各部门对账,赵德海这边有两笔钱去向不明,等好不容易查清账目了,仓库保管又来了,要求出具库存明细。

赵德海不理解,出库存明细应该是由仓库保管往上报的,怎么现在反而要业务部门给仓库出具,真是莫名其妙。好不容易整理完毕,把明细传了过去,老板又说这段时间大家辛苦了,今晚聚餐。

赵德海跟经理请假,说我有急事,不参加聚餐可以不?

部门经理刚好不太喜欢他,说当然可以。

赵德海如获大赦,匆匆下楼。

到了楼下,没有熟人了,他的心情平稳了一些。他想到了当初向陈娜求爱的时候,自己的心情也像现在这样,像做贼,像是偷了人家的东西。他想起了苏小菲,有点儿心怯。但是一想到王蓉的妖娆,色胆上来了,就压住了胆怯。

王蓉给他打来了电话:"赵经理,你在哪里?我去接你。"

赵德海说:"不用,你告诉我地方,我过去就行了。"

王蓉笑,说:"是你请我啊,地方得你定。"

赵德海想了想,说:"你知道南大街那家韩国料理店吧?就上那儿吧。"

王蓉答应了,赵德海这边离料理店很近,步行十分钟就到。他先到了,王蓉还没到。他要了个小间,走了进去,发短信告诉了王蓉。

在单间里,他感觉安全些了。在这里,没有人能看得到他,他现在很安全地等自己心爱的人，等着享受她的温情和那如藤蔓一般缠绕着的胳膊。

王蓉的短信来了，说："不好意思啊，我这边还有一个小姐姐。"

赵德海愣了，他不大相信自己的眼睛，等看清楚了，还是不肯相信。她什么意思？她是先要把这位小姐姐送到哪里去吗，还是要一起吃饭？

他回了一个短信："你要先把她送到哪里去？"

王蓉的短信很快回了过来："不是，真不好意思。今天晚上她要跟我们一起吃饭。怎么办啊？"

赵德海像一个胀满了气的气球，让这一句话给扎破了。他不理解，这个王蓉这是开什么玩笑。

他回了一句："不知道。"

王蓉说："真对不起，我不是有意的。饭后，她要帮我去买衣服。"

赵德海没法说什么了，心里觉得自己在人家心里，不是想象中的那么重要，很有些怅然。

他想，不就是请她们吃顿饭吗？就算是付车钱了。自己用公司的车，年底结账的时候也要算钱的，这就算是付费罢了。

这么一想，他心里就平静了。于是，又回了短信，说："好，很好。一起来吧。"

一会儿，两个美女就一起推门进来了。

跟王蓉一起来的女孩也姓王，和王蓉是老乡，因此两人感觉很有缘分。在赵德海看来，这倒是其次。关键是这女孩儿很秀气，温婉，跟陈娜年轻的时候那么像，赵德海不但没有意见了，反而感觉超好。两相比较，王蓉大气热烈，小女生文雅秀丽，真是各有风采，人见人爱。

饭吃得很温馨，很融洽。通过交谈，赵德海知道这女生是韩国一家公司驻国内办事处的工作人员，主要负责从国内市场收货。王蓉也给她们公司做过扫帚，因此就熟了。

赵德海心里说，怪不得在外面的男人都花心，守着这么好的女孩，再不花心，还叫男人吗？

但是，王蓉要去买衣服，吃饭的时间不能太长。况且守着两位美女，他也不能太过分，跟她们说话要克制，赵德海就这样遗憾着，三人匆匆吃了饭，王蓉和那位美女就告辞了。

临走的时候，王蓉问他上哪儿去，赵德海说回家。

王蓉朝他笑了笑，说："要不你跟我们去买衣服吧。反正回家没事。"

赵德海吓了一跳。带着两个漂亮女孩在市场晃来晃去，那不是找事吗？他说："不去了，我多少还是有点事的。"

王蓉说："好，那我们走了。等会儿我给你发短信。"

走了一会儿，赵德海接到一个短信，是王蓉的，她说："不好意思啊，我想买件好衣服，明天穿给你看。"

赵德海看了心里暖了一暖，但是心还是苦的，暖的面积不是很大，他回复说："哦。"

他知道王蓉是个心细的人，她能通过这个"哦"字品出他心情的复杂。赵德海也有点瞧不起自己，自己这算什么啊，好像人家欠了自己很多似的。

回信息后，他一直盯着手机看，以为王蓉品出了味道会马上哄自己。一直看到手机关了屏幕，也没有短信过来。他真是有点生气了，觉得她还是不懂自己，实在是浪费了自己的苦心。

赵德海下了决心，愤愤地把手机装进裤兜，招手要搭车。手刚伸出了不到一半，手机就响了，他收回手，取出手机，是王蓉的短信："今天不好意思啊，等明天补给你。"

2. 选择

第二天王蓉来的时候，一脸的调皮。她打开车门，看着赵德海沉着脸上了车，她笑了，朝赵德海吐了吐舌头。

她说："对不起啊。"

赵德海本来想严肃一天的，被她轻轻的一句对不起就完全打败了。他笑了笑，说："你没有对不起啊，瞎说什么。"

王蓉说:"那你怎么有意见的样子?"

赵德海想想也是,自己一大早就沉着个脸,好像谁得罪了自己似的。人家这么大老远来接自己,多辛苦,自己凭什么这么对人家?就凭她抱过自己?这算什么事啊?

他就笑了笑,说:"工作上的事。"

王蓉没法再问了,说:"那我没办法,如果是别的事情,我一定让你高兴。"

到了飞机场,王蓉看了看手机,离飞机降落还有一个多小时,她就说:"咱先吃饭吧。到工厂还要四个多小时,谁撑得住啊。"

赵德海说:"这样不好,咱先吃了,万一客户没吃呢。"

王蓉说:"客户不是说下飞机直接到工厂,看完货再吃饭吗?那总共得四个小时,到时候咱就再陪他吃点啊。"

赵德海想想也是。这客户的工作方式跟自己不一样,他们工作起来,不吃饭,不休息,一切干完了再吃饭,丝毫不顾及别人的感受。

两人找了一家比较干净的小餐馆,准备点菜、吃饭。

点了菜,还没上,王蓉的手机响了。她有些烦,跟对方说了好长时间,好像害怕让赵德海听到,王蓉又起身到门外打了好长时间电话。

等她进来的时候,桌上的菜都已经凉了。

赵德海诧异地看着她。王蓉笑了笑,说:"真烦人。"

赵德海问:"谁啊?"

王蓉略有些别扭,说:"我……男朋友。"

赵德海"哦"了一声,示意她吃饭。

王蓉却不吃了,坐着发呆。

赵德海问:"怎么了?赶紧吃饭啊,客户坐的飞机快到了。"

王蓉艰难地笑了笑:"我真吃不下了,你吃吧。"

王蓉说完,竟然起身自己上了车。赵德海看王蓉的样子,知道肯定是有什么事,便匆匆吃了几口饭,也上了车。

王蓉正呆呆地看着驾驶台,好像上面有东西把她的眼光给钉住了。

赵德海关上车门，问："怎么了，工厂出问题了？"

王蓉说："不是。"

赵德海说："那怎么了？"

王蓉不说话，眼里却闪出了泪光。

赵德海说："什么事这么伤心？王蓉，你现在可是一名厂长，不是十几岁的小女孩了，有什么事跟我说，我帮你出个主意。"

王蓉沉吟了一会儿，叹了一口气说："这事很麻烦。我有个男朋友，我爸爸朋友的儿子，在我们镇当个小领导。我们两年前确定了关系，是我父亲逼迫的。我一直对他不是很满意。怎么说呢，这个小领导，完全就是一副没见过世面的样子，跟他说话，他除了钱就是房子，跟我爸很有共同语言，呵呵，但我一听就烦。他要今年和我结婚。就这么个事，你给我个意见吧。"

赵德海没想到是这种事，他挠头了："这个……我真没法给意见。婚姻这种事，还得自己拿主意。"

王蓉说："你不是说你经验多吗？现在我就想听你的意见，谁的我都不想听。"

赵德海听王蓉这么说，心里一动。

他笑了笑，问："为什么只听我的，别人的都不想听啊。"

王蓉转身，看着赵德海的眼睛，说："因为我现在心里只有你！"

虽然赵德海有心理准备，但还是被王蓉这种过于直接的表白惊倒了。他目瞪口呆，愣了好长时间。

王蓉不高兴了："你说话啊。"

赵德海嗫嚅着说："这个……这个，王蓉，婚姻是人生的大事，我也没见过你男朋友，我……我怎么说啊。"

王蓉显然不想听这个，她哼了一声，启动了汽车。

赵德海长出了一口气。他明白王蓉话里的意思，她让他帮忙选择，分明就是要他给她一个许诺。他现在怎么敢许诺。

说实话，论感觉他觉得王蓉比苏小菲要好多了。王蓉性格直爽，有那么一点点让人着迷的野性，日后要是跟她生活在一起，肯定很有趣。反观苏小菲却是板板正正一个人，乏味之极。而且自从陈娜死了以后，赵德海觉得苏小菲变得更加俗不可耐，现在她每天想的就是买房子，远离公婆。赵德海知道，母亲与苏小菲之间有比线团还要乱的各种矛盾，但是他不明白，既然她嫁给他赵德海了，怎么就不能为他忍一忍呢？老人不过是觉得苏小菲没有尊重他们的意见，他们习惯性地以为，儿媳就是他们的手下，地位在儿子之下，应该对他们言听计从，不得有丝毫怠慢。其实老人有时候很像孩子，说几句好话哄一哄，事就过去了；而这个苏小菲非要较真，要把每一件事都分出谁占的理儿多，谁占的少。在赵德海看来，这不是没事找事吗？长辈就是长辈，就要尊重，要把他们当成一家人，这样所有的问题不就迎刃而解了吗？

赵德海虽然已经厌烦苏小菲了，却还没到要跟她离婚，另寻新欢的那一步。因此，他自然不敢对王蓉有明确答复。他像大部分男人一样，想偷腥，但是不想承担责任。王蓉的大胆表示，反而让他害怕了。

王蓉没有纠缠，开车来到飞机场。

接上客户之后，赵德海就顾不得王蓉了，转而对客户殷勤伺候。

跟苏小菲不同，赵德海的业务做得不是很好，在公司是属于夹着尾巴做人的那一种。这么多年来，他的客户就总是那么几个，没有拓展。他是那种没有什么进取心的人，他选择做笤帚，是因为笤帚工艺简单，一目了然，只要按照标准做，很难出事故。赵德海自从做了这个项目后，觉得很轻松。这个项目利润微薄，跟服装和工艺品没法比，却也能保证他每年完成任务，从而保住基本工资。

这次客户验货，让赵德海有些喜出望外。客户随意开箱查验，合格率达百分之九十八——完全符合标准。一个低端加工行业，能做到这一步也算不错了，客户很满意。

验货完毕后，赵德海请王蓉和客户吃了饭，略微休息之后，王蓉又开车把赵德海和客户送回了烟台。

到了烟台后，天已经黑透了。

赵德海要请客户吃饭,叫王蓉一起去,但王蓉要回去。这一天已经跑了九百公里了,王蓉一脸憔悴。赵德海真是有些心疼,他说:"今天在烟台住下吧,住宾馆的钱我出。"

王蓉笑了笑,说:"谢谢赵经理,我得回去,还得监督他们干活呢。这些员工,不看着他们,容易出问题。"

赵德海看着王蓉的车掉了个头,消失在车流中,心里感觉有些迷茫,有些轻松,更多的是不舍。

3. 遇到张刚

周五下午,苏小菲到学校接孩子。

正是放学的高峰时间,人很多,孩子们像潮水似的往外涌。每次上学的时候,她都嘱咐霖霖放学后在大门内的右侧等她,她不去就不要出来。但是,现在她根本挤不进去,只好在外面等。

一直等了半个多小时,人潮才稀疏了些。

她挤进去,找到了乖乖地等在大门右侧的孩子。一周不见,霖霖瘦了些,瞪着一双茫然的大眼睛,昂着头,四处寻找她。她有些心疼,奔过去,抱着霖霖就亲。

霖霖却不干了,朝外挣扎:"妈,这样不好,让同学看见笑话我。"

苏小菲差点被他逗笑了,说:"怎么笑话你啊?"

霖霖一本正经地说:"他们会说我还没长大。"

这下苏小菲忍不住笑了起来,说:"别信他们的话,我家霖霖长大了。哈哈,霖霖都会教育他妈妈了。"

苏小菲牵着霖霖的手,走出学校大门,两人站在路边等车。

路边已经有很多带着孩子等车的家长,把一侧行车道都占了一半。家长们都焦急地等着公交车。公交车十多分钟来一辆,但是因为正逢下班时间,公交车站站满了人,每一趟车,勉强能上四五个人,就再也上不去了。等了一个多小时,两人也没挤上去。最后一次,两人就快上去了,被后面挤上来的一个男人用胳膊肘顶了下来。男人挤上去了,车门也关了。

苏小菲一只脚已经踏进了车门,霖霖紧紧地跟在她后面,两人踉踉跄跄地从车上摔下来,要不是有几个人挡了他们一下,两人必定会狠狠地摔在地上。

苏小菲问霖霖摔着没有,霖霖说:"我没摔着。妈妈,那个叔叔是坏人吧?"

苏小菲不想让孩子心里留下阴影,就说:"叔叔不是坏人,他是有急事。"

霖霖说:"有急事他怎么不告诉咱们呢?告诉咱,咱就让他先上。"

苏小菲说:"叔叔忙啊,车就要开了,没时间说。"

霖霖不说话了。苏小菲做好了准备,她打算如果下趟车再挤不上,就不等公交了,直接打车。

打车快而且舒服,但是这一趟就要二十多元呢。苏小菲挣钱不少,但是想到二十多元能买两天的青菜,还是有些舍不得。

正想着,突然一辆车停在面前。苏小菲一看车牌,吓傻了,竟然是陈娜的车。没等她反应过来,车门开了,张刚从车上走了下来。

苏小菲长吁一口气,拍了拍自己的胸脯。

张刚说:"快上来,我送你们回去。"

苏小菲心说你来得太是时候了,两人上了车,苏小菲说:"谢谢您了,张总。"

张刚笑了笑,说:"什么时候学得这么会说话了?"

苏小菲"呵呵"一笑,避开张刚的语锋,说:"今天公交车上的人太多了,我们挤了好几次,都没挤上去。"

张刚转身,拍了拍霖霖的脸蛋,说:"霖霖,坐好了,我们要走了。"

霖霖说:"叔叔,我坐好了。"

张刚开车,汇入车流。

苏小菲抬头看了看车的内饰,竟然一点儿没变,还是陈娜开着时的样子,后视镜上挂的小金鱼儿挂件还是苏小菲买的呢。记得那时两人一起去买衣服,衣服没买着,苏小菲买了这个小金鱼儿,给陈娜系在了后视镜上。

那时候,陈娜的车几乎成了苏小菲的专车。她只要有事就喊陈娜,陈娜反正在家闲着,巴不得天天有人找。陈娜每个周日都要喊苏小菲和李小小一起去爬山,或者购物,当天所有的项目都是陈娜埋单。

每个周日,苏小菲和李小小多少都有些事,陈娜超级闲人一个,玩到天昏地暗都没人管。她们呢,要洗衣服,要做饭。每到周日,两人都躲着陈娜,陈娜可怜巴巴地给这个打完电话然后给那个打,一直到把两人都打通了为止。

现在想想,那是多么快乐的日子啊。陈娜是她们的核心,现在她一狠心走了,周日再闲,也没人喊她们了。苏小菲突然了解了陈娜当时的心境,她打电话给她们,其实也是心里太空虚了。那时候的陈娜没有了自己的事业,失去了目标,她虽然表面上说"只要想开了,男人算是个什么呢",其实那时候,她心里该有多苦啊。也许只有跟她们在一起,她才会有短暂的快乐,会以为自己也是充实的。想想自己和李小小每个周日都让陈娜费那么多的口舌,苏小菲都后悔得要死。

三个可怜的女人,曾经相互温暖,组成了一个看似多彩的世界,其实每个人的生活都是千疮百孔,但是三个人在一起,终究可以互相遮一些风雨,那怕是些虚饰的快乐。现在陈娜没了,两面墙组不成一个世界了,谁也给谁挡不住风了,这个世界的险恶一下子就把她们包围了。

想到这些,苏小菲差点就流下泪来。

张刚打破沉默,说:"我刚刚把车停在你面前的时候,你好像被吓着了。"

苏小菲说:"我没想到,您会开这辆车。"

张刚说:"这车不能老闲置着,过几天就得开出去转一转,放得时间太长,会影响发动机寿命。还有就是感觉开着这车舒坦,好像陈娜就在身边。以前她活着的时候,天天跟她吵,现在她走了,有时候还……挺想她的。"

苏小菲知道后面这几句话才是他开这车的原因。凭感觉,她觉得张刚是爱着陈娜的，直到现在。

好长时间两人不说话。经过解放路的时候，又堵了好长时间的车，苏小菲说："车真多。"

张刚突然说："要不我把这车送给你吧，你好接孩子。这车本来是陈娜的，你跟她是好朋友，你开着她也不会有意见。我有自己的车，这车也不能老放着，我得经常开出来转一转，也挺麻烦的。"

苏小菲忙说："不行不行，这不行，又不是三块五块钱的东西。再说了，以我现在的条件，也买不起啊。"

张刚说："陈娜用过的东西，我不想卖。我觉得只有送给你合适。"

苏小菲说："我还没有驾照呢。再说了，您就是送给我，我也用不起啊。听陈娜说过，这车换个轮胎都要四五千，我两个月的工资呢。哈哈，太贵了。"

张刚说："这东西耐用，轻易不坏。"

苏小菲笑了笑，说："我知道张总有钱，这辆车在您眼里不算什么，但是我不同，我没有对等的东西可以给您。您和陈娜的事在烟台谁都知道，我要是开着陈娜的车上街，别人不知道会怎么说我呢。"

张刚想了想，说："也是。我倒没想到这一层。"

沉默了一会儿，张刚扭头看了看苏小菲，说："说实话，看到你真好。感觉像看到陈娜一样。"

这话让苏小菲又伤感又有点害怕，她说："人既然走了，还是忘了她吧。"

张刚说："我不能忘，忘了她就是忘了自己的良心，忘了我还是个人。"

苏小菲没法说什么了。好在前面车子启动了，她忙提醒张刚："好了，开始走了。"

到了苏小菲家附近，张刚停下车，先把霖霖抱下来。苏小菲正要从另一侧下车，张刚突然握住了苏小菲的手。她有些惊愕，拽了几下没拽动。张刚小声说："看到你真好。"

苏小菲正要发怒,张刚松手了。苏小菲下了车,领着儿子朝家走去。

4. 次贷危机爆发

皮特一去再没回信儿,也不说发货的事。苏小菲有些慌了,连发了几封邮件,皮特终于给她发了一个重新调整后的货单。

按照这个货单,苏小菲在宁津挑的奥勃松以及各种地毯,要删除五分之四还多,在李龙的工厂挑的萨瓦纳瑞要删掉一半。

苏小菲草草看了一眼,不忍心再看下去,闭着眼狠狠地出了一口气。

她知道,她没有别的办法,只能咬牙吞下这个苦果。她把货单转给了顾晓墨,让顾晓墨列出单子,分别通知工厂送货。

两天后,皮特给她打了一个电话,说是美国爆发了次贷危机,现在已经有多家银行倒闭,美国经济或许会遭到重创,因此他们未来进货,要非常小心了。

苏小菲已经从电视上知道了美国次贷危机爆发的事。她顾不得埋怨皮特,开始担心起这次危机对国际贸易的影响。

次贷危机对外贸行业的影响非常严重,一众外贸业务员人心惶惶,这个时候,总公司召开了一次小型会议,参会的自然都是各个部门的业务员。总公司的一个副总讲了当前的国际形势和外贸受到的影响,让大家在维持原先客户的同时,把重点转向欧洲和中东。美国市场现在一片恐慌,现在继续开发美国市场意义不大。

会议完毕后,苏小菲打了个电话给大卫。大卫告诉她,美国市场现在确实比较难,不过也不像有些人认为的那样严重,有些大公司的业务还是在正常运转的,比方他们公司,业务现在还是比较正常的。这次危机,肯定会淘汰一批中小公司,但是只要把业务做好,还是可以活下去的。

苏小菲略微有了点信心。她没有跟大卫谈皮特在她这儿的表现,她知道,大卫和皮特是同事,他们之间比较敏感,即便把此事跟大卫说了,大卫也没有好办法,更不会去做皮特的工作。要想改变当前的局面,唯有积极努力。她利用阿里巴巴(电子商务领域的一家知名品牌)的国际号,每天在上面发信息，查找联络客户。

忙活了几天，客户回信的倒不少，但大都是只问了一下价格，就没信了。苏小菲知道，在网上回复信息的，大都是些散客，比价的多，即便有买地毯的，也都是自用，或者是零售小店。阿里巴巴的国外客户可以免费注册，国内公司就不行了，要买个所谓的国际号，每年要花不少钱。苏小菲被这些免费的外国散客们搞得焦头烂额，绝望复绝望。

要命的是，每年总有那么一两个幸运儿，能从互联网这座沙矿里淘到黄金，在付出了无比巨大的努力后，找到了客户。苏小菲休整一段时间，咬咬牙，提提气，继续战斗。

半年下来，天天在希望中醒来，又在绝望中睡去。所谓的大客户，就像是个虚无缥缈的黄金钓鱼钩，钓得苏小菲每日恍恍惚惚，寝食难安。

皮特的样品单已经做好并安排发货了。他收到货后，倒没说什么，只是很客气地给苏小菲回复了邮件，但是，后续的大额订单再也没有了音信。

苏小菲对他心灰意冷。

经理谭林急了，把苏小菲叫到办公室，问怎么回事啊，这段时间怎么没有订单了？苏小菲没好气，说我怎么知道啊，客户不下单子，我有什么办法？

谭林无奈地笑了笑，这笑比哭都难看。他告诉苏小菲，公司别的部门都还好些，特别是那些做日用品的，比如洗衣粉洗发液什么的，走单几乎没受什么影响，唯有工艺品部，几乎可以说是一落千丈。别人他指望不上，就指望苏小菲给他打天下呢。

苏小菲吓得直摇头，说："老大，您可千万别指望我。要是大卫在还能好些，最多我再加个项目。现在皮特负责跟我做业务，皮特正在寻找合适的合作伙伴，烟台做地毯的公司可不止咱一家，另外，他现在正在青春紊乱期呢，最后能不能跟我合作，还是个未知数。您要是指望我，我指望谁去？"

谭林眨巴了几下眼睛，说："要不……你找找赵德海？咱也做点笤帚？

别的业务受影响,他的笤帚可不受影响。这种笤帚是专门在轮船上使用的,属于可降解物品,不会对海洋造成污染,且没有替代品,听说他的笤帚做得越来越大。咱就是向他学一些经验和知识,不抢他的客户,客户咱自己找。"

苏小菲"哼"了一声,说:"可以啊。您也不是不认识他,您自己找他去吧,别找我。我们现在话都不愿意说,找我反而坏事。"

谭林呵呵一笑,说:"我也只是这么随便一说。这种时候,大家要拓展业务范围,不能只局限在原有的业务上。比如你吧,你学过服装,也可以做一些服装订单啊。这些年服装外贸发展得不错,这玩意跟地毯不一样,地毯属于奢侈品,可以不铺;但是服装属于生活必需品,不管经济怎么差,衣服得穿啊。"

苏小菲想了想,说:"我懂服装,不过要想马上上手,也不是那么容易,我研究一下吧。"

谭林大喜:"这就对了,这就叫没有条件,创造条件也要上!"

苏小菲回到办公室,突然接到了赵德海的电话。赵德海告诉她,明天是他父亲的生日,他让苏小菲明天晚上回去。

苏小菲答应了。她觉得无论是她和赵德海,还是和公婆,关系不能这么一直僵下去,趁这个机会缓和一下家庭关系,还是应该的。

下午,苏小菲安排了一下工作后,便来到街上,打算给公公买点生日礼物。

她首先看上了一套运动衫,觉得适合公公早晚锻炼的时候穿。应该说,公公人是不错的,可惜在老婆子手里没折腾起来,最终成了老婆子的跟班。苏小菲从公公那儿深刻地感觉到婚姻就是一场战争,没有硝烟,但是得斗智斗勇,见招拆招,不见得比真正的战争差多少。

这套运动衫牌子是"阿迪达斯"的,价格也不贵。苏小菲知道类似的街头小店,以卖假名牌为主。这样的"阿迪达斯",肯定是南方或者是附近一些工厂的假冒产品。这样一想,感觉又不大好了,买件假名牌给公公,有点说不过去。真名牌只在大商场售卖,这样的一套衣服,一千元以下是拿不下来的，买又太贵。

正犹豫着，听得身后有熟悉的声音传来："衣服看起来还不错啊。"

这是小姑子赵德薇的声音。苏小菲转头，看到赵德薇正和几个人在挑衣服，没有注意到自己。

听到小姑子和朋友一边叽咕一边走到店里边，苏小菲赶紧逃出了服装店。在她的印象中，小姑子可不是善茬，如果让她看到自己要买一套假的"阿迪达斯"给公公，她能在背后骂死自己。

转了一大圈，她买了一双运动鞋，一件休闲夹克，总共花了六百多。自己母亲过生日，她都没舍得花这么多钱，真是有点心疼。不过想想小姑子也在买东西，她就知道这也是在选购生日礼品呢。自己一定要多买点，否则小姑子和婆婆指不定会说些什么呢。

5. 公爹的生日

第二天下午，苏小菲回到家，先把衣服给了公公。公公看了很高兴，当场就穿上了，左转右转地照着镜子看。婆婆一开始也很高兴，还埋怨苏小菲花钱太多了。但是，看着公公在照镜子，突然脸色就变了，对公公说："脱下来吧，这么大人了，一点儿稳重样子都没有。"

婆婆的突变，让公公很不理解，他看了看老婆子，心里很愤怒，但是习惯还是让他按照婆婆的指令，脱下了新鞋和上衣，忙别的去了。

苏小菲心说我没得罪她啊，好好的这又是怎么了呢。她突然想到一个问题，婆婆过生日的时候，自己送了她什么呢？

想起来了。婆婆过生日的时候，自己刚好有一批货要发，从工厂回来的时候，天就很晚了，自己也累了，就只在花店给她买了一束花。很明显，婆婆是想到了自己生日时的礼物，两下对比，感觉自己吃了亏，于是又生气了。

这真是没办法的事，苏小菲总不能现在再去给她买东西吧。

昨天晚上没睡好，苏小菲脑袋有些晕，跑到卧室躺了一会儿。这中间听到婆婆在厨房忙活，说话声音很铿锵，知道婆婆又不高兴了。没办法，她只好爬起来，到厨房帮忙。

公公也在厨房干活，看到她没精打采地走进来，大约又觉得自己老婆有些过分了，就说："小苏，这儿不用你，你回去歇着吧。"

婆婆在切芹菜，听了这话，那刀切下的声音格外响，似乎刀下是她仇人的脖子。婆婆的"仇人"真不少，天天看电视新闻，听到新闻里说做恶事的人，就直接开骂，恨不能马上坐飞机飞过去，用菜刀把这个恶人给劈了，典型的易怒又冲动。

苏小菲看着婆婆令人恐怖的背影，说："没事，我不累。"

苏小菲看着鱼没洗，就凑过去洗鱼。

公公看了婆婆一眼，又看了看苏小菲，说："仔细点，别让鱼刺扎到手。"

这时候门响了，婆婆欢快地喊了一声闺女回来了，就放下刀，跑过去开门。苏小菲看着婆婆的样子，真有些滑稽。母爱有时候不光伟大，还有点荒诞。

婆婆开了门，然后发出一阵欢呼声。

苏小菲有些惊讶，不知道外面发生了什么。苏小菲和公公从厨房出来，跟小姑子说话。原来引起婆婆欢呼的是小姑子买了很多气球，扎在一起，很喜庆的样子。

小姑子也给公公买了身衣服，婆婆让公公穿穿看。公公不想穿，婆婆很有意见，命令他穿，说："怎么了？嫌闺女买的不好吗？不好就退了！"

婆婆这是话里有话。公公也感觉到了，因此他不敢再说什么，只好乖乖地穿上了闺女买的衣服。

让苏小菲没想到的是，小姑子买的是那套"阿迪达斯"，正好是自己昨天下午在那个街边服装店里看好而没买的那套。这套衣服的衣领上有条长长的线头，她印象深刻。

客观来说，这套衣服公公穿起来显得很年轻。婆婆很满意地说："闺女就是好，我知道这牌子，得一千多吧？"

没容小姑子回话，婆婆又对公公说："行了，就这么穿着就行了，买衣服就是穿的,今天你穿着新衣当寿星。"

没人跟苏小菲说话,苏小菲只好退回去洗鱼。

一不小心,她还是把手给扎破了,血流了出来。她想洗洗手,找块创可贴把伤口贴上,想想那样肯定会惹得婆婆不高兴,就把手洗了,咬着牙,使劲儿挤了挤血,继续洗鱼。

公公穿了新衣,婆婆就不让他进厨房了,让他陪着女婿看电视,由小姑子过来帮妈妈做饭。

苏小菲问:"那套衣服挺好看啊。在哪里买的,花了多少钱啊?"

小姑子没说在哪儿买的,直接说:"'阿迪达斯'啊,一千多。赶上打折了。"

苏小菲也想表一下功,就说:"现在东西真贵。我给爸买了双'耐克'鞋,花了四百多。"

小姑子不屑地说:"'耐克'假货太多,我一般不买。"

这一句话差点呛到苏小菲,小姑子的意思很明显,是说她的鞋大概就是假的。苏小菲真想说出她在卖假"阿迪达斯"的服装店里看到过她,想了想,忍了。真说出来了,弄不好小姑子能跟自己吵起来。算了,管人家是真是假呢,自己的心意到了就行了。

赵德海回来的时候,天已经很黑了。苏小菲到学校接了孩子回来后,给他打电话问他在哪里,他说,快了快了,这就到家了。

苏小菲趴在窗户边看,看到一辆车在楼下停下,有一个人从车上下来,天太黑,看得不真切,但是很像赵德海。赵德海下来后,那车就开走了。苏小菲有种直觉,感到那辆车应该是一个女司机开的。

赵德海进屋后,苏小菲问他:"谁把你送来的?"

赵德海说:"朋友。"

苏小菲"呵呵"一笑,说:"是女朋友吧?"

赵德海一副不在乎的样子,说:"这个得看你的想法了。是男是女不重要,重要的是你怎么想。因为我们都没有证据,我说的你也不信,你先入为主,让我怎么说呢?"

婆婆很不满意，说："你怎么回来这么晚？让你妹夫都等了半天了。"然后婆婆又变了腔调，对苏小菲说："怎么见面就吵架？这是过日子吗？过日子没有这么个过法的！"

苏小菲听人说赵德海跟一个女老板关系不错，最危险的是，据说这个女老板还未婚。苏小菲太了解这些工厂女老板了。因为行业关系，她们特别崇拜这些说着一口流利外语，看似掌握了工厂生死大权的外贸业务员。因为崇拜，就很容易产生好感，有了好感就搞到一起，那是顺理成章的事。就像外贸系统的女业务员喜欢跟外国客户搞到一起一样，这里面有经济的考量，也有其他的原因。特别是赵德海这样的，业务做得也算可以，人又年轻，长得也算帅哥一个，这所有条件都齐备了，不发生点事，几乎都说不过去。

苏小菲知道，这样的事，等传出了风言风语，基本就是真的了。她看着赵德海一脸无辜的样子，心里感觉一阵阵疼。

吃饭的时候，大家都是欢天喜地的，连婆婆都变了样子，还跟苏小菲干了一杯啤酒。苏小菲受到开心氛围的感染，心情也渐渐好起来。

不知谁说的来着，人最容易感受到痛苦，却最应该去寻找快乐。

公公很高兴，特意敬了苏小菲一杯酒，说是感谢她的付出。苏小菲觉得公公的话说得有些重了。她没为这个家付出多少。结婚就是两个人一起过日子，跟付出这个词好像不太搭边儿。

吃完饭，收拾停当，苏小菲感觉到真的累了。刚上床躺下，赵德海趁着酒兴，来拽她的内裤。苏小菲不让，说："先说说今晚谁送你回来的。"

赵德海一听泄了气，说："这就没意思了。即便是个女的，又怎么了？再说了，你出去好多天，身边还都是男的呢。这种事，没法互相约束，只能靠个人自觉，所以，我们就谁也别管谁了，这就叫互信。当然，如果对对方一点儿信心都没有了，日子就没法过了，那就算了。"

苏小菲冷笑一声："你到底是想过，还是不想过呢？"

赵德海说："无所谓。这日子，谁离了谁都能过。你这些年赚钱也不少，天天在外面张罗买房子，不就是给自己找退路吗？"

苏小菲长长地吐出一口气，说："赵德海，我今天不想跟你吵架。我可以告诉你，我在外面买房子，不是给我找退路，我如果想找退路还用买房子？不客气地说，追我的人多着呢！我买房子，是不想跟咱妈闹别扭，是想我们一家三口一起搬出去！我是想把这个家庭维持下去！你天天怀疑我在外面找男人，是，我没法自证清白，但是那不代表我像你，在外面跟工厂的女老板乱七八糟的！"

赵德海被揭了伤疤，恼了："我怎么乱七八糟的了，你有什么证据？苏小菲，没有证据你这叫胡说八道！"

苏小菲冷冷地笑了一声，起身穿衣服："我当然没有证据。你上次带着客户去那个筜帚工厂，工厂女老板亲自开车来接你们的吧？公司有车不用，让女老板两个来回来接你，你这魅力够大的啊。咱都是做外贸的，都跟工厂打交道，要不是有点特殊关系，人家会不惜两个来回大几百公里来接你？你骗鬼呢啊！"

苏小菲穿上衣服，起身就朝外走。

公公听到声音，出来拦她，她已经走出了门。

6. 用了高峰的车

苏小菲在网上忙活了大半年，终于联系上了一个加拿大客户。这个客户是做睡衣睡裤的，常年做，而且量比较大。

苏小菲和顾晓墨跑了三四天，找到了一家规模适中的工厂，给客户做了样品，报了价格。

客户比较满意，来考察工厂。奇葩的是，这个客户带了六个巨大的箱子，让机场的服务人员帮忙推了出来。苏小菲看到这么多箱子，愣了，忙让顾晓墨出去打了两辆出租车，加上他们的车，三辆车才把客户和他的那些大箱子送到了酒店。

第二天一早，苏小菲带着车接客户去工厂。她们以为客户只会背个背包跟他们下工厂，也没开那辆七座的"福特"。到了客户房间，客户却告诉苏小菲，他要带着他的所有箱子，他不相信酒店的服务员。无论苏小菲跟他怎么解释，客户就是不听。他说他到国内很多年了，曾经在一家酒店丢失过很重要的一份样品，所以这些年他无论走到哪儿，都要带着所有的箱子。当然，他可以付车费。

苏小菲赶紧打电话给谭林，谭林却告诉她，那辆"福特"已经派出去了，现在即便让车回来，也得两个小时以后了。

苏小菲情急之下，突然想到了高峰。高峰现在在一家公司负责开车，开的是一辆高档的"丰田"面包车，不过不知道人家是否有空帮自己。苏小菲抱着试试看的心态，给高峰打了个电话。高峰问明情况，二话不说，告诉苏小菲，他保证半个小时内赶到。

苏小菲和顾晓墨分两趟，把客户的六个大箱子拖到了酒店大堂。果然，箱子搬完约有十多分钟后，高峰就跑进了大堂，帮苏小菲把六个箱子装进了车里。

高峰开着车，陪苏小菲跑了一天。

客户考察工厂，就是做一个确认，看看自己要下单的工厂的规模，以确认一下工厂是否有能力完成任务。这个不需要很长的时间，但却是必须要考察的。

客户看了两个工厂。工厂也很配合，说正在做的服装，就是苏小菲的货，客户因此很满意。

她们陪客户看完工厂，又请客户吃了饭，把客户送回宾馆后，天就黑了。高峰先顺路把顾晓墨送回家，在送苏小菲回家的路上，正好经过高峰住的小区附近，他要回家取点东西，就进了小区把车停下。临下车的时候，高峰顺便问了一句："苏姐，您不上来坐一坐？"

苏小菲说："我听说你的房间很保密，一般不让人进去的。"

高峰说："别人是不让进的，但您没问题。"

苏小菲今天心情比较好，加上手脚也想活动一下，就跟着高峰进了他的房间。

开灯之前，高峰说："苏姐，您可要做好精神准备，别吓着。"

没等苏小菲回话，高峰就打开了灯。

苏小菲没被吓着,但是被惊着了。

房间中间,是一张真人大小的陈娜照片,这应该是陈娜今年刚照的,衣服苏小菲认得,还是两人一起去服装店买的。照片上的陈娜穿着青蓝色的紧身西服,显得典雅秀美,但是苏小菲不知道陈娜有这张照片。房间里墙上挂的,桌子上摆的,都是陈娜大大小小的照片。从青涩的二十多岁,一直到现在,满墙的照片按照年龄顺序一一排开,真是一个活生生的陈娜世界。

苏小菲突然意识到,陈娜的灵魂此刻一定在这儿。她的一生都陈列在此了,她还能到哪里去呢?

很多照片都是苏小菲从来没见过的,应该是她自己单独拍的。据苏小菲所知,有一段时间,高峰曾经无数次想要跟陈娜见面,都被陈娜断然拒绝了。高峰曾经托苏小菲捎信给陈娜,说如果她再不见他,他就不活了。

那段时间高峰处处倒霉,他真的很需要人帮助,连苏小菲都觉得他太可怜了。她把他的情况跟陈娜说了。陈娜很断然地说不见。苏小菲劝说了她半天,陈娜就是不肯见他一面,说他这种人早就该死了,早死早托生。可见陈娜当时多么恨高峰。

那他从哪儿弄了这么多陈娜的照片呢?

没等苏小菲发问,高峰就说:"我有她的社交账号,我加了她。她一开始不知道是我,以为我真的是她的同学呢。后来就知道了。"

苏小菲问:"她知道了还理你吗?"

"理。"高峰说,"她后来其实是原谅我了,但是只跟我网上聊天,不跟我见面。不怨她恨我,她为我付出的太多了。"

苏小菲说:"你是伤她的心伤得太重了。"

高峰说:"是。我知道。要不她不会那么恨我。更不会……这么早就死了。"

苏小菲本来还想说几句狠话的,看到高峰也是很难过的样子,就不说话了,只看着陈娜一张张照片发呆。

高峰说:"这些照片,很多都是她特意拍了发给我的,她说她在自己最干净的时候跟了我,这些照片也一样,她除了给我,谁也没给。她不想见我,但是照片可以给我。"

苏小菲说:"真是个怪人。这些照片,我都没有看到过。"

高峰说:"这些是属于另一个世界的,是属于她的过去的那个世界。我就是那个世界的一个空间,所以这些照片只能放在我这儿。"

苏小菲想到了陈娜后来疯狂的行为,现在想想,那时候她的心里世界已经不在这个社会了,早就归隐了,却没想到归隐到了这儿。

高峰取了东西,两人下了楼。

上了车,高峰说起了他和陈娜相识的过程。

高峰的父母很早就去世了,他是跟着叔叔长大的。高中毕业后,他曾经在机床厂上过半年班,因为班长总是欺负新来的,他跟班长打了一架,把班长打进了医院,他就被机床厂开除了。

叔叔又给他找了几份别的工作,但是工资都很低,活儿又累,他都干不了多长时间,就不干了。

后来,他就认识了大刚他们。

"大刚?"听到这个名字苏小菲吓了一跳。大刚应该是这个城市最臭名昭著的混混了,说实话,名声比谁都响亮多了。形象地说,大刚应该就是《狼来了》故事中的"狼"。

高峰说:"那时候的大刚在南市场收管理费。不过,不是收商贩的钱,是收在市场开天窗的小偷的钱。每个小偷到市场来,都要交钱,我们称呼交这种钱的人为'扒皮'。"

顿了一下,高峰继续说:"我是在南市场认识的陈娜,她让我的人生拐了一个大弯。幸亏有了她,要不我现在还是一个小混混。"

苏小菲开玩笑说:"没法说啊,说不定你还跟着大刚混大了呢。大刚现在早就不当混混了,人家现在是著名企业家呢。"

高峰摇头,说:"不说这个了。除了我死去的父母,陈娜是唯一一个用心爱着我的人,所以我的心也永远给了她。"

这话太煽情,苏小菲受不了,就岔开话题,问他:"你怎么认识陈娜的啊？"

　　高峰说："那时候陈娜家庭状况也一般，经常到南市场买东西。有一次她在市场时钱包和手机被人偷了。那时候手机贵啊，一部手机值好几千元。我看到她在那儿哭，哭得太伤心了，我受不了，就查出了是谁偷的，逼着他把手机交了出来。后来这个小偷报复我，找人把我揍了一顿，刚巧被陈娜遇到了，陈娜找人把我送进了医院，我们就这样认识了。"

　　苏小菲说："挺感人。不过这个符合陈娜的性格，她那时候那么高傲，一般人都瞧不起，还就喜欢当时像你们这些桀骜不驯的人。"

　　高峰说："陈娜表面看起来是个很冷的人，其实那是她没认可你，认可了以后，她会全心全意去爱你。当初她对我太好了。以后我再没遇到对我那么好的女人，所以我不想结婚。"

　　苏小菲说："那如果以后你永远遇不到呢？"

　　"我就永远不结。"高峰说，"有陈娜陪着我，我这一生就够了。"

　　苏小菲不由地叹气，说："这个陈娜，碰上你也是她的福气。或许真正的爱情，真的是在婚姻之外的。"

　　高峰苦笑着说："什么福气啊，是我毁了她。"

　　苏小菲问："我听说陈娜为了让你做生意，把她父母借来的钱都拿给你了，这是真的吗？"

　　高峰说："真的。"

　　苏小菲说："她可真豁得出去。"

　　高峰说："整整五万元钱啊。那是上世纪九十年代，她父母借这么多钱是为了她参加一个大赛打点送礼的，但她偷偷都给了我。"

　　苏小菲说："她胆儿也够大的。"

　　高峰说："是。也就因为这个事，她父亲找了我，让我还他们的钱。陈娜跟她父母吵了一架，跑到了我这儿。"

　　苏小菲问："那，后来你怎么跑到南方去了呢？"

　　高峰说："她给我的五万元钱，让人骗光了，我没法面对她，就跑了。"

苏小菲说："那你也该给陈娜留个电话啊。"

高峰说："姐姐，那是什么年代？那时候手机很少有人用，有人用传呼机，我没有啊。到了南方后，我给陈娜打过电话，她家的电话号码换了，我估计是她父母换的，就失去联系了。"

苏小菲说："你可把陈娜害苦了。"

高峰说："是，我知道。"

苏小菲说："她差点死了，并且是两次。第一次因为你，是怀孕流产，她在模特队练跑步的时候就流产了。从此以后，她再也不能怀孕了。第二次也是因为你，她割腕，要是她妈回家再晚半个小时，她就完了。"

高峰说："我都知道。"

苏小菲说："这就是命吧。都是命。也许人这辈子就是这样。真正的爱情大都成不了，因为太浓烈，也就是说，真正的爱情都是两人差异比较大，因为现实的原因，结合困难，所以成不了。而门当户对的爱情呢，大家都太熟悉，没有距离美，所以不热烈，平平淡淡的，这辈子就过去了。"

苏小菲忽然想到一个问题，问高峰："你负责给人家开车，今天帮我偷跑了一天，老板不会怪你？"

高峰笑了笑，说："这么说吧，这车我现在要，她都能给我，别说我用一天了。"

苏小菲不敢相信："你吹牛吧？"

高峰抹了一把脸，说："真的，苏姐，我也没必要瞒着你。我是有付出的，我陪了那个老女人好几年了。所以，你以后要用车，就说话。我天天闲着，除了陪那老女人，就是自己开车到处乱跑。"

苏小菲惊讶地看了高峰一眼，说："这个……真让人想不到啊。"

高峰苦笑了笑："就像您说的，这生活嘛，还是现实一点儿好。我陪她，她给我钱，都是实打实的，挺好。何况，我和她都是单身，也没什么心理负担。"

7. 想念王蓉

女人的直觉是个让人恐怖的东西，那天送赵德海回家的，确实是王蓉。这个小女子，以给别的公司送样品的名义来到烟台，在烟台住了两天，只是为了跟赵德海见上一面。

赵德海得知她来了烟台，心中既狂喜又惴惴不安。

他想见她，想抱她，想吻她，但是他又隐隐觉得，这对于一个二十多岁还未结婚的女孩子来说，是不公平的。赵德海能看出来，王蓉是真的喜欢自己，这种喜欢也许有业务上的原因，但最起码它是单纯的，没有丝毫功利性的。

赵德海与王蓉见面后，王蓉告诉赵德海，她跟家里闹翻了，原因是她很明确地告诉父亲，她不想跟已经订婚的男朋友结婚了。

父亲大发雷霆，把她大骂了一顿。不过这样也好，事情终会过去，她现在心情已经开始平复了。

两人是在一家小饭馆见的面，聊的话题比较广泛，但比较小心，从生意谈到次贷危机，从次贷危机谈到世界局势，又谈到婚姻，最后谈到了房价。王蓉拿出一张银行卡，让赵德海帮她在烟台买一套房子，赵德海没接，劝她等一等再买。美国次贷危机爆发，肯定会影响全世界的经济，国内能否受影响，还没法说；如果国内经济受到了影响，房价肯定还会下跌。

王蓉让赵德海先拿着钱，等什么时候房价稳定了，什么时候买。赵德海劝她先投资修缮一下厂房，她家的工厂占地面积虽然不小，但是厂房有些破旧，这个会影响客户对工厂的评价。

王蓉见赵德海执意不收，只得把银行卡收回。

赵德海以为王蓉在烟台玩几天就会回工厂了，他没有想到，中间隔了两天，也就是赵德海父亲生日后的第三天，王蓉又打电话给他，请他吃饭，说这次吃完饭，她就回家了。

这次见面，王蓉显然是经过了精心打扮，心情看起来也好多了。她告诉赵德海，家里的事情已经解决了，父亲打电话给她，让她赶紧回去管理工厂，最近工厂活儿挺多。

赵德海见王蓉心情好了，自己自然也高兴。王蓉开了一瓶法国客户送给她的红酒，两人推杯换盏，喝了一瓶红酒，又喝了几瓶啤酒。王蓉喝得脸如桃花，赵德海看醉了。王蓉借着酒劲，毫不掩饰地告诉他，她喜欢他。没办法，就是喜欢。

这个时候，赵德海已经完全被青春焕发的王蓉征服了，他被自己的荷尔蒙控制着，抓住了王蓉柔嫩多肉的小手。王蓉很调皮，让赵德海喂她吃饭，而且是用嘴喂，还不许赵德海的嘴碰着她的嘴。赵德海喂了几口，王蓉边吃边笑，赵德海终于忍受不住，一把抱住她就狂吻起来。

两人吻了一会儿，赵德海开始浑身燥热，王蓉感觉到了，便推开了他。

赵德海恍然醒悟，他们这是在饭店呢。他有些不好意思，王蓉说她还没吃饱，两人坐下来继续吃饭。

吃完饭后，急不可耐的赵德海要跟着王蓉去她的房间，却被王蓉拒绝了。王蓉说下午她要去一家公司送样品，没有时间陪他，扔下了目瞪口呆的赵德海，她竟然独自搭车走了。

当天傍晚，赵德海收到了王蓉的短信。他兴奋异常，以为是王蓉约他呢，打开一看，却是王蓉带着客户回工厂了。

这个调皮的王蓉啊，成功地撩拨起了赵德海的欲念，却一走了之了。赵德海无法遏止地开始了对王蓉的思念。

无论是上班的时候，还是晚上睡觉的时候，一旦想起她，赵德海就兴奋异常。他发现，无论是手指、胸膛还是大脑，都会单独出来想她。这些身体器官好像都有自己的思想，手指在想念她身上肌肤的弹性，胸膛在想念她的柔软，大脑在想念她的体贴，哪怕最不成气候的鼻子，也会单列出来，想念她的芳香。这个王蓉啊，通过一个拥抱，就成功俘虏了赵德海的全身。

每当过于痴迷了，他就提醒自己，这样不好。男人应该以事业为重，都这么大岁数了，还上不够天，下不着地的，再不努力，就很危险了。这样告诫自己后，一开始效果不错，他觉得自己还能抵挡住美女的诱惑，可是时间长了，就不行了，大脑带着鼻子和手，自己就走了，去体会王蓉那致命的温柔去了。

他知道，自己真的比较危险了。他的大脑会看着自己的手不由自主地拨通她的电话，或者给她发去一条又一条的短信。每当打开电脑，第一件事，就是看自己的聊天窗口，是否有她的留言。他有时候觉得可笑，自己这么大年纪了，竟然跟个愣头青似的，满脑子都是这个小女人的一切。

他试图让自己多想想苏小菲——自己的妻子。她曾经在自己跟陈娜求爱失败后，用温柔抚平了他的伤口。应该说，那几年，如果没有她，他都不知道自己该怎么坚持下来，是她用温柔的肩膀扛住了他的溃败。那时候，她就是他的太阳，虽然这太阳是旁逸斜出的，但是她无疑用她的光辉，照亮了他的黑夜，让他顺利地走到了现在。

但是他发现，自从陈娜没了之后，苏小菲这颗太阳突然就失去了光辉。山还是那座山，河还是那条河，但是山川河流都没有了光泽，没有了色彩，都成了黑乎乎光秃秃的了。他一开始就有这种感觉，现在这种感觉越来越清晰，越来越让他觉得心灰意冷。

太阳的光辉刺伤了自己的眼睛，于是把月亮当成了另一个太阳。他觉得自己这十多年真是可悲。同样苏小菲也很可悲。他们都被太阳骗了。

而王蓉现在成了他的太阳。这个太阳没有反射光给苏小菲，在这个太阳的陪衬下，苏小菲就成了阳光下的阴影了。

当然，冷静下来的时候，赵德海还是告诫自己，不能太过火。这个王蓉是个冲动型的女人，疯起来不管不顾的，要是真跟自己发生了关系，恐怕会出大乱子。

过了些日子后，王蓉又来到了烟台。她把自己住的宾馆房间号发给了赵德海，赵德海经过一番思想斗争后，还是忍受不住诱惑，匆匆赶往王蓉住的宾馆。

两人疯狂地拥抱接吻，好几次，两人都差点突破了防线，都是赵德海勉强从她身上爬起来，挣脱开她缠绕着的胳膊。

王蓉睁着迷惑的眼神看他。赵德海说:"王蓉,我不能伤害你。我们相差这么大的年龄,我又是个有家庭的人,我不能这样做。"

王蓉像一只小豹子,过来拽他的腰带:"我不管,我要你!你要是有这种想法,为什么一开始不拒绝我?"

赵德海跳下床,穿上外衣,说:"对不起王蓉,我比你年龄大,经的事多,我们……还是不能到这一步。我先走了,我还有点事。"

赵德海不敢看王蓉,低着头走出房间,关上门,逃出了宾馆。此后的几天,是赵德海非常幸福又非常痛苦的几天。

他把自己蜷缩成一团,逃避着王蓉,逃避着自己的渴望,也逃避着苏小菲苛刻的目光。

8. 给李小小当说客

苏小菲的服装客户下了一个小单子,这是苏小菲第一次做服装,非常谨慎,从布料采购到生产,不敢有丝毫马虎。布料进厂后,她带着顾晓墨在工厂住了一周,直到工厂开始大批量出货了,她们觉得没什么问题了,才从工厂撤了回来。

在工厂的时候,李小小打了两次电话给苏小菲,苏小菲都因为忙,没有接。休息了一天后,苏小菲打电话给李小小,问有什么事。

李小小说:"姐,我想请你吃个饭呢。"

苏小菲说:"忙死了,给客户做样品呢,过几天,等有空了再说。"

李小小说:"不行。吃饭是次要的,我有事找你呢。"

苏小菲说:"那得看是什么事了,姐最近烦着呢。你天天有事,要是些小破事,就别烦我了。"

李小小说:"这次不一样,是生死大事。"

李小小的话吓了苏小菲一跳,她忙说:"小小,别这么说话,有话好好说,怎么了这是?"

李小小在那头抽泣着哭起来。苏小菲现在就想看到有人笑,不想看到有人哭。她觉得自己就站在崩溃的边缘了,哪怕不经意的一阵风,都能把她刮下去。她想看到人笑，笑有吸引力，能把她吸回去。所以她听到李小小哭，就感觉自己的头在往下沉，脚开始站立不稳了，要倒下去了，要万劫不复了。

苏小菲把手机从耳边放下，深吸一口气，略微平静了一会儿，才拿起手机，也不管李小小是在说话，还是在哭，一字一板地说："要想让我帮忙，赶紧说事！我没时间听你哭，天天就知道哭，哭能解决问题吗？"

李小小大概从来没听过苏小菲朝自己发脾气，她愣住了，不再哭了，但是也没说话。

苏小菲说："你说不说话？你不说话我就挂了！我忙着呢，没时间听你哭！"

李小小忙说："姐，你别挂啊。是这么回事，我托人给王伟把手续办好了，钱也花光了，他……他却不想去了。这前后花了十多万啊，都是借的，他要是不出国，我们到哪里赚钱还人家啊！这日子还有法过吗？这么说吧，他不去我就死……"

苏小菲打断李小小的话，说："就知道死！你打电话给我就是想告诉我你要死？那你干脆死呗，还跟我说有什么用？别说没用的，天天喊要死的人，都是威胁别人的，真正想死的人，从来不说自己要死，陈娜就是个例子。所以别说这个，都活得不容易，扛不住刺激，有事就说事，没事就算了！"

李小小抽了几下鼻子，忍住哭泣，说："苏姐，我认识的人就你能说说他，他也听你的话，我是没有办法了，才找你的啊，你可别生气啊。"

苏小菲长出了一口气，说："行。你把话说利索了就行，晚上吧，你找个地方，然后打电话给我。"

李小小是她们姐妹三人中的跟屁虫，从小就没主意，凡事都要找陈娜，或者找苏小菲商量。当然，陈娜在的时候，她主要是找陈娜。人家俩是表姐妹，关系更紧密一些。陈娜也比苏小菲更有能力，更能杀伐决断。可以说，李小小当年要是没有陈娜的支撑，她都很难活到今天。她就像是一只营养不良又早产的小动物，不但人长得瘦弱，神经也很脆弱，在路上看到一株草被人踩死了，都要掉半天眼泪。现在陈娜没了，她苏小菲当然得出马，这个义不容辞。

傍晚，下班后，苏小菲便赶往李小小订好的饭店。

等她走进饭店大厅的时候，看到李小小和王伟已经坐在那儿了。李小小神情冷淡，两眼茫然地看着门口，王伟则抱着膀子，趴在饭桌上，一副任人宰割的样子。大厅里欢声笑语一片，与李小小和王伟形成了强烈的反差。

说实话，苏小菲真不喜欢他们这样子。她感觉李小小这是把应该扛在她肩膀上的压力，转嫁到自己肩上。自己的那些事本来就够扛的，李小小这一份再加上，她都有种要坍塌的感觉。

但是没办法，她还得把李小小这一份也捎带着扛上。她一步一步越过热闹的边界，朝着那个冷冰冰的角落走过去。

看到她过来，李小小抬起头，哑着嗓子跟她打了个招呼，王伟则抬头看着她，艰难地笑了笑，算是打过招呼了。

苏小菲知道今晚自己真是肩负重任了。两人都把自己的命运选择权交给了她，什么也不管了，就剩下喘气和听她说话了。

李小小说："苏姐，你来点菜吧。"

苏小菲苦笑一声："你们真行，菜都没点？"

李小小说："我们都不吃了，你想吃什么，就点什么。"

苏小菲听李小小这么说，怒火腾地就上来了，她转身就要走："那算了！我也不吃了！咱走吧！李小小，不是我说你，你见过有这么请人吃饭的吗？"

李小小慌了，像只受到惊吓的小兔子，慌忙伸手拽住苏小菲："别啊，姐，你忙了一天了，怎么也得吃点。"

苏小菲甩开她的手："我忙了一天也不如你！你多忙啊，抬着眼皮还要喘气，来了这么长时间菜也没点！让我想吃什么自己点，那我还来干什么？我来吃饭给你们看啊！"

李小小眼里含着泪，说："姐你别生气啊，我马上去点菜。你想吃点什么？"

苏小菲看着李小小灰暗的脸色，知道这些天她遭了不少罪。何况这个李小小一贯如此，她的社交圈就自己和陈娜，属于很任性，也不懂什么社会规则，心里怎么想的都在脸上，一点儿城府都没有的那种人。苏小菲叹了口气，说："小小啊，人活着，总得有点担当，无论遇上什么事，都要坚持住。你都三十多岁的人了，不能这么任性了。谁没有点难事？谁没有难关？家家都有本难念的经，就说我吧……"苏小菲刚要说到赵德海，又觉得没有意义，就收回了话，说，"好了，先点菜吃饭。咱边吃边说，今晚我请客。"

李小小说："我们已经把钱付了。"

苏小菲惊得目瞪口呆："你们没点菜就先付钱了？"

李小小说："嗯。"

苏小菲哭笑不得，说："真没见过你这样的，你什么时候能长大啊。点菜吧，一人一个，不点不行。"

苏小菲把菜谱扔给李小小，李小小拿起来看了看，说："要不就点个炒香菇吧。"

苏小菲又把菜谱扔给王伟。王伟说："苏姐，你点就行。我什么都吃。"

苏小菲说："别废话了，快点。"

王伟也没看菜谱，说："那点个肉菜吧，我都好几天没吃饭了。"

苏小菲叹了口气，又加了两个菜。饭菜上来，苏小菲先招呼两人吃饭。王伟好像真饿了，举起筷子猛吃肉。李小小也迟疑着开始挑菜吃。

苏小菲和李小小东拉西扯先说了些别的。等两人都吃得差不多了，她才说："王伟，其实你和小小的事我不好参与。不过，李小小这人，从小就没什么主意，不管什么事，哪怕是换个窗帘这种屁事，都要征求我和陈娜的意见。在她的心里，我和陈娜就是她生命的一部分，所以没办法，她有事只能找我，我呢，也只能勉为其难，帮她出一出主意。其实，我只比她大两三岁，懂得也不多。我只能从我有限的经验出发，替你们把握一下，提个小小的建议，具体怎么决定，当然得你们最后拿主意。先说王伟吧，我知道你其实已经很尽力了，你想让李小小过上好日子。但是，在这个世上，成功的永远都是少数人。那句失败是成功之母的话，很多时候是奢望，你失败了，就要面对……"

王伟打断了苏小菲的话："苏姐，其实，很多时候不是失败了，是没钱做下去了。"

苏小菲说："我知道。可是王伟，为什么会没钱做下去呢？还是说明你当初估计不足，或者说你期望太高，做的生意超出了你的掌控范围。说句脚踏实地的话，你还是没做好。"

王伟说："苏姐说得是。"

苏小菲说："你们的情况我非常了解。王伟，你努力过很多次，现在基本就是无路可走了。我听李小小说，你想写文章挣钱，我知道你当年在报纸上发表过文章，但是靠写文章养家，你觉得有希望吗？主要问题是，现在你们没有时间等了，那么多的债务要还，如果三年五年不成功怎么办？我们得面对现实，理想很多时候要给现实让路的。"

王伟说："我知道。"

苏小菲说："出国打工，确实是一个没有办法的办法。不过这人到哪座山唱哪山的歌，到西班牙干三年，不但可以还上债务，三年后，办下了绿卡，就可以回家了。那时候，想在国内住就在国内住，想出国就出国，多好的事啊，很多人想这么做，都没有条件呢。所以，这三年不但还了债，还为将来开了一条大道，这不就是传说中的柳暗花明吗？不就是三年吗？想想你们结婚这么多年，再想想三年前，不跟眼前一样吗？你要是再在国内待着，三年以后还是这样茫然，一屁股债务。你自己想想，你希望有一个一片光明的三年后，还是同现在一样的三年后呢？"

王伟想了想，问："苏姐，您觉得我应该出去吗？"

苏小菲说："不是我觉得，而是太应该了。你想想，现在这么多债务，你是等着三年以后还到处借钱呢，还是还上债务一身轻好？"

王伟说："当然是还上好。"

苏小菲说："对。男人就是要有担当。自己的事就要自己解决，你总不能让李小小出国吧？等在国外挣着大钱了，你苏姐我还想跟你沾光，出国看看呢。"

王伟难得地笑了笑，说："您开玩笑了，您出去还不容易？"

苏小菲说："李小小给你办这个出国手续不容易，求爷爷告奶奶的，还要出去借钱。你这个跟别的不同，钱花了，退不回来，如果你不出去，凭空又多了那么多债务。现在挣钱多难啊，生意难做，你又不是不知道。"

王伟想了想说："苏姐，你这么一说，我想通了。我走，我马上走！出去赚钱！"

李小小本来不说话，忐忑不安地看着苏小菲给王伟做工作，看王伟同意了，又抽抽搭搭地哭了。

王伟说："别哭了，我听你的，我出国。"

李小小嘴一撇，"哇"地哭了，说："王伟，我其实舍不得你出去啊。"

苏小菲烦了，说："别丢人了。李小小你能不能有点出息啊，爱煽情回家煽情去！"

9. 夜遇赵德海

出了饭店，看着李小小和王伟搂作一团往家走，苏小菲又羡慕起他们来。他们虽然穷，虽然前途艰难，但是有希望、有牵挂，咬咬牙，过去了这段，生活也就好起来了。

而自己呢？赵德海在外面有人了，但是不承认，婆婆一直对自己冷言冷语，这种不死不活的日子，真有种掉进冰窟窿的感觉，浑身是力气，但是什么也抓不住，让你有劲儿无处使。

她在街上转悠了一会儿，想回自己的小窝去，刚要挥手拦个出租车，却看到一辆轿车停在前面不远处路边的停车线内。她只是无意中扫了一眼，这一眼却让她再也挪不开眼珠子了。

是赵德海！竟然是赵德海！他从副驾驶的位置上下来，很惬意地伸了伸腰。

另一边下来个女的，下来还跳了一下，一看就是精力多到无处发泄的年轻女孩子。这女子一下车就抱住了赵德海的腰，屁股一扭一扭的，像是盘在赵德海腰上的一条蛇。两人搂抱着，经过苏小菲前面不远处，扬长而去了。

苏小菲感到一阵眩晕，赶紧扶住路边的小树，但她还是感到头晕，头晕得要命，感觉天和地都较上了劲儿，翻来覆去。苏小菲蹲下，吐了，把刚才吃的东西吐了个干净，眼泪顺势也流了出来。她心说，哭什么啊，自己不是早就知道赵德海在外面有人了吗？然而，她控制不住自己，眼泪还是自作主张往外淌。

蹲了一会儿，苏小菲站起来，用湿巾擦了脸。她突然很想看看赵德海和他的小情人去干什么了。没什么目的，就是想看看。

这附近没有咖啡厅什么的，吃饭的时间也过了，苏小菲感觉他们可能进了超市。不远处就是东泰佳世客大型超市，里面吃的玩的都有，一楼的糕点区集中了世界各地的特色糕点，琳琅满目，当年赵德海追苏小菲的时候，带她来买过。

凭感觉，她知道赵德海肯定是带着这个小丫头买糕点去了。糕点虽然好，也贵，但是总比去别的地方消费更便宜，这是赵德海精明的地方。

苏小菲从灯光昏暗的街道走进灯光明亮的佳世客超市，眼睛被灯光晃了一下子。她略微适应了一下光线，便朝着糕点柜台走去。然而她想错了，糕点柜台熙熙攘攘，她转了两圈，但是没有赵德海的踪迹。

苏小菲跑到一个角落给他打电话："赵德海，你在哪里？"

赵德海说："我在公司加班呢，有事吗？"

苏小菲说："没事，你们公司这么忙？加班绑笤帚吗？"

听得他轻轻地"嘘"了一声，应该是赵德海制止那女孩的声音。

赵德海说："今天有个客户要个东西，我给他做一下。"

苏小菲问："什么东西？"

赵德海迟疑着说："是个计划，客户要个笤帚系列产品的出货计划。"

苏小菲说："我怎么听着声音挺乱的啊，好像在超市。"

赵德海说："我刚在电脑上看了一会儿电视剧，可能是那个声音吧。"

苏小菲笑了笑，说："你做计划还能有时间看电视剧？真是人才啊。"

赵德海说："累了，歇歇。"

挂了电话，苏小菲觉得赵德海应该在二楼的服装市场，她便上了二楼。服装市场很大，摊位错综复杂，到处都是人。上了楼，苏小菲就蒙了。

正在她犹豫的时候，突然，赵德海挽着小情人的胳膊从一个小屋里走出来，又蹿进了另一间卖服装的屋。

苏小菲悄悄跟了过去。

服装屋很大，人也很多，赵德海和小情人在一处角落里正看着一件服装。苏小菲悄悄地溜了进去，背朝着他们，假装在看衣服，不时地抬眼扫他们一眼。

两人似乎在为买不买那件衣服讨论着，声音很小，苏小菲听不出什么内容。

苏小菲给赵德海发了个短信："在忙什么？"

她听见熟悉的短信提示音。赵德海应该是掏出了手机。那女的问："谁的短信啊，老婆的？"

赵德海犹豫了一下说："嗯。"

"催你回家吧？"

赵德海说："不是。"

女人不说话了。苏小菲想起自己的短信铃声一响，可能就要暴露了，赶紧掏出手机，设置成了无声模式。

刚设置好，短信来了："我忙完了，准备回家了。"

苏小菲通过眼角看到赵德海跟那女孩说了几句话，两人放下手里的东西，匆匆走了出去。苏小菲跟在他们后面，看到两人上了车，然后开车汇入到了车流中。

苏小菲怔怔地看着车水马龙的大街，感觉心慌得厉害。她关了手机，靠在了墙上。

下雨了，很突然，淅淅沥沥的。那么细致的雨水，淋湿了苏小菲的头发。

第四章　幸福通道

1. 戴金梅的失误

苏小菲给皮特把货发了后，皮特把钱付了，之后再也没有联系她。苏小菲得知他从别的公司进过货，就给他打了个电话，问最近是否要货。皮特非常干脆地说了个"NO"，之后客气地寒暄了几句，就挂了电话。苏小菲气得想骂人。男人好色没问题，苏小菲理解，遇到个好小伙，她都想多看几眼呢。可是为这个耽误工作，公报私仇，可就让苏小菲深深不齿了。

她本来想写个邮件给他的老板，想一想太莽撞，就把写好的邮件改了改，发给了大卫。

她跟大卫很长时间没联系了，她不确定他见了她的邮件能否回复。都说这些外国人，打交道的时候哪怕再好，生意不做了后，也大都不再来往，他们没有中国人那么念旧。

果然，邮件发了两个多星期，大卫也没有回信。苏小菲郁闷了，想想那么好的大客户，就这样窝囊地杳无音信了，真是没天理啊。

招远的工厂厂长李龙来给苏小菲送地毯样品，他告诉苏小菲，戴金梅前些日子也从他那儿出口了一些地毯，量不大，但是选的都是美国风格的货。

苏小菲哦了一声，没往心里去。戴金梅到外贸公司来上班，第一站就是跟自己学做地毯，她手里也有几个小客户，她做地毯很正常。

但是李龙的下一句话却让苏小菲差点崩溃："戴金梅说，她是给美国AB（公司英文简称）公司发的货。"

AB公司，就是皮特效力的公司啊！也就是说，皮特已经选择让戴金梅给他供货了！苏小菲努力让自己站稳当，等李龙走后，苏小菲又打了几个电话，才去工艺品部经理室，找到了谭林。

谭林看到苏小菲脸上阴云密布，有些惊讶，带着戏谑的语气问："苏总，怎么了这是？谁得罪你了？"

苏小菲压不住自己的愤懑，质问谭林："谭经理，戴金梅跟皮特做业务的事，你应该知道吧？"

谭林显然没想到苏小菲会问这个，愣了下，目光有些闪烁不定："这个……这个……实话实说，我当然知道。我没跟你说，是怕你上火，上火对身体不好。这个事……"

苏小菲打断谭林的话，说："多谢谭经理关照。皮特来中国做业务，没有谁规定他不可以跟别人做。皮特光在烟台就有三四家公司跟他做呢，在全国会有更多公司和他做生意，他跟任何人做都没有关系。我就想知道，戴金梅给他出货，出的是什么价格。AB公司是我的老客户，我当年的出货价格，公司应该知道，我现在也在跟皮特做，如果她的价格明显比我低，那是不是咱们公司在鼓励职工恶性竞争呢？"

谭林有些不知所措："这个……这个我也没有办法啊。戴金梅要报单出货，多少还有点利润，我总不能不让她出吧？这些年，我最支持谁，你不是不知道。我也在部门会议上强调过，同一个部门要互相支持，不可互相拆台。她来找我报单的时候，我也问过她，是不是皮特的货。她说是，是皮特的货。不过她没有跟你抢皮特，她是在皮特上次来中国走了半年后，才跟皮特做业务的。我看到戴金梅的报价单，我很惊讶，我还特意去问你为什么不跟皮特做了，你说皮特没单子给你，你怎么做啊。我是工艺品部的经理，客户你没接住，别人接了，我还能不让人家接吗？别说我没有那个权力，即便有，我也得让咱的部门设法抓住客户啊。"

苏小菲点头，说："我知道了，我也理解，我知道我的愤怒是没有道理的。不过我以一个老地毯业务员的经验告诉您，这个客户戴金梅做不长久！她能抓住皮特，肯定价格比我的低，我了解咱们省内所有业务员报给皮特的价格，戴金梅的价格比他们的都要低！但是她给工厂的价格不低，当然，我说的是能保证质量的好工厂。给好工厂价格不低，但是给客户报价又很低，您知道这里面有什么机密吗？"

谭林说："以次充好。"

苏小菲点头，说："对！她收了其中一部分质量非常差的毯子，混在里边，以拉低价格。AB公司那可是在美国响当当的大公司，在美国有三百多家店铺，每个店铺的经理，都是业务高手，这批地毯到了美国，分配到各个店铺，必然会出问题。谭经理，您这种做法，很可能会导致AB公司断绝跟我们公司的所有合作！因为戴金梅代表的不是她自己，而是咱这个堂堂的外贸公司！"

谭林头上冒汗了："这……这怎么办？"

苏小菲转身就朝外走："怎么办？我要是知道怎么办，我早就不在公司干了！"

苏小菲的话不久就应验了，戴金梅的那批地毯到了美国后，AB公司果然挑出了大量的劣质地毯，并给外贸公司发来了索赔函。按照合同约定，外贸公司要赔二百多万美元给AB公司。当然，还有一个办法，那就是把劣质地毯空运回国内，让公司给他们调换货物，再发回美国。即使这样，这个损失也不少，因为来回如果用空运，那运费比地毯的价值都要高不少。

戴金梅看到AB公司的索赔函，蒙了，害怕了，找到谭林求助。谭林也傻眼了，来找苏小菲商量。苏小菲也没有办法，白纸黑字，双方都有合同的。美国人才不管你那些小手段，他们有自己的检测方式。比方手绣地毯，他们用尺子拉出一英寸，高质量的地毯一英寸是十二针上下，低质量的在十针左右，最差的竟然在八针！也就是说，按照这个比例，加工费就省去了三分之一！这还不算劣质原材料的差价！

奥勃松也差不多，用粗毛纱代替细纱，用低质量的毛纱代替高质量毛纱。奥勃松需要做旧，现在都是用喷灯烤一烤，烤了之后，把上面的那层糊毛扫掉，地毯整体就呈暗黄色，毛纱的好坏就很难分辨了。但是美国人要较真,他们还真有办法。他们会剪掉地毯背后的毛,用质量不同的地毯进行比较,这样就很明显了。

总而言之,AB公司发现了各种有质量问题的地毯接近四分之一,按照三倍赔偿的合约,他们提出了二百万美元赔偿的要求。

谭林看到苏小菲不肯帮忙,又动员戴金梅来找苏小菲,向苏小菲赔礼道歉。

苏小菲看到戴金梅蓬头垢面,眼珠子都红了,心就软了。谭林也帮忙说话,说如果外贸公司真的赔了这么多钱,戴金梅工作难保不说,他这个经理肯定也当到头了,弄不好他也得丢工作回家啊。

苏小菲让两人回去,她先想一想有什么办法再说。

2. 首席外贸官

两天后,苏小菲找到谭林,向他谈了自己对此事的一些想法。

首先,戴金梅和皮特所签的发货协议上,有一段话可以作为反击的理由,就是"由烟台市贸易公司业务员戴金梅代替AB公司业务员代为验货"这一条。按照这一条合约,戴金梅验货的时候,是代表AB公司的,所以她验货出了问题,责任应该由AB公司承担,跟外贸公司没有关系。当然,这多少有一点儿要无赖的意思,但却也是白纸黑字的事实。面对这种情况,如果AB公司不同意协商解决,那AB公司只能选择在中国国内起诉他们。所以,苏小菲建议,他们应该先向AB公司指出这一点儿,让他们知道,他们提出的赔偿,在法律上是有瑕疵的,然后,再跟AB公司协商谈判。

为了不让此事的影响继续扩大,对AB公司的答复只能让戴金梅或者谭林发出,目的就是让他们接受折衷方案。

一点儿代价都不想付出,当然是不可能的。苏小菲能想到的最好的解决方式,就是把戴金梅发去的那些伪劣地毯赶紧在美国另找客户,以最低价格让他们接盘,这样就能让卖精品地毯的AB公司,不再受到那些伪劣地毯的困扰,而且他们还会因此赚上一笔钱。当然,公司要赔给AB公司一笔运费,并诚挚道歉,道歉的内容肯定是戴金梅在地毯方面不是很内行,因此出现了这种错误。其实,这种道歉多少有一点儿虚伪,但是,再虚伪的道歉,那也是道歉。这种事可大可小,自己做错事了,不能再去要赖,要学会服软,服软是应该的。

最后,肯定要赔给AB公司一批地毯。不能选择给钱。如果给钱,AB公司就会较真,反复强调什么三倍的赔偿。因此要选择给地毯,给质量最好的地毯,要多给,来表现出自己的诚意。要充分发挥这种不按套路出牌的招数,才有机会大事化小小事化了。

当然,我们的做法多少是有点卑鄙,但是事情到了这种程度怎么办?只能用这种做法,争取解决了。谁让你们当初无耻地给对方夹带劣质地毯了。

苏小菲这话是说给戴金梅听的,她虽然不想见戴金梅,却期望谭林能把这话转给戴金梅。

这个事谭林实在压不住,因为要给客户赔那么多地毯,他必须得向公司汇报。公司派了法务出面,最后还是采取苏小菲的方法,给客户赔了一大批地毯了事。

谭林受到了免去工艺品部部门经理的处分,降级降工资,暂时主持工艺品部的工作。因为谭林的力保,戴金梅的工作保住了,不过被降薪,停发一年奖金。

这段时间,因为次贷危机的影响,整个公司业务量急剧萎缩,业务员们心情沮丧。为了鼓舞士气,多拿单子多出货,总公司召开了全体动员大会,让业务突出的业务员上台讲话。苏小菲被推选为工艺品部唯一一个上台讲话的人。

谭林亲自帮苏小菲整理讲话资料,并告诉苏小菲,这次总公司的动员大会,还会提出一个争做"首席外贸官"的竞赛活动,每三年评选一次,谁能最后获得总公司的"首席外贸官"称号,不但可以获得巨额奖金,还会升职加薪。

动员大会开得很成功,本市常务副市长亲临动员大会,副市长号召外贸系统的员工多接单子，多出货，为烟台经济发展做贡献。

很多人报名参加"首席外贸官"的竞赛。竞选"首席外贸官"最重要的一条，就是业务量要比次贷危机发生前更高。苏小菲却觉得，这是根本不可能完成的，特别是地毯油画这种奢侈品，更是当前销售中的难题。工艺品部要报三个名额，谭林希望苏小菲带头报名，特意来到地毯部给她做工作。

苏小菲拒绝道："老大，您饶了我吧。这个首席外贸官，谁爱当谁当，我可当不了。我不是掉链子，我做的主要是地毯和油画，偶尔做一点儿家具，这些现在在美国市场已经卖不动了，欧洲市场您也知道，别说地毯部了，咱工艺品部门，哪一个部门都不占优势。你像人家出口塑料管子的、蔬菜的、服装的，那是必需品，量还大，咱跟人家竞争，吃土都追不上！"

谭林愁眉不展："没办法，看来工艺品部这两年要遭罪了。不过既然上面要求报三个人，咱总得报啊。你当年是工艺品部的明星，什么都不用说，你是第一个。来，签个名。"

苏小菲还是不肯签字："老大，咱工艺品部个个都有自己的大客户，我现在最倒霉，大客户刚好走了，现在工艺品部个个都比我强，您可别让我丢脸了。等最后公布成绩，人家出口几千万，我出个几十万，让我怎么在公司混下去？"

谭林说："他们虽然有大客户，但也都不好过。别说没用的了，咱公司谁几斤几两，我比你清楚。你放心，我谭林绝不会让工艺品部的明星去出丑。"

苏小菲受不了谭林的软磨硬泡，只得在"首席外贸官动员报名书"上签了字。

签完字之后，谭林挨个落实，解决问题。他再次来到地毯部办公室，与苏小菲研究，怎么才能让皮特重新回来。

苏小菲叹气，说："本来还有一些希望的，但让戴金梅这么一搞，能回来跟我做的希望更渺茫了。"

谭林问："就没有个解决的办法？降价不行？我想办法给你指标，你做几个没有利润的单子。"

苏小菲摇头:"没用。老大,这些没用。唯一的办法,您变成一个特别漂亮的美女,皮特来的时候,您全程陪同。声明一下,这个全程是指立体化的全程啊,包括休息的时候。即便这样了,也不一定能马上奏效,因为之前已经有业务员这么做过了,您不过是步人家后尘。"

谭林听了立马就蔫了:"我哪有那本事。"

苏小菲说:"所以我说没戏啊。"

谭林说:"不要把人家想得那么龌龊,再想想别的办法。"

苏小菲想了想,说:"对了,还有一个办法。他想买高家的地毯,什么品类都行,价格也随意,只要能买到就行。"

谭林头摇得像拨浪鼓:"这个比让我变成女人都难。我到外贸公司二十多年了,自从我到公司来,我师父就跟我说高家的地毯,他可是上世纪八十年代的老外贸人,他在外贸公司干了四十年,都没见过高家地毯到底长什么模样,更别说买了。这些年来,找我买高家地毯的客户没有上百也差不多,我后来找到关系,让人帮忙问了问,人家高家不跟外贸公司打交道。据说是因为吃过亏,高家地毯的配色和图案曾经被人偷偷拍了下来,做了一批毯子,以高家毯子的名义高价售卖,败坏了高家的名声。所以,这个事别想,没人能弄得出来。"

苏小菲说:"那就更没办法了。"

3. 张刚的烦恼

王伟要走了,李小小这几天哭得泪人似的,天天给苏小菲打电话,弄得苏小菲烦得要死。苏小菲说这又不是发配边疆,一去不复返,不就是三年吗?离了男人能死啊?

王伟走的那天,苏小菲和李小小一起把他送到飞机场,一同去的还有王伟在乡下的父母。在候机厅,李小小拉着王伟的手直落泪,好像他是被人逼着走似的。这让苏小菲心都发虚了。想想几天以前自己还帮着李小小逼着王伟出国,感觉自己像个罪人似的。苏小菲突然想,要是自己能出去多好，远离赵德海，远离这么多烦恼。

王伟开始安检后，他的父母先离开了，随后苏小菲和李小小打车回了市里。

李小小心情低落，苏小菲正在安慰她，手机响了。苏小菲一看是张刚的电话，就没接，但是张刚不依不饶，电话响个不停。没办法，苏小菲只好接了。

张刚声音很大，很急迫的样子："你怎么了啊，电话都不接。"

苏小菲说："我在外面有事呢。"

张刚问："不方便说话？"

苏小菲犹豫了一下说："说吧。"

张刚说："我这儿有份资料，是英文的，你能不能帮忙翻译一下？"

苏小菲一听这么个事，心里有了底，说："行，您定个时间吧。"

张刚说："很急，我正等着用呢。要不怎么会这个时候打电话给你。"

苏小菲看了看李小小，说："这都快中午了，我中午跟小小约好一起吃饭的。"

张刚问："跟谁？"

苏小菲说："小小啊。"

张刚说："小小不是外人，一起来吧。我这份文件就一页纸，弄完了，我请你们吃饭。"

苏小菲说："您稍等。我跟小小说说。"

放下电话，李小小问："谁啊？姐夫吗？看着你们那么亲热。"

苏小菲说："闭嘴。是张刚。"

李小小一听张大了嘴巴，说："是他啊。苏姐，他可不是个好东西，娜姐就是死在他手里的。跟您说，苏姐，您可要离他远点。"

苏小菲烦躁地说："听我说完。张刚手上有个文件让我帮忙翻译一下，就现在。翻译完了，他请咱吃饭。我这不没答应他吗，跟你商议下。"

李小小想了想，突然一咬牙，说："去！为什么不去？他对娜姐不好，咱去宰他一顿，也算是替娜姐报仇！"

苏小菲瞪了她一眼说："傻乎乎的，你这算报什么仇？去了少说话，人家现在是大老板，已经不是你姐夫了。"

李小小说："我从来就没把他当成什么姐夫！当年陈娜要跟张刚结婚的时候，我就反对来着，当年陈娜要是听我的，现在肯定还活得好好的。"

她们到张刚公司的时候，张刚已经在公司门口等着她们了。苏小菲有些感动。她知道张刚很忙，这样高规格的迎接，实在让她受不了。

老远看到张刚，李小小小声说："还真重视咱们啊。"

苏小菲说："再说一遍啊，等会儿少说话，没人当你是哑巴。"

李小小说："我不说不行吗？"

说话的工夫，张刚就迎了上来，说："两位美女一起光临，本公司蓬荜生辉啊。"

李小小刚要说什么，被苏小菲暗里抓了一下。李小小闭了嘴，苏小菲说："张总好。"

李小小说："张总好。"

张刚说："瞎客气什么，咱不是朋友就是亲戚的，李小小今天怎么这么老实，我可记得你口才相当厉害啊。"

李小小尴尬地笑笑，没说话，她知道他说的是去年快春节的时候，陈娜在半路遇到了跟张刚有男女问题的一个女的，两人对骂了几句，陈娜气得两天没吃饭。李小小和苏小菲得知后，两人一起在公司门口等着张刚下班，把他狠狠教育了一顿。

李小小那次是超水平发挥，基本都是她说话，金句频出，把张刚说得口服心服。那次苏小菲都很惊讶，李小小这么有本事。

苏小菲说："怎么了张总，今天想报仇？"

张刚哈哈一笑说："不，不，你教育得好，我应该报恩呢。"

李小小狠狠地说："报恩把娜姐报没有了？你……"

苏小菲看着这个丫头嘴又跑偏了，忙拽了她一把，说："不是让你闭嘴吗？今天有正事，别胡说八道。张总，您文件在哪里？"

张刚说："在办公室。走，咱抓紧时间，快要下班了。"

张刚的公司独门独院，里面是一幢五层高的办公楼，院子里停了不少汽车，看起来很气派。

张刚带着两人上了二楼，进入他在最东边的办公室，拿出了那份英文文件，递给了苏小菲。文件不复杂，是建筑力学方面的。文件是两张，第一张是英语原文，第二张是手写的翻译稿。苏小菲大体看了看，应该说，这翻译水平还是可以的，大部分地方翻译得都比较到位；当然，有一些很关键的地方，大概是翻译者在专用词语方面差了点，照着词典生硬翻译的，在表述上有些问题。

苏小菲跟张刚要了一张纸，开始翻译。

张刚喊秘书泡茶。秘书是一个三十多岁的女士，不算漂亮，一脸严肃，跟秘书一起进来的，却是一个很漂亮的女孩子。

秘书冲水泡茶的时候，那个女孩子凑过来，看苏小菲翻译。

苏小菲凭直觉，觉得原先那一版的翻译稿，应该是这个女孩子翻译的。她朝女孩笑了笑。

张刚一脸严肃地看着秘书，又看了看女孩，然后朝苏小菲说了一句："小菲，你慢慢译，不急。"

这个时候，苏小菲觉得事情有些诡异了。她刚才瞥了凑过来的女孩一眼，女孩嘴是笑着的，眼神里却是饱含幽怨。

苏小菲知道这里面肯定有什么蹊跷。这个张刚也真有意思，来的时候怎么不说啊。苏小菲"哦"了一声，点了点头。有几个专业术语，她本来是想问问张刚的，她现在觉得也不好问了，只得硬着头皮翻译。

翻译完了之后，苏小菲把三张纸一起递给了张刚。张刚看了一会儿，笑了笑，递给了站在旁边的秘书。

苏小菲端起茶杯喝水，用余光看着三人。

张刚说："董秘书，你看一下，小菲翻译得怎么样。对了，我给你们介绍一下，苏小菲是陈娜的表妹、闺蜜，外贸公司的业务员，以前有这种事，我都是找她帮忙弄一下。"

李小小听张刚这么介绍，吃惊地张大了嘴。苏小菲看她要说话，忙咳嗽了一声，说："这个是李小小，我们姐妹三个是死党。"

那个董秘书朝苏小菲和李小小看了一眼，礼貌性地点点头，冷冰冰地说："很荣幸认识你们。"

苏小菲没法搭话了，只好继续喝水。

秘书带着那个漂亮的女孩转身走了。秘书转身的时候，特意看了苏小菲一眼。这一眼，带着无限怨恨，让苏小菲终生难忘。

两人关上门后，苏小菲说："张总，你这是拿我当挡箭牌啊。"

张刚苦笑一声："你看出来了？"

苏小菲说："你那个秘书，看我的最后一眼，差点杀了我。"

张刚"哈哈"笑了几声，小声说："所以啊，你们天天以为我花天酒地，过着神仙日子，是没有道理的。那个秘书，是一位大领导的亲戚。女孩，是秘书的亲戚，说是学外语的，想到我的公司做翻译。我们搞建筑的，养个翻译做什么？其实就是给我埋一颗糖衣炮弹。做生意，最忌讳得罪人，我只能以这种方式婉拒了。不好意思，辛苦两位了。"

苏小菲笑笑说："当大老板也不容易，还得天天躲艳遇。"

张刚摇头，说："这不是艳遇，这是陷阱。我们做生意，免不了跟各种领导打交道，特别是我们这种生意。这些领导啊……唉，真是一言难尽，不说了。走，我请你们吃大餐去！"

4. 陷入爱情

王蓉这次来到烟台，是被父亲从家里骂出来的。她私自与那个小领导未婚夫解除了婚约，父亲耿耿于怀，终于在一次酒后彻底爆发，大骂了王蓉一顿，并解除了她的厂长职务。

王蓉挺有意思，她从家里逃出来之后，先去北京和内蒙古玩了一圈。父母打不通她的电话，差点急疯了，把电话打到了赵德海这里。

赵德海接了电话，老厂长刚说了两句话，就带上了哭腔。赵德海忙问是怎么回事，老厂长告诉他，王蓉从家里出走一周了，电话打不通，亲戚朋友都问遍了，也没找到她。老厂长求赵德海，赶紧说服王蓉给他回个电话，他保证不骂她，她说什么他就同意什么，他四十多岁时才有了这么一个孩子，王蓉要是有个三长两短，他和老伴真就没法活了。

赵德海很惊讶，他告诉老厂长，王蓉应该没来过烟台，起码他没见过她。他答应老厂长，他会尽快设法联系上王蓉，然后，让她给老厂长回个电话，如果她不回，他会亲自给老厂长打一个电话。

放下电话后，赵德海打电话给王蓉，却一直打不通。无奈，他只得在聊天工具上给她留言，让她赶紧给他回个电话。

赵德海从上午一直等到傍晚，终于等到了王蓉的电话。她换了一个手机号，用这个新号码打来的。

赵德海接了电话，听到是王蓉的声音，终于长出了一口气："王蓉，你这是跑到哪儿去了？老厂长都快急死了！他上午给我打电话，都要哭了。你赶紧给家里回个电话！"

王蓉嘻嘻笑，说："我就是要让他急！谁让他骂我那么难听了？没事，我这几天玩得挺好，我现在在鄂尔多斯呢，昨天刚去看了成吉思汗陵。我再过几天就去烟台，等我找到住的地方了，就给他们打电话。"

赵德海哭笑不得："你也是二十多岁的人了，怎么就不考虑一下父母呢？你啊，都是老厂长把你惯的！你赶紧给老厂长打个电话，六十多岁的人了，你不怕他急坏了，急出病来？"

王蓉说："我不敢给他打电话，我怕他骂我。"

赵德海苦笑着劝她："你放心，他现在求你都来不及了，怎么还敢骂你？赶紧打个电话吧！"

在赵德海的劝告下，王蓉最后给老厂长回了个电话。赵德海不知道她是怎么说的，一周之后，她果真开着她的车，来到了烟台。

她在酒店住下后，就把自己住的地址用短信告诉了赵德海。赵德海正在上班，虽然迫切地想见到王蓉，但没有合适的理由，也不能出去。

好不容易熬到下班时间，赵德海匆匆下楼，打车直奔王蓉住的酒店。

到了王蓉的房间门口，王蓉已经打开了房间门。赵德海走进去，王蓉关上门，转身便抱住了赵德海，赵德海稍稍愣了一会儿，便也搂住了她。

赵德海还沉浸在少女丰满而充满弹性的肉体感觉上，王蓉已经迫不及待地吻住了赵德海，少女香甜温软的舌头仿佛高压电，猛然击中了赵德海，赵德海浑身一阵颤抖，贪婪地迎接着这世间最为香甜之物。

两人站着拥抱了一会儿之后，便挪动到了床边，顺势倒在了床上。两个疯狂的男女一阵忙乱之后，赵德海筋疲力尽地从王蓉身上下来，愣神片刻后，赵德海问道："你……你是第一次？"

王蓉脸色绯红："当然了。"

赵德海看着面前美妙的胴体，说："我罪过大了！"

王蓉抱住了赵德海："什么罪过，别胡说八道。我愿意的，天老爷也管不着！"

两人情深意浓，度过了几天甜蜜时光。苏小菲晚上看到赵德海和王蓉逛超市，就是发生在那几天的其中一天。

老厂长听说王蓉来到了烟台，迅速带着王蓉的妈妈，从老家赶了过来。经过两人一番劝说，王蓉才跟着他们回了老家。

临走的时候，王蓉给赵德海发了一条短信："亲爱的，我先回家了。你放心，我很快就会回来的。"

果然，仅仅过了十多天，王蓉就回来了。

这次，她带了满满一车东西，被褥、电脑，甚至脸盆毛巾，都给拉了过来。

赵德海很惊讶，问这是怎么回事。

王蓉很淡定地告诉他："跟两个老东西闹掰了，我要来烟台创业。"

赵德海目瞪口呆："创业？你就带着这些东西来创业了？"

王蓉拿出一张银行卡，说："还有这个。钱不多，不过即便我什么都不干，花个三年五年也花不完。我想先租一个房子，大一点儿的，可以住，也可以办公的那种。"

赵德海"哦"了一声，问："你有创业的目标了？"

王蓉笑了笑，说："有一个不成熟的打算。我们老家那个工厂，你也很了解。前些年订单不断，但是因为工厂的工人都是当地的农民，而且因为这个活儿又脏又累,工厂的工人年龄大多在六十岁以上,这就导致产品质量难以把控,因此很多客户断绝了与工厂的业务关系。这两年,质量提高了,原料问题也解决了,但是订单少了;即使接到订单,价格也不高,利润也很低。所以……"

赵德海笑了:"我明白了,你是想来设一个办事处?"

王蓉点头,说:"等我租下了房子,我会让工厂送一些高质量的样品过来。烟台和青岛,是我们工厂对外出口的两大口岸;而烟台,又是国内手工地毯最主要的生产地和出口口岸,客户多,同时也会带动别的产品的出口。最重要的是,我们家厂子的主要业务都在烟台,我来这里设个办事处,不就方便多了吗?"

赵德海点头,说:"想法不错。不过你车上也没样品啊,办事处没有样品怎么能行?"

王蓉笑了笑,说:"这个不急。等我租上房子,装修完毕之后,厂里会把准备好的各种规格、各种质量的样品都送过来,还有样品展示柜,这些都正在做呢。你先帮我租个房子吧,你闲着没事的时候,还可以到我的办事处喝茶。"

5. 苏小菲的困惑

赵德海最近几天经常夜不归宿,甚至周六儿子回家的时候也不回来。苏小菲基本可以确定,赵德海外面有人了。

这让苏小菲感到很绝望。她知道他们之间的爱情已经所剩不多了,但是她不希望家庭破裂,因为他们有孩子,还有双方的父母,家庭破裂的代价太大了。然而,现在看来,他们的家庭已经面临破裂的危险了。

苏小菲决定跟踪赵德海,找到他背后的那个女人。她要跟那个女人好好谈一谈。

然而,缺乏跟踪经验的苏小菲在跟着赵德海来到一个小区后,就把人跟丢了。这个小区有一段路没有路灯,黑乎乎的绿植在苏小菲眼里犹如鬼魅一般。小区是老居民区,有一部分老房子被拆了,新楼正在建设中。

因为这段路堆了不少建筑垃圾，没有路灯，又没有车辆通过，晚上几乎没人走。

苏小菲走到中途害怕了，但是想到前面不远处就是车水马龙的大路，她就咬了咬牙，加快速度往前走。走了一会儿，她听到后面传来了鬼鬼祟祟的脚步声。

苏小菲不敢朝后看，拔腿就跑，但是还是跑得晚了，她刚跑了十几步，就被人追上了。这个人猛然搂住了她的腰，捂住了她的嘴巴，把她往回拖。

苏小菲吓疯了，拼命挣扎，但是很快被人制服了。对方一双手铁钳似的抓住了她的手，让她动弹不得，一个声音颤抖着说："大姐，我们不抢钱，也不要命，就是憋坏了，跟你玩玩。你别动，我们完事就放你走。你再动，我们就……就要杀人了！"

苏小菲第一次遇到这种事，吓懵了，想要喊救命，却被人把嘴捂得一点儿声音都发不出来。

苏小菲知道，如果不出意外，自己这次是在劫难逃了。挣扎了一会儿，她感觉浑身没有一丝力气了，特别是捂着她嘴的那只手，似乎是个烟鬼加酒鬼的手，烟酒的味儿让她直想呕。

绑架苏小菲的是两个人，这两人把她拖进了一个新盖起的框架楼里，她闻到一种潮湿的水泥的味道。两人中的一个紧紧地抱着苏小菲，另一个气喘吁吁地开始脱自己的裤子。她暗暗积蓄力量，打算趁他们松懈的时候，拼力一搏。

那个脱完了自己裤子的家伙过来拽她的裤子。苏小菲努力鼓着肚子，让他没法解开腰带。那个捂着苏小菲嘴的家伙骂了他一句，松了手，帮忙解腰带。苏小菲趁机猛地一跳，从两人的怀里逃出来，拼命往外跑。

两个家伙一愣，起身便追。苏小菲疯了一般，边跑边喊："救命啊！救命啊！……"

这两个家伙追了一会儿，害怕了，转身便朝后跑。

苏小菲没敢停，一鼓作气跑到马路上。她看着灯光明亮车水马龙的大街，有种从另一个世界逃出来的感觉。

苏小菲给赵德海打电话，对方关机了。想了想，她又打高峰的电话，也提示关机了。没办法，她只好拨打张刚的电话。

张刚好像在喝酒，电话那边人声鼎沸。他"喂"了一声，问："是你啊，你在哪里？"

苏小菲握着手机就哭了。张刚在那边急了，问她在哪儿，发生什么事了，赶紧说话，先别忙着哭啊。

苏小菲知道他忙，想赶紧告诉他，但是不行，好像脑袋指挥不了自己的嘴巴了，嘴巴兀自哭得稀里哗啦的，什么也说不出来。张刚在那边急得乱叫。没办法，她只好先关了手机，让自己对着墙"呜呜"地哭了一会儿，等心情稍微平静了，才开了机。

一开机，张刚的电话就来了："苏小菲，怎么了？跟赵德海干仗了？"

苏小菲说："我差点被人……被人抢劫了，我现在两条腿站都站不起来了……"

张刚不一会儿就来了。

看到她，他直接把车停在路边，把她弄上车。张刚把车往前开了几步，拐弯开进一个胡同，这个胡同，恰好是她刚刚跑出来的那个胡同。

苏小菲吓得"哇哇"大叫。张刚问是怎么回事。苏小菲让他把车开出去，别停在这儿。

张刚懵了："怎么了啊？停这儿怎么了？"

苏小菲这才把刚刚的经历说了，张刚气得大骂，开着车就进了那段黑黑的胡同。

苏小菲喊："你干什么啊？万一他们还在这里怎么办？"

张刚恶狠狠地说："放心，他们要是还在这里，我就敢砸死他们。"

张刚把车一直开到工地里，被一堆沙挡住了，才停下车。张刚让苏小菲在车上坐着，他气呼呼地下了车，提着一根铁管，到处找那两个人。

工地却是空空如也，人影都没找到一个。

张刚在工地转了一会儿，气哼哼地上了车，把惶恐不已的苏小菲抱在怀里："没事了，那两个垃圾，就敢欺负女人。要是让我知道是谁，我非找人弄死他们不可！"

苏小菲靠在张刚厚实的怀里，感到很有安全感，但是她知道，这怀抱不属于自己，她只可以临时借用，却不能沉溺其中。

她略微靠了一会儿，便挺直身子，抹了把脸，说："张总，真是谢谢你了，我现在好些了。"

张刚说："这么说就见外了，你在危急的时候能想到找我，是我的荣幸。如果你害怕，今晚我给你找个地方住吧。"

苏小菲精神已经有些恢复了，她摇头说："不用，你把我送回公司就行。我在公司有宿舍。"

张刚开车掉头，出了胡同。苏小菲心有余悸，还从后视镜里朝后面看了看。

车到了公司楼下，张刚停下车，陪着苏小菲上楼，进了她的房间。

张刚有些好奇。现在的公司，很少有给职工安排宿舍的，特别是这种在大楼里办公的贸易公司。苏小菲家离公司不是很远，公司还给她单独安排了一间宿舍，真是少见。

苏小菲好像看透了张刚的心思，说："这间宿舍，是三年前公司对我的奖励，我是全公司唯一在办公楼有宿舍的人，我们老总都没有。那个，当时我出货量大，经常在公司加班，这间宿舍当时是我的一个样品室，我就向经理申请，在这里放一张小床，临时休息，经理向上面打报告，上面竟然同意了。也幸亏有这么一个落脚的地方，否则我天天跟公婆住在一起，早就气死了。"

苏小菲给张刚倒了一杯水，张刚喝了几口。

这个时候，两人都恢复了理性，感到有些尴尬。张刚站起来，跟苏小菲告辞，然后轻轻拥抱了苏小菲一下，便走了出去。

苏小菲要送张刚下楼，被张刚阻止了。苏小菲把张刚送到楼梯间，看着他进了楼梯，便转身回了屋子。

上床之后，已经过了平常自己睡觉的时间，苏小菲却怎么也睡不着了，生物钟好像上错了发条，一个劲儿地兴奋。没办法，她只好打开灯看书。

看的是前几天自己从地摊上花五元钱买的一本写婚姻家庭的小说，典型的盗版书，错别字连篇。但是有一句话，却像锤子，一字一下地敲击着她的心：离婚的都是不幸的人，却都是活得清醒的人。

那自己算是幸福的人，还是活得糊涂的人呢？

有一点儿是毋庸置疑的，自己并不是个幸福的人。婚姻就像块破塑料纸，把她和赵德海包在了一起，透风又漏雨。

6. 过关

又到了周六，苏小菲接儿子回家，刚出了校门，看到张刚的车停在路边，很显然，他是特意在这里等她的。她犹豫了一下，还是走了过去。

上车后，苏小菲知道得给儿子一个说法，就说："张总，今天不是很忙啊？"

张刚被问得有些莫名其妙，看了她一眼，看到苏小菲平静地看着他，张刚只好说："不忙。"

苏小菲说："谢谢你顺便来接我们，要不今天又挤不上公交车了。"

张刚知道人家这是给自己一个台阶下，也是为自己找个理由。女人的小心眼。张刚暗地笑了笑。

儿子跟张刚打招呼："叔叔好。"

张刚说："霖霖好。"

儿子问张刚："叔叔，您是妈妈的司机吗？"

这话惹得张刚和苏小菲都大笑起来。苏小菲说："霖霖别瞎说。叔叔是大人物，怎么能是妈妈的司机。"

张刚说："哈哈，霖霖啊，叔叔想给你妈妈当司机，人家不用啊。"

霖霖嘴快，接话说："妈妈不用，我用。您天天来接我回家，我就不用在这儿住宿了。我想天天回家。"

这话惹得苏小菲伤心，她抱了抱孩子，说："霖霖，住宿怎么不好了？"

霖霖说:"我吃不饱饭,也睡不好觉,不好的地方太多了。"

他的话却惹得张刚笑了,说:"霖霖,上学也是不容易啊。"

霖霖说:"当然了。"

苏小菲说:"霖霖是男子汉,自己的问题自己解决。"

霖霖"哼"了一声,不说话了。

路上车水马龙,几乎走不了几步就要踩刹车,还要再等一会儿。苏小菲收到条短信,一看是赵德海的。赵德海问她要多长时间能回家。看着赵德海的短信,苏小菲竟然觉得有些陌生,好像有很多年没联系似的。她看完短信,回都没回。

过了一会儿,赵德海打电话来了,问她:"你们什么时候能回来啊?"

苏小菲说:"没法说,堵车呢。"

赵德海说:"快点,做熟饭了呢。"

苏小菲说:"知道了。"就挂了电话。

张刚听出是她家里人的电话,说:"真好,有人记挂着。"

苏小菲笑了笑,说:"人生就是一场戏啊。"

张刚问:"戏?什么意思?"

苏小菲说:"你们有钱人体会不到,因为你们什么都有。像我们这些普通人,才能体会到这世间的苦辣酸甜。"

张刚叹口气说:"这个没道理。人不是有钱就可以快乐的,快不快乐跟钱关系不大。"

张刚继续说道:"钱这个东西,有时候是好东西,有时候是魔鬼。因为这玩意儿能麻痹人的大脑。比方说男女之间,女人如果爱上了一个有钱人,她分不清她爱的是钱还是人,这不怨她,因为钱这东西能迷惑她们的神经,她们以为爱的是这个人呢。时间长了,她们就会发现,她们爱的这个人是个普通人,只是钱多些罢了。有的女人认清了现实,看在钱的面子上,也就将就着过了;有的人呢,却觉得受骗了,就要报复你。所以,钱啊,其实是个害人的东西,它会制造假象,会让人迷失。当然,你不同,你苏小菲是一个很理性很有智慧的人。"

霖霖抢话说:"我妈是好人。"

张刚"哈哈"大笑,说:"对,霖霖说得对。你是霖霖眼中唯一的好女人,也是我张刚眼中唯一的好女人。"

苏小菲觉得这话说过了,就不再说话了。

到了小区门口,要下车的时候,苏小菲说:"别光去想那些烦恼的事,要多想高兴的事。"

张刚很郑重地说:"谢谢。"

苏小菲带着儿子下车,跟张刚挥手告别,朝家里走去。上个周末赵德海没回来。自从她发现他跟那个女的一起逛街后,她就再没见过赵德海。她不知道自己该怎么面对他,如果能不相见,她倒宁愿两人永远不见了,都省心。她宁肯自己去舔舐自己的伤口,也不愿意闹得鸡飞狗跳,成为别人的谈资。

苏小菲边领着儿子往楼上走,边暗中祈祷,如果赵德海不回来该多好啊。

倒霉的是,开门的正是他。赵德海看见他们,竟然没有什么不自然,跟以前一样地朝她笑,抱过儿子就亲。如果不是亲眼看见他揽着那女子的腰,她都不能相信,赵德海竟然既可以在外面那么风流快活,又能面对自己心不跳,脸不红。

她无计可施,只能侧身进了门。

赵德海看她进了门,赶紧放下儿子,去接她的背包。苏小菲就像没看见他一样,拿着背包绕过他伸着的手,把背包稳稳地挂在门后的挂衣架上。

赵德海愣了愣,放下手,又去照顾儿子了。

苏小菲洗了手出来,饭菜都已经摆好了。婆婆还是无视她,拿着碗给大家盛汤,直到给霖霖也盛了,才装着刚想起来似的,要给她盛。苏小菲伸过碗去,婆婆的脸阴沉的能拧出一盆水来,勉强给她盛了汤。

看着一脸伪装的男人,看着把厌恶直接写在脸上的婆婆,苏小菲感觉这饭真是吃不下去。

霖霖吃了几口饭，看到妈妈端着碗发呆，催促她："妈妈，赶紧吃饭啊，您怎么不吃呢？"

婆婆不满地用筷子敲着桌子，说："快吃饭啊，吃了我还要收拾碗筷，我还得去吴大姐家打牌呢。"

苏小菲喝了几口汤，说："妈，吃完饭您就走吧，我来收拾饭桌。"

说完，苏小菲站起来，对公公说："爸，我不吃了啊，回家前我吃了一些点心，不饿。"

婆婆可能觉得自己的态度有点过分，赶紧说："怎么不吃了呢，就吃这么一点儿？"

苏小菲勉强笑了笑，说："我吃饱了。"

她起身到卧室，刚好看到赵德海的手机上有短信闪烁，就拿起来看了看，手机显示是王蓉，短信是这样写的："赵哥，好想你。我一时一刻也不想离开你。"

刚好赵德海进来，不知道是找手机，还是找她，刚好看到她拿着手机，想过来拿手机，又不想表现得太急切，就局促地站在了那里。

苏小菲把手机递给他，说："我不是想看你的手机，是刚好有短信过来，我怕是生意上的事，就看了。"

她把手机递给他，装着一副没事的样子。赵德海以为短信弄不好是朋友发来的，松了一口气，随口问："谁发的？"

苏小菲说："王蓉。内容自己看吧。"

赵德海愣了一会儿，看了看手机，说："这个女的就这样，天天跟我开玩笑。"

苏小菲叹口气，说："别说这些了，忒没意思。那天晚上你搂着她的腰逛佳世客也是开玩笑？"

赵德海辩解说："我没有啊，小菲，别听他们胡说。"

苏小菲摆手，说："男人做事就要敢作敢当。我没听任何人胡说，那天晚上我都看见了，你和你的小情人在那儿买衣服，我就在你们旁边，给你发的短信。我说我要到家了，我看到你赶紧下楼，跟你的小情人告别。

你还辩解么?"

赵德海没法说话了,头嗡嗡响。苏小菲说:"吃饭去吧,想想下一步怎么办,是离婚,还是大家这么凑合着过下去,最好快点给我答复。我不想和你吵,没意思。"

大家都吃完饭了,苏小菲出来收拾饭桌。公公坐在一边看电视,还不时地跟她说话。要说这个家值得留恋的,就是善良的公公。苏小菲边跟老人聊天,边忍不住落泪,只得跑到洗手间,洗了把脸,再出来收拾。

收拾好了餐桌,苏小菲把儿子叫到他们夫妻睡觉的房间,让赵德海去儿子的房间睡。赵德海进房间后,又把儿子撵回了他的房间。苏小菲不想为这事两人吵起来,就没再赶他。

睡觉的时候,赵德海凑过来,伸手抱着她。苏小菲拿开他的手,静静地躺着。

赵德海说:"小菲,对不起。"

苏小菲没接他的话。

赵德海又说:"那个,我们也只是一起玩玩,没有别的。"

苏小菲说:"睡觉吧,别打扰我。"

赵德海有点急了,说:"小菲,你真的不能冤枉我,我们真没什么!"

苏小菲叹气,说:"有没有只有你知道,我又没问你,你没必要跟我说这些。"

赵德海说:"你没问,我也得说啊,我们是夫妻啊,你得相信我,我真的没跟她那个。"

苏小菲说:"赵德海,我们都是有一定文化的人。这个世界很多人都在撒谎,你撒谎也没问题,不过我觉得有一种撒谎,是智商出了问题。你的智商,不至于这么低下吧?"

赵德海说:"我对天发誓,我说的都是真的。王蓉是个工厂老板的女儿,老家是德丰的,离烟台两百多公里路呢,她怎么能住在这儿?"

苏小菲说:"行,咱暂且不讨论这个问题。我就问问你,我们两个,你打算怎么办?"

赵德海说:"什么怎么办?我们跟以前一样,好好过我们的日子啊。"

赵德海假装急切着要跟她恩爱的样子,扯着她的睡裤。苏小菲没心情,就推开了他。赵德海挣扎了一会儿,假装生了气,转一边去了。其实,他真害怕苏小菲接受了,昨天晚上累得够呛,真让他上,他还真就不行了。

苏小菲在那边幽幽地说:"骗个女人容易,赵德海,别忘了你还有孩子呢。"

赵德海不说话,却也在心里叹气:老天爷,这事要处理好,还真是不容易。

第五章 迷 茫

1. 时间长了会中毒

闲下来的时候，苏小菲对自己和赵德海的婚姻进行了多次反思，觉得婚姻出现问题，自己还是有一定责任的。原先自己和赵德海虽然不是很亲密，但是基本正常，跟大街上那些平常夫妻没什么两样。她曾经很满足于这样的生活，平静舒缓。要不是实在受不了婆婆的计较和敌视，她也不会搬到公司住。可是，不搬到公司就不会出状况了吗？

苏小菲的思绪每每想到这里，就会停滞下来，难道不搬到公司住就会好了吗？赵德海是因为自己搬到公司住，跟自己有了隔阂才跟那个女的搞上的吗？

想了一段时间后，她明白了，这根本不是原因。她见过很多夫妻，比她和赵德海恩爱多了，出问题前，一点儿征兆没有，一大早还亲亲热热的，上班之前还搞吻别什么的，等下午老婆逛街的时候，竟然发现男人正搂着别的女人逛街，不是买衣服就是买首饰。

就说公司的戴金梅，第一天晚上老公还情深意重地给她过生日，第二天上午她回家取一张积分卡，刚打开门，就看到老公正搂着一个女人。也许是双方太投入的原因，他们竟然没有听到她开门进来，还在那儿男欢女爱，场面之尴尬，让戴金梅差点把自己的眼珠子给抠出来。

后来戴金梅终于把他们的关系理清楚了，原来自己的老公跟那个女的发生关系已经两年多了。小戴跟老公结婚总共不到三年。也就是说，老公和她结婚不到一年，就另觅新欢了。这简直是当头一棒，让一向很骄傲的小戴蔫了好几天。

你说,这种男人的心思,谁能搞明白?

苏小菲可以确定的是,赵德海的变化是在陈娜跳楼之后。原先对她关心爱护的赵德海突然就变了,好像原先的赵德海也跟着跳楼了,现在的赵德海已经变成了另一个人。

苏小菲思前想后,想了很多天,觉得还是应该把两人的关系挽回一下,要跟赵德海好好谈谈。无论如何,夫妻一场,她得在这个时候拉他一把,为他,也为自己,更为这个小家庭。

她决定选一个比较优雅的地方,两人推心置腹地谈一谈,互相提意见,这或许会挽救他们的家庭。

事不宜迟,她马上拨通了赵德海的电话。

她也没做什么铺垫,直接说:"我想请你喝茶。"

此时赵德海刚从公司出来,和王蓉一起在房屋中介看房子。听苏小菲这么说,赵德海很诧异,他看了看手机,好像苏小菲就在里面似的:"请我喝茶?"

苏小菲说:"是啊,我认识茶楼老板,很便宜。"

赵德海看了看王蓉,王蓉正仔细地看着租房信息。他说:"没事喝什么茶啊,浪费时间,还得花钱。"

苏小菲说:"我知道你时间多得很,至于钱嘛,更不用你操心,我可以报销。"

赵德海虽然觉得此事怪异,却无法推辞了,他说:"那……那我先处理一下手头的事。"

苏小菲说:"我两点到。南大街东头,天福茶楼。"

赵德海感觉这个名字有点熟,不过也没细想,就随口答应了。放下电话,他走到王蓉旁边,王蓉看好了一套房子,两厅三室,月租两千。赵德海草草看了看,说:"这个不好。"

王蓉问为什么不好,赵德海说:"今天先不看了吧,公司打电话给我,我回去有点事。"

王蓉"哦"了一声,忙说:"那行,咱不看了。走,我送你回去。"

王蓉转身朝外走,赵德海愣了一下,只得跟着走了出去。

茶楼和公司是两个方向,但是话既然说出口,也没法更改了。如果不让王蓉送,赵德海还怕她说他骗她,赵德海只得上了她的车,朝公司方向走。边走,赵德海心里边嘀咕,不知道苏小菲今天要耍什么花招,还跟谈生意似的,要到茶楼谈。

到了公司大楼前,王蓉问赵德海大约要忙多长时间,赵德海想了想说:"没法说,要开个会呢,你先回去吧。"

王蓉说:"没事,你忙你的,我反正没事,你不用管我了。"

赵德海知道她也真没地方玩,就不管她了。

公司大楼有个后门,赵德海从正门进去,直接从后门溜了出来,跑到路边,打车直奔茶楼。

他算了算,从这儿打车去茶楼,要二十多元;从刚才那地方去,也就是起步价,八元钱。这个王蓉好心办坏事,结果让自己多掏了十多元钱。还有这苏小菲,都老夫老妻了,发什么神经,到茶楼喝什么茶啊。

刚打上车,电话就响了,苏小菲问他:"怎么还不到,到哪里了?"

赵德海不高兴,说:"刚从公司出来呢,搭上车了。"

苏小菲说:"哦。我在二楼的黄山厅。"

赵德海说:"好。"

开车的司机闲搭话,问:"小伙子,去约会啊?"

赵德海苦笑,说:"什么约会啊,老婆召见。"

开车的直羡慕,说:"你老婆真不一般啊,在茶楼召见老公,弄得跟商务谈判似的。"

反正和开车的不熟悉,赵德海索性倒开了苦水,说:"兄弟,没有你想得那么美好,估计是要开审判大会呢。"

开车的笑了,说:"怎么了?偷着打彩旗让老婆发现了吧?"

赵德海笑笑。司机说:"兄弟,不是我教坏你,这个事情千万不能承认。这可真不是交待了就饶过你。这夫妻之间,做错了事,不承认,她就没办法，闹闹就过去了，如果承认了就一辈子也过不去了，弄不好老婆直接就把你给休了。"

赵德海笑着点头。他不喜欢这种饶舌的司机。

司机很得意，继续说："还有，千万不要相信女人的大度，女人对这种事永远大度不了。所以，一定要有心理准备，来个'徐庶进曹营'，一言不发，她闹闹就过去了。以后有经验了，别让她抓住把柄，该玩还得玩。老婆就是个天仙，天天看也看腻歪了。有句话咋说的，'流水不腐，户枢不蠹'，水不流，它是有毒的。你说，不常呼吸点新鲜空气，时间长了，咱男人怎么能受得了啊，那绝对会中毒的。"

赵德海勉强笑笑说："老哥看来是有深切体会了。"

司机说："兄弟，我年龄比你大，结婚已经二十多年了，天天在一起，真是烦啊。我常拿老婆打比方，假如老婆是山珍海味，别的女人都是咸菜条子，你天天吃山珍海味也会腻烦，也想吃咸菜。这是人之常情。别说哪个男人好，哪个男人坏，好的男人是因为你没抓住他把柄。你说呢，兄弟？"

赵德海笑笑说："老哥说得有道理。"

司机更得意了，说："人生苦短啊，就这么二十多年好时候，还拼了命地赚钱养家，跟个孙子似的，如果自己不找点乐子，生活还有什么意思？"

到了地方，赵德海付了钱，就往茶楼走。抬头看到了"天福茶楼"几个字，赵德海突然想起来，这儿曾经是陈娜的地方。他听苏小菲说起过，陈娜开了个茶楼，在南大街东头，叫"天福茶楼"。

想起了陈娜，他的心渐渐沉重起来，心底深处的爱恋之情突然就涌了出来，在他的心里，陈娜就是太阳，是他人生的所有光亮。

自从第一眼看到她，他就知道自己完了，自己的心已经离开了自己，成了她永远的追随者了。可惜的是，人家无情地拒绝了自己。后来他也想通了，陈娜是天上的仙女，怎会嫁给自己这么个粗人？人真是奇怪，她没理自己，自己反而越发觉得她珍贵无比。就是因为陈娜，他才开始追求陈娜的闺蜜苏小菲。

应该说，苏小菲秀气稳重，是个好老婆，可惜没有陈娜那么强烈的光辉，她照亮不了自己心里的所有角落。

可是，即便是陈娜，就能保证自己一辈子从不碰别的女人吗？

他想了想，否定了这个设想。那司机说得没错，即便老婆是山珍海味，天天吃，迟早也会吃腻了。这是不少男人的天性。

苏小菲电话又来了，他没接，跨步进了茶楼。

2. 原来你在这里等候

赵德海进门的时候，苏小菲正稳稳地坐在桌旁，微微地笑着，尽量让自己显得淑女些。

赵德海坐下，苏小菲示意服务员沏茶。服务员很流畅地洗茶倒茶，赵德海却是心不在焉。

喝了几口茶后，苏小菲示意服务员下去。

苏小菲给赵德海倒茶，说："喝茶，这是最好的铁观音。"

赵德海边喝边说："好，好茶。"

苏小菲看得出来，他是敷衍的，心不在焉的。很显然，他在等着她出招。

苏小菲斟酌了好一会儿，才说："最近你们挺忙？"

显然这是前奏，赵德海知道。他用鼻子"嗯"了一声。

苏小菲又没话了，想了想，她觉得还是先往自己身上引吧，这样安全些。她便说："前些日子，我做得不好，你还生气吗？"

说完后，苏小菲抬起眼，看着赵德海。

果然，赵德海惊讶地张大了嘴巴，显然他没有想到老婆请他喝茶，是跟他道歉的。赵德海有些手足无措，说："没事，没事，都过去了，夫妻哪有不吵架的。"

苏小菲扣住这个话题，说："反正是我不好。"

赵德海心想这话怎么这么无味啊，根本不是她苏小菲原先的说话风格。他连回答都没回答，端起杯子只是喝茶。

苏小菲说完这两句，断了话题，觉得这个话题无法延伸，也无法进行下去了。她隐隐觉得喝茶约谈这招有可能要失败。

苏小菲一咬牙，把话扯到了正题，问："最近没去德丰？"

赵德海心里一笑，终于说到正题了。他说："没有。"

苏小菲问："那最近没做笤帚？"

赵德海说："做了。"

他说的是真话。最近做了几个单子，价格很低，老厂长不愿意接，他都让东北的工厂做了。验货的时候，他也没去，让王蓉去验的，她正好闲着，也内行，生意非常顺利地就做成了。

苏小菲问："那怎么不从德丰出货了呢？"

赵德海说："价格太高。"

苏小菲感觉赵德海好像不想接自己的话，一问一答，都是直接把自己话题延伸的渠道给堵死了，人家根本不想跟自己互动。

弄不好今天这五百多元算是白花了。其实公司根本就不会报销这个账单，今天喝茶的钱，都是自己掏腰包的。想想自己平时连出租车都不舍得打，今天却和赵德海在这儿无端浪费了五百元，她就揪心地痛。

她咬了咬牙，继续把话题深入："你们不是合作很多年了吗？怎么价格变了？这种事为了客户，工厂应该配合啊。"

赵德海说："谁知道呢，说提就提了。提价是工厂的自由，咱也干涉不着。"

好不容易有了交谈下去的趋势，苏小菲趁热打铁："厂长不是那个小女生吗？你不是说对她好些是为了价格能低些吗？她怎么能给你把价格又提了？"

赵德海一愣，想想自己还真这么说过，就敷衍道："是啊，可是小女生不是厂长了，她爸爸又重新出山了。"

苏小菲说："哦，那你岂不是白用功了？小女生呢，不在工厂了吗？"

赵德海说："嗯。不在工厂了。"

苏小菲不觉吁了一口气，觉得自己这五百元还是没白花的，起码听到了一个好消息，自己可以心情舒畅一点儿了。

她继续问："小女生呢？去哪儿了？"

赵德海心里笑了笑，终于找到了主题。他说："不知道。"

苏小菲没有追问。赵德海从她脸上看出有些欣喜的表情，知道她上当了。这也说明，自己今天闯关成功了，这个鸿门宴的局被他破掉了。

苏小菲感觉到了赵德海对这次谈话的抗拒和警惕，她原先想好的很多话题，突然觉得没有继续谈下去的意义了。她原先设想的是赵德海能像自己那样，盼望缓和两人的关系，能够开诚布公，好好谈一谈。事与愿违的是，赵德海对于这次谈话是敷衍的，他根本不理解她的苦心，不想接受这份好意，不想改变两人关系的原定轨迹。

苏小菲感到筋疲力尽，她准备拿出最后一招。不过，她原先设定的局面是两人谈得很好，赵德海也表示他要浪子回头，与那个小女生断绝所有关系。然后，她用这最后一招做一个完美的收尾。

现在，完美的收尾是不可能了，她期望这最后一招能打动赵德海。

因此，她说："这样吧，今天晚上咱俩都回家，我给你做鸦片鱼吃。"

苏小菲说完，马上感到自己幼稚了，她看到赵德海的脸色马上就变了，变得很惊讶，很诧异，还带着警惕和厌恶。他皱着眉，说："不行！我早就跟人约好了，要请人吃饭。"

赵德海的推托之意很明显，苏小菲也恼了，她语气凌厉地问："请谁吃饭？"

赵德海要请的人自然是王蓉，不只吃饭，还有销魂的一整个夜晚呢。

这个自然不能说，赵德海支吾道："是我曾经的同学，叫武进，刚从法国回来，邀请几个同学去他住的那个县城聚聚。和好几个同学一起，有同学开车。"

苏小菲知道他有这么个同学，但是她看得出来，赵德海说的是假话。真话和假话的感觉是不一样的，夫妻这么多年了，赵德海说的话是真是假，她很容易就能分辨出来。

很显然，苏小菲刚刚高兴得太早了。赵德海今天对她说的所有话都是在敷衍她，没有一点儿真情实意。

赵德海的手机响了，他看了一眼，没接，而是回了一条短信。回完了，他装作很随意地说："武进的电话。"

苏小菲看着心不在焉的赵德海，心里的苦涩如海浪般陡然淹没了自己。她没有力气再跟他周旋下去了，甚至没有勇气再看他一眼。她说："那你忙吧。"

赵德海如遇大赦般急急地站起来，匆匆走了出去。苏小菲的眼泪跟着哗哗地流下来。

她失败了，她没有能力挽救自己。她也终于知道为什么有些很温婉的女人遇到这种事情变成泼妇的原因了，那是她们绝望了，没有希望了，温柔已经毫无价值了。

她不知道自己该变成泼妇还是变成怨妇。

她从窗户里看到赵德海在外面等车，擦了擦眼泪，决定跟着他。她想既然自己要牺牲了，那也要知道自己是怎么死的。

她下楼，看到他打车离去，忙打上了一辆车，让司机跟着他。

司机看着她泪眼婆娑的样子，同情地问："是老公吗？"

苏小菲看了他一眼，没说话。司机识相地闭了嘴，紧紧地跟着那车。

两辆车一前一后到了公司楼下的停车场，苏小菲刚觉得自己冤枉了他，就看到赵德海下了车，朝一辆黑色的"别克"走去。然后她看到，从"别克"车里跳出一个小女生，开了车门，赵德海钻了进去，小女生上了驾驶座，车子启动，就从苏小菲乘坐的出租车旁，疾驰而去。

苏小菲看着小女生花儿一样美丽的面容，她知道，自己失败得干净彻底。

她认出来了，这就是那天晚上抱着赵德海腰的那个女生，是那个刚刚赵德海还说不知道上哪儿去了的女生。

其实，她就在这儿等着他。

第五章 迷茫

3. 选择之难

高峰约了苏小菲，在一家小咖啡厅见面。

苏小菲脸色憔悴，精神也很萎靡。

高峰问她："你怎么了？"

苏小菲艰难地笑笑，说："没什么。"

其实这一笑，说几个字，也牵扯着心底的痛。她不愿意说关于她和赵德海的事情，那就是自己揭自己的伤疤，她怕自己会疼死。

高峰边搅着咖啡边说："你脸色这么难看。"

苏小菲微微一笑，说："嗯，这几天累的。"

高峰"哦"了一声。苏小菲喝了几口咖啡，问他："怎么了？有什么事我能帮上忙？"

高峰找苏小菲，是来向她讨个主意的，但是他一看到苏小菲，心里就知道自己不应该来找她。她看起来那么脆弱，仿佛随时都会变成一堆碎片。原先的苏小菲可不是现在这样子，她给高峰留下的印象是干净利落，很有主见的样子。没想到几日不见，她变得如此憔悴。

苏小菲见高峰欲言又止的样子，知道他有话要说，她抹了一把脸，振奋了一下精神，说："有什么事你就说吧，不要吞吞吐吐的。"

高峰想了想，说："那我说了。"

苏小菲说："说吧。"

高峰喝了一口咖啡，说："简单点说，就是她让我跟她结婚，给我买房子买车，如果我不同意，她就要跟我断绝关系。"

苏小菲一时没反应过来，问："她是谁？"

高峰艰难地吐出几个字："我的老板，林薇。"

苏小菲突然想起了高峰开着他的丰田商务面包车帮自己拉加拿大客户的事。高峰告诉过她，那商务车是他老板的，女老板，他是老板的男朋友。现在，这个女老板竟然向他逼婚了。

苏小菲实话实说："高峰，这个事，我真不好参谋。我又不可能身临其境，没有当事人的亲身体会，我怎么能提出一个正确的建议呢？"

高峰说："当局者迷，我正需要一个外人，从旁观者的角度，告诉我应该怎么办。"

苏小菲摇头，说："旁观者未必清，当局者未必迷。你与林薇的感情怎么样，你们结婚她会给你什么样的条件，这些都是未知数。你要知道，男女之间的关系，婚前和婚后，会有很大改变的。何况当今社会，物质是非常重要的，你不跟你老板结婚，你是一穷二白，要是跟她结婚，一跃就成富翁了……哎呀，这里面的东西太复杂，没法说怎么做正确，怎么做不正确。"

高峰说："别人不懂我，不懂这里面的复杂性，苏姐你应该懂啊，所以我只能来征求你的意见。"

苏小菲摇头，说："我也说不上来。这人活着，该怎么活，都是自己在摸索，没人会教你。生活的滋味，相同经历的人会有迥然不同的看法，何况世界这么复杂，人与人的经历这么不同，哪怕是观点相近的两个人，很细微的因素，都会给你两种截然不同的意见。这些看法，孤立起来看，都是对的。你说你怎么取舍？也许某种意见现在来说很好，既照顾到了现在又放眼未来；可是，万一人生中出现点别的事，就会把整个对错给颠倒。所以说，这种事，没有原则上的对错，合适的就是好的。如果非要让我给个看法，那我说，你应该一开始就不要和她在一起，认真谈个恋爱结婚，平平静静过一辈子。"

高峰说："可是现在有这个事了啊。"

苏小菲说："所以说，这个事超出了我能解决的范围，我没有理想的解决办法。"

高峰说："那苏姐，我只是想要个参考意见，比方这个事如果是你，你会怎么做。"

苏小菲说："如果我是你吗？"

高峰说："嗯。"

苏小菲想了想说："如果我是你，马上跟她断掉，找个好女孩结婚。

当然，这也不一定对，只是我个人的感觉而已。"

高峰摇头，说："没那么简单。现在的女孩这么实际，跟她断掉后，我没钱没房没车，谁会看上我？再说，我也没有心情再去谈场恋爱了。陈娜一个人，把我的爱已经全部带走了，我现在活着就是浪费粮食而已。"

苏小菲说："那你决定跟她结婚了？"

高峰说："其实，理性上来说，跟她结婚吃喝不愁，不缺钱花，真是个理想的选择。但是，我总是有点不甘心，觉得自己的一生不该画这么个句号。所以，我拿不定主意。"

苏小菲说："你只是心不甘？"

高峰说："是。"

苏小菲笑了笑，说："如果你这么想，那我倒觉得你干脆跟她结婚算了。你还有什么心不甘的呢？还有理想没实现？还没有拼搏过？那都是糊弄无知小孩的。你其实没跟这个世界正儿八经拼过，拼过了就知道了，这个社会拼得不完全是能力，还有人际关系。你当初那些所谓最有希望拼出个结果来的途径，都是犯法的。况且，从道德方面来说，人家跟了你七年，其实是养了你七年，你应该给人家一个说法。"

高峰"哦"了一声，说："苏姐说的是，按道理来说，我应该这么做。说实话，对于这个事，我从来没仔细想过，现在想想也很矛盾。我似乎是站在了一个路口，哪条路我都不想去，维持现状是最好的，如果有合适的机会，我还可以跳出来。"

苏小菲说："那她同意吗？"

高峰说："当然不同意。"

苏小菲说："她是惶恐了，想要抓住点什么。"

高峰说："她前夫据说又勾搭了个更年轻的。"

苏小菲说："这个女人也是够可怜的。"

高峰说："这个倒是。"

苏小菲说："其实，你们结婚了也不过是更好地维持现状而已。"

高峰说："我也这么想过。可是，想到结婚，总是感觉后怕，却又不知道后怕什么。她虽然大了我七八岁，但是比较漂亮，也有钱。她没有生育能力，不过这对我来说正好，我也不想生育个后代什么的，但是就是觉得后怕。"

苏小菲说："我知道你为什么后怕。"

高峰很惊讶："那你说说看。"

苏小菲说："你处在路口，就说明你是处于一个可以选择的境地。你不想选择这一方，同时也不想失去另一方；也就是说，你不跟她结婚，是还存在另一种想法，想给自己留有余地，想等机会选择另一种生活。你只是把现在当成了一个中转。想一想，我说得对否？"

高峰听苏小菲说完，瞪大了眼睛，惊呼道："苏姐，您简直是神，说得太准了。我总觉得美好生活还会有机会降临到我头上，隐隐的，有这种感觉。您说，这种机会会有吗？"

苏小菲说："其实这种心态是人的一种自我期待，很多时候是幻觉。不过，人还真离不了这种心态，否则，会觉得活着没希望。"

高峰颓唐地说："这么说，我的这种心理是一种幻觉？"

苏小菲说："也不完全是，可以说是人对自己的一种心理救赎吧。况且，说不定真有机会会降临到我们身边，可惜我们看不到，或者看到时已经晚了。"

高峰说："我只是想找到适合自己的一种生活方式。"

苏小菲说："其实，你还不老，应该找个正经工作，总不能这么糊涂过一辈子吧。"

高峰说："我这个人是属于被动型的。唯一主动的一次，是为了陈娜我跑到南方，挣了几年钱，没想到回来，人家成了别人的老婆。"

苏小菲说："不说这些了，都已经是过去的事了。我们需要面对的事那么多，过去的就让它过去吧。"

高峰问："那您说，我该期待下去呢，还是打消期待？"

苏小菲摇头说："我不知道。我只能看到病，不会治病。我也只是说说别人而已，其实我自己何尝不是病入膏肓。"

4. 酒吧奇遇

因为给妈妈买了药，下午下班后，苏小菲到市场买了点菜，就赶回了妈妈家。

苏小菲到家的时候，妈妈正在做饭，"叔叔"在捣鼓着修理马扎。在苏小菲的印象中，"叔叔"不太喜欢看电视，总是神秘地忙碌着。看着很温馨的家庭生活场景，苏小菲就觉得温暖。

"叔叔"看到她回来了，也很高兴，让妈妈炒几个菜，留苏小菲在家吃饭。

苏小菲帮妈妈做饭，大声跟妈妈说话，她自己沉浸在苦海中，却希望周围的人都能幸福，那样也会给自己增添些信心。

吃饭的时候，妈妈问："怎么小赵这么长时间没来了啊？"

苏小菲愣了愣，胡编道："他忙，公司最近事多。"

妈妈看着她的脸说："真的吗？我看你最近脸色也不太好，没出什么事吧？"

苏小菲不喜欢妈妈质问的语气，就说："吃饭吧，担那么多心干吗。说没事就没事。"

吃完饭，苏小菲和妈妈洗碗，"叔叔"看电视。洗了一会儿，妈妈不用她了，把她撵了出来。

苏小菲看时间不早了，就跟"叔叔"和妈妈告辞，下了楼，晃晃悠悠朝公司走。

大街上，华灯初上，车水马龙。

苏小菲想到几天前那个晚上的遭遇，心里害怕，没敢往暗处走，而是看着哪里灯光明亮，就朝哪里走。

经过一间酒吧门口的时候，看到里面挺热闹，她不由自主，推门走了进去。

酒吧里人声鼎沸。如果是往日，苏小菲不会进这种地方的，但是今天不同，她感觉自己的心几乎已经快凉透了，喧嚣和热闹会给她已经冰冷的心添些温暖。她走了进去，要了瓶啤酒，要了点心，自己喝了起来。

这里真是个生机勃勃的地方。欲望和纠缠，红唇和短裙，酒气冲天，香水浓烈。苏小菲想到一个说法，说是如果一个女人独自去了酒吧，那她发出的信息就是想寻找一夜情。

自己想找一夜情吗？

苏小菲不置可否地笑笑，如果真的有，她不确定自己能否接受。但是，很明确的是，自己现在很寂寞，如果有个男性能陪着喝酒聊天，甚至调笑，都是可以接受的。

歌手一首一首地唱着歌，她第一次觉得几乎每首歌都能打动她，都能让她落泪。她在歌声中想到了妈妈，想到了陈娜，想到了迷途的赵德海，想到了迷茫的高峰。

她竟然还想到了自己的初恋。高中的时候，一个一脸青涩的小子，趁她不备，偷偷吻了她，他怕挨骂，吻完了，扭头就跑。一跑再也没有回头。几个月后，他就随着爸爸去了北京，半年后，听说他和妈妈摆摊卖馄饨，跟一帮不想付钱的小哥吵了起来，被其中的一个一刀捅死了。

那是除了赵德海，苏小菲唯一的一次"恋爱"。那个小伙子去了北京后还给她写过信，说他在北京卖早餐，等挣了大钱，一定回来娶她。

小伙子死后，苏小菲有半年多几乎夜夜梦到他，那半年她成绩急剧下降，差点没考上大学。

自从上了大学，慢慢地就把他忘了，今天听着歌声，苏小菲不由地想起了他。一个那么单纯的小子，就那么带着他未完成的心愿走了，想想就让人心疼。

把身边所有的人都想了一遍，歌也听了好几首，也没有男人来搭讪。看来朋友们说的到酒吧找婚外恋百分之百成功的说法，也是有谬误的。

不知不觉中，她竟然喝了三瓶啤酒。看着面前的三个酒瓶子，苏小菲知道不能再喝了，她站起来，打算去趟洗手间，然后就回去睡觉。

她很少喝酒，但是偶尔喝一场，四五瓶啤酒也不成问题，今天有点怪，三瓶啤酒下肚她就觉得有点恶心，想吐。

她真的在洗手间吐了，而且吐了之后，觉得头脑陡然清醒了，心情也好多了。

刚出洗手间，发现在洗手间门口竟然站着个男人，她没防备，吓了一跳，不由得大叫起来。有人走过来，问什么事，她说这个男人想进女卫生间。

转过身再找那个人，竟然不见了。她看到过来的几个人从地上扶起一个人，原来那人躺在了地上。此人显然也是喝大了，站不直了。苏小菲刚要走开，发现那人面熟，仔细一看不禁愣住了，原来是张刚。

他怎么在这里！

苏小菲让他们帮忙把他扶出来，扶到外面。她从张刚的腰间找到车钥匙，打开他的车门，把他塞了进去。

回去结了账，苏小菲打电话找人帮忙开车，找了半天没找到人，后来酒吧老板建议他们打车走，把车先放在这里。

苏小菲一想也只能这样了，就让人帮忙把张刚扶上出租车，让出租车师傅开车直奔她的宿舍。

到了地方，苏小菲下车，把张刚拖出来。张刚一直处于半醒不醒的状态之中，苏小菲费了九牛二虎之力才把张刚拽进电梯间，又从电梯间把他拖上床，帮他脱了鞋，脱了西服，把他塞进了被窝。

苏小菲又在地上铺了几条地毯，找了一床薄毛毯盖着，躺在地板上一直睡到天亮。

第二天张刚醒了，哼哼呀呀抬起头，非常惊愕地问："这是哪里？"

刚好苏小菲也醒了，她爬起来说："你还有脸问呢，昨天晚上在哪儿喝多了？这么大一个老板，跑酒吧买醉，也不怕人笑话。"

张刚想了想，说："没有，我没去酒吧啊，我在碧海大酒店喝的酒。"

苏小菲想了想，知道他是在碧海大酒店喝多了，不知道怎么又稀里糊涂跑到了酒吧里。她就说："我是在酒吧看见你的，你站都站不起来了。"

张刚摇了摇头，还是不肯相信。

苏小菲说："你得起来了，这个地方是我的临时宿舍，一会儿上班的来了，让人看见我就说不清了。"

张刚站起来，穿上衣服，说："小菲，谢谢你把我捡回来，回头我请你吃大餐啊。"

苏小菲苦笑一声，从背包里拿出车钥匙，递给张刚："行吧。你的车停在王屋酒吧门口。"

5. 这也是报应

下午，苏小菲刚上班，经理谭林就把她叫到一边，跟她说了一件事情。

上午他们在总公司开了个部门经理会，遇到了赵德海那边的部门经理。这个部门经理谈到了赵德海，说他在外面养了个小三，公司很多业务他都挪出去自己做了，部门经理说要辞退他呢。

谭林很局促地说："按理说这种事不应该告诉你，会破坏家庭稳定。不过，到这分上，已经不止是家庭的事了，虽然客户是自己联系的，但是你是公司业务员，又是利用公司资源联系的客户，那这客户就是公司的，把业务挪出去，于理于法都是讲不通的。我告诉你，是希望你找找赵德海，既然还在公司上班，那就要跟部门经理处理好关系，别真的被撵回家，现在找个好工作，也不容易。"

苏小菲说："谢谢谭经理。"

谭林叹了口气，说："至于他在外面有女人这种事，你也别太较真，让他断了关系就行了。夫妻之间，就是互相将就着过日子。"

苏小菲说："我知道了。"

苏小菲这次是真吃不住劲儿了。委屈再大，她都可以忍受，可是事情至此，公司上下都知道了，自己还要再沉默下去，就真成了笑话了。

她打电话给赵德海，问他到底想怎么办。

赵德海还在装清白，说："不是说了吗，我再没到那个工厂去。"

苏小菲说："你还说再没看到那个女生呢。"

赵德海说："是啊。"

苏小菲痛心疾首，说："赵德海，你骗老婆挺厉害，你有本事骗了整个世界，骗了你们部门经理啊。你给我说说，把公司业务挪出去做，是怎么一回事？"

赵德海还要嘴硬，不甘心道："很多业务员都这么做啊，不过是想多挣点钱。"

苏小菲冷冷地笑了，说："赵德海，我没有把握不会找你。你以为天下真有不透风的墙吗？你以为那家公司除了你，再不跟公司别的业务员做了吗？我可以告诉你，你们的部门经理也跟东北这家公司做业务，人家知道了你从这家公司出的箅帚，也知道是谁去看的产品。你还跟我狡辩什么？"

赵德海那边好长时间没有声音。

苏小菲说："赵德海你听着，我再也不想听你的谎言了。那天喝完茶，你到了你们公司楼下，是谁的车在楼下等着你？你骗了我一次又一次，你还算人吗？"

那边还是没有声音，苏小菲长出了一口气，说："赵德海，你找人写个离婚协议吧，我放了你，让你清静些，我也清静。写好了快递给我。"

苏小菲挂了电话。没想到，一会儿赵德海的短信就过来了，说他错了，希望能原谅他这次。

苏小菲知道这个男人的话是不能信的，这人已经没有了道德和良心，他的话又有多少可信度？

苏小菲问他："那你说实话，你到底想怎么办？"

赵德海回道："我先帮帮她，把生意做起来，我就跟她断绝关系。"

苏小菲冷笑一声，说："好，那你就帮吧。不过我不能被你拖死，我不敢相信你了，一点儿也不能信了。"

赵德海冷冷地说："你是想男人了。"

苏小菲回道："是，怎么了？我就是想男人了。我想跟别的男人睡觉，就是不想跟你。因为，你不是人，是个畜生。"

苏小菲万万没想到赵德海会这样说自己。他还算人吗？

整个下午，她都是在气愤和迷茫中度过的。婚姻是不可能再维持下去了，可是真的离了，自己到哪里住？总不能带着孩子住这间单人宿舍吧？

想想这么多年的青春换来这样的结果，她就忍不住想哭。

张刚打电话来的时候，她正准备出去走走，张刚说："晚上我请你吃饭，答谢上次救命之恩。"

苏小菲没有犹豫，说："好。"

张刚问："几点？"

苏小菲说："五点，我们下班的时候。"

张刚问："我在哪儿等你？"

苏小菲说："在我公司楼下。下班我就下去。"

如果是过去，哪怕是昨天，如果有同事下班后，上了别的男人的车，她也会瞧不起她们。现在，她不怕了，她不怕她们瞧不起。似乎是有意报复，她想一定要选好时间，在众目睽睽之下上车，让大家也惊讶一把。有什么呢？不过是一起吃个饭，即便是睡觉又有什么？

然而，真到下班时间了，看到张刚的车停在外面，苏小菲反而有些退缩了。大家都走光了，她才走了下来。

上了张刚的车，她还是有种做贼的感觉。

张刚朝她不好意思地笑笑，说："那天晚上多亏你了。"

苏小菲说："没事。不过，您得赔我床单和被套。"

张刚惊讶地问："怎么了？"

苏小菲说："你脚真臭。我想把它们都扔了，刚换下来，还没洗呢。"

张刚尴尬地说："我脚臭，得天天洗。真不好意思。"

苏小菲笑了笑，说："开玩笑的。"

张刚问她："想吃什么？"

苏小菲想了想说："随便吧。"

张刚想了想，调转车头就朝海边走。海边有个海味大饭店，是老国营饭店改制的，位置好，菜做的地道，但是价格比较高。张刚当过小领导，知道市里比较重要的客人，都是到这里吃饭的。

两人开了一个雅间，点了菜。

张刚看苏小菲情绪低落，问她："你怎么好像情绪不高啊。"

苏小菲喝了一口水，强忍着眼泪，说："这几天事多。"

张刚说："不对，我觉得不是这么简单。你这人我了解，不是有大的心事，不会去那种地方。"

苏小菲知道他说的那种地方，就是指昨天晚上去的酒吧。

她本来想忍着，不想把这事跟张刚说的，可是被他触动了心事，嘴上忍着，眼泪却没有忍住，先是蹦出了一颗，后来，哗啦啦就淌了出来。

这一下，就像是长江水冲破了大堤，她再也忍不住了，眼泪随着呜呜咽咽地哭泣，排山倒海般流了下来。

张刚没想到问题这么严重，他知道现在劝也没有用，就抽出餐巾纸递给她，说："慢慢哭啊，不急。"

苏小菲正流着泪，差点被他给气笑了，从来没见过这么劝人的，还慢慢哭，这东西还分快慢吗？

张刚喝着茶，不时地递给苏小菲新的餐巾纸。

直到苏小菲的呜咽声渐渐平息了，张刚才问："怎么了？"

苏小菲说："他爱上别的女人了。"

张刚"哦"了一声，问："你打算怎么办？"

苏小菲说："不知道。"

张刚说："这种事，好像现在已经不再是稀奇的问题了。这种搞婚外情的人，没有道德约束，没有信仰约束，由于个人的欲望、金钱和性，一下子就把自己原本坚守的道德体系给冲散了。在这样的情况下，我们被别人伤害，同时也伤害着别人。"

苏小菲说："你说的是你吧？我没有金钱也没有性，我是受伤害者。"

张刚说："其实伤害了别人，早晚也会被别人伤害，这不只是个因果报应问题。人的所有行为，都会引起反应，就像是你踢了别人，脚也会疼一样。"

苏小菲说："您说了这么多，跟我有关系吗？"

张刚收回思绪，说："我的意思是你要看开些。就像进山要走弯路一样,遇到这种事,不说是必然吧,也是正常。社会上这么多人,看着都很光鲜,其实很多苦恼是别人不知道的。人的一生,就是在不断的变故中度过的。"

苏小菲说:"可是我想安稳地过一生。"

张刚说:"所以,你的痛苦就要多些。"

苏小菲问:"那你呢?你遇到这种事不痛苦吗?"

张刚说:"不痛苦的能是人吗?人来到这个世上,就是来受苦的。我只能这么想。"

苏小菲说:"所以我觉得我只能离婚了,他心里根本没有我了。"

张刚想了想,说:"其实离婚与否都无所谓。再找一个就好了吗?看着再好的人,也会变的,何况你根本看不到人心。我倒是觉得,对婚姻不必太认真,婚姻不过是一种形式。我认为,现在新式的婚姻应该是不干涉对方的自由,不窥探另一方的隐私,否则,很多婚姻都得崩盘。"

苏小菲说:"我不同意这种说法和做法,这种婚姻其实是名存实亡,还不如没有。"

张刚说:"这只是我个人对于婚姻的看法,你不同意也正常。不过这是事实,现代社会生活方式的巨大改变,也让婚姻关系有了很大变化。"

苏小菲叹口气说:"这是你们男人的看法。男人和女人是不一样的,男人就是女人的天,自己的男人变心,对于女人来说,就是天塌下来了。"

张刚说:"这个我同意。不过遇到这种事,谁也没有好的办法,唯一能做的只有让自己强大,少受影响。你说男人是女人的天,有时候女人也是男人的天,如果天塌了,只有自己顶着。所以这事最好的处理方式,就是不要把婚姻看得太重,不要把夫妻关系看得那么重要,天下除了父母儿女,没有什么关系是不可分离的。"

苏小菲还是不同意张刚的说法:"如果像你所说的那样,那家庭还有什么意义?"

酒菜上来,两人边喝边说,不知不觉又喝多了。

苏小菲本来不想喝多的,但是没注意,一会儿便喝了五瓶啤酒,不过状态比昨天好些，没吐酒，只感觉有点晕。

张刚也喝多了，但是话还是很有条理。

苏小菲只记得他说的最后一句话是："人活着其实不应该去追求外在的那些东西，生命其实是自己一个人的，自己圆满才是重要的，别的都不要太认真。"

苏小菲脑袋发懵，跟张刚干了一杯酒，就真的喝多了，站不起来了。

再醒了的时候，她发现自己躺在一个豪华的房间里，张刚躺在沙发上，睡得正香。

苏小菲起身，到卫生间洗了脸，感觉好多了。她索性脱了衣服，洗了个澡。洗完了，裹着浴巾出来的时候，张刚也醒了。

苏小菲很坚定地说："今天我要堕落一次。"

张刚笑了笑，脱了衣服，也洗了个澡。

上了床。苏小菲看着他说："我是第一次跟外人。"

张刚抱着她，说："我知道。"

苏小菲闭上眼，眼里滚出了泪水。

张刚的手搭上她的身体的时候，她颤抖了一下，说："我们会遭报应吗？"

张刚抱住了她，说："当然。我们现在很幸福，这就是报应。"

6. 王蓉的土豆丝

赵德海接到部门经理电话，让他到办公室一趟。

赵德海知道他叫自己没什么好事，不过想想也没什么好怕的，最多不过是辞退自己。说实话退与不退，他正在犹豫中。如果自己被辞退了，随便发点货，就比挣工资多得多。很多业务员在有了自己稳定的客户后，都会选择辞职。辞与不辞，各有利弊。

经理看到他进来，在桌后抬抬头，说："坐吧。"

经理四十多岁，比较严苛，虽然业务做得不怎么样，但是善于谋划事和人。

赵德海坐下,问:"经理,找我什么事?"

经理说:"小赵,咱开门见山啊。我听说您把业务都挪出去做了?这样不大好啊。"

赵德海没想到经理会直奔主题,一时间有点措手不及,就说:"哦,王经理,我觉得您可能是误会了,那个业务我没做成。"

赵德海从别的公司出了几次货,做得都很慎重。除了第一次下工厂看了看,以后所有的过程都是王蓉跑的,这样即便有同行告他,他也有话来推托。

不过王经理显然不想跟他探讨这个问题,而是以一种居高临下的态度笑了笑,说:"小赵,咱都是同行,障眼法对别人有用,对咱这些老业务是多余的。这个问题可大可小,但是做人要有原则,男人嘛,敢做敢当。我不喜欢犯了错,还找些没用理由的人,这种人不是让人恨,而是让人瞧不起。"

赵德海对这个王经理不是很了解,没想到他言语如此犀利。赵德海不喜欢这种人。言语犀利可以打击别人,其实也同时暴露了自己的弱点,就像一只凌空而出的拳头,虽然凌厉,但是孤军深入,犯险。

赵德海在考虑自己是打击他一下好呢,还是就势挨了这一拳。

王经理又说话了,他说:"这个事不是我要追究,而是上面知道了。总经理挺恼火的,我说尽了好话,才没撵你走。不过,上面下了个处理意见,你看看,签个字。"

赵德海接过文件看了看,大意是他违反公司规定,把公司的业务挪出去做,经过公司领导讨论决定,扣发一年奖金,下半年的费用公司也不予补助。文件下边落款处竟然还盖着总公司的公章。赵德海看这个王经理这么郑重其事,知道他为了治自己花了不少的心思,也是不容易了。

他签了字,说:"谢谢王经理。"

王经理心满意足地笑笑,说:"好,希望你引以为戒,认真工作。"

赵德海起身回自己的办公室,他边走边想,自己到底是哪里得罪了这个王经理呢?真是倒霉啊。外贸公司业务员,自己偷偷做点业务赚外快,这似乎是一种约定俗成的行为。大家也几乎不隐瞒，几个同行在一起，经常讨论这种话题。自己第一次做，就几乎被抓了个现行，这个中奖率真是够高的。

下了班，他没有回家，而是去了王蓉的家。王蓉租了一套住房之后，又租了一间写字楼办公室，开始做业务了。

赵德海有一个客户，也做家庭用品生意，要笤帚的同时，偶尔也要求发点家具和油画。客户要的不是很多，但是比较有潜力，他就建议王蓉研究这些东西，边给客户发样品，边学习业务知识。

王蓉正在住处玩电脑，看到赵德海回来，她就赶紧做饭。赵德海用她的电脑，登上了MSN（一种即时网络聊天软件）。MSN上有头像闪烁，赵德海一看，竟然是老婆苏小菲。

苏小菲问他："你在哪儿？"

赵德海想了想，觉得回复还不如不回复，就没管，任凭头像闪烁。

苏小菲又问："你是怎么想的？"

赵德海忍不住，就在电脑上打了字，回复道："没想怎么样，我从来就没想怎么样。"

苏小菲问："那你还骗我？"

赵德海说："我是不想让你误会。"

苏小菲问："误会？误会什么，误会你跟她上床？"

赵德海挣扎道："我们没上床。"

苏小菲说："赵德海啊，你这厮包都跟人家一起睡觉了，还没上床？你千万别说你是个圣人，我受不了。"

赵德海想想自己的说法确实是太假，就想转移话题，说："你给我点时间，我把这个事情处理好。"

苏小菲问他："你也给我时间吗？"

赵德海问："什么意思？"

苏小菲说："我也跟别的男人上床。"

赵德海断然说："不行。"

苏小菲问："为什么？"

赵德海说："你是我的。"

苏小菲说："屁包，你这么说，不觉得恶心？"

没等赵德海回话，苏小菲就从MSN上退了下去。

赵德海看着变黑了的苏小菲头像，感觉自己的心也一片灰黑。

他不是没考虑过和王蓉的关系，也和王蓉探讨过这个问题，王蓉说她没想过和他结婚，她只要他能爱她珍惜她，就行了。赵德海因此对这段婚外情信心满满，觉得王蓉如此开朗，他满可以帮她在这个城市买个房子，自己帮王蓉做着生意，而自己的家庭依旧维持着，就这样糊里糊涂地过。

现在，他不得不承认，自己家中已经出现了大问题，这个问题不解决，将是个非常大的麻烦。

可是，怎么解决呢？

王蓉在厨房做熟了饭，喊他吃饭。

赵德海放下电脑，来到厨房。王蓉围着青绿的围裙，正忙着往碟子里盛菜。王蓉的美是那种很抢眼的，活色生香的。围着青绿色围裙的王蓉，正如绿叶护花，鲜活生动，看得赵德海直吞口水。

王蓉把菜盛在碟子里，长吁一口气，说："做好了，就是不知道是否好吃。"

赵德海说："只要是你做的，就好吃。"

王蓉吐了吐舌头，说："你尝尝再说，为了做这个菜，我练了好几天呢。"

其实这是个很平常的菜，青椒土豆丝，却是赵德海非常喜欢吃的菜。但是，对于王蓉这个从没做过菜的人来说，想做好这道菜，实在不容易。

赵德海看着王蓉额头上的汗珠，感到有些心疼，因为苏小菲带来的不愉快，也一扫而光。他把菜端上桌子，王蓉一边忙着收拾别的东西，一边跟赵德海说："你尝尝啊，看看我做得怎么样？"

赵德海看着已经糊了的土豆丝，不用尝，就知道味道不怎么样。不过，看着王蓉期待的样子，他只好拿起筷子，挑了一口。菜一入口，他差点就吐出来，实在太咸了，别的没感觉出来，就是咸。

王蓉看着他的样子，担忧地问："怎么样？好吃吗？"

赵德海勉强把土豆丝咽下，说："还行，就是咸了。"

王蓉走过来，挑了一口放到嘴里，嚼了几下，猛然就跑到洗菜池吐掉了。回来的时候，她眼泪汪汪地说："我想起来了，我这是放了两遍盐，好好的菜，我怎么放了两遍盐啊。"

赵德海心里说，还不知道放了几遍呢，嘴里却说："没事，可以将就着吃。"

王蓉把菜端走了，说："我给你另做，我就不信我做不好。"

赵德海看着菜的颜色，就知道再次做，她也做不好，就说："算了，吃点别的就行了，这个菜，下次再做吧。"

王蓉倔脾气上来了，把菜倒进了垃圾桶，非要再做一次不可。赵德海没办法，只好等着她另做。做的时候，王蓉小心翼翼，这次没放两遍盐，但是火候没掌握好，煮得太烂了，并且调料放太多了，都吃不出土豆的味道了。

但是终究是可以吃的，赵德海装作很爱吃的样子，连着几遍说："好吃，好吃。"

王蓉吃了一口，有点不相信，问赵德海："真的好吃吗？"

赵德海说："好吃，真的好吃。"

王蓉开心地笑了，说："好吃你就全部吃掉，不许剩下。"

赵德海暗暗叫苦，却笑着说："好，我肯定能全部吃掉。"

7. 戴金梅与苏小菲

因为世界经济大环境的影响，苏小菲虽然努力联系客户，给客户发样品，但是她的业绩仍旧毫无起色。

皮特又来了中国两次，这两次都没有让苏小菲接机，却每次都会跟苏小菲做一点儿业务。苏小菲为了拉住这个大客户，每次都使尽浑身解数，给皮特发质量最好的货，但几乎没有一点儿利润。

现在的皮特在地毯方面已经算是内行了，他能分辨出地毯质量的优劣，也了解了地毯厂的各种阴招。当然，他也知道，苏小菲给他提供的地毯质量是最好的，而且价格也很低，但是他就是不肯多收她的货。

这让苏小菲无可奈何。

最让苏小菲感到不可思议的是，戴金梅竟然还在跟皮特做业务。

此事是谭林告诉她的。

谭林来到她的办公室，先是问了一下最近的情况，才说："戴金梅刚给皮特发了一批货，货量不是很大，有一千多万。"

苏小菲几乎不敢相信自己的耳朵："戴金梅？皮特？怎么可能？他们差点打了官司，还是我帮忙把事解决了，皮特恨她恨得牙痒痒，怎么还能跟她做业务？"

谭林笑着摇头，说："我也不理解啊。虽然我是个老外贸，但对这个世界我看不懂了。美国人不是很讲原则吗？他怎么还能跟戴金梅合作起来？不过，苏小菲，客户是大家的，现在皮特在烟台最大的贸易商是别的公司的业务员，戴金梅跟皮特做，已经不是跟你抢客户了，是跟别的公司抢，她要是能做，就让她做呗。"

苏小菲摇头，说："我没有计较这个。您说得对，现在皮特的公司，已经不是我苏小菲的客户了，谁跟他做都无所谓，咱公司的人能做起来，总比让别的公司做了好。我不理解的是，这个皮特怎么能跟戴金梅继续合作？这个戴金梅真是个人才啊！"

谭林"嗯"了一声，说："不管她用什么办法，只要能做业务就行。"

苏小菲恍然大悟，说："我明白了。怪不得有一段日子没见戴金梅，那时候皮特刚好在北京、上海一带转悠，戴金梅肯定是去找皮特了！"

谭林笑了笑，说："我还是那句话，咱别的不管，能把业务做上去就行。苏小菲，你可是咱部门最为看重的能拿下'首席外贸官'称号的人，你可得想办法，把业务做上去啊。要是你拿下了'首席外贸官'，你就很有可能坐到我这个位子上；而我呢，就有可能再上一个台阶。"

苏小菲"哼"了一声，说："老大，我没有那么好的胃口，我不会为了做业务而变得毫无道德底线！"

谭林点头："当然，我们做业务要堂堂正正，不过别人用什么手段，那是人家的事，本经理也无权干涉，你说是不是？"

苏小菲不是圣贤，戴金梅拉住了皮特，业务量将很快超过她，这无疑让她感到忌妒，感到气愤。

中午，苏小菲和顾晓墨去公司餐厅吃饭，遇到了打扮得很超前的戴金梅。大概是因为刚出了一批货，戴金梅一脸兴奋，看到迎面走来的苏小菲，她装作没看见，端着盛菜的碟子，转到一边去了。

顾晓墨很气愤，要过去讲理，被苏小菲拉住了。

两人取了饭菜，找到一张桌子坐下。戴金梅端着碟子经过两人饭桌的时候，站住了，用带着嘲讽的语气说："苏主管，您赚了这么多钱，怎么也跟我们这些小虾米一起吃饭啊。"

顾晓墨快人快语："戴金梅，别得了便宜还卖乖！抢了我们的客户，我们还能怎么赚钱？你怎么不说说你是怎么赚的钱？"

苏小菲赶紧去拉顾晓墨，已经晚了。

戴金梅听完顾晓墨的话，"呵呵"一笑，说："你们的客户？这个'你们'是谁啊？我可不知道哪一位是你们的客户。再说了，外国客户来到国内，是跟所有人做生意的，没有那一条规定，要求我戴金梅不能跟客户做生意吧？客户脑袋也没贴标签，是你们地毯部的客户吧？你不说这个话，我还没机会说，你既然提起了这个话头，我就得说说了，以免整个公司的人，都觉得我抢了苏主管的客户。没错，整个公司都知道，苏主管有个大客户，就是美国的AB公司，当年苏主管靠着AB公司的订单，可以说是横行整个公司。咱公司做的都是轻工业产品，没有钢材矿产这种重量级产品，即便有做化工的，但是那利润率，跟地毯没法比。不过很可惜，跟苏主管关系不一般的AB公司的业务员因为工作出现了失误，被调离了中国区域，新来的业务经理在国内选货，我出的货比苏主管多，差多少呢，差不多是一百比一吧。其实，我觉得这数字比例不是特别大，当年苏主管一次出货几千万，我们出货还是零呢。还是那句话，做业务，凭的是真本事,现在有人说我抢他们的客户,大家评评理,这个客户是我从她们手里抢的吗?"

顾晓墨站起来,说:"你怎么不说皮特第一次来选货,我们走了二百万的货,你一分钱的货没走呢?"

戴金梅笑了笑,说:"对,客户第一次来选货,我没有参加。为什么?因为我觉得人家公司一直跟苏主管做,所以没有加入竞争。皮特第一次来国内选货,找了六家公司,总共选了三千多万的货,只选了你们二百万,这就是表示不想跟你们继续合作了,所以我才插手的。如果我不插手,客户被别的公司抢了去,这不只是你们地毯部的损失,更是公司的损失,大家说我说得对不对?"

顾晓墨"哼"了一声,说:"是啊,你用大量次品拉低价格,皮特要求索赔,要不是苏主管帮忙,公司要承担损失不说,恐怕你现在早就被公司开除了。业务做到这种水平,还好意思说呢。"

戴金梅"呵呵"一笑,说:"对了,你不说我都忘了还有这么一码事了。众所周知,美国人是不做地毯的,他们对地毯的工艺所知甚少,比如手绣地毯吧,全世界都知道手绣地毯就是十目,但是除了部分国内工厂,很少人知道有九目地毯,更别说外国客户了。皮特进我的第一批货,就发现里面有九目地毯,这事真是有些蹊跷啊。当然,我只是说有蹊跷,我没说有人暗地里出卖同事,毕竟那太可耻了。"

顾晓墨"哑"了一声,站起来刚要骂人,苏小菲扯住了她,说:"别跟她吵,没意思。"

顾晓墨坐下,苏小菲说:"戴金梅,你说的这些我们都听到了,你很有本事,这我们都知道。请你走开吧,别耽误我们吃饭。你看,你刚才说话的唾沫都飞到我的盘子里来了。顾晓墨,把盘子里的菜倒了,另买一份,我看着恶心。"

顾晓墨端着两个盘子走了。

戴金梅冷笑一声:"我看着你才恶心呢!装模作样,假斯文,你别以为大家不知道你当年怎么跟大卫做的业务!"

苏小菲笑了笑，说："你既然这么说了，那你先说说，皮特要起诉你，你找到我求我帮忙把这件事摆平了，你怎么又在半年之内跟皮特做起业务来了？是皮特欣赏你以次充好的本事呢，还是其他的？戴金梅，你要是想正儿八经显摆一下，那咱就说说，我跟大卫怎么合作的，我不用说，公司很多人都知道其中的过程。你既然那么有本事，你就跟我们说说，你是怎么在皮特去北京的时候，你用了几天的时间，用你的业务能力把他彻底征服的。"

苏小菲还没有说完，戴金梅的脸色就由红变紫了。这个时候，谭林从小房间走出来，对两人说："吵什么吵？戴金梅，赶紧吃饭去，吃完饭开会！苏小菲，你过来一下，王总找你有事儿。"

苏小菲站起来，跟着谭林走了。

戴金梅朝着苏小菲的背影吐了一口，苏小菲装作没听见。

8. 皮特落井下石

王总是公司副总，他刚才路过大厅，看到顾晓墨和戴金梅吵架，特意让谭林把苏小菲叫到他们吃饭的小房间，以免事态扩大。

苏小菲进屋后，王总招呼苏小菲吃饭，苏小菲说："谢谢王总，我让顾晓墨端菜去了，一会儿我出去吃。"

王总说："苏主管，你可是咱们公司的业务骨干啊，你的事谭经理都跟我说了，我们都相信你，也相信你肯定会度过这段困难时期把业绩搞上去的。"

苏小菲苦笑一声，说："不一定。在生意场上，戴金梅这种人比较占便宜，也比我更受欢迎。"

王总说："别那么悲观，我们是做外贸的，看的是业绩，耍手腕在这里没用。"

苏小菲不想多深入探讨这个问题，她笑了笑，说："多谢领导关心，我会努力把工作做好。要是没其他事，那我就先回去了。"

王总点头，说："你要是有事，可以直接来找我。"

苏小菲站起来，说："谢谢领导。"

苏小菲走出来，回到原先的座位上，顾晓墨已经把菜端回来了。两人吃了饭，回到办公室继续工作。

最近，顾晓墨在网上联系了几个需要做油画的客户，他们发了一些图片，让顾晓墨找画工画样品报价格。苏小菲和顾晓墨跑了一趟胶南画家村，找画工画了一些样品，给客户发了过去，然后报了价格。客户收到报价，大部分就没有信儿了。顾晓墨跟他们联系，他们发来了深圳大芬村的报价，价格只有他们报价的三分之一。

两人很惊讶，联系胶南的画工，画工告诉他们，大芬村的油画都是流水线作业，出货快，甚至很多都是先喷绘再上色，价格自然比他们便宜。胶南这边是做比较高端的一些客户的，不能跟他们比价格，要比质量。

苏小菲和顾晓墨又去了一趟大芬村，联系了一部分画工，买了一部分样品随价格单发给了客户。

这次果然有几个客户比较感兴趣，下了几个单子。

几个单子加起来赚的钱，也不值一条高档地毯赚的钱，而且利润率比地毯要低，这让苏小菲感到心寒。

现在虽然地毯市场不怎么样，但是相比之下，这种商品油画的价值确实太低了。苏小菲让顾晓墨继续跟这些油画客户联系，她还是研究地毯和服装去了。

苏小菲的服装客户最近倒是比较活跃。但是，还是那句话，相比地毯，服装的单子不大，一个单子几十万的产值，而且从找织布厂开始，染布、加工，外贸公司需要涉及的程序太多，出现的问题也更多。当然，更主要的是苏小菲她们不是专业做服装的，没有分工团队，也接不到大的订单。

也就是说，她们的强项还是地毯，她们如果想突破，只能靠地毯。

苏小菲向谭林请示，经过公司领导同意后，她参加了几个国外展会，接洽了几个客户；但是这些客户都是做细分市场的，量不大，好在价格还可以。苏小菲又在展会上卖了一批高价格的丝毯，保住了费用，终于算是有了一些成绩。

在展会上,苏小菲多次见到了皮特,也见到了大卫。

皮特跟她聊了一会儿,还对苏小菲的摊位摆设提了一些意见。大卫请苏小菲和顾晓墨吃了两次饭,他告诉苏小菲,他现在负责越南和巴基斯坦市场。巴基斯坦的波斯毯质量不错,但是他们的工厂交货很慢,这让他非常苦恼。他正在找老板,想重回中国市场。当然,这事还得经过皮特的同意。皮特对地毯不是很了解,导致公司的地毯生意受到了影响,但是他对家具内行,他在中国进口的家具,给公司赚了不少钱。所以,现在事情也不是那么明朗。

不管怎么说,这让苏小菲看到了一点儿希望。

回国之后,苏小菲开始给刚联系上的客户发货。皮特在展会上,也订了一部分新货,苏小菲与顾晓墨商量后,以价格低为由,委婉拒绝了皮特的订单。

苏小菲看得很明白,皮特只是想要她的新样品,而不想给她下大单子。他如果把样品转给戴金梅,戴金梅带着样品让别的工厂仿制,那苏小菲和工厂研发的新产品,马上就会变成大路货,价格下来了不说,工厂也就没有什么优势了。

此事让皮特非常恼火。这个家伙为了针对苏小菲,特意让戴金梅又发了一批货。这批货除了地毯之外,还有大量的家具。皮特的家具本来主要是从南方进口的,但是这个家伙在戴金梅的怂恿下,在山东的工厂收了一批家具,让戴金梅代理出口。

这批货数量实在太大,戴金梅特意找了谭林,让谭林协调工艺品部下属的其他科室的业务员,帮忙去验货,对单子。

谭林顾忌苏小菲的面子,没有找地毯部的人。但是,去帮完忙回来的人,都在谈论戴金梅这批货货量的巨大,苏小菲不想听,也能听到。

顾晓墨愤愤不平,对苏小菲说:"家具装几十个柜,有什么了不起的?几张桌子,就能装满一个箱子,哼,也不是什么高档家具,能值几个钱?这个谭林也是,她戴金梅的单子,凭什么让部门的其他人都去帮忙?当年咱发地毯，忙起来几天几夜不睡觉，也没见他派人帮忙！这个戴金梅，是不是跟谭林也不清不楚的？"

苏小菲忙制止顾晓墨："别乱说话。各人做各人的生意，管她呢。"

顾晓墨继续发飙："那个坏女人还给帮忙的人，每人送了一套藤椅。这坏心眼，这不就是拉拢人心吗！发一批破家具就不知道自己姓什么了，当年我们地毯发几十个柜，我们也没像她那么嘚瑟！还有那个皮特，这两个狗男女，没有一个好东西！"

苏小菲嘴上说各人做各人的生意，心里却是非常失落。

她很清楚，皮特这么做，是做给她看的，刻意让她难堪的。他确实做到了。在公司众人的眼里，戴金梅是她昔日的徒弟，现在的死敌。而现在，戴金梅的大单子一个接一个，轻松碾压师父，这让她这个昔日的业绩标兵，现在的"首席外贸官"种子选手情何以堪？

第六章　大卫回来了

1. 公公病了

无论怎么争吵，苏小菲和赵德海周六和周日还是会回家的。霖霖越来越懂事了，他似乎察觉出了什么，常常看看苏小菲，然后转过头再看看赵德海，一脸的迷茫。苏小菲看着他的神情，感到心疼，所以她尽量不让孩子看出他们之间的问题。

婆婆似乎习惯了她平常不回来，每当她回家的时候，也不再问什么了。

只是，苏小菲不再买鸦片鱼给赵德海炖汤了。

晚上，两人各自躺进自己的被窝里，苏小菲总会冷冷地问一句："赵德海，咱俩的戏要演到什么时候？"

赵德海前些日子还会比较认真对待她的问题，有时候会从自己的被窝里伸出手，想去勾搭苏小菲，都被她不客气地打了回去。那时候苏小菲还没有确凿证据，自从那次茶话会后，看到赵德海钻进那个小女生的小车里，之后赵德海就很有些死猪不怕开水烫的意味了。苏小菲问他问题，他大都不回答。

没办法，苏小菲说："你再不给我个说法，我就只好跟爸妈说了啊。"

赵德海依然不肯承认："事情不是你想象的那个样子。"

苏小菲一听这话就火了："那是什么样子？你不会告诉我你们是纯洁的友谊，善男信女吧？赵德海，我跟你说，要说，你就说实话，这个日子是想过还是不想过，不想过就说痛快话，别天天这么糊弄人！"

赵德海非常惊愕，说："苏小菲，你说的话可真够难听的。"

苏小菲骂道:"滚一边去!你天天这么忽悠我,我哪还有什么好听的?我跟你说赵德海,兔子急了还咬人呢,你要是天天这么跟我玩阴的,我可没那么多耐心。"

赵德海觉得自己已经尽力弥补对苏小菲的伤害了,比方每次回家,他都要买点她喜欢吃的菜,吃饭的时候,端到她的那一边,为此他不惜忍受着母亲的白眼。他尽量少去王蓉那儿,每次去都是麻利地回来,以免万一苏小菲查岗时不在。其实,苏小菲根本不查岗了,现在对他根本就是完全不信任。她曾经玩过一次电话查岗,打通了赵德海的手机,问他在哪里。那次赵德海刚好在王蓉那儿,他没法说,只好说在公司。苏小菲说,好,我相信你,你用公司电话给我回个电话吧,五分钟之内。

赵德海顿时傻眼了。

他以最快的速度回到公司,给苏小菲回了个电话。苏小菲说:"告诉你赵德海,你这样还不如不回电话。不回电话你可以找个别的理由,比方说突然开会,紧急出差什么的。半个小时后回电话,说明你刚好从那个女人家里回到公司,我没猜错的话,你弄不好是跑步进办公室的,现在心还怦怦直跳吧?"

苏小菲说得一点儿也不错,此刻的赵德海,那是尽量压着气息,给她打电话的。

赵德海苍白地辩解道:"接了个客户询价,刚回复完。"

苏小菲根本不听他解释,挂了电话。

赵德海从此非常谨慎,尽量在王蓉那儿少待会儿。他还想了个应对之计,那就是万一苏小菲电话来了,让他回电话,他就赶紧打电话让同事给苏小菲打电话,响几声后就挂掉,然后再把电话拿起来,这样她往回打的时候,电话就会显示忙线状态。等他赶回来,再给她打,就说刚刚掉线了,后来电话被同事占了,同事刚放下,他就给她回了。

赵德海觉得这个计策可谓完美,苏小菲暂时不应该识破。但是,在他做了完整地安排后,苏小菲竟然不跟他玩这个了,再不打电话问了。

苏小菲不按套路出牌,谁说的亡羊补牢为时不晚呢?

最让人无语的是，苏小菲认定了他是个彻头彻尾的混蛋后，就不肯再改变对他的印象了。赵德海有一次问她："我怎么做，你才能原谅我？"

苏小菲干脆地说："我现在还不知道。"

所以，即便赵德海现在跟王蓉断绝一切关系，每天按时上下班，按时回家，苏小菲什么时候能原谅他，也是个未知数。

母亲不明就里，还跟平常一样，动不动就对苏小菲的行为表示嫌恶，赵德海怕惹恼了苏小菲，就总是护着她。

吃饭的时候，母亲说苏小菲做的菜，还不如夫妻店那些厨师做的菜，口味太重。

赵德海看到苏小菲眉毛都拧到一块儿了，怕她发火，就笑着说："妈，您是口味太挑了吧，我吃着小菲做的菜，挺好吃的。"

母亲诧异地看了他一眼，骂道："你怎么说话呢？我怎么挑了？我说你老婆，你心疼了？"

赵德海说："妈，我觉得您对苏小菲有偏见。"

母亲当时就恼了，说："我真是养了一只白眼狼啊。你说，我怎么对你老婆有偏见了？"

赵德海嘟囔着说："就是有偏见啊。她做的菜，您不是说咸了，就说味精多了，我吃着跟您做得差不多啊。"

母亲"呸"了一口，说："你妈我做的菜，就这个德性啊？"

苏小菲听不下去了，站起来，摔了筷子回了卧室。其实，她知道，婆婆说得也不是没有道理。这几天，她一直都是魂不守舍的，不是放多了盐，就是把味精当成了盐，自己都觉得没法吃。

回到卧室，她躺在床上，眼泪缓缓地流了出来。

张刚的短信又不合时宜地从屏幕中弹了出来："想你。"

她删了，没回。

她听到外面婆婆骂赵德海的声音，赵德海申辩着，同时公公好像说了句什么，恼怒的婆婆找到了一个绝好的发泄口，怒骂起了公公。

公公回了几句嘴，婆婆终于失控了，有的放矢的骂声变成了全方位大战,从各个层面各个时期开始对公公呵斥。

苏小菲都听得躺不住了,耳朵趴在门上,倾听婆婆的全方位声讨。

婆婆的声讨都是从根儿上说起,先是说两个人刚认识,那时候,公公是建筑设计院的临时工,主要负责晒图纸什么的,在设计院是个最不需要技术的工种。她那时候是纺织厂的正式工,还是个班长,前途远大,要不是他的耽误,早当上车间主任了,甚至厂长经理都有可能。

可是,这些都成了泡影。而造成这个后果,都是因为他——这个设计院的临时工。

这还不算,那时候,纺织厂里还有个维修工追她,她都没有答应。而赵德海的爸爸,这个设计院的临时工,说他在设计院上班,没有说明自己是临时工,还是个一点儿技术含量都没有的临时工。

就这样,她把自己的黄花闺女身子给了他,并拒绝了纺织厂的那个维修工。维修工是谁你们知道吗?就是现在纺织集团的总经理。人家现在是什么概念?在纽约和巴黎都有房产,哪像你啊?你这个骗子,我当时都怀孕了,你才告诉我你是个临时工。你个临时工骗子你穿那么正式干吗?比那些正式工都穿得好!那是什么?你整个就是一个大骗子,一个假冒伪劣产品。外强中干,驴屎蛋子外皮光,骗了我这几十年啊。

公公说了句:"那你知道了真相还不分手,找你的维修工去?"

婆婆骂:"我肚子里怀了你这个王八蛋的王八种,我怎么分?你这个大骗子。还有你,你这个小骗子,小时候,说要怎么怎么孝顺我,现在都敢骂我了?"

直到听到赵德海脚步声"咚咚"地走过来,苏小菲才赶紧跑回床上。赵德海上床,钻进自己的被窝。

刚躺下不大一会儿,苏小菲估计他的被窝还没有热乎,婆婆突然在客厅大呼小叫地喊起来:"来人啊!快来人啊!你爹犯病了!"

苏小菲怔了怔,赵德海穿着内衣就跑了出去。苏小菲听着情况紧急,也顾不得生气了,跟着跑了过去。

果然,公公躺在地上,浑身痉挛,嘴里还冒着白沫。婆婆没有了刚刚的气焰，像变了一个人似的，跪在赵德海的父亲面前，掐他的人中。

赵德海知道父亲的病，忙去找药，给父亲喂药，苏小菲赶忙打急救电话。

公公是个好人。这是苏小菲对他的评价。他不善言辞，但是心细、善良。在强悍婆婆的淫威下，他一直小心翼翼地活着，也尽着自己的力量给苏小菲争取一些小小的权利和做一些小小的辩解。其实在苏小菲看来，他活得连自己都不如，天天在婆婆的监视下生活，没有自己的一点儿自由，唯一能自己支配的就是抽时间到楼下跟那帮老头儿一起聊聊天，就这样，就能高兴得跟过年似的。

救护车一会儿就来了，几个人七手八脚把公公抬上车，赵德海让苏小菲在家看家，自己和妈妈跟着车去了医院。

看着一头白发的公公被抬上车的一刹那，苏小菲的眼泪流了下来。

2. 大卫回来了

苏小菲上班，接到一个来自北京的电话，对方说的是英语，让她到飞机场接机。她觉得有点奇怪，这是谁啊？声音有点熟，但就是想不起这人到底是谁。

对方也许听出了苏小菲的疑惑，就很干脆地说："苏小姐，我是大卫啊。"

大卫？美国的大卫！

苏小菲有点不敢相信自己的耳朵。美国这家公司，业务员之间的往来是非常忌讳的，大卫如果到皮特的地盘去溜达，那就跟一只老虎跑到另一只老虎的地盘上游荡差不多，他怎么要到烟台来了呢？

大卫没解释，只是说："下午一点，你到飞机场接我吧，见面再说。"

苏小菲向谭林要了一辆车，按时赶到了飞机场。

在到达大厅，苏小菲看着大卫拉着他的拉杆箱走出来，眼泪差点流出来。从刚做贸易开始，她就认识了大卫。从磨合到完全了解，一直到成为黄金搭档，他们经历了六年。就因为有了这样的一个客户，苏小菲在地毯行业就可以笑傲江湖。后来大卫干脆在每年年底，都会列一个第二年预计需要的各种类别的地毯需求表给苏小菲，苏小菲按照这个单子给工厂下订单，基本不会出问题。像李龙这种地毯厂，她甚至都不用亲自验货，有时候直接让工厂打包完，送到码头就行。在别的业务员没日没夜地全世界注册信息找客户的时候，她实在闲得无聊，就跟着陈娜全世界疯跑。

想想那是多么美好的岁月啊。她从来没想到大卫会弃她而去，她会从天堂啪地一声跌到地狱。

没有了大客户的支撑，甚至没有几个像样的小客户，这些日子的困苦挣扎，真的比地狱好不了多少。

大卫，你是来救我的吗？

苏小菲看着大卫走过来。大卫一出来，就给了她一个熊抱。大卫在她耳边说："你受委屈了。"

苏小菲想到自从陈娜去世，大卫也走了，赵德海开始出轨了，这些日子的苦，岂是委屈两字所能涵盖得了的？

轻轻抱着大卫厚实的身体，苏小菲甚至都流下了泪。

大卫悄悄在她耳边说："再抱下去我就受不了了。"

她赶紧松开了，朝着大卫不好意思地笑笑。

苏小菲知道，大卫也是对自己有想法的。这不是问题，女人天生就是男人的克星和天使，如果他对自己没想法，那才不正常呢。可是这种事得是两厢情愿的，需要两个人的合作。如果一方不想合作，那就安安静静地做自己该做的，这样的男人才是有教养的男人。大卫就是这样的一个男人，虽然有冲动，但是教养和道德规范能抑制住这种冲动，这样的男人就是可以喜欢的，具有优良品性的男人。

两人跟着人流，走出大厅，走向停在停车场的车。

苏小菲问大卫："大卫，你到北京做什么啊？"

大卫说："我不是到北京，我是到烟台啊。"

苏小菲很惊讶："到烟台？你特意到烟台来看我？"

大卫说："这么说不是很准确，我是为了我的生意而来的。"大卫故作神秘的样子,不继续说下去了。苏小菲也不问。她了解大卫,她不问,他马上就会主动告诉她,两分钟都不用。

果然,大卫说:"算了,我告诉你吧。皮特先生已经不负责中国市场了,具体来说,他被公司辞退了。公司让我回来,重新负责中国市场。以后,我们可以好好地合作了。"

苏小菲几乎不敢相信自己的耳朵:"皮特被辞了?"

大卫点头,说:"是的。"

苏小菲高兴得不知说什么好,她又激动地抱了抱大卫,喃喃地说:"太好了,简直没有比这再好的消息了。"

但是她还是有些不敢相信:"我还要确认一下。大卫先生,你确定你要回来管中国市场了吗?"

大卫很认真地说:"是的,苏——小——菲女士。"

外国人叫齐全一个中国人的名字是非常费劲的,苏小菲听到大卫用非常别扭的发音方式叫全了她的名字,不禁被逗笑了。

大卫的归来震动了整个工艺品部,谁都知道这个美国人的实力,也知道他的归来对工艺品部意味着什么。大卫到工艺品部的会议室坐了一会儿,让苏小菲把所有新的样品图片给他看。这一年多来,苏小菲为了发展客户,开发了许多新图案,这些图案是针对欧洲客户的,配色比较清淡,底色也大多都是浅色系。大卫看中了几个图案,要求花色亮一个等级,底色做成大红或者黑色,让苏小菲赶紧安排工厂做样品。

当天晚上,谭林亲自出面,在碧海大酒店宴请大卫。谭林做行政之前,也是做地毯的,他曾经去过美国,拜访过AB公司,想跟AB公司做业务,却没有攀上。说起来有点可笑,当年大卫第一次到中国来,谭林还到北京找过大卫,想跟他做业务,也没合作上。第二年,他就升成了工艺品部的经理,苏小菲接替他成了地毯部主管,开始与大卫接触。说起往事,谭林感慨万千。

大卫告诉他,他们一直认为,山东的外贸口岸在青岛,所以大家都是从北京下飞机后,直奔青岛。青岛有比烟台更多的外贸公司和仓库,运输也方便，因此很少有业务员到烟台来。他能与苏小菲做业务，除了苏小菲精通业务外，就是她与大部分业务员不一样。"

谭林有些疑惑："不一样？怎么不一样呢？"

大卫笑了笑，说："我是经过很多年，完全了解了苏小菲，才放心把业务交给她做的。大部分业务员做业务，都要留一手，比方报价吧，同一家工厂同一批地毯，我去看了三次，工厂会给我三种报价，一次比一次低。我很奇怪，就买了他们的地毯。后来我发现，地毯看着是一样的，其实工艺有差别，质量不一样。我觉得贵得会好一些，就买了他们报价贵的地毯。工厂很聪明，贵得让你当场挑货，然后每条地毯都打上标签。我以为这次会没有问题了，但是货发回来，我发现地毯质量还是不行。为什么呢？因为你挑货的时候，没有时间把每条地毯做对比，他们会在你挑得累了的时候，掺杂一些质量差的，让你防不胜防。苏小菲不同，你让她发货，她不会发任何一条质量差的地毯，这简直让我觉得不可思议。即便我不强调质量问题，她也会帮我严把质量关。有时候我想要一些价格低一些的，我告诉她质量可以差一些，她每次发货，都要把每一条地毯的质量问题说清楚。谭先生，您说，如果您遇到这样一位业务员，您是否会跟他做生意呢？"

谭林点头，说："我当然会。"

苏小菲不喝酒，谭林与大卫推杯换盏，酒色上脸后，谭林趁苏小菲上洗手间的时候问大卫："大卫先生，如果有一位更年轻更漂亮的女士跟您做业务，您是会选择苏小菲还是那位女士呢？"

大卫大笑，拍了拍谭林的肩膀，说："谭先生，我会选择跟苏主管做业务，跟年轻漂亮的女士谈恋爱。"

谭林大笑。

3. 无法甩开的戴金梅

苏小菲带着大卫在工厂挑货，大卫接到了一个电话。接完电话后，他问苏小菲："苏，你们公司有个戴女士？"

苏小菲一愣，说："是的。您认识她？"

大卫说："刚才是皮特的电话，他推荐我跟戴女士做一些业务，说这位戴女士业务做得可以。"

苏小菲笑了笑，说："戴女士跟我都是工艺品部的，不同的小部门。大卫，您要的任何产品我都能满足您。不过，如果您真的要跟她做，那您随便。戴女士的业务能力还是不错的。"

大卫耸了耸肩，说："皮特是我的朋友，我不能不给他一些面子。不过，能不能跟这位女士做，还是等见了面以后再说吧。"

大卫的几句话，让苏小菲心情非常郁闷。她明白戴金梅的手段，也了解大卫。如果真让专业研究男人、业余研究业务的戴金梅接触大卫，大卫肯定会沦陷。他是不是会像皮特一样把大量的订单给戴金梅，苏小菲实在不好估量。

苏小菲的满心欢喜，遭遇兜头一盆冷水。

忙活了一天，吃过晚饭，苏小菲把大卫送到酒店，在酒店门口遇到了打扮得像花儿一样的戴金梅。植物开花是为了授粉，女人把自己打扮得像一朵盛开的花，目的却不是那般单纯。

苏小菲暗中观察，看到了大卫发直的眼神。没错，他在看到戴金梅的一刹那，眼珠子都不会转了。从车上下来，大卫招呼都没跟苏小菲打一个，就朝着戴金梅迎了上去。

苏小菲看着两人一前一后走进酒店大厅，一直到看不到两人，才让司机开车离去。

顾晓墨说："完了完了，让戴金梅搞上，大卫废了。"

苏小菲不说话，司机突然笑了。

顾晓墨问："张大哥，您笑什么啊？"

司机说："这个女人，真他娘的给咱们外贸业务员丢人啊！"

顾晓墨笑着问："张大哥看着她出去验货，是不是看到好光景了？"

司机"呸"了一口，说："恶心！"

顾晓墨回了家。苏小菲回到公司，没想到谭林竟然还在公司里。

苏小菲回自己办公室要经过谭林的办公室，看到他的屋子开着门，灯光大亮。她不想跟他说话，就蹑手蹑脚从他门口经过，没想到，她还是被谭林发现了。谭林说："苏小菲，请进来一下。"

苏小菲无奈，只得转身，走进谭林办公室。

谭林正在看着电脑上的表格，他转过头，问她："今天挑货怎么样？"

苏小菲说："还行。"

显然，这不是谈话的重点。谭林没有追究"还行"的意思，他叹了一口气，问："你看到戴金梅了？"

苏小菲点头，反问："您怎么知道的？"

谭林说："我就知道她不肯善罢甘休！前些日子，她为了专注做地毯，把她原先的竹制品客户都扔给了其他同事。现在大卫来了，我就知道她要闹事了！"

苏小菲知道谭林的意思了，她说："您放心，我不会跟她闹。还是那句话，客户是大家的，谁能抢到算谁有本事。"

谭林欣慰地抬起头，说："你能这么想，我就放心了。这个戴金梅实在不像话，不过我作为部门经理，也没法干涉啊。"

苏小菲说："对，反正都是您的手下，肥水不流外人田，谁做不一样？"

谭林急了："苏小菲，你这么说可就没良心了！别说我了，咱整个部门都知道你当年拿下大卫多么辛苦，戴金梅那些下三滥手段，我都觉得恶心！整个公司，谁不知道她？我对你怎么样，你不是不知道，你怎么能这么说呢？"

苏小菲笑了笑，说："老大，这怎么还急上了？我跟您开玩笑的。其实这一路上，我都在想这件事，后来我终于想通了。大卫跟我合作六年了，这六年我的部门业绩一直是第一，我赚了很多荣誉，也赚了一些钱。人啊，得知足，好事不能只一个人占了。还有，现在地毯不像以前了，特别是手绣地毯，产量越来越低，主要原因是手绣工人都出去上班了。现在工厂越来越多，找个工厂上班，一个月能赚一千多，在家里绣地毯，一个月赚不到二百元。年轻的绣工都出去了，剩下的绣工年龄都大了，再过几年，还有谁会在家里绣地毯？即使是萨瓦纳瑞也不行，除非价格再翻几倍，否则工人收入太低，就没人干了。这么一想，我倒觉得早早从地毯里脱身，也未必是坏事。"

谭林点头，说："这个事，不只是地毯行业的困境，所有手工艺品都面临这个问题。不过说这个话为时尚早，地毯在咱这个部门，还是一个大项目，你不能松懈下来。"

苏小菲点头，说："老大，我累了，我得回去休息了。"

谭林说："好，好好休息，别乱想了。"

第二天一早，苏小菲去酒店接大卫，大卫看到苏小菲，有些不好意思。苏小菲装作没看到，很正常地跟大卫打招呼，帮他提着箱子。

上了车后，大卫很少说话，只是手机一直在响着短信进来的提示音。昨天还没有这事，今天突然有了，很显然，短信应该是戴金梅发来的。

顾晓墨用中文说了一个字："贱！"

苏小菲咳嗽了两声，示意顾晓墨别乱说话。

还好，此后两天的挑货和下订单，算是一切照常。大卫也没有跟戴金梅下工厂收货，这让苏小菲有些感动。很显然，大卫是在尽力维护她的面子。

大卫临走的最后一个晚上，苏小菲请大卫吃饭。大卫一边喝酒，一边频频回复短信，看起来有些烦躁。

苏小菲说："大卫先生，我没看错您，您确实是正人君子。"

大卫脸红了，有一半是喝酒喝的。他笑了笑，说："也许吧。不过有些事情……我要请您原谅。"

苏小菲笑了笑，说："你们美国人提倡不干涉别人的私生活，我也同意这种观点。我们只是生意伙伴，又不是别的关系。只要您能从我这儿出货我就高兴。"

大卫喝了一口酒，说："当然，这个不会改变。不过我得告诉您，我要给戴下一个单子，她说如果没有我的单子，她在公司就没法做了，希望您能原谅。"

苏小菲点头，说："这个是您的自由，我自然不能干涉。"

4. 王蓉被骗

赵德海这些日子忙坏了，要到医院照顾父亲，要上班，还要在百忙中抽空到王蓉那儿去，忙得连叹气的时间都没有。

父亲的病问题不大，但是要住院治疗一段时间。公司生意还是那样，他想了几天，公司的职位还真不能扔了，无论如何，这是一份稳定的收入。况且，国营公司的工作越来越吃香，现在辞了，以后想回来可就难了。

于是，他就努力从公司又走了一单货，这单货量比较大，利润也很可观，暂时堵住了那些对他有看法的人的嘴。

在王蓉这一边，为长久考虑，他帮她开辟了一个新行业，当然这个新行业，是相对他在公司的业务而言。赵德海曾经有个客户跟他要过一批油画，为此，他往南方跑了几次，对这个行业多少有些了解。在他的印象中，这是个比较稳定，又比较轻松的行业，因此在客户又一次订货的时候，他就把组织货源的任务交给了王蓉，让她从头熟悉这个行业。自然，把关和报价，以及给画室报价格等问题还是需要他来最后定夺。

这些事，还真是够他忙活一阵子的。

王蓉非常积极地投入到了这个工作当中。客户还算不错，发了几次样品后，下了几个小单子。总体算起来，虽然没有什么利润，但是王蓉看到了希望，天天接收样品，发样品，忙得不亦乐乎。

赵德海每次去，看到王蓉忙碌的身影，青春活泼，充满活力，心里就会舒坦很多。在公司要面对那么多的是是非非，在家里要面对苏小菲的冷脸，还有母亲的眼泪，只有在王蓉这儿，他才能感觉到暖意和轻松。他从她这儿享受到了苏小菲所没有的热烈和无尽的柔情，就更加迷恋她了。

激情过后，冷静下来，两人也常常憧憬他们的未来。

这是个赵德海不愿意谈的话题，也是个不得不谈的话题。王蓉不想破坏他们的家庭，她只是想拥有他。她说她想在这个城市有一幢房子，有一个孩子，有一份自己的事业，再拥有他的爱，此生就没有遗憾了。

王蓉一边憧憬着，一边还用手抚摸着赵德海的胸膛，似乎自己的希望和未来都在那里面装着。赵德海看着她的小手有意无意地在自己的身上画地图，感觉心里暖融融的，有激昂，还有些彷徨。他爱她，她也爱他，可是，他们的未来真的能那么美好吗？

　　烟台还有几家做笤帚的公司，不过他们的工厂都在东北和新疆等地，路途遥远。以前赵德海跟这些同行很少打交道，现在为了王蓉，他请这些同行吃了几次饭，带他们去了一趟德丰，同行像发现了新大陆一样，很是高兴，连连给王蓉下了几个大单子。

　　王蓉很有意思，她截留了一部分利润，作为自己的开支费用，然后把单子转给了父亲。

　　生产的过程中，王蓉叫上赵德海，帮忙去看了一次产品质量。王蓉这些年接触了比较多的外贸从业者，懂得了做外贸的不易，因此对工厂的质量要求很严。最主要的是，王蓉做了一年多的厂长，对工厂的生产环节很熟悉，知道哪里容易出问题，她针对这些问题，又跟老厂长一起制定了各环节的生产标准。因此，王蓉接的单子，都很顺利地交了货。

　　工厂的产品质量大幅度提升，订单也越来越多，老厂长又把工厂进行了扩建，现在工厂的生产能力和规模，已经不亚于新疆的国营工厂了。老厂长很是满意，对王蓉也刮目相看，不但不骂她了，而且还特意拿出了一笔钱，给王蓉建了一幢带独立院子的三层小楼，以方便她带着客户和外贸公司的人回来时，有落脚的地方。

　　小楼建成后，王蓉带着赵德海和做贸易的几个朋友回来聚会，在这里玩了两天。三层小楼共有二十多个房间，娱乐功能齐全，有专门的咖啡厅和室内游泳池，院子里亭台楼阁，设施齐全。

　　晚上睡觉的时候，王蓉偷偷溜进赵德海的房间，两人抱在一起。王蓉跟赵德海商量，让他辞了外贸公司的职务，跟她一起经营这家工厂。当然，他们主要还是住在烟台，依靠烟台和青岛两地的外贸系统，扩大经营规模，厂子则由老厂长经营。现在厂子每年出口产值五千多万，如果他们合力，很快就能破亿。

赵德海知道，如果自己真的辞职了，那就再没有回头路了。他以在外贸系统可以更好地帮助老厂长为由，拒绝了王蓉的建议。

王蓉有些不高兴，起身回自己屋子了。

回到烟台后，赵德海继续一边忙着公司的业务，一边帮助王蓉拓展业务。王蓉花钱注册了一个阿里巴巴国际号，一边学习英语，一边在网上自行联系客户。

有一次，一个中东人联系她，说要订购笤帚，并且要来烟台看样品。

王蓉第一次联系到客户，非常兴奋，忙把此事告诉赵德海，让他陪着自己去机场接客户。

客户是夫妻俩，还带着一个孩子。他们告诉王蓉，他们是生意旅行两不误，来中国收购产品的同时，顺便带着孩子出来玩一玩。

两人请这一家三口吃了饭，王蓉还出钱，把他们安排在碧海大酒店住下。第二天王蓉和赵德海带着一家三口去了德丰看工厂，看完工厂当天赶回来，晚上又把他们安排到酒店住下。

夫妻俩提出让王蓉带他们去青岛玩一玩，王蓉反正闲着没事，就带着他们去青岛玩了一天。玩到傍晚，这夫妻俩却想在青岛住下了，说他们在青岛还有点业务，让王蓉先回烟台，等他们在青岛的事忙完后，他们再回烟台，跟王蓉签合同。

到了这时候，王蓉觉得他们有些奇怪了，不过她没多想，又花钱把他们安排住在了丽景大酒店，自己开车回了烟台。

晚上，她跟赵德海说起此事，赵德海想了想，猛然一拍大腿，说："我们被这家人给骗了。"

王蓉想不明白："他骗我们什么啊？咱又没给他们发货。"

赵德海说："在德丰工厂的时候，我就觉得有些奇怪。客户看工厂，一般都是专门挑毛病，害怕工厂的质量抓不好。这夫妻俩就会一个劲儿地说好，我看着就不像做业务的样子。这种所谓的客户，很多人遇到过，他们到中国来，就是来玩的，以做业务的名义联系中国的工厂，不过是为了骗吃骗喝。咱这几天，不但要管他们的吃喝，还把他们的住宿费给包了，几千块钱呢。要是我没猜错,他们在青岛还会联系一个业务员,让这个业务员当冤大头。"

王蓉恨恨地说:"这老外心眼也不少啊,他要是缺钱直接说一声,这么忽悠人不是招人恨吗?我找他们去!"

赵德海笑了笑,说:"算了,能用这招忽悠人的,都是没钱人,咱就权当做好事了。吃一堑长一智,以后注意点就行了。"

第二天一早,王蓉给那对夫妻打电话,已经打不通了。她打电话给酒店,酒店服务员告诉她,那对夫妻带着孩子,一大早就退房走人了。

王蓉气得直想笑。

5. 夭折的沟通

周五下午,苏小菲去了一趟仓库。从仓库出来后,看着天色还早,赶到公司也快下班了,苏小菲就去超市买了一些公公喜欢吃的东西,去医院探望公公。

婆婆回家取东西去了,公公看到儿媳妇特意在工作日来看望自己,很高兴,跟儿媳妇做了一番长谈。他说赵德海刚走一会儿,他也跟赵德海谈了,主旨就是要搞好家庭关系,孩子都这么大了,两个人工作也不错,好好过日子多好啊。他说他支持苏小菲去外面买房,如果需要,他会拿出自己的积蓄支持她,没有能力付全款,还可以贷款。古语说一日夫妻百日恩,你们夫妻这么多年了,即便有些问题,也要好好沟通一下,不能说散就散啊。

公公还以自己为例,说婚姻有时候需要忍耐,需要宽容。他如果不宽容自己的妻子,跟妻子离婚了,再结婚难道就会幸福吗?很难说啊。公公说到这里,苏小菲差点忍不住反驳他,如果她的婚姻像公公这么糟糕,早就离了。被婆婆那种人踩在脚下几十年,这是人过的日子吗?单身也比这么过好啊。

从医院出来后,苏小菲想了想,还是拿起手机,拨通了赵德海的电话。

她打定主意,自己不发火,不追究,跟他好言好语地说几句,权当给公公一个面子。

赵德海接了，问："有事吗？"

苏小菲说："没事就不能打电话给你了吗？"

苏小菲的口气比较温和，赵德海一愣。

苏小菲继续说："你在忙什么啊？我刚从医院出来，给爸爸买了一些营养品送过来。"

赵德海"哦"了一声，说："谢谢你。你有事就说，没事我挂了啊，我忙着呢。"

赵德海的声音有些敷衍，苏小菲觉得有些扫兴，说："怎么能没有事？我想说说咱俩的事。"

赵德海说："你想说什么？"

赵德海的话音不是太友好，苏小菲的兴致被他破坏得差不多了，但她还是忍耐着说："赵德海，我打算买套房子。我先声明一下，我没别的意思啊，就是觉得三代人住在一起，有很多不方便，你说呢？"

赵德海想也没想，直接拒绝了："我觉得没有必要吧，咱又不是没有房子，搬出来住，我妈会有看法的。"

苏小菲听到这儿，压不住火了，说："那我在你家，天天看你老妈脸色，我就不会有看法了？赵德海，你就不能为我考虑考虑？"

赵德海恢复了往日不耐烦的语气，说："好了，这个问题咱等见面谈，好不好？别浪费电话费了，我忙着呢。"

苏小菲说："好吧，要不今天晚上我回家，咱见面谈谈。爸爸跟我说了好长时间关于咱俩之间的事，我觉得他老人家说得有道理，夫妻之间应该多沟通，有问题一起解决，把家庭维护好才是最重要的。你说呢？"

苏小菲压着火，尽量用柔和的语气说话，期望能赢得赵德海的回心转意。

然而，赵德海依然不领情，他很决绝地说："我今天没空，晚上不回去！"

苏小菲很惊讶："晚上都没空？你晚上忙什么啊？"

赵德海恼了："苏小菲，你想干什么？"

苏小菲很诧异，说："赵德海，我就想跟你好好谈谈，没想干什么啊。"

赵德海说："好，好，我知道了。我问你，为什么我在家的时候，你不好好谈？我跟你说话你都不理我，现在却要好好谈？告诉你，我今天没时间！晚上也不回去！我得加班！"

赵德海说完，挂了电话。

苏小菲气得七窍生烟，气冲冲地搭车就去了赵德海的公司。赵德海的办公室在四楼，苏小菲坐了电梯上去，果然看到赵德海的办公室灯火通明。这让苏小菲有些愧疚，想打电话给他道个歉，又打消了这个念头。

她想既然来了，那就等等他吧，反正自己也无事可做，就权当在这儿消磨时间了。她下到一楼，在一楼卖小食品和书刊的一个小摊位前的椅子上坐了下来。卖东西的小店已经关门了，但是外面还余下几份报纸，她就随手翻着看。

不断有从楼上下来的人，从这儿走出去，也有人走进来，但是进来的人少，出去的人多。苏小菲拿报纸挡着脸，当有人从这儿出去的时候，她就用眼角扫一眼。这个大楼还有个进出的后门，管理人员下班后，就把后门锁了，现在这儿是进出的唯一通道。

苏小菲边看着报纸，心里边乐，觉得赵德海似乎变成了一条无意中进了陷阱的鱼，就等着她伸出网兜，去抓住他了。

但是，直到她把好几天的报纸从头翻到尾，看得自己瞌睡连连，人也走了很多，还是没等到赵德海出来。她看看手机，已经是夜里十一点多了。这是什么工作，这么忙啊。

她真想打电话问问。

干脆不看报纸了，她直直地盯着电梯间，期望赵德海出来。

肚子这时候响了起来，想了想，吃完饭已经三个多小时了。自己本来是吃得饱饱的，现在都饿了，赵德海的晚饭肯定是吃了包方便面将就了下，现在指不定饿成什么样了呢。

想到这儿，苏小菲就站了起来。她知道附近有家卖夜宵的小店，各种小吃都有，是加班族的最爱。她走出灯火辉煌的办公楼，走到了街上，走了大约几百米的路程，右拐，找到了那个小店，买了些赵德海喜欢吃的熏鸡翅，一个热乎乎的鸡肉夹心面包，还有一盒酸奶，就赶紧往回走。她想即使不下班，她也要把这些东西先送给他，让他吃些。

老远就看到大楼下涌出几个人，她一急，心说坏了，弄不好晚了呢。

苏小菲急急地朝大楼跑，离大楼十多米的样子，她看到赵德海从大楼里走了出来。他边走边打着手机，急匆匆地，跟身边的人摆着手，边说话，边朝大街走。

苏小菲看他急成那个样子，好像发生了什么重大的事情似的。苏小菲站住，略微犹豫了一下。就这一犹豫，她就看到赵德海已经走到了街上，站在路灯下，开始打车。

他这是去哪里呢？

苏小菲心里忽然涌上了不好的预感。她看着他拦住一辆车，记下那车的车牌后也赶紧拦下一辆车，让出租车师傅跟上前面那辆车。

那辆车拐了几个弯，出乎意料的是，赵德海在一个通宵营业的药店门口下了车，进了药店。出租车没走，在药店门口等着他。

买了药后，赵德海上了车，苏小菲让司机继续跟着他。

赵德海的车在一个小区门口停下了，他下了车，迈步进了小区大门。苏小菲知道揭开谜底的时候到了，也忙下了车，跟了上去。

开车的师傅大概知道了苏小菲的目的，在她下车的时候小声说："哎，小心点啊。这种事，麻烦着呢。"

苏小菲感激地朝他摆摆手，尾随着赵德海上了楼。

这不是苏小菲上次跟踪赵德海和他那个女朋友走进去的那个小区，这个小区比较新，楼房和楼道都很宽敞。在这座城市里，这个小区就算是比较好的了。难道那个女人就在这儿买的房子？或者是租房子？苏小菲心情越来越沉重，她知道，一个她非常不愿意看到的场面就要出现了。

手里的东西，她越来越觉得失去了意义。下车的时候，她就想把这些东西都扔到垃圾箱里去。可是，她还存着一丝幻想，万一不是那个女人呢？比方是他的同事或者朋友什么的。于是她跟着他一直到了四楼。赵德海停了下来，在门前摁门铃。一会儿，门开了，一个非常年轻的女生问："怎么这么晚？"

赵德海进了门，门关上，门里传来他关切的声音："蓉蓉，怎么样了？还发烧吗？"

苏小菲听到那个女的声音的时候，还抱着一线希望，希望再出来个男的，那就说明赵德海是给朋友帮忙来了，但是听到赵德海那一声"蓉蓉"，她的心就怦地跳了一下，然后似乎就不再跳动了。她的所有感觉，似乎也在刹那间全部失灵了。

她一动不动地在楼梯上站着，眼泪滴落下来，直接流进了脖子里，她感到了凉意，才知道自己竟然流泪了。

她恢复了知觉，一步一步走到赵德海进去的那个门口。她看着那扇门，看了好长时间，从楼上下来两个人，非常狐疑地看着她。

她其实打算砸门的，后来一想觉得没意思，就打消了这个念头。她把自己给赵德海买的那些吃的放到了他们的门口，然后，转身，一步一步地，慢慢走了下来。

6. 王蓉怀孕了

赵德海请了一上午假，带着王蓉来到医院。昨天晚上王蓉微微发烧，还呕吐了好多次，他怕她除了感冒外还有别的问题，就带她到医院看看。

这家医院，赵德海曾经带王蓉来过。那还是去年，当时王蓉是德丰笤帚厂的厂长，两个人的关系还处于刚刚有些暧昧的时候，王蓉顶着感冒发烧到赵德海的公司送发票，赵德海带她来医院检查。那时候，赵德海跟她开玩笑，说："王蓉啊，我一个大男人带你一个小女生到医院来，别人看见了，你说会怎么想啊。"

王蓉脸红了，白了他一眼不说话。赵德海看着她娇羞的样子，心里突然就激荡起来。那时候，他觉得如果她真能和自己有点什么，多好啊。这么健康年轻的身体，该有多么美妙。

现在，他已经得到了她的身体，却没有了当初那美好的感觉，有的只是隐隐的紧张和惶恐。

王蓉突然说："哎，你说，是谁一大早把鸡翅什么的放咱门口啊？"

赵德海说："弄不好是谁放错了地方吧？"

王蓉说："我怎么觉得不像是有人放错地方了呢？"

赵德海愣了一下，说："走吧，走吧，别胡思乱想了。"

赵德海推着王蓉朝前走，其实心里突然掠过了一个很让他害怕的想法，那不会是苏小菲给自己买的吧？因为塑料袋里的东西，他非常熟悉，都是当年苏小菲曾经给自己买过的，自己喜欢吃的。塑料袋的标识，就是公司楼下的那个小店。难道昨天晚上苏小菲去给自己买过夜宵，然后跟踪来到了这里？

他带着王蓉做着检查，心里却忐忑不安着。

检查结果一出来，赵德海还是有些转不过弯来。

王蓉拿着检查单，说："哎呀，怀孕了！"

赵德海"啊"了一声，才回过神来："啊！怀孕了？不可能吧！怎么怀孕了？咱都那么注意了。"

王蓉看赵德海这么说，不高兴了："你问我我问谁啊？你这人怎么这样说话呢，你的意思是，我这怀孕是跟别人乱搞的？"

赵德海意识到自己说错了话，赶紧补救，说："不是不是，我不是那个意思，我是说这事太突然了。"

王蓉却好像没有觉得突然，她看着赵德海，一脸幸福地说："我想把他留着，你说行不行？"

赵德海吓了一跳，说："那怎么行！坚决不行，咱这就去做手术！"

王蓉不高兴了，说："赵德海！你这人怎么这样呢？你是怕我赖上你还是怎么的？我早就跟你说过，我不会跟你老婆去抢你的，你没必要这么发神经，我把孩子生出来，是我自己的事。我有钱，我自己也能养活他，不用你操心！"

赵德海了解王蓉，现在她真的没有赖上自己的想法，但是以后呢？他不敢保证。孩子如果生下来，对于他来说，那就是个定时炸弹。他可以跟王蓉在一起，但是绝对不能让她把孩子生下来，生下来之后，他就没有退路了。

因此他说："我不是这个意思。咱现在还不知道下一步该怎么办呢，怎么能要孩子？"

王蓉认真了："我不管！孩子就是孩子，跟别的事没有关系！我一个人在这儿多孤独啊。你有时候两三天不来，来了也只是待那么一会儿，我这人热闹惯了，我就想要个孩子，跟我做伴，什么也不用你管，我自己能养活他。"

赵德海暗暗叫苦。王蓉钻了牛角尖，一时半会儿也扭不过来。赵德海想了想，觉得时间还长，不必忙于一时，因此就说："行了，不说了，这个以后再说。这样，还不到吃饭时间，咱们先找个地方玩玩吧。"

这个提议让王蓉非常兴奋，她忙说："好，好，我好长时间没去海边玩了，你带我去海边吧。"

海丰的海边风景优美，是这个城市的人们休闲散心的最佳去处。苏小菲公司的办公大楼紧靠海边。当年他追苏小菲的时候，两人常到海边沙滩上溜达，不用花钱，心情超好。但是这里人太多，遇到熟人甚至家人的几率很大，因此赵德海很少带王蓉来海边玩，可今天不同，为了让她高兴，以便说服她打掉孩子，赵德海硬着头皮，带着她来到了海边。

看到大海，王蓉高兴坏了，她跑到海边，让海风吹着，对赵德海说："如果你能天天带我来看海，该有多好。"

赵德海勉强笑了笑，说："没有那么多时间呢。"

王蓉理解地笑了笑，说："我吓唬你呢。就是有时间，你敢天天带我来吗？"

赵德海心虚地笑笑。王蓉突然有些伤感了，说："哎，对别人是很简单的事，对我却是奢望呢。"

赵德海看到有人撒网捕鱼，就凑过去看，王蓉也跟着走了过去。那人从容地收拾好渔网，看着一群小鱼儿游过来，稳稳地撒下网，慢慢把网拽上来，就有了很多长短不一的小鱼在阳光下跳跃着。

王蓉看得兴奋，说："这鱼肯定好吃。"

赵德海就凑上去，问人家卖不卖，抓鱼的说不卖，晚上准备佐酒吃呢。

赵德海遗憾地摇摇头，王蓉说："你这个傻子，我说好吃，也没让你去买啊。这种鱼市场上有的是呢，也很新鲜。你想吃吗？"

赵德海说："我倒不想吃，以为你想吃呢。"

王蓉说："我不想吃鱼。咱让画像的给咱画个像吧？"

离海边不远的地方，真的有人在那边坐着画肖像素描，一张十元钱。赵德海说："你画吧，我不画。"

王蓉非要两个人一起画，赵德海没办法，只好让画画的给他们画。

赵德海怕跟王蓉一起画像被人看到，所以低着头。画工不理解他，一次又一次地让赵德海把头抬起来。好不容易等人家把画像画完了，让赵德海看看画得像不像，赵德海看都没看，说："像，真像。"

王蓉却看到了很多不好的地方，让画工改一改，赵德海只得忍着。王蓉看出了他的样子，很不屑地说："看看你那点胆量，真让人瞧不起！"

赵德海又好气又好笑，等画工把画改完，付了钱，拉着王蓉就走。

王蓉白了他一眼说："赵德海，你看你那样子，你以为你是世界名人啊，人人都认得你？"

赵德海拉着她走了几步，悄悄抬起脚，轻轻地踹了她一脚，说："让你瞎喊，我就是世界名人，怎么着？"

王蓉受了一击，握紧了小拳头，狠狠地朝他捶过来："赵德海，你敢打我？"

赵德海早就有了防备，几步就蹿了出去，朝她哈哈笑。

王蓉追了几步没追上，无奈地笑了，说："好，赵德海，你给我等着。"

赵德海笑着说："等着呢。"

王蓉不追他，甩着手，边走边仰头看天，好几次差点跟人撞了。赵德海只好等着她走过来，拉着她的手，躲避着行人。

王蓉趁他不注意，捏住了他的耳朵，说："赵德海，你不是想跑吗？"

赵德海其实知道她会有这么一招的，但是装作没有注意到的样子，"哇哇"大叫着说："王蓉，你搞偷袭，不是英雄。"

王蓉说："滚，是你先偷袭的，你更不是英雄。"

赵德海趁她不备，把手伸到她胳肢窝，王蓉没防备，松了手。赵德海看看四周没人，趁机抱着她，狠狠亲了几下。此时的王蓉真是风情万种，赵德海看着都心痒痒了。

王蓉推开他，说："怎么现在不怕让人看见了？"

赵德海说："不怕。"

刚说完，他的手机响了，是苏小菲的电话。赵德海接起手机，苏小菲在那边冷冷地说："赵德海，我看咱们还是离婚吧。"

7. 演戏

苏小菲要跟顾晓墨一起去工厂。按理说跟单是顾晓墨的工作，顾晓墨要走的时候，苏小菲突然想出去转一转，就说："晓墨，我跟你一起去。"

顾晓墨有些惊讶，说："苏姐，你去干吗啊？我就下去看一看，督促一下，很快就回来了。"

苏小菲说："在家闲着难受，我出去散散心。"

顾晓墨说："我坐长途汽车去，没有客户，不能向部门要车。"

苏小菲说："这个无所谓，坐长途汽车我也去。"

两人打车到长途车站，下车的时候，顾晓墨偷看苏小菲。苏小菲说："丫头片子，看什么呢？"

顾晓墨说："苏姐，我看你好像有心事，有事你跟妹子说啊，别自己憋坏了。"

苏小菲苦笑，说："你以为我的心事，像你们小孩子间那些破事，说说就能解决？大人的事，跟老天爷说了也没用。好好看着路，别撞了人。"

顾晓墨闪开迎面走过来的人，说："苏姐，您别小看我的实力，我可是很会开导人的。"

苏小菲说:"那你留着实力去开导别人吧,我不用你开导。"

话音刚落,她的手机就响了。顾晓墨"呵呵"一笑说:"开导你的人来了。"

电话是张刚打来的。张刚问她:"在公司吗?"

苏小菲说:"没啊,在出差呢。"

张刚显得非常失望,说:"这么忙啊,以为你不忙,让你帮个忙呢。"

苏小菲问:"又是翻译资料?"

张刚说:"比那个重要多了,并且这个忙只有你能帮上。"

苏小菲迟疑了一下说:"那我可以不去出差,我下工厂也是闲着没事,出去散散心而已。"

张刚很惊喜地问:"真的?"

苏小菲说:"当然。"

张刚说:"那好,我马上去接你,你在哪里?"

苏小菲说:"我已经到长途汽车站了,你就别来了,我打个车过去,方便。"

苏小菲收了电话,对顾晓墨说:"不好意思,我不能陪你去了,有点事。"

顾晓墨"哼"了一声说:"不让你来你非要来,我这刚一高兴,路上有人做伴了,你又要走了。苏姐,你真是越来越不靠谱了。"

苏小菲拍了拍顾晓墨的肩膀,说:"回来我请你去吃韩国料理。"

苏小菲刚要打车,张刚又来电话了,让她在路边等一会儿,他马上开车过来,有些话他得跟她在车上说,在办公室说不合适。

苏小菲在路边等了一会儿,张刚开车过来了。

苏小菲上了车,张刚转过头看了她一眼,笑了笑说:"不好意思,耽误你工作了。"

苏小菲说:"没事,今天刚好闲着。说吧,你有什么事?"

张刚叹了一口气,说:"说实话,我觉得这件事挺为难你的;但是,这事比较敏感,我又不想让别人知道,所以只能找你帮忙了。"

苏小菲说:"你别啰唆这么多了,先把事说清楚吧。"

张刚说:"你还记得上次在我办公室见到的那个秘书吧?"

苏小菲笑了笑说:"记得。怎么了,你们之间有故事了?"

张刚摆摆手,说:"先不说这个。那个秘书是一位领导的亲戚,虽然是个远亲,但是人家也是亲戚啊。当初她来我公司,是领导找的我,我呢,也没亏待她。但是现在,这个女人有些贪得无厌了,很烦,有点恃宠而骄的意思。当然,我没有宠她,她可能觉得有领导撑腰吧,在公司里吆五喝六的,闹得大家都以为我跟她有一腿了呢。我很忌讳在公司里有这种事,但是这个女人好像以此为荣,有时候还真把自己当回事了,跟我蹬鼻子上脸的,弄得我很上火。"

苏小菲笑着问:"你是不是真把人给那啥了啊?"

张刚说:"不开玩笑啊。真那啥了我能跟你说这些吗?"

苏小菲说:"那就简单了,她是你的员工,多给她几个钱,打发走不就行了?"

张刚说:"你这人还是太幼稚了。我这生意,上面不能没人。也就是说,我绝不能得罪这个女人。还有一条,我不能把这个女人留在身边,她知道我的事越多,我就越麻烦。所以……哎,小菲,我说的你听懂了吗?"

苏小菲其实正非常认真地听着,张刚只能看到她的侧面,看到她专注地朝前看着,以为她没听到呢。

苏小菲说:"听着呢,你说啊。"

"我想让她从我这儿离开,但是,我不能去撵她。你懂我的意思吗?"

苏小菲说:"懂。"

张刚把车开进一家酒店的停车场,把车停下,轻轻地亲了苏小菲一下。苏小菲推开他说:"快说事吧。"

张刚说:"还有比较麻烦的是,这个女子对我有感情了,这我能感觉出来。所以,这事处理起来得小心。"

苏小菲"哼"了一声说:"这不正好吗?你们男人不正喜欢这样的吗?"

张刚摇头，说："别把我看得那么烂，我是有原则的。"

苏小菲笑了笑，说："主要是不敢吧？"

张刚白了她一眼，说："小菲，我是很严肃地跟你说这些。我想让你帮我一个忙，请你扮成我的情人，到我公司演一场戏，让她看到。然后，我再根据情况，进行下一步，当然，她能主动辞职最好。"

苏小菲点头，说："这招够损的。都说无商不奸，这话说得是真没错。如果人家女孩根本就不想对你怎么样，或者真的想一心对你好呢？你是不是太缺德了？"

张刚说："我没精力想这些。这么大的公司，这么多的人，我得小心再小心啊。有时候，看着那女孩，心里也怪可怜的，但是没办法，我想了半年了，我不能留这么一个人在身边。"

苏小菲说："你没有找对人，我这人不会演戏，你还是另请高明吧。"

张刚急了，说："我能请谁啊，这些事我还能跟谁说啊？我总不能连理由也不给别人一个，就让别人去假扮我的情人吧？再说，你已经在她的心里留下了印象，你去那是事半功倍。"

苏小菲惊讶地看着他："这么说，上次我们去你公司，你就想好今天了？"

张刚有些得意，说："下棋讲究要走一步看三步，做生意也是如此。这就是竞争。弱肉强食的生意场，如果我不多加小心，我这个公司早就被人吃掉了。"

苏小菲心里突然就冷了。难不成他和自己的关系，也是他设计的？自己在不经意中就成了他的棋子？

苏小菲还没想出个头绪，张刚就说："行了，别的以后再说。你今天去，需要做的事非常简单，你听我的就行了。"

8. 戏里戏外

苏小菲打扮一新。自然，这一身行头都是张刚给她买的。她平时穿的衣服都是适合职场女性的衣服，以黑灰色为主，没有那种颜色鲜艳的。张刚带着她去附近的专卖店购置了一身大牌时装，买了一副大墨镜。你别说，这一番打扮后，苏小菲照着镜子看了看，觉得自己真具有那种专门勾搭男人，破坏人家家庭的女人的气质。

她看了看张刚，张刚对她竖起大拇指。

张刚提了两个行动方案：第一个就是他先不回公司去。她呢，要硬闯到他的办公室外面的小办公室，也就是秘书的那个屋，大喊大叫找张刚，要有气势，要表现得很愤怒，小秘书不管说什么，她都不要搭理她，一直等张刚回去。张刚回去的时候要装作很无奈的样子，把她拉进他的办公室，演出就算结束了。

张刚的办公室很大，有卧室有洗手间有书房，书房里有电脑，她可以在他办公室一直玩到中午下班，等所有人都去餐厅吃饭，他和她趁机溜出来就行。但苏小菲不喜欢这个方案，因为她怕演不好。

第二个方案就比较简单了。

她来到他的公司后，要做出一副到了自己家的感觉，面对秘书挡驾要显得很气愤，要故意跟她吵起来。等张刚出来，她就要冲秘书喊："我来还要你通报啊？你算什么东西！"

张刚这时候，脸色要显示出不太好看的样子，要配合着说："怎么到这儿来了？"

苏小菲要不理他，挺身往里走，张刚呢，就要做出贱兮兮的样子，跟在她的屁股后面走进办公室。总之，怎么伤那姑娘的心就要怎么做。

苏小菲觉得第二个方案难度不是很大，就勉强同意了。

于是，她就先逛了一会儿商场，张刚先回去。苏小菲看着表，时间差不多了，就打车直奔张刚的公司。

在张刚公司楼下，看着公司那漂亮的大楼，她心里真是感叹万分。这大楼也有好友陈娜的一份功劳呢，现在要是陈娜还在，该多好。

刚迈开步子走了几步，苏小菲才想到自己今天的任务，自己要走出一个傲慢小三的步子，而不是一个急匆匆的公司职员模样。她想到自己其实也算是一个小三，却怎么也没有小三的那种心态。看起来，扮演这件事，心理素质还是蛮重要的。

在公司楼下，保安问她："你找谁啊？"

苏小菲"哼"了一声，说："我找张刚！"

苏小菲说完，就昂着脖子往里闯。保安想问她是谁，又不敢，只好跟在她后面，上了四楼。

那个看起来很靓丽的女秘书在老板办公室外的小办公室坐着，正怔怔地想着心事。苏小菲一看就知道，这位三十多岁、长得很漂亮的女子，正春心萌动呢。而下一秒，这女子却要尝到也许是人生第一次天崩地裂般的打击了。

苏小菲略微愣了一下，扶了扶宽边墨镜，朝里间走去。女秘书站起来，挡住了她的去路，很礼貌地问："您好，请问您找谁？"

苏小菲冷冷地说："我找谁关你什么事？张刚人呢？"

女秘书很警惕地抬起头，看着她："您找我们董事长有什么事？"

苏小菲按照两人拟定的台词说："什么狗屁董事长！他人在哪儿？"

说完这话，苏小菲就在心里念叨，张刚你该出来了吧？

可是张刚没出来。苏小菲没办法，只得按照剧本往里闯。让她没想到的是，女秘书寸步不让，强硬地挡在她面前，如果她再走半步，两人就会鼻子对鼻子了。

女秘书声音冰冷："请您先坐下等着，我们董事长现在没时间！"

女秘书的样子就像是护犊子的母豹子，不善与人冲突的苏小菲明显感觉到了她柔弱外表下透露出来的强硬。苏小菲能感觉出来，在这个女秘书的心底深处，对张刚还是有些真心的。

按照他们商定的，她还要说上一句小三的经典台词："你算什么东西！"

但是苏小菲的素养，让她总是说不出这句话，她只能硬着头皮，沉默地与女秘书对峙。

女秘书说："您告诉我，您是谁，我给您通报一声。"

苏小菲知道自己该说那句话了，一闭眼，咬着牙脱口而出："你算什么东西！我还用得着你来通报？滚一边去！"

话音刚落，张刚的房门就开了。张刚跑出来，对苏小菲说："哎呀，你怎么跑这儿来了？我忙着呢，你来这里干什么？"

苏小菲福至心灵，说了一句足以震倒两个人的话，她说："我怎么不能来？这大楼也有陈娜的一部分，除了她谁都没有权利阻止我！"

说完，苏小菲傲然进入张刚的董事长办公室。

张刚愕然地看看女秘书，女秘书一脸秋霜，木木地回到自己的椅子上坐下了。

张刚回了自己的办公室。苏小菲刚刚那话一出口，就后悔了。娘的，那算什么话啊，不着南不着北的。

她悄声问张刚："我说多了没有？"

张刚摇摇头，指了指外面，意思让她先别说这些。

两人没研究进屋后该说些什么，苏小菲看着张刚，就冷了场。

张刚坐下，大声问："你来干什么？"

苏小菲瞪了他一眼，没说话。张刚焦急地看了她一眼，苏小菲脱口而出："我来干什么你不知道吗？"

这话让张刚一愣，但是想想也不错，就捂着嘴笑了笑，说："我怎么知道？"

苏小菲还没接话，就听到外面的女秘书噔噔地走了，脚步急促，有着不加掩饰的愤慨。

苏小菲颓然坐下，长出了一口气。

张刚透过门玻璃朝外看了看，看到女秘书走了，也回来坐下，朝苏小菲伸了伸大拇指。

苏小菲说："行了吧？我得走了。"

张刚说："别忙，等到中午下班吧，现在走有点急了。"

苏小菲说："算了吧，我都好不容易演下来了，再演就露馅了。"

张刚坏笑了笑，说："怎么露馅了，咱俩的事又不是假的。"

苏小菲急了，说："那是一次偶然。"

张刚却走到她面前,脸几乎贴到她的脸上,双手揽着她的腰:"我觉得不是。"

苏小菲冷冷地说:"有些事顺其自然比较好。张总,我根本不想做你的情人。"

张刚捧着她的脸,说:"是吗?"

苏小菲看着他的眼,坚定地说:"我有我的生活,哪怕我的生活是失败的,我也不想跟你的生活纠缠在一起。"

张刚说:"你说得太对了,这就是我对情人的定义。我就喜欢你这样的。"

苏小菲问:"张刚,我不会是你制作的棋子之一吧?"

张刚说:"不是。你是天上掉下来的棋子。"

张刚伏下头,要吻她,被苏小菲扭头躲过了。

两人没听到女秘书什么时候回了她的房间,只听到张刚的门被推开,女秘书拿着文件进来,愣在了门口。

两人赶紧分开,扭头看女秘书。女秘书走出去,"砰"地关上了门。

苏小菲分明看到,张刚的脸上微微露出了笑意,他轻声说:"这下效果出来了。"

苏小菲起身就要走。张刚说:"中午一起吃饭吧。"

苏小菲冷冷地说:"我觉得你有必要请你的秘书。"

张刚问:"为什么?"

苏小菲说:"你打碎了她的一个梦。"

苏小菲扭身走了出去。正像张刚所说,效果真的出来了,女秘书似乎在抹眼泪,看到苏小菲出来,转过头看她,那恶狠狠的眼神,能杀死一头大象。

苏小菲没戴墨镜,看了她几眼,想笑,但没笑出来。

她就这样在女秘书像刀子一样的目光注视下,走了出来。

外面阳光灿烂,微风轻拂,她的心情略微好了些。她想到了昨天晚上看到的情景,就给赵德海打电话。赵德海接了,她说:"赵德海,我看咱还是离婚吧。"

赵德海问:"怎么了啊?"

苏小菲问他:"你昨天晚上到哪里去了?"

赵德海说:"我加班了啊。"

苏小菲问:"加班之后呢?"

赵德海一时没回答上来。

苏小菲说:"那我跟你说,赵德海,今天早上你和你的小情人开门出来的时候,看没看到一个放着鸡翅的袋子?"

赵德海还是不答话。

苏小菲说:"赵德海,人都有犯错的时候,连国道都要拐弯呢。我希望你拐个弯再转回来,没想到你顺着岔道越走越远。你说你还能拐回来吗?我看你不能了。生活没有对错,只有喜欢不喜欢。你既然喜欢她,喜欢现在的生活方式,你就要做出选择。我不能永远做你的挡箭牌,让你躲在后面寻欢作乐。你好好想想,给我回电话。"

说完,苏小菲就挂了电话。张刚刚好开车出来,苏小菲上了他的车,说:"麻烦你送我到公司吧。"

9. 我们离婚吧

赵德海接到苏小菲的电话后,就没有心思跟王蓉继续玩下去了。然而,王蓉兴致不减,赵德海只得陪着她,一直到王蓉筋疲力尽,两人才上车,开车回去。

在车上,赵德海接到妈妈的电话,让他赶紧到医院替一下她,她要回家一趟。赵德海这才想到今天上午他应该到医院去的,就让王蓉开车送他过去。王蓉问他:"我可以进去看看你父亲吗?"

赵德海忙说:"算了吧,医院可不是个好地方,你别进去了。"

王蓉也没坚持,把赵德海送到医院门口,就开车走了。在医院大门的另一边,苏小菲也从张刚的车上下来。赵德海看到了她,她也看到了赵德海。

苏小菲看着王蓉开着车走了，赵德海也看到了张刚开着他的豪车离开。两辆车擦身而过，张刚和王蓉谁也没看谁，但是苏小菲和赵德海却分别看着对方的车，直到看不到汽车的影子。

赵德海先走了过去，看着苏小菲。苏小菲也从大街上把目光收回，看着赵德海。赵德海先说："什么时候攀上了大老板啊，怪不得要跟我离婚。"

苏小菲冷冷地看着他，说："人贵有自知之明，看到自己的问题，才是重要的。"

赵德海说："这话我也应该送给你。你敢说，你跟他没有关系吗？"

苏小菲说："这个我不想回答。我还是那句话，人不能不犯错误，但是能不断修正自己的错误，就是对自己负责，对家庭负责。如果执意顺着错误的路线走下去，就会葬送家庭，弄不好也会葬送自己。"

赵德海说："我想修正，但是你得给我时间啊。"

苏小菲说："我已经给你了。"

赵德海说："我还没想好，怎么面对你和这个张老板的事呢。"

苏小菲叹口气，说："行，那你赶快想。"

赵德海整了整衣服，走进了医院大门，苏小菲跟在他后面也走了进去。

母亲正倚在门口，看着两人进来，难得地笑了，说："一起来了啊，我怕谁万一没时间呢，就给你们两个都打了电话。也没什么大事，就是看着输液吊瓶，待会儿输完液喊护士来。我回家一趟，你舅舅找我有点事。"

赵德海的舅舅在电力系统上班，是个老光棍，跟赵德海家来往不多。赵德海觉得如果自己在大街上遇到他，都不一定能认得出来。

母亲走了，两人一起进入病房。赵德海父亲在病床上躺着，脸色尚好。看到苏小菲，老人很高兴，让苏小菲吃这个吃那个。苏小菲曾经多次暗暗地想过，如果这个家庭没有婆婆，该是多好的一家人。公公和善，是个真正的长者。但是，在现实生活中，像公公这样的人，往往没有地位，没有威望。公公能像现在这样叫苏小菲吃东西，也得趁婆婆不在的时候，否则必然会遭到婆婆含沙射影、劈头盖脸的一通臭骂。

赵德海被父亲逼迫着，不得不给苏小菲剥了一个橘子递给她。苏小菲边问着公公的状况边吃着。

公公说了一会儿话，感到很累，于是睡了过去。苏小菲看着吊瓶的液体还多着呢，就想回去，于是背起背包站了起来。

赵德海问："你上哪儿去？"

苏小菲说："回去。"

赵德海跟着她走出来。苏小菲问："你跟着出来干什么？回去给爸看着吊瓶啊。"

赵德海蔫蔫地说："那天晚上的事，对不起，希望你原谅我一次。"

苏小菲恨恨地看着前方，说："赵德海，你觉得我们还有必要在一起吗？"

赵德海说："爸说得对，我们有时候要多沟通，要互相多包容。"

苏小菲打断他的话，说："咱俩从一开始就是个误会，我是活在陈娜的影子里。一开始也许你我都没有意识到这个问题，后来，我意识到了，只是自己不愿意承认，因为这是让我自己否定自己。你呢，不想破坏这个家庭，只是觉得没法跟父母交代，没法跟孩子交代。不过仔细想想，有什么呢？我在你的家庭中，本来就不受欢迎，你跟我离了，跟那个女生结了，说不定更幸福。现在的这种状况，我们都遭罪。"

赵德海说："我承认我自己有了外遇。不过，难道你和那个张刚，你们没事吗？我一眼就能看出来，你们也不干净。"

苏小菲冷冷地说："那就干脆离婚，都清静。"

赵德海想了想问："你真想离？"

苏小菲问："我们还有别的选择吗？"

赵德海说："那个大老板能把你当小老婆养着吗？"

苏小菲听赵德海这么说，揪心般地疼。她冷冷地回道："我的死活跟你没关系，但是，我希望你嘴上积德。"

赵德海恶狠狠地说："好，你不后悔就行。等我准备好了，我去找你。"

苏小菲说："别到公司来了，你打电话给我就行了。"

赵德海应了一声，转身回了医院。

苏小菲仰头看天，抑制住要掉下来的眼泪。

10. 辞职

王蓉生意做得比较顺利，当然，这主要是赵德海的功劳，王蓉心知肚明。王蓉再次鼓动赵德海辞职，跟她一起成立公司，做生意。

赵德海也一直在犹豫。他的同事在积攒了一部分铁杆客户后，都自己开了公司，赚了大钱。但是任何事情都是有两面性的，也有的因为项目不好，开了公司后，反而赔了钱。还有想重新开发新产品的，但是没有大公司做后盾，先期的投入，比方说参加国内国外的交易会等等，就成了很大的负担。新产品开发没有力度，就进入不了轨道，半死不活地吊着的，也大有人在。想想那些赚钱的，赵德海就心神荡漾，但是想到那些不幸者，他就感觉浑身冰凉。一热一凉中，辞职之事他就一直没有下定决心。

王蓉这么一说，他的心里也是颤抖了几下，不过也就仅此而已，颤抖过后就正常了。他是个没有野心的人，喜欢相对平稳的生活。

但是，没想到平稳的生活还是坚持不下去了。

他把客户挪出去做的事，终于让大老板知道了，部门经理又一次找他谈话，扣发一年工资，年终奖金也没了。

公司老业务员大都这样干过，但是都没事。赵德海不知道的是，别的业务员做了这种事，都要向部门经理贡献一点儿，这样即使日后让大老板知道了，部门经理也会帮忙掩护一下。赵德海吃了独食，跟部门经理关系又不好，让人家抓住了小辫子，当然得整你了。

赵德海回来跟王蓉说起这事，王蓉就再次鼓励他辞职。她自己做，工作不到位，也老是没进展，不如他辞职，两人一起干，赚钱多，业务也好开展。

赵德海一开始没有答应，只是有了这方面的心思。

但是到了公司，公司的另一个举动，实在是伤透了他的心。

第六章　大卫回来了　| 199

公司组织到北京旅游，来回需要一周。但是因为车坐不下了，需要淘汰三个人。公司有五十个人，赵德海以为无论如何也不会留下他，公司老弱病残太多了，很多人一年上不了几天班，照样领工资，这样的人，旅游就不用去了吧。

没想到平常上班一身病的人，听说旅游都浑身来劲了，谁也不让谁，公司领导很头疼。出发的前一天，公司公布了不能去的三个人，除了一个怀孕六个月的，再就是一个刚做了手术的，剩下的一个，就是他赵德海。

当部门经理满怀同情地跟赵德海宣布这个消息时，赵德海就明白，这个名额实在是经理努力给他"争取"来的。

他平静地等到下班，回到王蓉那儿，就跟王蓉宣布了他决定辞职。

公司同仁在北京旅游的那些天里，他买了电脑，置办了必要的办公用品，当然，也趁机从公司带走了一部分用品。等大家旅游回来，还沉浸在疲劳和兴奋中时，他一脸庄严地把辞职申请递给了部门经理。

部门经理可能早就盼望他的这个申请了，也没有犹豫，直接签字就上报了。

按照约定，他还要在公司上一个月的班，这一个月其实也就是来点点卯而已。

这个事赵德海没跟苏小菲说，都属于同一个系统，他估计她也知道了，但是过了好几天她也不问。周末回家，两人非常默契地都不说话，只是在没旁人的时候，苏小菲就催他赶快把离婚协议弄好。

公公已经出院，婆婆和公公似乎都感觉两人出了问题，一向很少跟苏小菲说话的婆婆也急了，特意问了苏小菲好几次。苏小菲让他们问赵德海，赵德海就让他们问苏小菲。

这等于说就是有事了。婆婆和公公选了一个周六，在两人都回来的时候，分别把赵德海和苏小菲叫到一个房间，单独审问。

苏小菲别的事没说，但是把赵德海辞职的事说了出来。

这件事对于婆婆和公公来说，简直就是个核弹。在国营工厂里工作了半辈子的父母，知道国营企业的优越性，听说儿子竟然擅自从国营企业辞职了，两人目瞪口呆，继而勃然大怒。

其实辞职的真正原因，苏小菲知道，但是她没说，她想给赵德海留点面子。

公公和婆婆质问赵德海为什么要辞职，赵德海一口咬定是为了多挣钱，没别的原因。婆婆留下公公继续审问赵德海，拉着苏小菲到一边，让她说实话，她儿子是否在外边有什么事。

苏小菲说这个不清楚。婆婆说："我怎么感觉你们这些日子很生分呢，晚上还做那个事吗？"

苏小菲没想到婆婆会突然问这个，只好说实话："没有。"

婆婆追问："多长时间没做了？"

苏小菲说："妈，您怎么问这个？"

婆婆说："这个事就是男人的风向标，要是很长时间不做了，那就是外面有人了！"

苏小菲说："忘了。"

婆婆当下断定儿子在外面有人了。婆婆虽然平时对苏小菲横挑鼻子竖挑眼的，此时却是知道应该护着哪头的，当下就去质问赵德海，是不是外面有人了。

赵德海一开始不承认，后来看赖不过去了，就骂苏小菲，意思是她无耻，这种话也跟父母说。

婆婆一句话就把责任揽了过去，说："苏小菲护着你呢，什么都没说，是我猜出来的。"

赵德海没话了。父母联合起来狠狠把他骂了一顿，非逼着他跟那女的一刀两断，以后每天晚上都要回家，否则，他们就不认这个儿子了。

为这个事一直闹了半宿，两个老人才愤愤地睡下了。应该说，苏小菲也不希望这个事让公婆知道，她有自己的处理方式。她知道公婆的这种做法，是无法限制赵德海的。

第二天一早，赵德海没吃早饭就走了。

等公婆听见开门声起来，问苏小菲："德海呢？"

苏小菲说:"走了。"

婆婆问:"昨天晚上你们说话没?"

苏小菲说:"没。"

婆婆问:"一句话都没说?"

苏小菲说:"一个字都没说。"

婆婆是个明白人,一拍大腿说:"麻烦了。"

婆婆赶紧就打儿子的电话,但电话关机。

一连好多天,赵德海的电话一直都打不通,他也不回家。

婆婆打电话给苏小菲,问她知不知道那个女的住在哪里。苏小菲说不知道。婆婆说:"你知道就说啊,我们去给你出气!"

苏小菲说:"我真的不知道。"

第七章　路上的风景

1. 苏小菲请客

因为大卫的单子，苏小菲成了公司里最忙的人，忙得连部门经理谭林都有些忌妒。因为很多时候，别的业务员都没事，捧着水杯到处闲逛，苏小菲和顾晓墨则忙得脚不沾地，谭林需要开个会什么的，都要和她们商议时间。还有的时候，两人实在太忙，他就要亲自出马，帮她们联系一下货代啊什么的。

苏小菲一个月的提成有时候能拿到两万块钱，谭林让她请客，苏小菲说好啊，没问题。结果谭林兴冲冲地到各部门宣布晚上苏小菲请客，别的业务员陡然就忙了起来，有的说要下工厂晚上回不来，有的说跟老公说好了去婆家，总之各种理由。最后，就剩下了谭林和顾晓墨。苏小菲说："都这么替我着想，怕我花钱啊。"

谭林遗憾地看着空旷的大办公室，说："哎，不就吃顿饭吗，这到底是怎么了？"

顾晓墨说："苏姐，你到底请不请啊？"

苏小菲说："请。丝毫不用怀疑这个，走！"

谭林开着车，拉着苏小菲和顾晓墨就走。

谭林边开车边问："苏老板，咱到哪里吃啊？"

苏小菲笑，说："谭经理，您什么意思，咱俩谁是老板啊？"

谭林呵呵笑："谁有钱谁是老板。我一个月赚三千，你赚两万三，顾晓墨也赚得比我多，你们两个都是老板。"

苏小菲笑了："这么势利？"

谭林说："当然了。君不见，只要有钱，就能有香车美女，就能有豪宅别墅。这老话说，有钱能使鬼推磨，某种意义上，钱就是一切啊。"

苏小菲说："打住。老大，你这扯得太远了啊。"

谭林说："我这不是举例子吗？对了，苏小菲，听说房地产老板张刚是你的好朋友，能不能让他帮忙，我好买套便宜房子啊？"

苏小菲一愣，说："朋友倒是朋友，不过人家未必能给便宜啊。我想买房，都没找他呢。"

谭林说："你没问，怎么能知道呢？你只管给问问呗？那么大的一个老板，给打个折还不是九牛一毛的事？"

苏小菲说："九牛一毛看给谁，咱跟人家也没什么交情，我看还是算了。"

顾晓墨凑了上来，说："苏姐，我看那个张老板上次来找你，对你很敬重的样子，好像你们不是一般关系啊。"

苏小菲转身恼怒地骂了她一句："什么不是一般关系啊？你说话用词能不能准确一点儿！"

顾晓墨赶忙解释，说："别误会啊，谭经理，还有苏姐，我的意思是说，你们关系比较好。"

谭林一听"扑哧"笑了，说："那不就一个意思吗？现在傍大款挺流行啊，苏小菲，如果你能通过这样一个形式，在本部门创造利益，比方让我们买房子都打个五折什么的，我们都支持你。网上不是说了吗？傍大款有理。"

苏小菲说："那你们都去傍吧，我可要下车了啊。你们这是诬蔑加精神虐待。哼，想吃着我的，还要欺负我，你们也太猖狂了。"

苏小菲作势要拉车门，吓得谭林赶紧说："算了算了，算我没说。我们开个玩笑罢了。"

苏小菲忍不住笑了，说："谭经理，你好歹是个领导，说话要有个领导的样子。"

谭林叹口气说:"屁领导,这些日子还不是沦为了你的打工仔。所以,今天吃定你了。"

顾晓墨嗤嗤笑。苏小菲骂她:"怎么了这是,生病了?"

顾晓墨说:"我是想到如果您帮买的房子打五折,我们就不用这么辛苦做业务了,直接贩房子卖多好?"

苏小菲没理她。谭林说:"最好是让人家直接给我们钱得了。别乱想了,资本家不是慈善家。"

这些日子,客户来了都是去"老船长"吃海鲜。苏小菲不喜欢那种地方,太有压迫感,适合暴发户去。他们去了一家平常不大去的看起来不起眼的饭店,菜做得非常好,菜品也齐全。饭店大厅还有驻唱的歌手,在轻轻地唱着歌。真是美酒佳肴,靡靡之音之地。

这儿是谭林的根据地,苏小菲是第一次来,她惊叹地说:"真有上世纪三十年代大上海的感觉。"

谭林说:"你太小瞧大上海了。上世纪三十年代的上海是国际金融中心,不但浮华至极,最厉害的是还有浓厚的人文氛围,国际大都市的名号,不是闹着玩的。别说在烟台这种小城市,就是现在的大上海也很难感到那种氛围了。那得有文化底蕴啊,现在哪个吃饭的地方有这种感觉?哈哈,就说这青楼女子吧,那个时代的青楼女子要讲究琴棋书画,傍大款也要看素质的。"

顾晓墨说:"这倒是真的,如果我也那么值钱,我也傍大款去。说实话,不就是一闭眼的事吗?"

谭林哈哈笑,说:"没想到现在小女生这么疯狂。"

顾晓墨说:"老板啊,您是不知道我们有多苦啊。我和我对象想买房子结婚。结果一算,买个最便宜的最小户型,也要我们两个不吃不喝干五十年,想想愁死人啊。我们两个的父母都在农村,哪有钱买房子啊?说实话,能有人给我房子,我还真豁出去了。怎么了?不就是被人骂几年吗?又不是骂在面前,按照存在主义哲学的说法,没骂在我面前,那就是不存在的。"

三人毫不拘束地聊着闲话，这时候，下午邀请众人吃饭时的尴尬已经完全消失了，苏小菲连喝了几杯酒，也兴奋起来，跟谭林猜起了拳。两人正闹得欢，顾晓墨突然扯了扯苏小菲，说："房子，房子。"

苏小菲埋怨她："乱扯什么啊。"

顾晓墨说："苏姐，您的那个盖房子的朋友，张老板啊。"

听说是张刚，苏小菲懵懂的大脑突然清醒了："盖房子的，在哪儿？"

2. 巧遇

苏小菲顺着顾晓墨的眼神看去，果然看到了张刚，他正和几个人边说笑边朝外走。几个人都挺随意，看来是几个要好的朋友一起出来吃饭。

张刚无意中一抬头，看到了苏小菲，突然一愣，稳了稳情绪，他还是走了过来，跟她们打招呼，说："呵呵，真巧，喝酒呢？"

苏小菲有些尴尬，说："张……张总啊，真巧。"

苏小菲把两人介绍了一番，张刚跟谭林和顾晓墨握手，说："同事能一起喝酒，说明关系好。我也是跟几个同学一起出来吃个便饭，等有机会，我请你们啊。好，你们慢慢喝，我先走了。"

三人跟张刚告辞，看着张刚和几个人走出门，顾晓墨叹息说："这还是人吗？这简直是一大片房产啊。人也这么帅，能给这样的人当个情人，我也心甘了。"

谭林说："别那么没出息了。你们这些小女生，根本不会欣赏男人，看见有钱的，就觉得魅力无穷，这是你们的拜金观念在作怪呢。"

顾晓墨白了谭林一眼说："我觉得啊，现在这没钱的男人不能算真正的男人。知道一个词吧？美女爱英雄。您知道为什么古代的美女爱英雄吗？因为古代的时候，男人有力量就代表着强悍，代表着安全，代表着更多的猎物和吃的，也就是说，在古代的英雄，其实跟现在的大款是同一类人，都是社会精英。所以啊，我们这个拜金观念还是延续着古代传统呢。"

苏小菲听了顾晓墨的辩解，禁不住笑了，说："真能胡扯。别给文化丢人啦。当小三还当出文化来了，那天下小三岂不都是文化人了？"

顾晓墨说:"苏姐,您说得太对了。如果这个张刚能发展我当他的小三,我马上跟我那个男朋友拜拜。想想就没有希望,我们的那个日子能叫生活吗?"

苏小菲不由地想到了自己,感到了别扭,就说:"别胡扯了,来,吃咱的。"

但是,因为张刚的出现,三人的兴致完全跑偏了,刚刚还都对眼前的美味佳肴觉得很满足,现在却提不起精神了。谭林和顾晓墨的话题都转移到了张刚身上,张刚的一切,都让他们无比地向往,那是一种跟他们所见到的截然不同的生活,想想就令人心驰神往。

苏小菲想转移话题,就举起酒杯,对两人说:"说别人干什么呢?喝酒,喝酒。"

说完,苏小菲把一杯酒一饮而尽,直看得谭林和顾晓墨连连惊叹,两人都端起了杯子,说:"喝酒,喝酒。"

喝了两杯,谭林兴致上来了,非要跟苏小菲连喝三杯。苏小菲还是很清醒的,说:"老板,您是男的,正确的比例,是您喝两杯我喝一杯。要我喝三杯,您就得喝六杯。"

谭林说:"不行,这个月我才几千元工资,你两万多啊。我看,应该你喝两杯才对。"

苏小菲说:"不,您喝两杯,否则本美女不陪您喝了,让晓墨陪您喝饮料去。"

顾晓墨说:"对,老板,我喝饮料。我一杯,您一杯。这样可以了吧?"

谭林说:"那你得喝啤酒。"

顾晓墨笑了:"啤酒?我喝一杯,您喝一杯吗?"

谭林的酒量也就是两瓶酒,现在两瓶基本喝光了,刚好。顾晓墨喝啤酒也能喝两瓶,现在喝,谭林肯定顶不住。

谭林不知道哪根筋搭错了,没算过账来,说:"好,你一杯我一杯。"

顾晓墨站起来开了瓶啤酒,刚要给谭林斟酒,突然愣住了。

谭林看着她拿着酒瓶抵着他的杯子,人却像是被孙悟空施了定身术一般，一动都不动了。谭林有意见了，对她说："喂喂，干什么呢，看见帅哥了还是怎么了？"

顾晓墨还是一动不动。

谭林就觉得太奇怪了，顺着她的眼神看去，也定住了。

苏小菲看着两个脑袋那么一致地朝一个方向看，嚷嚷道："怎么了，怎么了都？见鬼了是怎么的？"

两人不理她。她顺着他们的眼神看去，也愣住了。

可不是见鬼了吗？赵德海搂着王蓉，腻歪地从外面走了进来。

苏小菲拿着酒杯的手松了，酒杯"啪"一声掉在了桌子上。幸运的是，因为离桌子近，酒杯没碎。

这是第一次，她正面看到赵德海的"女朋友"。她的相貌可以用四个字来形容：貌美如花。并且这花是牡丹花，热烈艳丽，且细腰丰臀长腿，极尽妖娆。

别说是男人了，就连苏小菲都能感觉到，那青春的身体里透出来的魅力。

谭林边看，喉结边蠕动着，应该是在下意识咽着唾沫。顾晓墨则说："这女生长得，啧啧……"

他们一开始也是惊异于苏小菲的男人竟然搂着别的女人，现在则变换了目标，惊异于这女生的漂亮了，好像这样漂亮的女生就应该勾搭别人的老公似的。

苏小菲看着两人腻歪着，朝他们这边走过来，心里真有万箭穿心的感觉。不只是疼，疼成了次要的，苏小菲把自己的耻辱如此一览无余地展示给好友和上司看，等于让他们看到自己内心深处血淋淋的伤口。那伤口艳丽，却有着说不尽的耻辱。

她内心深处呼喊着：赵德海，赵德海，你饶了我吧，饶了我吧。

终于，赵德海也看到了苏小菲，他愣了片刻，赶紧松开了王蓉的手，自己朝着苏小菲这儿走了几步，似乎觉得不妥，又转身回去，扯着王蓉就走出了酒店。

王蓉似乎非常不情愿，边走边朝后看。

直到两人没影了，苏小菲心里才松快了些，她颤抖着手，拾起酒杯。

谭林和顾晓墨一起转过头看着她，两人都不知道说什么好，都垂着眼不说话。苏小菲心里却感觉没有那么沉重，因为早就知道这件事情了，今天无非是一睹庐山真面目而已。

所以，她端起酒杯对谭林说："喝酒啊。"

谭林"哦哦"了两声，端起杯子，看着苏小菲。

苏小菲感到屈辱，是那种把自己最隐秘处的伤疤亮给别人看的屈辱，所以眼泪哗哗地就流了出来，很悲痛。

她说："我先干了哈。"

说完，一仰脖，一杯酒一饮而尽。

顾晓墨"喏喏"着说："苏姐，您没事吧？"

苏小菲粗鲁地骂了一句："去他娘的，我能有什么事！我好好的。"

谭林和顾晓墨又陪着她喝了几杯，苏小菲实在忍不住了，她起身去了卫生间，把自己关在里面哭了一会儿，感觉好了些，才洗了脸，走出来。

谭林说："好了吧，咱不喝了，走吧。"

苏小菲说："不行，我还没过瘾呢，再喝一会儿。"

谭林说不能再喝了，明天还得上班呢。顾晓墨上来拉着苏小菲就往外走。苏小菲心说，你们以为我真的疯了呢。上了车，两人小心翼翼把苏小菲送回公司宿舍，才各自回家。

苏小菲在床上躺了一会儿，脑子太兴奋，睡不着，她从床上爬起来，跑下楼，到街上乱逛。初秋的夜晚，微凉的夜风轻轻拂过，使人感到些凉意。苏小菲脚下生风，兴奋地顺着大街走，真有一种天下舍我其谁的感觉。很奇怪，她好像没有感到悲伤，而是觉得兴奋，想跟人干架，什么地痞流氓小混混，她现在感觉都不在乎他们。为了证明自己的威力，她还特意到那些黑暗的没有人走的角落去，她倒期望出来一两个小流氓，自己没带钱没带卡，只有一个破手机，她从地上捡起一块砖头，觉得对付三个两个小混混是没有问题的。实在不行就被人家抓住。她身上没带钱，只有被劫色了。那有什么？谁怕谁？

但是，今天的小混混们似乎被她的威风吓怕了，她走街串巷往他们眼前送，竟然一个出来的都没有。

她心里暗暗鄙视他们：一群胆小鬼。

倒是有几个似乎是小区保安一类的老头跟着她好长时间，她对此非常懊恼，可千万别让他们抓住，被他们抓住后，都是送派出所，弄不好惊动公司领导，就更让人笑话了。还有呢，如今摄像头到处都是，万一自己拎着砖头到处晃荡的形象，被警察注意到了，到时候被抓住，自己怎么辩解？能说是想找那些小痞子为民报仇吗？万一人家以为自己是女流氓或者干脆认定是抢劫犯呢？

想到这里，苏小菲惊出了一身冷汗，赶紧把砖头扔了，斗志昂扬的劲儿也没有了，一路仓皇逃了回去。

3. 尴尬的戴金梅

大卫再次来到烟台的时候，没让苏小菲去接他。大卫这人还算敞亮，在北京落地的时候，就把自己的行程告诉了苏小菲。他告诉苏小菲，戴金梅现在跟他在一起，两天后，他会到烟台，因为跟戴金梅在一起，因此不适宜让苏小菲接机。不过到了烟台后，他会马上通知苏小菲，让她带着自己下工厂。

苏小菲没有选择的权利，只能听从大卫的安排。当然，她也开始提前给自己做万一大卫像皮特一样，不跟自己合作的心理建设。

男人，善于用下半身指导大脑思考，这个苏小菲非常明白。

好在大卫还是讲信用的，他来到烟台的当天晚上就给苏小菲打电话，把住的酒店告诉了苏小菲。苏小菲试探性地问他，晚上是否可以请他吃饭，大卫很干脆地说："当然可以。"

苏小菲到了酒店，和大卫一起来到酒店餐厅，大卫点了几个菜，要了几瓶啤酒，两人边吃边聊。

大卫直言不讳，说："那个戴，是个可怜的女人，她刚搞定了皮特，皮特走了。她又找到了我，没办法，我只能给她一些订单。"

苏小菲笑了笑，说："你们之间的烂事我不想听。"

大卫尴尬地笑笑，说："当然，就像您所说的，男人，是让人讨厌的动物。"

苏小菲说："大卫先生，您要是不提起这个话题，我今天根本就不想谈这个事。我们公司的那个戴小姐，先是跟了皮特，现在又跟了您，您……这个不觉得有一点点恶心吗？"

大卫点头，说："略微有一点点。不过，戴小姐是很性感的。男人有时候会被欲望所困，她是解决我们困境的人。苏小姐不同，苏小姐是高贵的，是只能做业务的。苏小姐放心，我跟皮特不一样，我的主要业务还是在您这儿做，我只是让戴小姐做一些二百道（一种地毯制作工艺）和丝毯（一种地毯制作工艺）。"

苏小菲明白了，说："大卫，您想把二百道和丝毯都让戴做？"

大卫摸了一把脸，说："不会，只是一小部分而已。戴做业务，我不放心。"

至此，大卫把他和戴的关系以及之后的走向，算是向苏小菲做了一个交代。说穿了，戴金梅事实上成了大卫的情人，大卫则给她提供一部分订单，双方算是你情我愿。

苏小菲长出了一口气，她最为担心的问题算是解决了。她突然有些可怜起戴金梅来，这个可怜的女人，不过是人家的一个玩物罢了。

苏小菲带着大卫下了几天工厂，大卫挑了一些货，又下了一部分订单，便回了美国。在这期间，他跟着戴金梅去了一趟鄄城，也挑了一些高道数地毯。

大卫给戴金梅的订单，显然不符合她的预期。大卫走后，戴金梅一直脸色阴沉，每天来上班，也是来去匆匆，中午都是点外卖，连公司提供的免费餐厅都不去了。

苏小菲因为业务量做得太大，遭到了公司其他业务员的孤立；戴金梅与皮特和大卫的事传遍了整个公司，愿意与她交往的人也变得很少，她同样遭到了众人的孤立。苏小菲觉得这事挺有意思，与顾晓墨经常讨论这事。

顾晓墨告诉苏小菲，戴金梅现在也开始做服装了，去挖服装部的一个德国客户，又遭到服装部的抵制。有一次服装部的几个人，在她走出大楼后，把她截住，狠狠地骂了她一顿，就差挨揍了。

苏小菲突然有些觉得戴金梅真是可怜。这个女人，紧紧盯着别人的成绩，想从别人身上挖下一块肉来，就没有想过通过自己的努力，去寻找几个大客户。

顾晓墨是个快人快语却心性善良的人，她叹了一口气，说："苏姐，这个戴金梅英语比我棒，业务也比我好，连个客户都挖不着，我们这些人还有什么希望啊。"

苏小菲感到有些奇怪："怎么了这是，跟着我混不上饭吃了？"

顾晓墨说："不是啊姐，我现在靠着您吃饭，我不能一直靠着您啊。咱部门有时候还进行三级部门调整，万一把我调到别的部门，我连个客户都没有，还不让人欺负死？大客户就这么多，基本都让你们给瓜分完了，我们这种小虾米想抓条大鱼，还不跟做梦一样？前些日子，戴金梅打电话给我，被我臭骂了一顿，不过她的话也有点道理，我这些天一直在琢磨。"

苏小菲一愣："她说什么了？"

顾晓墨说："也没说什么。她说她一开始就知道，公司的人都在骂她什么，她说她不在乎，她在乎的是她没赚到钱。她说咱们这些业务员最善于攀高踩低，只要能赚到钱，就会仰视你。谁还真比谁高尚？她说在咱公司里，她最佩服苏姐，但是有几个人能有您那么幸运？在烟台做外贸的人那么多，做地毯的也不少，但就您有个大卫。其实仔细想想，这个戴金梅看事看得很透彻，身为业务员，却赚不到钱，这根本不是道德廉耻的问题了，而是丢人现眼的问题了。"

苏小菲拍了一下顾晓墨，说："晓墨，你脑子是不是进水了？没错，这个行业确实有很多问题，但是这跟我们个人的心理建设，没有太大的关系啊。至少我个人这么认为，人还是要有底线的，而这个底线，正是维持这个行业正常运转的基础。当然，很多时候不光是普通人甚至有大人物都会失去这个底线，但是，如果他们的行为过于疯狂，终究会自己倒霉，会在行业本身的自净行为中被淘汰掉。当然，有人愿意舍掉自己的道德和尊严去换取这种短期利益，这个要看个人对于两者之间性价比的看法。我坚持要有底线，这是无价的。如果做人没有了底线，早晚会葬送自己，除非他中途刹车，或者另换一个赛道重新开始。"

顾晓墨点头，说："苏姐说得也有道理。有一件事，苏姐，戴金梅要请您吃饭，向您道歉，您答应还是不答应呢？"

苏小菲很干脆地说："不去！跟她吃什么饭啊，毫无意义。"

4. 李小小的生意

李小小闲着没事，入职了一家保险公司，却连着几个月都没有做成一单业务，好不容易联系上一个大客户，是一家公司的老板，谈得差不多了，这个老板非要请她吃饭。李小小打电话给苏小菲，让苏小菲陪她一起赴宴，在广东鲍鱼酒家。

苏小菲以为是李小小请她吃饭呢，很惊奇，说："小小，你又是哪根神经水肿了，怎么要请我去鲍鱼酒家？那是咱吃饭的地方吗？"

李小小说："不是我请你，是有人请我，你陪我一起去。"

苏小菲断然拒绝："那我不去。有人请你，你为什么非要叫上我啊？多惹人厌？这不是糟践我吗？丫头，你安的什么心啊。"

李小小说："苏姐，你听我说，是一个公司老板要请我吃饭，他说要买我的保险，他不但要给自己买，还要给全公司的人都买。我不用跟你说，他一共能买多少钱的，反正如果这笔生意做成了，我的提成差不多有五万块钱。"

苏小菲惊讶了："哦，这么多，李小小你发了啊。"

李小小说："这不还没定吗。今天中午那个老板说请我吃饭，说有些条件要谈一谈，如果谈妥了，他当场就签合同付款。"

苏小菲说："这不成了吗？那你还叫我干什么？"

李小小说:"可是我感觉他好像还有别的想法,我让你跟我一起去,就是关键时候替我挡一挡啊。要是我自己,我都不知道该怎么办了。"

苏小菲说:"你傻啊。如果他是想跟你发生点关系,我去了绝对没戏;但是,如果他没有这种想法,我去也没用。所以,你说我去干什么?"

李小小说:"可是,如果我不想跟他有关系,他却强逼着我呢?"

苏小菲说:"那你就报警啊,多简单的事。"

李小小说:"我怕到时候来不及呢。苏姐,这个单子这么大,你就帮帮我吧,帮我把握一下。"

苏小菲想了想说:"好吧,不过我估计我去不但没有益处,反而会起到反作用。李小小,要是这个单子砸了,你可别怪我。"

李小小说:"哪怕单子没做成,我也绝不能做对不起王伟的事。他在外面吃苦受累,我不能让他心不安。"

苏小菲说:"好,那我就跟你去一趟。"

跟李小小说完话,苏小菲看到还有一个未接电话,是婆婆打来的,就给她回了过去。婆婆说:"昨天晚上赵德海回来了,但又被你爸骂走了。"

苏小菲问她:"他是一个人回去的吗?"

婆婆说:"是,一个人回来的。"

苏小菲说:"有一次我们部门出去聚餐,我看见他了,和那个女的在一起。我和同事在饭店吃饭,他和那个女的一起进来了。"

婆婆急问:"你没骂他吧?"

苏小菲说:"没有。他看到了我,转身拉着那个女的走了。"

婆婆好像长出了一口气,说:"小菲,虽然德海做了对不起你的事,但他终究是你丈夫,人都会犯错,但是改了,还照样是好好的一家人。当着别人面,咱不能让男人下不来台,否则,会越闹越僵,没法收场。"

婆婆的话让苏小菲感觉非常不舒服,好像她欺负了赵德海似的。她说道:"妈,您这是什么意思啊?我那天晚上根本没说什么,还离那么远呢,他就转身走了。"

婆婆说:"我知道。我就是嘱咐你,德海迷了路,咱们得努力帮助他,让他重新做人。我是过来人,知道这事应该怎么处置。"

苏小菲口不应心地答应了一声,挂了电话。

来到饭店,李小小已经站在门口等她了。

苏小菲随着李小小来到雅间。雅间很豪华,有个单独的小客厅,小客厅旁边有个门,苏小菲推开一看,里面竟然还有床。床铺得整整齐齐的,床头柜上,有卫生纸,还有避孕套。苏小菲看着虽然小,却显得很豪华的小房间,说:"这老板,想得倒很是周到。"

李小小说:"我怎么越来越觉得心慌了呢?"

苏小菲笑了笑说:"看来这个老板还真是舍得下本钱,这个房间,别说吃饭了,光房费也得五六百元钱。"

李小小说:"这个房间据说是一个上市公司常年包着的,李老板是跟人家董事长关系不错,才能到这儿来吃饭呢。"

苏小菲说:"小小,这个老板看来没安好心啊,你要做好心理准备。对了,你跟他说还有我吗?"

李小小说:"嗯,说了。我说你是我的上级,为了有些工作便于请示,就把你叫来了。"

苏小菲笑了:"这话说得还不错。"

李小小说:"总得给人家一个说法吧。苏姐,我矛盾着呢。那么大的一个单子,我昨天晚上觉都没睡好。可是如果要我陪他那个,我还真不能那么做。我不能对不起王伟,他走的时候,我发誓绝不做对不起他的事的。哎,您说,正儿八经拉个业务,怎么就这么难呢?"

苏小菲说:"这可不是个小数目啊,你不付出点什么,人家能轻易给你?这么大的一个老板,不知道有多少人找呢,人家不可能把好处白白给你啊。"

李小小问:"苏姐,如果您处于我这个位置,您会答应他吗?"

苏小菲想了想,笑了笑,说:"不知道。"

李小小说:"反正我现在是不能这么做的。"

说了没几句话,那个李老板已经来了。李老板有五十多岁的样子,穿戴很齐整，显然对这次约会很是重视。看到李小小和苏小菲两人，李老板大步走过来，伸出手寒暄道："哈哈，小小真不错，还给我带了一个美女来，真想不到啊。"

李小小一看到他，就会感到紧张。苏小菲暗暗叹息，做了这么长时间的保险业务了，应该说也算见过些人物了，怎么小小还是一个毛糙丫头的样子，怪不得人家想吃你豆腐。

李小小说："李老板，介绍下，这是我最好的朋友兼领导，苏主管。"

李老板装作不经意地看了苏小菲两眼。苏小菲能感觉到那两眼他都是暗中铆足了劲儿的，那眼神像钉子似的，打得她脸都疼。就这两眼，短短的三秒钟时间，苏小菲敢断定这个李老板是个心机很重的人，并且今天来，他是有着不可告人的目的。

李老板招呼她们坐下，问苏小菲："这个房间还可以吧？"

苏小菲说："当然了，这差不多是咱这个城市最好的房间了吧？近处能看到公园，远处能看到大海，房费很贵吧？"

李老板说："这不是这个酒店最好的房间，最好的在六层，那几个房间角度最好，视野开阔，可惜被别人订去了。我跟酒店董事长是老乡，曾经商量让他出面，弄个房间给我，可那老小子说啥都不干，说有徇私嫌疑。呵呵，想当年，他在一家小酒店当大堂经理的时候，穷得买不起房子，跑到我家里借钱，拎着一瓶一百多元钱的酒，像抱着个宝贝似的。现在却跟我摆架子，唉，他好几次叫我喝酒，我都不去。怎么了？当个大酒店的董事长就了不起啊！"

李小小瞬间瞪大了眼睛："李老板，您那么厉害？这家酒店在全省都叫得上号啊。人家董事长叫您喝酒，您都不去？"

李老板呵呵笑了笑，说："听说过小伟这个人吧？"

李小小说："不知道。"

李老板故作隐秘地笑了笑，说："人家的父亲可是世界五百强企业的老总，是谁我现在不能说。小伟，刚在咱们城市的东区拿下了一百多亩地。再过三年啊，咱这个城市最大的开发商就不是张刚的公司了，而是人家小伟的公司了。当然了,人家小伟不能出面,人家还有大事,但是他会委任个总经理在这里干着。我说,你们知道我跟小伟的关系吗?"

苏小菲和李小小都摇了摇头。李老板突然严肃了,说:"这个还真不应该说。小伟那样的人,前途无量啊,弄不好将来也是世界五百强企业的掌门人。"

就这么几句话,苏小菲就知道这个李老板是一个吹牛不上税的人物。苏小菲为了引出他的底牌,特意顺着他的话说:"那就别说了,别泄露机密大事。"

李老板朝着苏小菲竖起大拇指:"看看,苏主管一看就是个有城府的人,这种事不能乱说的,但是在咱这个城市,我跟小伟的关系是最好的。好到什么程度呢,去年小伟没有钱买钢筋了,一个电话就把我叫了去,又是吃饭又是……哈哈,反正就那些事。那些姑娘,都是从外地调来的,那身材模样,真是国色天香。我们一起玩了一天,呵呵。"

李小小偷眼看了看苏小菲,可能她也觉得这个李老板的话有些过了。苏小菲板着脸,似乎认真地在听李老板海吹。

5. 李老板的想法

李老板说:"你还别说,幸亏我借了三千万给他。虽然钱不多,但那是雪中送炭啊,帮了小伟一个大忙。人在关键的时候,要懂得投资技巧。当时我给小伟三千万,借条都没要。现在人家小伟发了,有了地,这地皮就是黄金啊,每一锹土,都是钱啊。人家就对我说,李哥,缺钱了,跟我说一声,多了不敢说,一个两个亿的,随时有。"

看着苏小菲和李小小的脸上有些冷漠,李老板适时结束了话题,说:"咱闲着没事,瞎吹啊,瞎吹。您两位,可都是女中豪杰,年轻,以后的天下,是你们的天下。"

苏小菲没话找话,问:"李老板是做什么生意的?"

李小小忙替李老板说:"李老板是做钢筋生意的,咱海丰的建筑,大部分都用的是李老板的钢筋。听说城市搞规划,都要征求他的意见呢。"

苏小菲听着李小小明显有些巴结地吹捧，心里感到难受，但是她知道这是她们做这个行业必不可少的基本功，就忍着听他们继续说下去。

李老板是个人精，他似乎感觉到了苏小菲的反感，就停止了吹牛，跟苏小菲套近乎，问她："苏主管，你们这个行业不容易啊，您得多提拔提拔李小小，让她赚得多一点儿。"

苏小菲一愣，突然想起来，来的时候，李小小跟她说过，她跟李老板说，跟她一起来的是部门主管。

苏小菲只好说道："是。我们这个行业，都很辛苦。"

李老板严肃地说："每个行业都有存在的必要，有些人说卖保险的都是骗子，我不同意。行业不分孬好，我这个行业多年前也是亏一阵赚一阵的，我们当时做这个生意的，很多人都是赔钱太多，甚至跳海的都有。我那几年连个要饭的都不如呢。所以说，行业没有好坏，能找到窍门，坚持下来，就是好汉。"

这几句话说得中肯。苏小菲不得不佩服，这些大老板，即便是如此轻浮好色之徒，也都是风里浪里闯过来的，肚子里多少有些干货。

李老板话锋一转，说："做任何事只要努力，从各个方面去想办法，总会成功的。你看像我们当初那帮人，坚持下来的，都成功了。当时要是坚持下来，遇到好行情，钱都是往家里送的，没坚持下来的，就很潦倒了。就像你们这个保险，是个很好的行业，做好了也不容易。所以，我要帮助李小小，帮她将这个生意做下去。"

李小小一听这话，变得很高兴，连说话都发嗲了，说："我就说吗，李老板是个好人。"

李老板喝了一口茶，说："呵呵，那是。我如果有能力帮助他人，肯定是不遗余力的。在这个社会中，就要互相帮助，互通有无，这样大家才能够都幸福。"

苏小菲从李老板的话语中觉察出了别的味道，她看向李小小。这个呆姐显然没觉察出什么，依然一脸崇拜地看着李老板。李老板看出李小小没有悟出他的意思，也不急，而是问她："李小姐，这个保单如果都交齐了，总金额是多少钱?"

李小小拿出她的工作表,看了看,说:"是八十多万。"

李老板问她:"是不是我买了,你今年的任务就差不多完成了?"

李小小幸福地说:"当然。如果李老板把这些保险都买了,我今年就不用愁了。"

李老板"呵呵"一笑说:"那李小姐打算怎么感谢我呢?"

李老板的这一问,应该说是很露骨了,但李小小不知是真傻,还是装傻,笑着说:"我要请李老板大吃一顿。"

李老板笑了,说:"好。这个说法好。这样,我先下去点菜,你们先说会儿话。"

说完,李老板就转身下去了,扔下苏小菲和李小小两个独自待着。

估摸着李老板听不到她们谈话了,苏小菲才对李小小说:"你不知道他的感谢是什么意思吗?"

李小小撇了撇嘴,说:"你以为我真傻啊,我是装呢。他试探我好多次了,我以为今天他突然变好了呢,娘的,没想到还是这一套话。"

苏小菲说:"如果你自己来,估计能好点。"

李小小说:"哼,上次我就是自己来的,他差点就得手了,所以今天我才叫你一起来的。"

苏小菲惊讶地说:"你已经来过一次了?那也不跟我说?"

李小小说:"我跟你说,你能来吗?"

苏小菲说:"怪不得,人家今天这么直接。上次没得逞,今天你又带了个保镖,这个李老板很失望,我估计你今天的事够呛。"

李小小说:"哎,为这个单子,我努力了一个月,光打车费也花了不止五百了。"

苏小菲说:"看看吧。我估计你不表示表示,他不会签字。"

李小小咬了咬牙,说:"怎么表示呢?非得当他的小情人,就暧昧一下,不行吗?"

苏小菲诧异地看了她一眼,说:"别说的那么直接好不好?既然都暧昧了，还差那么一点儿，直接当小情人得了。"

李小小恼怒地打了苏小菲一拳，说："你说得不直接？要是我能跟他那啥，我上次就把这一单拿下来了！唉，换作是别人，早就完事了，我怎么就觉得这是天大的事呢？"

苏小菲说："那就算了。也不是离了他就赚不着钱了。"

李小小说："什么叫千载难逢，你知道吗？这种机会不是天天都会遇到的。"

苏小菲说："那没办法。要不你就当他小情人，要不你就放弃，我觉得再没有别的选择了。"

李老板点菜回来，很热情地对两人说："不管生意成不成，饭总得吃。这个，今天我请两位吃这儿的名菜。"

李小小一听第一句话就蔫了，说："李老板，您不是说，如果没有问题，今天就签合同吗？"

李老板说："我是这样说的啊，不过，李小姐今天好像有问题啊。"

李小小装傻，说："我什么问题也没有，合同都带着呢，价格也都谈好了，都是最优惠的。"

李小小把一摞文件拿出来，李老板接过，随手翻了几下，说："好，等我让我的秘书看一下。不过今天我不能签字，请李小姐原谅。"

李小小沉不住气了："您不是说今天就签字的吗，您怎么能变卦呢？"

李老板沉稳地笑了笑，说道："不瞒李小姐说，像您这么漂亮的保险员，我认识很多。我说要互助，你需要我的帮助，我可以帮你，反正有很多保险都要买，买你的或者谁的都差不多。但是，有一样我很在乎，那就是这个人的态度。我不喜欢口是心非的人，不喜欢明明心里清楚，却要装傻充愣的人。我说的，李小姐都明白了吧？"

李老板看着李小小越来越苍白的脸色，缓和了一下语气说："李小姐人不错，给我报的价格确实很低，是个实在人。不过呢……这样吧，等我回去再考虑一下，你下周给我打个电话，可以吗？"

李小小好像一只被人一棍差点打死，又被浇了一瓢凉水的狗，茫然地抬起头，看了看李老板，木然地答应了一声。

饭菜当然不错。可惜，两人都没了胃口。李老板还算热情，不断地给两人夹菜。

吃完饭，李小小和苏小菲一起回了苏小菲的宿舍。

李小小一屁股坐在床上，悲哀地说："完了，没戏了。"

苏小菲"哼"了一声，说："我都怀疑这个姓李的，到底是不是像你说的是个大老板呢。真要是个大老板，他能有时间陪咱们吃饭？这么大的一个老板，身边的漂亮姑娘不说成群结队吧，起码比你强的不会少。这个人，搞不好就是个骗子。你跟了他，弄不好最后也是人财两空啊。"

6. 自己的港湾

张刚再次打电话，要带着苏小菲去北京，被苏小菲拒绝了。

苏小菲把自己关在公司宿舍十多天，这十多天里，她哪儿也没去，工厂或者仓库，都是让顾晓墨去的。她除了联系一下客户，就是在屋子里发呆。下班后，她吃个外卖，又把自己关在宿舍里。周末儿子回家，她也没回去。李小小打电话约她吃饭，被她回绝了。当然，被回绝的还有张刚。

十多天后，苏小菲从办公大楼走出来，她觉得经过这十多天的思考后，已经把自己的处境和应对方法都想明白了，现在的苏小菲，已经有了一套系统的应对当前复杂局面的方法。

她先打电话给高峰，让高峰拉着她和李小小去看房。三人跑了五天，最终敲定了一套精装修的房子，她交了首付，办好手续后，花钱雇人打扫了一下，便搬了进去。

买房之事，她没告诉赵德海，也没有告诉父母，她现在不想跟任何人发生正常交际之外的事。张刚给她打电话，她也只是谈工作，张刚只要一提到两人之间的事，苏小菲便马上制止他。张刚是个聪明人，再打电话的时候，也就只是随便聊一聊，像很多正常的老朋友一样。而且，两人聊的内容越来越无趣，苏小菲只是应付，都是一边接电话，一边在电脑上处理业务。张刚显然也感觉到了，打来的电话越来越少。苏小菲有时候想到这个事，都会不由得一笑，成年男女之间，哪有什么真正的爱情，即便有些好感，等上了床，激情过了，感觉不过如此，也就慢慢相忘于江湖了。

周六，苏小菲去学校接霖霖。霖霖看到她，跳着扑到她怀里："妈妈，我想死你了。你上个周末怎么没来接我啊。"

苏小菲亲了亲儿子的脸蛋，说："妈妈出差了，奶奶没告诉你吗？"

霖霖说："奶奶告诉我了。妈妈，你以后出差，能不能避开接我的日子啊。"

苏小菲说："行，没问题。以后我尽量每个周末都来接你。"

苏小菲带着霖霖回到家，这时赵德海也回来了。赵德海看到苏小菲，一愣，没说话。苏小菲也像没看到他一样，忙着做饭，吃饭，收拾饭桌。

到了睡觉的时候，她坐在床上看书；赵德海在屋子里走来走去，不知如何是好。

苏小菲对他说："赵德海，你别转来转去的，我看着眼晕。你要是愿意在家睡，你可以到霖霖那间房睡，让霖霖跟我睡。你要是不愿意在家睡，你可以离开，爱上哪儿就上哪儿。你放心，对爸妈，我就说你公司有事，你去公司了。"

赵德海尴尬地笑了笑，说："这样不好吧。要不这样，你要是不介意的话，我到霖霖那个房间睡，我和霖霖睡一张床就可以了。"

苏小菲说："行。你随意。"

赵德海走了后，苏小菲关上了房间门，把自己从回到家到现在的言行从头捋了一遍，觉得一切都还好，就长舒了一口气，拍了拍胸脯，告诉自己，她苏小菲很棒，她可以习惯脱离任何人和任何感情。

半夜，苏小菲被一阵吵嚷声惊醒了。她从床上起来，就听到了婆婆蛮横的声音："你说，是不是你老婆把你撵出来的？这个家是我的，她算什么东西！凭什么把你撵到霖霖这边睡？你是男人，是一家之主！怎么就这么没出息呢？回去！回你的房间睡去，我看谁敢把你再撵出来！"

赵德海辩解的声音不大，苏小菲听不清楚，却能听清婆婆的声音："我不管你们为什么，她就是没权利把你撵出来！到这时候了，你还替她说好话，那个骚货有什么可怕的？你怎么一点儿都不像我，怪不得被人欺负成这样！"

苏小菲听了一会儿，觉得自己整个人都坠入了无底的冰窖里。意外还是发生了，婆婆的突然发难，让她之前设定的情节出现了偏离的倾向。

她想了想，决定随机应变。她穿上衣服，收拾了一下东西然后躺在床上，听着那边的动静。

大概是自己远离门口的原因，婆婆的声音变小了。苏小菲松了一口气，正打算睡觉，突然听到有人"啪啪"地拍门，然后是婆婆的声音："开门！开门！你给我说说，你为什么要把你男人从屋里撵出去，你有什么权利这么做？"

苏小菲叹了一口气，下了床，打开灯，整理了一下衣服，背上背包，开了门。婆婆看到她背着背包出来，伸手要抓她，苏小菲身子一闪躲开了，朝门口走去。

她在婆婆还未反应过来之前，已经打开了房门，走了出去。

赵德海开门跑出来，要向她解释。苏小菲说："你什么也不用说，这事跟你没关系。你明天早晨，把儿子给我送到公司门口就行。"

赵德海说："明天不上班啊，为什么要把他送到公司门口？"

苏小菲说："我买的房子在公司附近，不过那地方不好找。我早上都在公司门口的早饭摊点吃饭，你到时候把霖霖送过去。"

赵德海答应了一声，苏小菲转身下楼，打了个车，回到了自己的住处。

打开房门，开了灯，看着温馨洁净的家，苏小菲流出了眼泪。

这人要活得从容，活得有尊严，还得靠自己。这个小小的窝，可以给她安全感，给她宁静，在她受伤的时候给她一个舔舐伤口的港湾，让她不至于在悲伤时，找不到一处可以蜷缩的地方。

苏小菲在沙发上略微坐了一会儿，待情绪平稳了一些之后，起身去洗手间洗了把脸，对着镜子努力笑了笑，觉得心情变好了，才回到卧室，躺着看了一会儿书，便睡了过去。

她一觉睡到天光大亮。起床，开窗，看了看窗外，窗外除了崭新的大楼，便是还在建设中的工地。她听张刚说过，在这附近，也有他的一幢楼盘在施工，苏小菲转着头看了一圈，周围塔吊耸立，正在修建中的楼盘有六幢，她虽然听张刚说起过他的楼盘的方位，但还是无法确定，到底哪幢是他的。

这是一个火热的时代。那些一天一个样的楼盘，给她一种时不我待的感觉。有一点儿她不明白，为什么楼盘越来越多，房子却越来越贵？

看了一会儿楼盘，她有一种被那些塔吊压迫的感觉，便转回头，在屋子里转了一圈。

房子装修得比较简单，与房地产公司宣传的精装修有相当大的差距，不过这倒也符合苏小菲的审美风格。

当然，重点是这房子是完全属于她苏小菲的，她没用任何人的一分钱，这是她自主的选择，房子里只有她一个人的气息。更重要的一点儿是，她拒绝了可以少花很多钱甚至不用花钱的诱惑，没有去买张刚开发的房子。

这一点儿很重要，也是她为自己划下的一条红线。她要以此自证，她有能力且有决心，不靠任何人的施舍活着，而且活得神清气爽。

洗了脸，简单地化了妆，苏小菲便下楼，徒步十多分钟后，来到了公司楼下的早饭摊点旁。

赵德海已经带着霖霖等在楼下了。霖霖看到苏小菲，喊了一声"妈妈"，神情有些拘谨。

苏小菲拉着霖霖来到摊点旁，点了豆腐脑、油条和卤蛋，两人便吃了起来。

吃了几口之后，她才想起来，自己还没跟赵德海打招呼呢，抬头找人，发现赵德海已经过了马路，朝着另一侧走去了。

他大概是要去找他的小相好吧。苏小菲淡淡地想着。

7. 遇到李老板

周日，李小小百无聊赖地在街上闲逛，一辆黑色的轿车突然在她的眼前停下，有人摇下车窗玻璃，对着她打招呼。李小小低头一看，竟然是那个李老板。

李小小有些惊讶："李老板，您喊我？"

李老板笑着说："我面前就一个李小小，我不喊你喊谁？上车吧，我们再谈谈那个保险合同。我这些天好好想了想，觉得那个保险还是不错的。"

李小小有些喜出望外："您要买我的保险？"

李老板点头，说："咱们再好好谈一谈。"

李小小还在犹豫，李老板笑了笑，说："放心，我这人从不勉强人，凡事两厢情愿才好，强扭的瓜不甜。像我这种身份的人，还会去欺负一个小女生？"

李小小虽然已经感觉出了李老板笑容后面隐藏的欲望，但是想到即将到手的大单，她还是鼓起勇气，上了李老板的车。

李老板边开车边说："李小姐，不怕你笑话，我老李就是喜欢美女。人啊，各人有各人的喜好，没什么不对。不过我老李没福气，跟李小姐没缘分，这是没办法的事，还是那句话，强扭的瓜不甜。这也没什么，咱不是敌人，有缘见面，都是朋友。那些保单，秘书看了，说还不错，我们公司每年都要给职工买保险，买谁的都是买，买李小姐的我还高兴，为什么不买呢？"

李小小说："谢谢李老板，我还以为我得罪您了，单子没戏了呢。"

李老板说："你找了我好几回了，跑来跑去，路费也得好几百吧，不容易啊。我这人虽然老了，怜香惜玉之心还是有的。"

李小小说："李老板真是个好人。"

李老板笑了，说："这话你说了好多遍了，就这遍是真心的。"

李小小挣扎道："李老板，我说的都是真的。"

李老板开着车出了市中心，朝着郊区跑。李小小有些害怕，问："李老板，您这是拉着我上哪儿去啊？怎么我感觉这是要进山啊。"

李老板"哈哈"笑了笑，说："你说得没错，咱就是要进山。不过你放心，我这么大岁数的人了，不会做那些没谱的事，今天带你去开开眼，体验下我们这个圈子的生活。你就当闲着，找个地方吃点农家饭，别的不用多想。"

李小小一听，觉得还不错，刚好自己闲着没事，正琢磨今天中午到哪儿蹭饭呢，没想到刚一伸腿就来了个提鞋的，那就跟着玩呗。

李老板开着车出了城，顺着海边大道走了一会儿，掉头开进山路里。进山的小路不宽，水泥铺设，路两边的树木很高大，有种参天大树的感觉。

李老板说："这条路是条老路，是民国时期修的，市里一直想扩修，但没钱。你看这两边都是大山，修路要先开山。别的不说，光这些山石拉出去，比修路的费用都高。"

李小小不懂这些东西，看着两边的风景不说话。山路非常宁静，除了参天的大树，没有看到其它汽车。走了二十多分钟了，一辆车都没见过，李小小觉得奇怪，在这个喧嚣的年代，能有这么一个宁静的地方，实在是难得。

车三拐两拐的，眼前出现了一个绝妙的地方。这是个面朝南的大山坳，山脚有几排二层小楼，小楼前绿树成荫，偶尔露出树下停着的轿车。树的外围是个不见首尾的搭在半空的木走廊，走廊下，是一片蜿蜒的绿水。

李老板说："这水是从山顶的瀑布引下来的人工湖。不过当年这儿有个小水库，也就占地十几亩的样子，现在扩大了，蜿蜒十多里地。你看那水，绝对卫生干净，跟泉水差不多。里面的鱼长得慢，据说别的地方的鲤鱼一年能长一斤，在这儿的鱼一年半斤都长不到。水太清了呢。"

李小小贪婪地看着那从天而降的山山水水，感叹道："真是个好地方啊！"

到了门口，保安拦住了李老板的车，李老板拿出一个证件给保安看，保安敬礼放行。

李小小知道了，这儿就是传说中的高档私人会所了。

进了大门，李老板先开着车在迷宫似的小区内转了转，边开还边跟李小小介绍这里面的设施。在一个非常豪华的大厅内，二十多个厨师在忙活着，透过透明的玻璃隔板，可以看到里面厨师做菜的每一个细节。

李老板说："今天这么多厨师，只为四个人做饭。"

李小小惊讶，说："那怎么能吃得了？"

李老板笑笑说："当然吃得了，等会儿你就知道了。"

车在一幢显得很旧的老房子前停下，李老板带着李小小走了进去。

老房子内的陈设非常古朴，雕花的老沙发比一张床都要宽，沙发面是手绣的欧洲皇室狩猎图，地毯厚厚的，脚踩在上面感觉没了脚后跟似的。李老板说："这是源自法国的一种手工地毯，叫萨瓦纳瑞，纯手工制作的，花线有二百多个色。你所见的机织地毯，一般是由六个色组成的。这块地毯，如果四个工人做，得做两年。"

哇！这么好。李小小看着脚下的地毯，惊讶不已。

墙上挂的都是精美的人物肖像油画。李老板神秘地说："这些画在这儿都放了七十多年了。你知道这个房间谁曾经来住过吗？"

李小小惊讶地看着李老板说："谁？"

李老板说："人太多了。有的你肯定不知道；但是，有一个人你肯定知道，是个大人物。"

李小小问："谁？"

李老板刚要说话，突然有人说："李老板来了啊。"

从上方传来一个女人的声音，这个声音略有些嘶哑，但是非常优美、有磁性。女人从楼梯上慢慢走下来，李小小看呆了。这个人，不就是在张刚公司看到的那个女秘书吗？

女秘书也看到了李小小，质疑地看向李老板。李老板对女秘书说："哦，小庞，我介绍下，这位是小李，我的一个小朋友。"

听说是小朋友，庞秘书暧昧地笑了，说："呵呵，欢迎，没想到李老板这么有艳福。"

李小小刚要说什么，被李老板抢着说："呵呵，小庞，别误会，不是你想象的那样，这还真的是个小朋友，没有开发成功呢。"

小庞笑了笑，说："李老板这么大的魅力，想开发那还不简单？"

李小小有些不高兴了，说："我是保险公司的业务员，不是李老板的什么小朋友，请你说话注意点。"

小庞"呵呵"一笑，说："都一样。你比李老板小多了，那不就是小朋友吗？"

李老板问："胡大哥呢？"

小庞说："在睡觉呢。昨天晚上开会，忙到半宿，回来又失眠了，刚睡下。"

小庞请李老板和李小小坐下，她给李小小和李老板泡了茶，说："让我叔叔多睡会儿吧。"

李老板说："好。我们喝一会儿茶。"

李小小看着这个房间古朴大气的布置，不禁感慨万千。人家一条地毯就好几十万，一个手工雕花沙发就能买一辆高档轿车，更别说这个房子了。李老板说这幢民国时期的房子，是真正的冬暖夏凉，夏天从来不用开空调。

喝了一会儿茶，一个中年男人从楼上慢腾腾地走了下来。李老板忙站起来，跟他打招呼。他点点头，笑了笑说："李老板，带上秘书了？"

没等李老板接话，庞小姐把话接了过去："胡叔叔，这位李小姐，是张老板的朋友，我在公司里见过的。现在她是李老板的小女朋友，呵呵。"

胡大哥扫了李小小一眼。李小小忙更正，说："我不是张刚的朋友。我是张老板前妻陈娜的亲戚，我跟张刚不过认识罢了。"

胡大哥"哦"了一声："你是陈娜的亲戚？真是没想到啊，我这沙发，还是陈娜送给我的呢。"

说起陈娜，李小小就开始骄傲了，说："当然。我们从小一起长大的。

当年她出去参加比赛，每次我都要去给她加油呢。可惜……"

胡大哥说："陈娜是个才女，不可多得的才女。吹拉弹唱，无一不精。当年她可是咱这个城市的标志性人物啊。"

李小小注意到当胡大哥这么说陈娜的时候，庞秘书很不屑地撇了撇嘴角。

李老板打断了两人的话，说："说来说去都是一家人啊。胡大哥，昨天我就把菜单安排下去了，您要不再看看？"

胡大哥摆手说："不用。我这个人没有那么多讲究，能吃饱就行。老李，这种地方以后少来，太张扬。你这个人，不是我说你，老是暴发户那一套。为了吃个饭，动用这么大排场。哎，这样有什么意思？"

这个神秘的"胡大哥"虽然年龄跟李老板差不多，却气场很足，李老板在他面前，简直就像是个跟班。

李老板恭维道："胡大哥，这不是为了让您歇歇吗。您天天那么忙，咱俩都两个月没一起吃饭了，好不容易逮着机会了，我能不正儿八经的吗？再说了，我这个卡，一年会费二十万，我一年来个三次五次的，我不多消费些，这钱不是白花了？"

胡大哥说："白花就白花了呗，要不你就退掉。你这样抓我来帮你花钱，你也得替我想想啊，有这时间，不如让我在家睡觉得了。"

李老板说："那好，下次我就不叫您到这儿来了，咱爬山去。"

说着话，几个人坐下。喝了一会儿茶，李老板和胡大哥要到厨房去看看，屋子里就只剩下了李小小和小庞。

小庞给李小小倒茶，李小小没话找话："庞姐，您今天不上班啊？"

小庞笑了笑，说："你是说在张刚的公司吧？我辞职了。"

李小小说："哦，那么好的工作，为什么辞了啊？"

小庞说："给人添茶倒水的，算什么好工作？张总对我的工作也不是很满意，那我何必觍着脸，在那儿伺候人家呢？"

两人聊了几句，李老板和胡大哥回来了，李老板说："两位女士，开饭了。"

8. 逃离诱惑

四人进入隔壁餐厅,刚刚坐下,各种做好的佳肴就陆续送来了。

厨师们为四个人准备了四十个菜,但是每个菜碟子都不大,菜做得极为精致,怪不得李老板说这二十个厨师就只做他们四个人的菜呢。可是对于李小小来说,她实在不大喜欢吃这些东西。

四个人吃菜喝酒,边吃边聊,吃了一会儿,庞小姐又让厨师包饺子吃。

这儿的饺子与别处的不同,据说是这边的招牌。客人准备吃饺子的时候,会安排三个厨师,就在他们吃饭的桌子旁边,边包边下饺子。饺子馅,也是三个厨师在他们旁边当场现做的,李小小目睹了厨师们做饺子馅料的整个过程。

其中第一个厨师负责把活着的基围虾,从随身带着的一个水桶里打捞出来。第二个厨师飞快地把活虾扒皮,递给第三个厨师。第三个厨师,把剥好的虾仁切两半儿,拿起擀好的饺子皮儿,把还在蹦跳着的虾仁放到饺子皮上,从一个盆里,挖上一点儿切好的只放了少许盐的韭菜,跟虾仁包成一个饺子。

厨师们干这个显然很专业,一盘饺子花了不到十分钟就全包完了。让李小小惊讶的是,那些虾仁还在饺子皮里一鼓一鼓地扭动着。这个时候,电饭锅里的水已经烧开了,厨师把饺子下进去,不大一会儿,清香就从锅里溢了出来。

饺子端上来,庞小姐雀跃着,夹了一个放进嘴里。李小小不大好意思。李老板说:"吃吧,吃吧,这得趁热吃。我们天天吃,早吃够了。这个实惠好吃,如果不够吃,他们还会现做。"

果然,那三个厨师都在一旁等着。

李小小夹起一个放进嘴里,那鲜香味道啊,差点让她把自己的舌头都吞进去。自然的鲜香,没有味精的腻味,除了盐,没有任何调味品,真的是鲜香绝了。

李小小和小庞两人就把那一大盘水饺都吃了进去。李老板笑眯眯地看着李小小："还要吗？"

李小小说："要啊，太好吃了。"

李老板和胡大哥喝酒，李小小和小庞又吃了一小盘饺子，终于吃不动了。

饭后，小庞带着李小小去洗了桑拿，两人还让技师全身按摩了一遍，修了脚，然后舒舒服服地坐在大火炕上看电视。

一会儿李老板也过来了。看到李老板过来，小庞就走了。

李老板走过来，坐在李小小身边喝茶。

李小小仅仅穿着浴衣短裤。李老板也是同样装束。李小小警惕地看着他，李老板笑笑，说："感觉怎么样，小李？"

李小小说："当然舒服了。"

李老板很直接地说："如果做了我的人，你可以常来这儿。如果你愿意，甚至可以常年住在这里，享受这里的一切。"

李小小赶紧起身，要去穿衣服："李老板，我得走了，我还得去公司打卡呢。"

李老板笑了笑，说："你看，你又害怕了。我们是一些俗男人，但是不是坏人。你要是不同意，我不会强迫你的，那多没意思。"

李小小放心地坐下了："李老板，那个胡大哥是做什么生意的？我觉得他跟您不一样啊。"

李老板"哦"了一声："你看上胡大哥了？"

李小小忙摇头，说："不是不是，我就是好奇。"

李老板说："这个好奇心会招祸的，别问了。你出去后，跟任何人都不要提起这件事，知道了吗？刚刚胡大哥还训了我一顿呢。"

李小小点头，说："这个您放心。李老板，咱的保险合同……"

李老板挥了挥手，说："今天不谈这个，改天再说。"

从山庄回来后，李小小又联系了李老板几次，李老板都以忙为借口，不见她。李小小知道，人家李老板这次是真的生气了。李小小是个心里装不下事的人，她来到公司找到苏小菲，把那天的经历跟苏小菲说了。

苏小菲气得不行，把李小小训了一顿，让她不要再去跟那个李老板接触了。为了帮李小小完成任务，苏小菲花钱，给儿子和自己买了几份保险。

第八章 爱情只是个神话

1. 赵德海的新业务

赵德海辞职后,在世贸大厦租了一间办公室,继续做贸易。这让王蓉有些不高兴。王蓉租的办公室面积有四十多平方米,一年租金二十万,两个人用绰绰有余。她让赵德海到她租的地方办公,不仅节省租金,还方便。赵德海不肯,偏偏要跑到租金最为昂贵的世贸大厦去,租了一个二十多平方米的办公室,一年租金十五万,还要天天吃盒饭,这不是明摆着要远离自己吗?

王蓉怀孕已经四个月,有些显怀了,这让赵德海坐卧不安。他现在除了做业务,就是想尽一切办法,鼓动王蓉打掉肚子里的孩子,王蓉却一直不肯。

他想不明白,王蓉一个二十多岁的大姑娘,还没有结婚,为什么要生孩子啊?

王蓉却告诉他,这个孩子是她人生第一次爱情的结晶,她要留下他。她以后无论是否会遇到爱情,是否会结婚,她只要有了这个孩子的陪伴,她就会活得很充实。她再次让赵德海放心,按照他们家的条件,她不会因为孩子向他要一分钱,也不会告诉任何人,这孩子是他赵德海的。以王蓉的为人方式和家庭条件,赵德海相信王蓉的话是真的。但是,人总是会变的,即便她现在说的是真心话,难保她到了三十多岁、四十岁以后不会变卦。

何况,还有她的父母,她的亲戚们。

老厂长到烟台看望闺女，王蓉为了掩饰凸起的肚子，特意去服装店买了一件宽松的衣服。王蓉让赵德海来陪着老厂长吃饭，吃饭的时候，王蓉和老厂长透露，她有男朋友了，这话吓了赵德海一跳。

老厂长让王蓉把男朋友叫来，他要看一看。

王蓉笑了笑，说："这个人您认识，不过现在不到公开的时候，到了合适的时候，我会告诉您的。"

王蓉说完，还朝着赵德海笑了笑。赵德海装作没有看到，心脏"怦怦"乱跳。

老厂长狐疑地看了看王蓉，又看了看赵德海，问："赵经理，王蓉太年轻了，现在的人太坏，您要是认识她的男朋友，一定替她把把关，别让人给骗了。唉，她这个人啊，太倔，我们镇上的那个小领导，一家人都吃公家粮，她非要跟人家退亲。我们家就这么一个孩子，从小惯坏了，我是管不了了。"

赵德海心虚地笑笑，说："王老板，这个您放心，我一定会……帮她把把关。"

吃完饭，老厂长坐着车走了，王蓉看着赵德海笑道："刚才你吓得不轻吧？"

赵德海有些恼怒："你什么意思啊？吃顿饭差点把我吓死！"

王蓉哈哈大笑："我特意吓唬你一下，没想到你胆子这么小，刚才脸都变色了，哈哈哈。"

赵德海不理她。

王蓉笑了一会儿，又掉眼泪了："其实我是给我爹打个预防针，让他和我妈提前有个心理准备；否则，几个月后我带着孩子回去，他们还不得疯了？"

赵德海借题发挥，说："这样也不行啊，现在已经不是过去的年代了，流产这么方便，哪儿有还没结婚就有孩子的？"

王蓉"哼"了一声，说："对啊，现在已经不是过去了，社会开放了，我就没结婚就有孩子，警察还能抓我啊？"

赵德海说："警察当然不能抓你，不过你这有了孩子，户口也没法上啊（此为当时的规定）。没有户口就没法上学，孩子没法接受正常教育，你这不只是害了自己，你还害了孩子呢。"

王蓉说："我跟你说，我只要能把孩子生下来，我就能给他上了户口。我还就不信了，我生了孩子，上不了户口，上不了学。"

赵德海知道，自己今天的说服工作，又失败了。

赵德海因为有房租和各种费用的压力，就不能像在公司的时候那样，可以把大量的单子转给王蓉来做。王蓉有自己的工作要做，她也不能像原先那样，替赵德海跟单，两人各自忙活，王蓉对赵德海很有意见，赵德海去她那儿过夜，两人经常一言不合，就吵了起来。

赵德海有时候就不去王蓉那儿了，但是不去更不行，有时候他刚到家王蓉的电话就打来了，问他为什么不去她家了，她已经做好饭等他了。赵德海无奈，只得下楼，打车赶到王蓉的住处。

赵德海焦头烂额，小心翼翼地维持着关系平衡。

赵德海在网上联系到一个中东客户，这个客户是做日用品的，他想找一个洗衣粉供应商。赵德海咨询了一个做洗衣粉出口的朋友，朋友告诉他，这东西利润低，但是量大，所以不能找大厂加工，最好能找一些小厂。这种小厂平时主要偷摸做一些仿名牌洗衣粉，在一些县城或者乡镇的市场上卖。

赵德海按照朋友的指点，来到邻近的一个批发市场，专门寻找那些仿名牌的洗衣粉批发商。他先是以做零售，来寻找样品的名义，买了几袋洗衣粉，中午又请老板吃喝了一顿。

赵德海是想让老板喝多了，把洗衣粉的供货源头说出来，但是老板很精明，即便喝得头重脚轻，身体乱晃，也没有吐露供货商的信息。当然，他也承认，他卖的是仿名牌洗衣粉，确实并不是真正的名牌。其实这个不用他说，这谁不知道呢？

赵德海跑了十多天，请了七八家批发洗衣粉的小老板吃饭，这些小老板却个个守口如瓶，不肯把具体生产商告诉他。

有一个做批发的老板看起来忠厚老实，赵德海就把目标对准了这个老板。他每隔三天就去批发一箱洗衣粉，每次去还请老板吃饭，吃饭的时候，把话题朝洗衣粉生产环节上拉，看似忠厚的老板口风却很紧，不该说的一句话都不说。

赵德海最后一次去，还给老板带了几瓶好酒。他下定决心，这次要完成任务。如果再无法得到生产商的信息，他就只能放弃此事了。

让他没有想到的是，那个批发商没来，他的店铺大铁门关着。赵德海向旁边店铺的老板打听，这老板今天怎么没开门。旁边店铺是一家批发烟酒糖茶的，老板是一位中年妇女，赵德海在她这儿买过几条烟。

中年妇女问他，是不是来批发洗衣粉的，赵德海说是。

中年妇女小声告诉他："做点生意也不容易，你到他这里批发洗衣粉，他还要赚你一份钱，你还能挣多少钱？"

赵德海笑了笑，说："没办法，我也不认识别人啊。"

中年妇女说："你可以直接去找小孙啊，他的洗衣粉，就是从小孙那儿进的货。小孙那边什么包装都有，都是仿名牌，看上去足够唬人。"

赵德海喜出望外："大姐，那您知道这个小孙的电话吗？他住在哪里？"

中年妇女说："我当然知道了。当年我也批发过洗衣粉呢。"

中年妇女拿出手机，把这个小孙的电话号码告诉了赵德海。赵德海大喜，忙联络了小孙，得知了他的确切地址后，就打车赶了过去。

让赵德海失望的是，这个小孙的所谓"日用品公司"，却只有三间平房，唯一的机械设备，竟然是一台封口机。小孙告诉赵德海，他为了"保证质量"，每天生产的洗衣粉只有一百公斤，装袋后还是用台秤称重。

这让赵德海哭笑不得。但是小孙的批发价格却让他非常兴奋，一斤洗衣粉的批发价只有一元多一点儿，这个价格如果卖给中东客户，利润是百分之三十还多。

赵德海在了解了所有生产流程后，他回到烟台，跟王蓉商量，要投资这家洗衣粉厂，专门生产洗衣粉出口。当然，肯定不能仿名牌了，赵德海准备自己注册一个品牌。

2. 机会与陷阱

赵德海向王蓉介绍了这种产品的出口前景、生产成本、利润率以及自己有意转向化工产品的出口等等，王蓉心动了。化工产品生产工艺简单，只要把好了原料关，就不会出现质量问题。最关键的是，化工产品原料供应稳定，不像笤帚，要从新疆买高粱苗子，如果遇到大旱年景，高粱苗供不应求，就要大涨价。

王蓉和赵德海往那个小加工厂跑了几趟，又跟着孙老板跑了几回杭州，看了他们需要购买的设备，跟工厂谈了价格，现场观摩了设备的使用，两人便决定投资购买设备。

购买设备需要投资一百二十多万，孙老板没有多少积蓄，王蓉和赵德海商量了一下，决定两人凑钱投资。

赵德海回家，跟父亲借了十万，自己把积蓄拿出来，又跟朋友借了一点儿，好不容易凑齐了三十万。王蓉给父亲打了个电话，说要投资生产洗衣粉，产品全部出口。老厂长有些不信，打电话问赵德海，得知赵德海要投资三十万，就没再犹豫，直接给王蓉打了九十万。

有了钱，三人马上赶到杭州，签了合同，买下了机器。

安装调试完成之后，三人又凑钱进了原料，孙老板雇了几个人，便开始生产。

完成了生产之后，赵德海便开始给客户发样品，谈价格以及安排其他事宜。跟中东的这个客户谈了近一个月，客户最终答应签合同，不过签合同之前，他要看工厂，看工厂的规模，还有手续是否齐全，是否正规。

这让赵德海懵了。他以前做笤帚、做竹编，工厂都是个体户，甚至有的就是家庭经营，连工厂都没有。客户来国内，都是验货，从来没有看工厂这一说法。孙老板的那三间平房，加上一个后来搭的彩钢瓦棚子，显然不是一个正规工厂该有的样子。

赵德海连忙联系做洗衣粉的朋友，朋友答应，客户来的时候，他可以和赵德海一起，带着客户去他参股的工厂看看。

客户很快来了，赵德海的朋友开着车，拉着客户和赵德海到他的工厂验厂。赵德海的朋友做洗衣粉已经十多年了，客户稳定，工厂有独立的大院，有阔大的车间，还有一幢三层的办公楼，各种手续齐全。赵德海想到孙老板的三间小平房，暗自汗颜，但看到人家工厂这规模，又觉得很兴奋，很显然，自己选择的这个行业，是有希望的。

看完工厂后，客户很高兴，说回去就跟赵德海签合同。

然而，客户走了一周之后，赵德海联系客户，客户却说他已经有了供货商，不能跟他做了，很对不起。

赵德海蒙了，询问原因，客户很直接，说他用别人的工厂冒充自己的，谁敢跟他这种人做业务呢。

赵德海忙询问朋友，朋友信誓旦旦，说他没有撬赵德海的墙角，并带着赵德海去工厂查到底怎么回事。经过追问，得知是工厂厂长暗中捣鬼，跟客户要了一张名片，厂长派人与客户联系，准备自己做业务了。赵德海的朋友大怒，与工厂厂长吵了一架，差点动起手来。

回程中，朋友还是很气愤，大骂人心不古。赵德海冷眼旁观，不知道朋友是演戏，还是真的气愤。

这一个月中，孙老板带着人断断续续地开工，生产出了近一千吨洗衣粉，已经把所有的原料都用完了，他又打电话给赵德海，要钱进原料。赵德海焦头烂额，已经借遍了能借钱的所有朋友，无处可借了。他让孙老板暂时停止生产，等把这批货发了以后再说。孙老板也投入了部分资金，现在洗衣粉堆满了所有的屋子，如果让他自己卖，两年也卖不了。最主要的是，赵德海要求洗衣粉不添加香精，而在国内市场上销售的洗衣粉，不加香精是很难卖出去的，所以，这些洗衣粉如果要在国内市场上卖，还需要加入香精，这让孙老板很不高兴。

赵德海联系新客户，一直没有成功，发出去几桶样品，也都没有回信。他请做洗衣粉的朋友吃饭，让朋友帮忙，把这些洗衣粉出了，朋友却告诉他，他做的是东欧客户，客户对洗衣粉的要求是不一样的，这批货他没法出。

王蓉知道此事后，找赵德海商量，想撤出洗衣粉业务，把机器卖了，他们不能再继续投入了。赵德海有些不甘心，他在网上又联系了几个客户，虽然没有确定能做，但是一直在谈着。王蓉说他当局者迷，最近她也了解了一下，洗衣粉这种低端业务并不比笤帚好做，因为要求低，竞争非常激烈，客户跳跃性大，即便他们侥幸能找到一两个客户，也很难在短期内稳住。那些做得比较成功的，都是做了很多年了，已经把客户积累了下来，总体数量比较稳定，才能坚持下来。

当然，还有价格原因。这些工厂为了竞争，已经把价格压到了极低，在这么低的价格情况下跟他们竞争，没有一定的规模，是没有利润的。而没有利润，他们就很难坚持下去。

王蓉说的这些，赵德海早就想过了。但是现在的问题是，如果他们卖设备，只能按折旧价格卖，要亏一半钱，一百二十万，只能回来六十万。亏的六十万怎么办？那可是王蓉回去跟老厂长借的，而且是因为他赵德海参股，老厂长才拿出了钱。现在工人工资越来越高，笤帚利润越来越低，要是让老厂长知道亏了六十万，他会有多心疼？

赵德海相信，凭借他十多年做外贸的经验和人脉，他最终会找到合适的客户，解决当前的危机。

3. 王伟回来了

李小小打电话给苏小菲，告诉她，王伟回来了，让苏小菲跟她一起去机场接人。苏小菲正跟高峰一起吃饭，她就说："行，这是好事，我给你找个车。"

李小小说："谢谢苏姐。不过不用高峰的车啊，我前几天看到他了，我烦他！"

苏小菲笑了："小丫头片子，毛病不少啊。行，那你自己找车吧。"

李小小说："苏姐，高峰这种人，你还是离他远点比较好，别吃亏。"

苏小菲说："行，我知道了。"

高峰找苏小菲，是向她讨主意的。他的女老板向他摊牌了，给他一个月的时间考虑，要么跟她结婚，要么他就滚蛋。高峰犹豫不决，让苏小菲帮他拿主意。

这种事，苏小菲也没有什么好主意，她连自己的婚姻都经营不好，怎么还敢对别人的这种事指点江山。

高峰也知道，苏小菲不会给他什么好的建议，但是，他在这个城市实在找不到更了解自己的人了，很郁闷，也只能请苏小菲一起坐一坐，诉说自己的苦闷和无解。

他接连请苏小菲吃了好几次饭，苏小菲吃得都不好意思了。她好几次告诉高峰，请她没用，她一点儿忙都帮不上，高峰还是打电话找她。

高峰刚跟女老板吵了一架，女老板很愤怒，大骂了他一顿，高峰因此很不高兴。

苏小菲不得不问："她什么意思？"

高峰很沮丧地说："就是说她要跟我分开了。娘的，想想要是没有了这个女人，我还真不知道以后的日子该怎么过了。"

苏小菲笑了笑，说："这倒不至于。人这种动物，是最有韧劲的。我妈有句话，人是属驴的，不管什么事，放背上就能驮着。很多事情看着是绝境，其实走进去，说不定是更广阔的生活。"

高峰想了一会儿，问："那苏姐，你觉得我应该怎么做啊。"

这确实是苏小菲回答不上来的问题。她想了一会儿，说："男女之间的事，很复杂，没有道理能完全讲得清。旁观者清，这个词在这里行不通。比方我吧，我和我老公，以前也算是恩爱夫妻，可是突然之间，我们的关系就不行了。无论是夫妻还是情人，都要看缘分，这东西跟赌博差不多，只能等到揭牌的那一刻，才能知道牌是什么样子的。但是真等到那一刻，却什么都晚了。所以这种事，没有逻辑可讲，没有人能给出一个公认的正确答案。"

高峰说："这么说，我不管怎么做，都是对的，也都是错的？"

苏小菲说："可以这么说。高峰，我觉得你现在最主要的问题，不是在如何处理这件事情上，而是要有自己的事业。事业，才是一个人的支柱，不管生活中发生了什么事，只要支柱不倒，人活着就有盼头。"

这些话，苏小菲都跟高峰说了无数遍了，别说高峰不爱听，她自己都觉得烦了。苏小菲最后说："高峰，这个事我们说了很多遍了，我能说的就这些话，絮叨多了也没意思，你自己看着办吧。"

王伟回来的时候，苏小菲还是叫了高峰，开车去接他。

王伟的父母听说儿子要回来了，都从乡下赶了过来，急着要去飞机场接儿子。李小小一合计，回来的时候一辆车拉不了，只好让苏小菲帮忙找车。苏小菲就打电话给高峰，问他有时间没有。高峰说，正闲着呢。

高峰开着车拉了他们，浩浩荡荡到了飞机场。

一开始还好好的，快到机场时，几个人大概想起了两年前送王伟出发时候的场景，都落了泪。特别是王伟的父母，他们都不同意王伟出国的，可是他们又没钱给王伟还债，当时真是痛苦万分。这两年，他们很少跟李小小联系，应该是真生她的气了。现在儿子终于回来了，老两口自然非常高兴。

李小小也同样心情复杂，有兴奋，有哀伤，有担心，也有期盼。这两年，两人都受尽苦难。最艰难的时候已经过去，债务已经还完了，她的愿望是王伟不要再出去了，他在国内找个工作，两人平平稳稳地过日子，也算是完美的一生了。

几人到了飞机场候机室，都是心事重重的样子，只有苏小菲和高峰还轻松点。看着一家人急巴巴地盯着旅客出来的通道，高峰说："出国挣钱真不容易，搞得妻离子散的，跟逃难一样。"

苏小菲说："没办法啊。没有路走了，才不得不出去的，略微有点希望，也是不想出去的。"

高峰悄声说："男人在外面都是找个女人一起过日子。听说一男一女在异国他乡，互相照顾，很容易产生感情，很多男人就跟国内的老婆离婚了。"

苏小菲小声地说："李小小知道这些。出国的人那么多，这事谁不知道？她是没法子了才让男人走的。"

等了一个多小时，王伟才在众人焦急的眼神中，背着小包推着大包，走了出来。

几个人都趴到护栏上，朝他招手。王伟的老妈激动得用手拍打着护栏，边哭边喊着"我的儿啊，我的儿啊"。好像不是儿子回来了，而是要走的样子。

李小小则一手抹眼泪，一手朝王伟摆动着。

看着一家人悲壮的场面，苏小菲都感觉到了悲伤。

王伟却显得很淡定，朝父母这边摆了摆手，看到苏小菲后，朝她笑了笑，又摆了摆手。对于离他最近的李小小，他像是没看到一样。苏小菲看着一脸淡漠的王伟，突然感觉事情不妙。

王伟出来，李小小首先跑了过去，王伟用手势制止了她。王伟把那个大的提包交给了跟他一起出来的那帮人，其中一个人把一个信封递给了王伟，王伟跟这人握着手，还说了会儿话。这个人好像对王伟很重要，王伟谄媚地跟他谈笑着，无视李小小他们这帮人的存在。直到那些人要走了，王伟这才朝他们走过来。

李小小扑过去，王伟礼节性地抱了抱她，就朝着父母走来。妈妈抱着他呜呜地哭，王伟拍着妈妈的背说话，很温柔的样子，跟刚才拥抱李小小的时候，差别巨大。

苏小菲看着有些失落的李小小，不知道该怎么安慰她才好。

跟妈妈拥抱完，王伟朝父亲鞠了个躬，然后跟苏小菲和高峰打招呼。苏小菲说："终于回来了。"

王伟说："嗯，回来了，苏姐。"

王伟抱着儿子，一家人簇拥着王伟上了车。还是苏小菲坐前边，他们一家人坐后边两排。此时，刚好到了晚饭时间，王伟突然对苏小菲说："苏姐，我回去有事，就不留您一起吃饭了。"

苏小菲一愣。她虽然也不想跟他们一大家子人在一起吃饭，但是王伟的这句话，还是让她有些尴尬。按照常理，她和李小小来接他，他即便不想跟她一起吃饭，那也得装一下，挽留一下她啊。这么说话，这不是明摆着撑人吗?

苏小菲还没想好怎么回答,李小小抢先说:"王伟,你怎么说话呢?你有事,你忙你的,我和苏姐还有爹妈一起吃。"

王伟的爹妈显然也觉得儿子说话不讲究,纷纷表示,要请苏小菲一起吃饭,去找个好饭店。

这时高峰说话了:"我和苏姐说好了,把你们一家人送回去,我们还得去参加一个朋友聚会呢,没时间陪你们。"

高峰的话给苏小菲解了围,苏小菲说:"是,你们一家人一起好好团聚一下,好好吃顿饭。高经理很忙,能找他来帮忙,已经很不容易了。"

李小小知道怎么回事,不过这时候,她也不好挽留了,只能说:"苏姐,还有高大哥,今天麻烦你们了,等过两天,我和王伟请你们吃饭。"

苏小菲说:"不用了,这几天大家都很忙,过些日子再说。"

高峰和苏小菲不再说话,高峰显然不高兴,车开得飞快。到了李小小家楼下,高峰停下车,李小小先下了车,苏小菲想下去跟她说几句话,被高峰拉住了。高峰转头对李小小说:"我们就不下去了,我那边有事,在催我呢。"

李小小忙招呼公婆和王伟下车,王伟刚把行李拿下来,关上车门,高峰开车就走了。苏小菲从车窗探出头,跟李小小打招呼:"我们走了啊。"

高峰开车上了城市主干道,汇入大街上的车流,苏小菲说:"高峰,你开得这么快干吗?有点失礼了。"

高峰放慢车速,张口就骂:"狗屁!去他娘的,什么玩意儿!他以为我们是要饭的,就差他家那口饭?这个李小小怎么找了这么个狗东西!一点儿家教都没有。"

苏小菲说:"王伟以前不是这样,今天应该是真的有什么事吧。"

高峰"哼"了一声,说:"如果我没看错,这个王伟讨厌我们,他根本不想跟我们任何人说话,包括李小小。"

苏小菲说:"别瞎扯了,你第一次见到王伟,你怎么知道他是什么人?"

高峰笑了笑，说："当局者迷。有时候第一次见到，反而能看清本质。你看他那眼神，看李小小像看陌生人似的，他看他父母的眼神就不一样了，你没发现吗？"

苏小菲想了想，说："哦，是有点不一样，但是光凭眼神不能说明问题啊。"

高峰说："我看过一档电视节目，里边有个专家说，一个人爱上另一个人，他的大脑会对爱的人产生一种化学物质，这种物质，可以保证这个人在看不到爱人的时候，想念她。但是从见不到他爱人的那天起，这种化学物质最多只能保留两年多一点儿，时间短的，一年半这种物质就没有了。如果在这段时间，他遇到了新的爱情，那么又会对这个新对象产生这种化学物质。所以，据我看，这个王伟，已经对李小小没有这种能产生爱情的化学物质了。"

苏小菲"呵呵"一笑，说："胡扯吧你。人家王伟是个业余作家，感情丰富着呢，十年也不会变心。"

苏小菲嘴里这么说，其实心里也是很担心的。李小小和王伟这对鸳鸯，历经苦难，她真心希望他们幸福。

4. 赵德海要卖房

苏小菲周五都是把孩子接到她的住处，周日再送回学校，接连好几周都没有回家。婆婆突然打电话过来，一反常态地向她道歉，说她不该骂苏小菲。原来，公婆在那天苏小菲走后，调转矛头，两人突审了赵德海。赵德海承认了与王蓉发生关系，并且导致王蓉怀孕的事。老两口狠狠地骂了一顿赵德海，逼着他与王蓉断绝关系。从那天起到现在，赵德海再也没有回过家。

公婆两人想孙子了，所以婆婆在电话中，第一次用了略显卑微的语气，和苏小菲商量能不能周五带着孙子回家。

苏小菲经不住几句好话，就答应了。她周五接了儿子霖霖，便带着他回了家。

婆婆看到苏小菲和霖霖，眼泪都流下来了。她一边抱着霖霖亲，一边对苏小菲说："孩子，妈向你道歉，也替我儿子向你道歉，你受委屈了。"

苏小菲忙说："妈，别说这些，咱们是一家人。"

婆婆说："哎，孩子，德海对不起你，我们赵家欠你的。"

苏小菲说："妈，别说这些了，不是一家人，不进一家门。咱是一家人，才能在一起过日子。我和德海是缘分尽了，跟您没关系。"

婆婆抹了一把眼泪，说："我是养了个畜生啊。唉，这都快一个月没回家了。他眼里不但没有你们，连父母都没有了。"

苏小菲听人说过赵德海的事，知道他借钱买设备生产洗衣粉，被套住了。她恨他，但又有些担心。

看到公婆的样子，她给赵德海发了一条短信："抽时间回趟家，你眼里没有父母了吗？"

好长时间也没有收到回信。苏小菲连续发了三遍，赵德海才回了："好。我这就回去。"

苏小菲不想见到他，忙回复："没必要吧，你明天晚上回来就行了。"

赵德海说："明天要出差。"

苏小菲告诉婆婆，赵德海一会儿就回来。婆婆惊讶，问她："你打电话给他了？"

苏小菲说："我发短信给他了。"

婆婆愤怒了，说："这个畜生，回家还得等人叫啊，你发短信告诉他，这个家他永远别回来了！"

苏小菲说："妈，等他回来，您别老是不搭理他。无论如何，他是您儿子。您老不搭理他，他心里有压力。"

婆婆"哼"了一声，说："看这个畜生的表现了。"

不大一会儿，赵德海回来了，他低着头皱着眉，显然最近很不顺。公婆虽然恨他，但终究是亲儿子，吃饭的时候，问他在外面的吃住怎么样。虽然口气是愤怒的、谴责的，但是透露着关心。苏小菲每回听到这儿都黯然神伤：儿媳妇无论如何都是外人，自己在外面住的时候，公婆从来不问这些的。

苏小菲先吃完了，随后起身离开餐桌，回了自己房间。

她刚坐了一会儿，就听到外面吵了起来。婆婆愤怒地吼着，骂着赵德海。苏小菲吓了一跳，忙站起来，跑到门边听。

婆婆喊道："不行就是不行，你是想把我们老两口和小菲娘俩都撵出去啊？我怎么养了你这么个白眼狼！人家谁不是结婚后，夫妻和睦，孝顺老人，一家人甜甜美美的。你呢？你看你把这个家弄的，还像个家吗？都这样了，你还不罢休，还想把我和你爹赶出去。告诉你，没门。我怎么养了你这么个儿子啊，老天爷啊……"

苏小菲觉得再不出去，就说不过去了，就开了门，走了出来。

看到苏小菲，婆婆和赵德海的眼神都亮了一瞬。

婆婆继续骂赵德海："你看看人家小菲，哪点孬了？是长得不如你，学问不如你，还是心肠不如你？我看人家样样都比你好！好太多了！你对人家怎么样？在外面养小的。我告诉你，这也就是在现在这个时代了，要是搁以前，你都够枪毙的了！"

婆婆的愤怒已经跨过了事情本身，进行漫天乱骂了。赵德海苍白地辩解着："妈，您听我说，没有这么严重，不信你可以问问小菲。"

婆婆分毫不让："我不问，我谁也不问！我告诉你赵德海，这个事我一千个不答应，一万个不答应。你要想把我们撵出去，行，先杀了我还有你爹！否则，还是那句话，没门！"

赵德海求救似的看着苏小菲。婆婆愤怒地喊道："小菲，不用听他的。我算看清了，我养了个畜生！当初花言巧语地把你骗来，扔家里不管了，现在又想骗我老婆子！这次我绝对不会答应他！"

苏小菲说："妈，不管什么事，您就让我听听吧。您放心，我是不会让您老没地方住的。"

苏小菲听婆婆的骂，就知道这事跟房子有关。她有点糊涂了，怎么会跟房子有关呢？

婆婆愤愤地不说话了。赵德海就耐心地把整件事情的来龙去脉都跟苏小菲说了，还是洗衣粉工厂的事。现在工厂已经因为没有原料生产，停产了。他刚联系上了东欧几个客户，这几个客户需求量比较大，而且要验厂，他决定再凑一百万，扩建厂房，再进一些原料。

苏小菲听完，就知道怎么回事了。她对赵德海说："赵德海，你现在是陷进去了。你的事我早就听说了。洗衣粉是一个低门槛的轻工产品，作为一个初入行的人来说，你选择这个行业没有什么问题。但是，你了解过这个产品的供需市场没有？越是低端的产品，竞争越激烈，利润越薄！你要是做贸易可以，做多做少，起码不赔钱，你要是做生产也可以，可以凭着低价格四处接单，但你最不能做的就是自产自销！你是做外贸的，怎么会不明白？自产自销，虽然能压低价格，但是如果没有数量优势，你的低价格那就是在害自己！还有一个问题，你自产自销，肯定就无法接别的外贸公司的订单了，因为别的外贸公司都知道你自己做外贸，害怕带着客户来，让你撬了墙脚。所以，你的自产自销，就是闭环式的自杀模式！况且你根本不懂生产，你找的那个小老板，也不懂怎么做大批量的外贸生产，我建议你赶紧退出这个模式。想做洗衣粉，可以先从业务开始！等业务量很大了，你可以垄断了，你再开工厂也不迟！你现在做自产自销，肯定会遭到同行的封杀！"

赵德海点头，很是颓唐地说："我也是这几天才想明白了这个道理。可是我现在骑虎难下了，如果现在退出来，损失巨大，我不能退出啊。"

苏小菲说："你如果不退出，那就是个无底洞！我打个比方，现在有个外贸公司自己建厂做笤帚，自产自销，来跟你抢客户，你能不能组合你的工厂资源，把这家公司打趴下？"

赵德海说："那肯定的啊。刚上的工厂没有经验，不会节约成本，不懂怎么进原料，除非有强势的资本，先把我们干倒，否则他们肯定要倒闭。"

苏小菲说："你自己生产洗衣粉这件事，在那些做了十年二十年洗衣粉的外贸公司眼里，就相当于在你眼里的要自产自销做笤帚的外贸公司。你想想，你有强大的资本把那些做了十多年甚至几十年洗衣粉的公司干倒闭吗?"

赵德海闭着眼,想了一会儿,长叹了一口气,说:"要是早跟你说说这事就好了,但是……现在晚了。"

苏小菲说:"你那设备不是那个笤帚厂厂长入的股吗?跟他说明问题,把设备卖了,亏的几十万两家平摊不就行了?我们都凑凑,应该没有什么问题。"

赵德海摇头,说:"不止这些,我还借了一些高利贷……"

苏小菲紧张了:"高利贷!多少?"

赵德海小声说:"借了八十多万,不过利滚利,现在……现在滚到一百五十万了。"

苏小菲愣了,好长时间没说话。她嘴唇颤抖,两眼发直,赵德海看着都害怕了:"苏小菲,你怎么了,你没事吧?"

好长时间,苏小菲才长出了一口气:"赵德海,你真是昏了头了!你谈的那个美女没有脑子,你做了这么多年业务了,你也没有脑子?"

5. 忙碌的苏小菲

苏小菲打电话给张刚,张刚很惊喜:"哎呀,苏主管啊,您老人家怎么想起给我打电话了?真是太荣幸了。"

苏小菲勉强笑了笑,说:"张总,我遇到难事了,想求您帮个忙。当然,您如果不方便,我也没意见。"

张刚说:"别啰唆了,有事就说。只要我能办到的,肯定没问题。"

苏小菲说:"我需要一百二十万现金。我先要说明一下,我会付利息,也会慢慢还,不过我需要七八年甚至十年的时间,才能还清。您虽然有钱,但是我想您应该有很多地方等着用钱,所以……"

张刚打断了苏小菲的话,说:"苏小菲,你有困难能想到我,我很高兴。你也不用啰唆,五百万以内,你随时可以找我,什么时候还都无所谓。你把账号给我,我让会计给你转过去。"

苏小菲很感动:"多谢张总,我没想到您会这么痛快。"

张刚说:"咱俩之间,别说这些没用的。你把账号用传真发给我,我马上让会计去办。哦,传真号码就是我办公室电话。"

钱到账后,苏小菲跟银行做了预约。第二天,苏小菲叫着高峰一起,帮她把这一百二十万和自己的存款取出来,凑了一百五十万,然后打电话给赵德海,让她跟自己一起去还高利贷。赵德海到了,看着高峰车上的两尼龙袋钱,他酸溜溜地说:"苏小菲,这钱是跟那个张总借的吧?"

苏小菲冷冷地说:"你别管我跟谁借的,你说要还是不要吧?你要是说不要,我马上给人送回去!"

赵德海忙说:"要,要!人到什么时候得说什么话啊,高利贷太狠了,我要是再不还,可能我这条命就要没了。"

高峰笑了笑,说:"赵大哥,您这胆子可真不小啊,还敢去碰那玩意儿。"

赵德海叹气:"娘的,本来想只借一个月,把洗衣粉卖出去就赶紧还了,但没想到,洗衣粉没卖出去,这就砸手里了。"

苏小菲说:"赵德海,还高利贷之前,我想见一见你的小女朋友。"

赵德海一愣:"你想干吗?"

苏小菲说:"你不用紧张,你们之间的事,跟我苏小菲没关系。我要是想闹事,早就闹了,我也不是不知道你们的住处。我只是想劝劝这个女孩儿早点认清现实,放弃你投资的那个工厂,把设备和洗衣粉都赶紧低价卖了,早卖早结束,把精力放在你们的主业上。术业有专攻,把一件事做精,肯定够吃的,自己不懂的,千万不要做。"

赵德海说:"这个不用你说,把高利贷还了,我们就卖设备。你要是去了,她反而生气不卖了呢。"

苏小菲想了想,觉得赵德海说得也有道理,就让他联系债主还钱。定下地方后,高峰开着车,拉着他们来到郊外的一处别墅门口。赵德海打了一个电话,别墅大门缓缓打开,有人出来看了看车,让车停在外面,来的人和赵德海各自背了一尼龙袋子钱,走了进去。苏小菲想进去,被人拦了下来。

半个小时后，赵德海拿着一张纸条走了出来。他把纸条递给苏小菲，苏小菲没看，问："都还上了？"

赵德海疲惫地靠在汽车座椅上，点了点头。苏小菲把手里的纸条撕了，然后让高峰开着车，到了赵德海投资的那个洗衣粉厂。

还是三间小平房，带个院子，院子里，孙老板用彩钢瓦搭了几个棚子，里面放满了粗大的塑料桶，桶里装满了洗衣粉。棚子漏风漏雨的，幸亏塑料桶够结实，洗衣粉才没有受潮。

赵德海花一百多万购买的设备，就放在平房里。平房里除了设备，也装满了洗衣粉，还有各种大大小小的桶。孙老板一脸愤怒，他告诉苏小菲，自从他和赵德海买了这套设备，他就全心全意在这里生产洗衣粉，连他原先的那些搞批发的客户都不联系了。现在看着不行了，才又开始做他原先的小生意。他原先有十多家客户，现在只剩下三家了。原先他一个月能赚七八千元钱，现在赚一千都费劲，他真是让赵德海给害惨了。

赵德海一脸愧疚，一个劲地向孙老板道歉。苏小菲让孙老板帮忙联系人，把设备处理了，还有洗衣粉。处理完了之后，让赵德海赔他半年工资，一个月按八千元算。孙老板听了，高兴地满口答应下来。

苏小菲跟孙老板互相留了电话，三人便开车返回了烟台。

高峰因为有事，把赵德海和苏小菲放下后，便开车走了，之后赵德海和苏小菲也各走各的。

苏小菲打算回公司，刚走到楼梯口，就接到了李小小的电话。小小约苏小菲出去喝咖啡，苏小菲说她要回公司，明天吧。

李小小带着哭腔说："不行啊，苏姐，我今天一定要跟您说说，要不我活不下去了！"

苏小菲只好说："那行，你订个地方吧。"

苏小菲打电话给顾晓墨，确定公司没有什么事，便赶到了李小小订好的咖啡厅。

李小小脸色凄凉，看到苏小菲的第一句话就是："苏姐，我跟王伟真完了。"

话一出口，李小小的眼泪就跟着哗哗流了出来，她忙扯纸巾擦眼泪。

即便有了心理准备，这话也吓了苏小菲一跳，她问："你说什么，怎么完了？"

李小小说："好多天了，他……他都不跟我睡一个被窝。我钻到他被窝里，他也不碰我！"

苏小菲皱了皱眉："为什么？他在外面有人了？"

李小小点头："有人了。苏姐，你说我该怎么办啊。"

苏小菲惊讶得连手中的勺子都掉进了杯子里："你怎么知道的？"

李小小说："我翻他手机了。有个女的给他发短信，那个女的还怀孕了……呜呜……"

苏小菲站了起来："什么！还怀孕了？"

李小小可怜巴巴地继续说道："是。那个女人让他赶快回去，说要上医院检查了。"

苏小菲一听更蒙了，问："他还回去吗？"

李小小泪水涟涟："回去呢。王伟回来的时候，就买了返程票，半个月后就走。我看这情况，恐怕半个月都等不上呢，那边女的要他赶快回去。呜呜……"

苏小菲坐下，想了想，问："小小，你看他手机的事，你跟王伟说过没有？"

李小小说："还没有。我现在还不知道该怎么办，所以才找你的。"

苏小菲想了想，说："小小，咱现在不知道王伟的意思，我觉得你先啥也别说，要装作什么都不知道的样子，尽量对他好，看看这些日子能不能把他的心给暖回来。还有，如果能暖过来，就别让他回去了。其他什么也别管，就是不回去了，那边的东西也不要了，我怕他一回去，人就不是你的了。对了，他出去这两年，钱都给你了没有？"

李小小说："钱倒是没少给，一个季度打一次钱，两年给我打了三十多万。"

苏小菲说："这就好，说明他还是有点良心的，咱还有挽回的余地。

别灰心啊,起码现在主动权在咱手里。"

李小小有些狐疑地点头:"好。"

6. 王伟走了

以后的日子里,苏小菲常打电话询问李小小,李小小每次接电话都是不停地哭。两人基本上没有和好的希望了,十多天里,李小小和王伟从来没有同床过。曾经那么简单的王伟变得顽固执拗,李小小和公婆一起劝说了他多次,他都一言不发,像一块石头。

最后几天他跟李小小和盘托出了他在外面的事。那个女人是浙江人,叫赵琳,她在西班牙有个小仓库,从国内义乌批发小饰品在西班牙搞批发。王伟是在最艰难的时候认识的她。

那时候,王伟刚从一家服装厂辞了工。那是他来西班牙的第一份工作,在服装厂里熨烫服装,一共干了五个月。辞工是因为一天十三个小时的工作量,他实在受不了。

后来他就偷偷地在马德里的劳务市场联系活儿干。一开始没有找到熟悉情况的老乡,常常被别人拉去,白干一天的活儿。最糟糕的是,常常很多天都没有活儿干,身上连吃饭的钱都没有。

因为他们没有身份,属于黑工,不敢光明正大地到市场揽活,只能在别人揽到活儿后,央求人家带上自己。

那次赵琳到市场找人装修仓库,在找到两个小工后,王伟也过去求赵琳把他带上。一开始揽到活儿的两个人不想要他,其中一个印度人还打了他一巴掌。赵琳看着在一边幸灾乐祸的另一个中国人,恼了,就把他们俩都辞了,雇了王伟,让他又叫了一个他比较熟的中国人。

王伟给赵琳干了半个月仓库装修,干完后,赵琳非常满意,又给他介绍了两单活儿。从此他就带着两个人,专门干店铺和仓库装修,这才慢慢地开始挣钱了。

赵琳和他的西班牙丈夫一起在马德里开了家小店,批发国内生产的小商品,生意不大好做,赚钱也不多。西班牙丈夫后来跟她离婚了,就剩她一个女人在那边打拼。王伟经常趁着晚上或者周日去帮她进货送货,再后来两人就住到一起了。

"如果没有她,我不是成了一个小偷,就是成了一名抢劫犯了。"王伟说。因为那几天他已经弹尽粮绝,他都准备好抢劫的刀子了。

"你不了解一个人在异国他乡的滋味。她是我的恩人,对我也好。我对不起你。"王伟说。

李小小哭了一天一宿。公婆过来询问情况,李小小也只是哭。

听李小小说完后,苏小菲觉得事情比较严重,就选了一个时间,请王伟和李小小吃饭,想找机会劝劝王伟。

为了能唤起王伟的美好记忆,她把吃饭的地点选在了当年她劝王伟出国的那个饭店,并且还早早过去,占了当年他们三个坐着的位子。

她看到王伟和李小小一起走进饭店的时候,王伟看到了她,明显愣了一下。

苏小菲心里一阵高兴,觉得今天弄不好能有个好结果。

李小小和王伟坐下,刚好坐的是当年他们各自的位置。苏小菲说:"王伟,这两年你在国外受苦了,现在你们的债也还上了,你们两个的苦日子到头了。你是一个有担当的男人,我为李小小有你这样的丈夫高兴。今天我请你们吃饭,主要是想听听你们以后的打算。"

王伟面无表情,说:"谢谢苏姐,这两年小小多亏有您照顾。我更要感谢您,如果不是您劝我出国,我哪有今天?今天这顿,算我请您。"

苏小菲说:"别跟我客气,以为我请不起你吃顿饭吗?如果真想感谢我,对小小好点,比什么都强。"

王伟笑了笑,没说话。

菜上来后,苏小菲边劝王伟吃菜,边回忆起了他们过去的日子。王伟明显不想说这些,一直回避着把这个话题深入下去。苏小菲却不让,揪着这个话题不放,直到自己没什么可说了,才又说起这些年李小小受的苦。最后,她便说他们两人也是苦尽甘来,马上要开始新的生活了,李小小的保险工作继续做着,王伟也有本钱了,拿出一半钱来,开个小店,一年后，也能开始赚钱了。多好的日子。

苏小菲边说，边打量王伟的脸色，看他脸色没有什么变化，就说："我正好认识个朋友，他有店要转让，你们要是同意，我明天就带着你们去看看。王伟你也别回去了，你在外面不容易，李小小也不容易。现在债务都还上了，两个人在一起，互相照顾，这多好。"

王伟不说话。李小小一遍遍地看他。

终于，王伟说话了，他说："谢谢您了苏姐，我的绿卡刚办出来，我还想出去挣钱。您的好意我心领了，但是做生意有赚有赔，没法说，我看还是再出去几年合适。否则，等把钱赔光了再出去，绿卡也就过期了。"

王伟说得很有道理。苏小菲也没法直接问他在外面是否有女人，只能旁敲侧击地劝他珍惜李小小。王伟一个劲儿地低头吃菜，不说话。李小小只好接过了苏小菲的话题，说些别的。

之后，王伟也谈了些在国外的遭遇。苏小菲抓住机会，半开玩笑地问他："王伟，听说在外面的男人大都要找个女人，一起合伙过日子。你和李小小感情这么好，应该不会找吧？"

王伟反问她："苏姐，您觉得呢？"

苏小菲说："我觉得你不能。"

王伟慢悠悠地说："苏姐，我知道您今天的目的，我也知道我说的那些话，小小都会跟您说。您不是说，人总是会变的吗？您说得真对。在那种环境下，不变也生存不下去。我是找了个女人一起过，一开始我还觉得对不起小小，后来就没有那种感觉了。我也骂过自己，但没用。在国外，没人把你当回事，一个人在国外过，太难了。当然，很多人回国了都不承认，我觉得这是对老婆的欺骗。我跟小小说这些，是尊重她。我现在觉得对不起她，可是这是事实，没办法。如果不是有赵琳，我在国外挣不到钱，也不可能还上债，还有了积蓄。这就是代价吧。人总是会随着环境的变化而变化，并且变得自己都认不出自己了。我能认出自己，是因为我感受到了变化的痛苦，这种变化有时候我是不愿意的，可是又不得不变。苏姐，您是有见识的人，我觉得您应该理解我。我也很痛苦，真的。"

苏小菲问："那你跟李小小怎么办？"

王伟迟疑了一下说："这个……我听李小小的。但是我不可能留下，我还得出去赚钱，你们说什么都没用。我赚的钱，都会汇给李小小，她只要不跟我离婚，我就会一直给她汇钱。我只能做到这些了。"

苏小菲问："王伟，你铁了心了，无法挽回了？"

王伟站起来，说："苏姐，我吃饱了，你们慢慢吃。有个朋友找我有点事，我先走了。"

王伟没等苏小菲说话，转身便走了出去。

李小小和苏小菲看着王伟的背影，皆目瞪口呆。

王伟要走了，在饭店宴请亲朋好友，苏小菲也去了。

席间，场面很热闹，王伟的乡下亲戚都来了，围了满满一大桌子。

大家少不了挨个敬酒，王伟满面春风，新郎官似的高兴。与之相对的是，李小小眼圈红肿，满面凄凉。

苏小菲敬酒的时候，没有像那些嘻嘻哈哈的宾客一样说一些毫无意义的祝福话，她端着酒杯，说："王伟，咱认识也很多年了，我呢，有几句话想劝劝你。你出国是为了挣钱，李小小在你出国后，日夜盼着你，想着你，这个想必你也知道。钱呢，没有挣够的时候，我希望你在合适的时候，还是回来吧。小小一个人，也不容易。"

王伟说："谢谢苏姐。不过我还真适应了那边的生活，我这次回来，觉得国内我适应不了了。当然，也不是说我再也不回来了，如果我在那边住够了，还是会回来的。"

苏小菲看着面无表情的王伟从容地反驳着她的话，真不敢相信，这个人就是两年前那个软弱彷徨的文学青年。

宴会上，有几个不知内情的人起哄让李小小给王伟敬酒，李小小端起酒杯，看着王伟，还未说话，眼泪先哗哗地流了下来。她泣不成声，说了好几次，才把话说完："王伟，咱夫妻一场，别的不说了，我祝你在外面……能活得快乐。"

说完，她用颤抖着的手端着酒，和着眼泪，一饮而尽，然后，就匆匆

第八章 爱情只是个神话

地跑进了洗手间。

即便是再迟钝的人，也能从李小小的话中听出别的意味，满桌人都闭了嘴，哑巴一样。

苏小菲跟了出去，看到李小小在洗手池那儿抖着肩膀抽泣着，实在没法说什么，只能过去拍拍她的肩膀。李小小看着她，叫了声："苏姐。"

苏小菲说："小小，这都啥年代了，谁离了谁都能活，坚强起来。"

李小小擦擦脸，说："好，苏姐。"

吃了饭，还是高峰拉着他们去飞机场送王伟。

在候机大厅，李小小突然提议和儿子还有王伟一起照个像。王伟说："照什么像啊，又不是不回来了。"

守着那么多人，李小小不好多说什么，但是苏小菲看出来了，她非常想跟王伟照相，就过去逼着三个人照了一张相。苏小菲在取景框中看到，王伟一脸冷漠，不屑地看着她，李小小脸上是无尽的哀伤，只有孩子花儿一样地笑着。

王伟进了安检口，苏小菲等人也就走了出来，上了车回城。

半路上，看到一架飞机从飞机场起飞，飞上蓝天。李小小看着天空，喃喃地说："王伟走了。"说完，便突然号啕大哭起来。

7. 戴金梅自杀了

当天晚上，苏小菲拉着李小小来到她的新房子，陪着她说了半宿话。为了安慰她，苏小菲把自己和赵德海的矛盾也多少透露了些，但是没说赵德海在外面找了女人，而是说因为家庭矛盾，两人吵架才分居的。

到了最后，李小小情绪终于平息了些，说："没想到苏姐你也有这么难受的事，你真行，平常根本看不出来。"

苏小菲心说，更难受的事我还没说呢。

李小小发狠说："咱还坚持什么贞操呢，没想到人家根本不在乎。早知道这样，我守什么啊。这两年多，我那么苦，还装贞女。我是人，我也有生理需要啊。我是怕对不起他，觉得他在外面受苦挨累，咱要对得起人家。其实，我不苦不累吗？他怎么就不替我想想呢？"

李小小反反复复地说着，苏小菲都听烦了，就说："行了，别说了，就这么点事，你就别念叨了。我说句不好听的，天下男人又不止他一个，别那么没出息。我现在跟赵德海，也跟你们差不多，女人要是离了男人就没法活，那还不如干脆死了算了。"

李小小又说："苏姐你说得对，天下男人又不止他一个。可……可是，我都快三十了，还能有人要吗？"

苏小菲说："没人要就去死呗。你怎么一天到晚就是这些破事？那个李老板不是对你念念不忘吗？你想男人了，明天就可以去找他。"

李小小被苏小菲的话气笑了，说："呸，谁说我想男人了？我是觉得不公平，太不公平了。男人三十了还升值，咱把大好年华都贡献给了他们，他们升值了，把咱一扔，咱成了块破抹布，当女人也太憋屈了。"

苏小菲说："所以，女人不能完全依赖男人。无论是做人家老婆还是做情人，都要有自我，心态不能变。完全靠男人，他们一旦有变故，那这个女人就变成祥林嫂了。小小，这种情况你得警惕，你快离祥林嫂不远了。你一定要记住，以后无论到什么时候，都要坚强起来，千万别觉得男人是依靠。这男人啊，属花蝴蝶的多了，而花蝴蝶的天性，那就是靠不住。别说平常人，你看历史上那些有头有脸的大人物，见一个爱一个，始乱终弃的真不是少数。"

李小小说："好，苏姐，我记着了。"

李小小在苏小菲家住下了，两人依偎在一起，说男人，说生意，一直说到筋疲力尽，才睡了过去。

第二天一早，李小小去保险公司打卡。苏小菲吃了早饭后，也赶到了公司。

她一走进办公室，顾晓墨便站起来，关上了门，一脸神秘地走到她面前说："苏姐，咱部门出大事了，您知道不？"

苏小菲一愣："呃。出什么大事了，老大被抓了？"

顾晓墨"哼"了一声，说："就咱老大，娘们儿唧唧的，他要是能因为什么事被抓，我还敬他是条汉子。哼！"

苏小菲皱了皱眉："到底是什么事？不说我就走了！"

顾晓墨说："你可不能走，我这刚刚准备给你打电话呢。刚刚老大带着部门的人去医院了，还来问你去不去呢。我说你没来，你来了也不去。老大让我打电话给你，说你境界比我高。我说这是原则问题，跟境界一点儿关系都没有，老大还骂我呢……"

苏小菲转身就要走，顾晓墨忙拦在她面前："戴金梅自杀了！不过没死成，现在在医院抢救！"

苏小菲吓了一跳，张大了嘴巴："她？她怎么可能自杀？"

顾晓墨说："我也这么想呢。这种不要脸的人，一点儿人性都没有，怎么会自杀？恐怕是装的吧？"

苏小菲问："她是因为什么自杀的？"

顾晓墨说："你知道她跟她老公离婚了吧？她老公也是个奇葩，前些日子跟她复婚了，刚复婚一个月，就带着一个美女跑了！听说还把戴金梅这些年攒下的钱全部带走了！这真是恶人自有恶人磨啊，活该！"

苏小菲沉默了一会儿，问："工艺品部的人都去了？"

顾晓墨点头，说："谭老大亲自带队。他还让我也去，代表地毯部，说什么到这种时候了，就不要斤斤计较，到关键时候要互相帮助什么的。他也不想想，戴金梅当初是怎么挤兑我们的。"

苏小菲说："老大说得对。走，咱俩也去医院看看她，她在哪家医院？"

顾晓墨很惊愕："老大说对了？苏姐，你什么时候变得这么傻了，她做了多少对不起咱的事啊……"

苏小菲说："别啰唆了，赶紧打电话，问问别的部门，戴金梅在哪家医院。"

顾晓墨打电话问了，得知戴金梅在市立医院，经过抢救，现在人醒了，但是还不能说话，在重症监护室。

苏小菲和顾晓墨下了楼，走到大街上打了车，直奔市立医院。

顾晓墨一路上噘着嘴，显然对苏小菲的做法很不满意。苏小菲看到她的样子，笑了笑，说："晓墨，你啊，都这么大了，还是个孩子。我跟你一样，也对戴金梅没有好感，但是这人啊，还是要互相关心，特别是女人之间。我们又没有什么深仇大恨，她家出了这么大的事，我们怎么能袖手旁观呢？"

顾晓墨虽然不说话，但是脸色好看了一些。

苏小菲继续说："再说了，咱也不是一点儿错处都没有。当初戴金梅在我这儿，我一直没有给她单干的机会，这应该是她恨我的原因之一吧。"

顾晓墨"哼"了一声，说："你也没让我单干呢，我也没恨你。她跟你干的时候，你赚的钱有她的分成，她还跟你学本事，难道你还要分个客户给她？"

苏小菲很认真地说："这次你说对了。晓墨，你也跟着我鞍前马后地干了三四年了，从明年开始，我就分出几个客户给你，你从头到尾负责他们的业务，你不能一直跟我分利润了。当然，你的利润我也不跟着分成，咱是一个部门，但各干各的。"

顾晓墨惊讶地说："苏姐，你这是要把我踢出去啊。"

苏小菲说："不把你踢出去，你永远长不大，永远不知道自己去找客户。"

两人到了医院，看到谭林带着工艺品部的十多个人刚从里面出来。

谭林看到苏小菲，微微一笑，竖了竖大拇指，说："苏主管果然不负本经理所望！"

苏小菲问："人怎么样了？"

谭林叹了口气，说："生命危险是没有了，不过具体情况还很难说，现在她人在重症监护室。我们在那里只见到了她弟弟，戴金梅的母亲早亡，她父亲是个瘫子，现在是她弟弟在医院照顾她。听说戴金梅家庭很困难，也是个苦命人呢。"

8. 戴金梅请客

谭林让众人先回去，他陪着苏小菲和顾晓墨进入医院的主院区，在重症监护室外见到了戴金梅的弟弟。

让苏小菲和顾晓墨没有想到的是，眼前的小伙子还一脸稚嫩。苏小菲询问他的年龄，得知他竟然比戴金梅小了十岁，才十九岁。看着一脸茫然手足无措的小伙子，顾晓墨的同情心也泛滥起来，在苏小菲给了小伙子一个装着钱的信封外，她又从自己包里，另外掏出了一千元钱交给了小伙子。

从小伙子这里得知，他现在还在读书，他的学费和父亲治病的费用，都是靠戴金梅在支撑着。姐姐自杀这事，他父亲还不知道呢。

三人安慰了小伙子一会儿，便离开医院，打车回了单位。

三人回到单位后，谭林告诉苏小菲，因为戴金梅的事比较特殊，工艺品部打算等戴金梅从重症监护室出来后，每天派人轮流到医院进行陪护。当然，这事得自愿。戴金梅在公司不太招人待见，恐怕愿意报名的人不多。

苏小菲说："算我一个吧。人都有遇到难事的时候，这时候，就得多想一想对方的好处。不管怎么说，戴金梅都是从地毯部出去的人。"

谭林点头，说："怪不得苏主管能把生意做得这么好，格局就是不一样啊。"

顾晓墨说："也算我一个吧，咱也跟苏姐学一学。"

谭林说："地毯部就是比别的部门风格高啊，戴金梅要是知道你们两人的作法，她肯定会后悔当初的选择。"

苏小菲笑了笑，说："没什么后悔不后悔的，说这些没意思。人活着都不容易，多理解一些，大家活得就能轻松一些。"

过了一周，戴金梅从重症监护室转到了普通病房，苏小菲和顾晓墨一起去医院照顾她。

两人走进病房，脸色苍白的戴金梅看到两人，愣了愣，眼里马上充满了敌意。戴金梅的弟弟在她耳边轻声说了一句话,戴金梅的眼神变得疑惑起来。

苏小菲走到她面前,笑了笑,说:"金梅,今天感觉怎么样?"

戴金梅冷冷地说:"苏主管,您是来看我笑话的吧?"

顾晓墨抢话说:"戴金梅,你这就不识好人心了。谭经理组织人轮流照顾你,苏姐第一个报名,要是想看你笑话,谁到这种地方来?"

戴金梅垂下了眼皮。

她弟弟也说:"姐姐,苏主管是个好人,她来看了你两次了。"

戴金梅喃喃地说:"这个世界上哪里有什么好人,人人都为了自己的利益,不惜打压别人,会做人的,就成了所谓的好人。我这种人,不会做人,连个朋友都留不住。"

顾晓墨"哼"了一声,说:"苏姐不是会做人,而是本来就是个好人。戴金梅,你要是不欢迎我们,我们这就走,你别得了便宜还卖乖,好像我们来照顾你,占你多大便宜似的。"

戴金梅说:"我谢谢你们的好意,有我弟弟在这儿,还有护工帮忙,就不用你们了,你们回去吧。"

顾晓墨气得拉着苏小菲就要走。苏小菲笑了笑,说:"戴金梅,我们没有别的目的,也根本不会来看你的笑话,我们没有那么复杂,我们就是很简单地想来照顾你,你要是不想看到我们,我们这就走。"

戴金梅闭着眼,轻声说:"你们走吧,在这里也是耽误时间。"

苏小菲说:"行。你要是有什么事,就给我打电话。"

戴金梅点头,说:"好。"

苏小菲和顾晓墨走出医院,顾晓墨长出了一口气,说:"什么玩意儿,好心当成驴肝肺!"

苏小菲说:"走吧。也许她有难言之隐呢。"

顾晓墨"哼"了一声,说:"做了那么多亏心事,当然有难言之隐了。"

两人回到公司,把去医院探望戴金梅的经过向谭林说了。谭林也很无奈，说："她不用就算了，咱算仁至义尽了，你们回去忙吧。"

最近她们还真是比较忙，虽然美国市场不好，但是大卫所属的公司又在欧洲开了一些地毯商店，所以大卫公司进货的数量又渐渐多了起来。欧洲市场比较零碎，对地毯的图案有很多个性化要求，她们不断给工厂下各种小订单，忙得团团转。

此后的几天，她们也通过公司其他业务部门的人，了解到了戴金梅的消息。她原本身体底子就比较好，所以恢复得很快，在医院住了一周后，便出院了。

出院后，戴金梅在家里静养了十多天，才回到公司上班。

第一天回到公司，她带了一些小礼品，挨个部门送。她也来到了地毯部，给苏小菲和顾晓墨送了一些巧克力和两条丝巾。她没有多说话，却很诚恳地向苏小菲道歉，说她在医院的时候，心情不好，谁也不想见。

苏小菲和顾晓墨正忙着去仓库，只是应付了她几句，便匆匆下了楼。

两人在仓库里忙活到下午，苏小菲突然接到了戴金梅的电话。戴金梅说要请她吃饭，苏小菲很意外，本能地拒绝了。她说晚上回家还有点事，就不去了。

傍晚，苏小菲和顾晓墨统计完地毯，走出仓库，看到了站在仓库门外的戴金梅。戴金梅说她已经在仓库外的小店点了几个菜，不会耽误她们太多时间，请两人务必赏脸。顾晓墨约了男朋友，向戴金梅说明了情况，先走了。苏小菲没办法，只得和戴金梅走进了旁边的小店。

仓库外的这家小店，两人都很熟悉，这家饭店主要做的就是来仓库送货的工厂和公司常来仓库的工作人员的生意，店面不大，却收拾得很干净，菜品也比较好。

两人走进饭店坐下，服务员马上上菜。

戴金梅有些感慨，说："苏姐，我第一次在这儿吃饭，还是你带着来的呢。一晃这么多年了。"

苏小菲想赶快吃完，赶紧回去歇一歇，就拿起筷子说："这个你还记着啊。吃菜，今天真累了，吃饱了赶紧回家。"

戴金梅开了两瓶啤酒，递给了苏小菲一瓶。苏小菲也没客气，倒进杯子里便喝了起来。

戴金梅与苏小菲碰杯，说："苏姐，我一直想找机会，向您道歉……"

苏小菲忙抬起手，说："打住！不说这个话题，这事翻篇了。你的家庭情况虽然我早就知道，不过没想到这么艰难。我当初只顾着做业务，没有分两个客户给你，这是我的错误。我们都有错，所以这个事不说了。"

戴金梅的眼里涌出了眼泪，说："苏姐，您真是个好人。谢谢您了。"

第九章　重新开始的爱情

1. 争执

赵德海把苏小菲帮忙还上高利贷和要求他把设备卖了的事告诉了王蓉。王蓉很不高兴，她告诉赵德海，这设备是她投资买的，什么时候卖，到底卖还是不卖，都是她说了算，什么时候轮到她苏小菲来说三道四了。

本来王蓉也觉得这生意不适合他们，打算跟赵德海商量着把设备卖了，哪怕洗衣粉也不要了，赶紧壮士断腕。但是苏小菲横刀杀出，逼着赵德海卖设备，她却不想卖了，她要跟苏小菲较劲一下，看看赵德海到底听谁的。

赵德海不明就里，催促孙老板赶紧联系买主。

孙老板迅速联系到了设备的买家，对方出价五十八万。赵德海觉得有点低，孙老板就带着买设备的人赶到烟台，来跟赵德海谈一谈。

赵德海有些犹豫，打电话把此事告诉了王蓉，王蓉却说她现在不想卖设备了，既然他们已经生产出那么多的洗衣粉了，也不必继续生产了，赵德海可以从从容容地联系客户，先把这些洗衣粉卖了，再开始生产。

经过这些日子的折腾，赵德海已经很清楚，洗衣粉行业比他想象中难做多了。这个行业像地毯、服装等其他行业一样，大客户已经被瓜分完毕，剩下一些可有可无的小客户，属于鸡肋性质，做也没有什么利润。一旦看明白了，他就对这个行业完全失去了兴趣，做这个，还不如去正儿八经研究他的笤帚呢。

赵德海把这些跟王蓉说了，又说："现在比较重要的问题是孙老板不想把设备继续放在他的屋里了,还有那些洗衣粉。这些东西他都用不上,又卖不掉。他现在准备生产能在市场上批发掉的洗衣粉,还是用他原来的那套设备,但是咱的设备占着他的平房,他只能出去租房子生产。以前他靠着生产洗衣粉,每年能赚个八九万,跟咱一起干之后,他以为能跟咱发财呢,就把原先的业务停了,在家里埋头生产洗衣粉。现在他看咱这个做不起来,他又回头找他的那些老客户,结果很多客户已经跟别人做了,好不容易找回来几个,还得租房子生产,孙老板因此对咱意见不少,早就表示不想跟咱一起做了,让咱把洗衣粉和设备从他的屋里弄出去。先不说咱能否找到大客户,能否赚到钱,即便以后能赚到钱,现在的问题是,咱得先找地方把设备和那一千多吨洗衣粉安顿好。"

王蓉很气愤:"这个孙老板真是不讲道理,当初他可是以他的三间破屋子入股的!按照道理来说,他这房子现在是属于咱三个的共同财产呢。"

赵德海无奈地笑笑,说:"跟孙老板讲这些没用,还是想想咱该怎么办吧。"

赵德海又说:"我刚跟波兰一个零售商交流过,现在国内做洗衣粉已经不占优势了,东欧很多国家都可以生产,运输费还便宜。国内现在能做的,都是一些低端客户,靠着价格低能卖一些。以前国内的优势是原料和人工成本,现在越来越重视环保了,人工成本也越来越高。咱进入这个行业太晚,我觉得咱很难做起来,拖得时间越长,亏空越大,要不是苏小菲帮我还了那一百五十万,我现在还得四处躲债呢。"

王蓉冷冷地说:"现在觉得苏小菲好了?赵德海,你现在要是能跟我结婚,我能让我爹拿两百万给你做生意,你信不信?"

赵德海忙摆手:"我不是这个意思。当初你可说了,咱俩相好,不涉及婚姻问题的!"

王蓉冷笑一声:"你紧张什么?我就是打个比方。还是那句话,这机器不能卖,咱花一百多万买的,没用多长时间,凭什么要几十万卖出去?"

赵德海苦恼地拍拍脑袋:"二手货,就这个价啊。王蓉,你现在怎么变成这样了?我怎么就跟你说不明白呢?"

王蓉"哼"了一声，说："我从来都没变，是你变了！你说得也很明白，我都懂，但是我不接受你的意见。这个洗衣粉工厂，我是最大的股东，卖不卖设备，当然我说了算！"

赵德海无法说服王蓉，只得让孙老板先等等，他还有些事需要处理一下，等过几天，他去找孙老板。

曾经唯唯诺诺的孙老板，现在已经很不耐烦了，他恶狠狠地对赵德海说："赵经理，我给你一个月的时间！要是一个月你们还不把设备弄出去，我就找人把这东西抬出去扔了！你们在城里赚大钱，我现在生意都快倒闭了，还得出去租房子，你们怎么就不能替我想想呢？"

赵德海真是有苦说不出。

王蓉显怀得越来越明显，再肥大的衣服也无法掩住她日渐隆起的肚子，她害怕被父母看出来，已经两个多月没敢回家了。

老厂长惦念闺女，跑到烟台来看她。王蓉想躲起来，又觉得父亲这么远来了，不忍心，便只得穿了一件大号的风衣，迎接父亲的到来。老厂长在王蓉这儿住了一天，觉得闺女有些不对劲儿，又打电话，让王蓉的母亲坐火车赶了过来。

母亲一看到王蓉，就什么都明白了，她倒是没有慌，而是很平静地在王蓉面前坐下，问："几个月了？"

王蓉知道自己再也瞒不住了，就说："六……六个月了。"

母亲点头，说："我和你爸什么也不说，你打电话，让男方过来让我们看看，只要人好，你们就结婚。他们家要是有钱，那更好，如果没有也没关系，车房咱都有，我们就你这么一个孩子，工厂以后也是你们的。"

王蓉早就想好了说辞："他出国了，不会回来了。也就是说，事实上，我们已经分手了。"

老厂长夫妻瞪大了眼睛："什么？那你还留着干什么，赶紧去流了！"

王蓉说："我去医院看过，医生说我……身体有问题，要是流了，以后就很难怀孕了。"

王蓉轻轻的一句话，让自诩见多识广的老厂长夫妻俩都愣住了，不知如何是好了。两人唉声叹气，窝了一肚子火，又无处发泄。最后，还是王蓉的母亲有主意，她拉着王蓉，要去医院检查。

王蓉一看要坏事，赶紧退后一步，说这种情况医生也许说不准，但是她下定决心了，要把孩子生下来，这辈子她就不结婚了，就自己带着孩子过。

老厂长逼着王蓉跟他们一起回去，王蓉不肯，双方争执了一会儿，老厂长只得暂且带着老伴回去了。

2．王蓉回家

赵德海突然接到了王蓉父亲的电话，老厂长问他最近有没有客户，因为最近订单太少，工厂已经停工一个多月了。这让赵德海很意外，他说联系下客户看看。老厂长最后叹了口气，声音疲惫无力，深深地触动了赵德海。

赵德海回去就把这事跟王蓉说了。王蓉知道父亲的脾气，如果不是实在没办法，他是不会主动打电话给赵德海的。她知道赵德海手里有个订单，原本是打算给东北的工厂做的，那边的价格低。王蓉就跟赵德海商量，让他把手里的单子给父亲做，赵德海答应了。

赵德海把单子下给了老厂长的工厂，老厂长很高兴，请赵德海去喝酒。老厂长告诉赵德海，现在他们吃饭不在厂子里吃，都上饭店了，因为老婆子身体不好，住院十多天了，不能给他们做饭了。

赵德海把王蓉妈妈住院的事告诉了王蓉，王蓉急了，叫上赵德海，开着车就往老家疾驰。

他们一早出发，中午就到了德丰。赵德海也很多日子没来了，看到笤帚厂的时候，他不由得感慨万分。

当年他毕业分配到外贸公司，单独完成的第一笔生意，就是给老厂长的工厂出口了一批笤帚。在这里，他知道了什么是墨西哥高粱，知道了扎一把笤帚需要十三道工序，也知道了这些小工厂在夹缝中生存的不易。因此，他对这个工厂有着类似人生启蒙般的感情。

老厂长看着两人一起回来,很高兴。王蓉看到父亲,就问妈现在在哪家医院,谁在医院里伺候她。

老厂长没有回答,而是先把赵德海请进了办公室。

王蓉跟着走进办公室,刚要继续问母亲在哪家医院时,王蓉的母亲从办公室的另一边推门走了进来。

王蓉和赵德海都愣住了。

老厂长笑了笑,拉着赵德海从办公室走出来,说是去看看这批笤帚的原料。到了这时候,赵德海才知道,他们这是中了老厂长的计了。不过他也只能装作不知道其中的蹊跷,边在工厂看原料,边问:"王厂长,老嫂子这是出院了?"

老厂长没有正面回答,含含糊糊地说:"哦,没什么大事,就是血压有点高。"

赵德海"哦"了一声,没有继续再谈这个话题,看了原料之后,就去看工人们整苗。

整苗是扎笤帚的第一道工序。笤帚原料,是收获完了高粱米剩下的高粱苗子,苗子上有残存的干瘪的高粱米,还有高粱壳,这些都要提前收拾干净。前些年,这道工序都是人工做的,十几个六十多岁的老人,坐在一把把倒放着的铁耙子后边,挥舞笤帚苗,用铁耙子上的铁齿,把上面的那些壳去掉。

现在,老厂子已经购买了两台专门梳苗的机器,效率高多了。但是这儿依然有些尘土飞扬,工人们戴着口罩和帽子,裸露出来的皮肤上,落满了高粱的绒毛和尘土。

赵德海看了看整备出来的苗子,觉得还不错,就赶紧从这个车间走了出来。

老厂长叫了几个人,陪着赵德海一起去饭店吃饭。吃完饭回到工厂,赵德海就想叫着王蓉一起回去,老厂长却告诉他,王蓉暂时不回去了,他会派车把赵德海送到车站。

其实赵德海看到王蓉母亲的时候,就知道了这个结局。一时间,他心情复杂起来。等上了车,汽车发动,刚要走,王蓉突然从办公室跑了出来,她说她要开车送赵经理去车站。老厂长没法说什么,只能同意。

为了防止王蓉趁机逃走,老厂长亲自押车,跟着王蓉一起去送赵德海。

王蓉开着车,老厂长坐在前面,赵德海坐在后面。王蓉闹情绪,不说话。赵德海想到了自己第一次见到王蓉时候的场景,那时候,王蓉刚刚大学毕业,赵德海带着客户到厂里验货,在这个到处充斥着破旧和脏乱差的小厂子里,他看到穿着牛仔裤白衬衫,身材火辣,浑身散发着活力和灵气的王蓉,心都快被融化了。

想到这里,赵德海突然觉得,自己拥有过王蓉,是此生最为幸运之事。这个单纯的女孩子,不为钱财,不为名利,她跟着自己,是因为纯粹喜欢,纯粹的爱,而自己为她做过什么?没有,几乎什么都没有。他想带着她一起做外贸,赚点钱,最终却被套住了。自己实在是太没用了。

到了车站,王蓉停下车,对赵德海说:"赵经理,你先自己回去吧,我把这边的事处理一下,我还得回去。"

赵德海突然觉得很伤感,他对王蓉说:"好。你多保重,要听父母的话,我在烟台等你。"

王蓉笑了笑,说:"洗衣粉设备不许偷偷卖了啊,我还得回去发展业务呢。"

赵德海跟老厂长告别,便下了车,走进了车站。到了大厅,他透过玻璃窗看到王蓉的车一直停在那儿,心里有种流血的感觉。他知道,王蓉肯定也在看着自己呢。他排队买票出来后,看到王蓉的车才慢慢地掉头,融入了车流中。

3. 干了这杯酒

苏小菲接到高峰的电话,说有事要找她。苏小菲刚好要下班,就开玩笑地说:"请我吃饭吗?"

高峰笑着说:"当然。"

苏小菲从办公楼下来,刚出大门,便看到了等在门口的高峰。

苏小菲有些意外："今天怎么跑到这儿了？你告诉我饭店地址就可以了啊。"

高峰笑了笑，说："闲着也是闲着，反正没事。"

苏小菲问："怎么了，最近公司不忙？"

高峰说："我被解雇了。"

苏小菲一愣，瞬间明白了。她点了点头，说："也好。这也算是一种选择吧。"

高峰点了点头，没说话。

苏小菲上了高峰停在路边的丰田商务车后，才突然想起来，这车是高峰的女老板的。苏小菲很疑惑："分手了，这车也让你开？"

高峰呵呵一笑，说："送给我的。"

苏小菲不由地赞叹："有钱就是好，分手还送这么好的纪念品。"

两人找了个饭店，苏小菲的意思是简单吃点就行了，高峰却点了很多菜，还从车里拿出两瓶红酒。苏小菲很惊讶："干啥呀这是，你这是庆祝还是哀悼啊？"

高峰笑了笑："说什么都行，就想找个人喝点酒。想了半天，就你合适，只能找你了。"

菜上来了，高峰端起酒杯，和苏小菲碰杯，然后将杯中酒一饮而尽。

苏小菲只喝了一点儿，慢慢吃菜。

高峰连喝了三杯酒，苏小菲觉得自己再装傻不说话，就太不像话了，就说："你女朋友，哦，就是前老板，她现在生意怎么样？"

高峰摇了摇头，说："现在不做了，她……住院了。"

苏小菲一愣："住……院了！她为什么住院了？"

高峰长叹了一口气，神情落寞。很显然，对于他的前女友，他还是有些感情的。他有点颓唐地说："跟他前夫干架，被她前夫打伤了。没什么大事，就是有些脑震荡。"

苏小菲长出一口气："这他娘的什么玩意儿啊！你应该常去看看她，这个时候，是女人最需要关心的时候。"

高峰点头，说："我每天最少去一回。不过也不能一直去，万一让他前夫碰到呢？她有个妹妹，现在在医院照顾她，没事。"

苏小菲问："她前夫知道你们的事吧？"

高峰点头，说："知道。"

苏小菲没法说什么了。高峰又喝了一杯酒，说："我刚到她公司的时候，她前夫还是她老公呢，当时他就在外面有情人。这个林颖，是个大大咧咧的人，从没把这事放在心上。按她的话说，男人嘛，就像发情的公狗，看见母狗就有歪心思。不过等天黑了，狗都是要回家的。他们两口子是做楼房管道材料供应的，他老公带着一帮人，在外面承包工程。后来他老公花钱在外面给小三买了房子，林颖这才觉得不妙，这条公狗想在外面另建狗窝了。林颖跟她老公吵了一顿，她老公干脆不回家了，林颖心情烦躁，才跟我好上的，后来又跟她老公离了婚。但是啊，他们两口子很有意思，他老公在外面干管道工程，一直用的是林颖的材料，他们按正常价格结算。也就是说，他们虽然各找各的窝，已经分道扬镳，但还是很不错的生意合作伙伴。"

苏小菲笑着点头："这不错，符合利益最大化原则。"

高峰说："不过这次出大事了。她前夫做的一个工程，开发商跑了，欠了他两千多万，他就不想给他老婆结算材料款了。一年多的材料款，而且不止这一个工程，总共欠了三千多万呢。她不干，两人就打起来了。"

苏小菲说："你没去帮忙？"

高峰说："她不让我去。她说我要是去了，这事就更复杂了。"

苏小菲点头，说："这是个有头脑的女人。"

高峰说："她其实也不差这点钱，就是心里不平衡。这一闹倒好，被打得住院了。真是个傻女人。"

苏小菲示意高峰吃菜，高峰不吃，继续喝酒。

苏小菲说："也是个可怜的女人。有时候，有钱不一定就幸福。"

高峰点头，说："她跟我长谈过好几次。她很清醒，说她比我大那么多，到了一定的年龄，我会嫌弃她，因此她选择让我离开，给了我一辆车，还给了我一些钱。这个女人，是个好女人。"

苏小菲点头，说："是个有情有义的好女人。爱情这玩意儿，其实真靠不住。她是爱你的，现在你应该也是爱她的，我看得出来。她如果真留你，你应该会跟她结婚。但是她选择放手，说明她比你有智慧，她知道爱情靠不住。"

高峰说："应该是吧。我曾经听她说过，他们当年也是裸婚，很穷，她父母反对她嫁给这个男的，她不肯。后来两人终于有钱了，男人却找上小三了。"

苏小菲叹了一口气，问："下一步，你打算怎么办？"

高峰说："我想去北京闯一闯。我在北京有个朋友，在那儿办了个什么服务公司，缺个开车的，我想去试试。"

苏小菲点头，说："也好。只要想闯，终究能找到路子的。"

高峰给苏小菲和自己倒了酒，碰了碰杯，说："苏姐，干了这杯吧。下一次一起喝酒，还不知道哪年了呢。我今天去陈娜的坟上跟她说了，以后每年的忌日，就拜托苏姐您了，您去给她烧纸的时候，也给我烧点。还有，这个。"

高峰从兜里掏出一串钥匙，递给苏小菲，说："苏姐，还要麻烦您偶尔去帮我照看一下家，拜托了。"

苏小菲有些惊愕："你这就要走了吗？"

高峰说："火车票我已经订好了，明天上午九点。"

苏小菲举杯，一饮而尽："你跟林颖说了吗，她怎么说？"

高峰说："说了。"

苏小菲问："她同意？"

高峰说："她就是让我小心，说缺钱可以找她，但是她只能借，要打借条，要按时归还。"

苏小菲叹了口气，说："从某些方面来说，高峰，你是个不太靠谱的人，但是你的命怎么就那么好呢？你第一次恋爱，遇到了大美人陈娜；第二个女人，是一个身家亿万的富婆，两个人还都对你死心塌地的。你说爱情这玩意儿，到底是怎么一回事呢？"

高峰苦笑："要是我能搞明白，我恐怕就不是眼前这个样子了。苏姐，我问您个事。"

苏菲看着高峰。

高峰说："您说，我应该算是个好人呢，还是个坏人呢？"

苏小菲想了想，说："说不上好，但也谈不上坏。不过怎么说呢，你是一个让女人不敢相信的人，像一个长不大的孩子，有点不靠谱。你要学着成熟，有担当，以后结婚生孩子，你没有担当，那家庭怎么办？"

高峰点头，说："我明白，苏姐。您放心，我会记住您的话的。苏姐，咱俩再喝一杯，算是给我饯行吧。"

苏小菲说："好。"

两人碰了碰杯子。

4. 老厂长的话

赵德海回海丰的第二天，便收到了王蓉的短信，只有短短的两个字：完了。

赵德海知道出事了，打王蓉的电话，王蓉没接。过了好长时间，王蓉才回了电话，声音压得低低的，说："我们的事我妈知道了。"

赵德海感觉头"嗡"了一声，直晕乎，他努力集中精神，问："你告诉她了？"

王蓉说："我们一起走进办公室的时候，我妈说她看到你无意中扶了一下我的腰，她当时就有些怀疑。晚上，我睡了后，她偷看了我手机里的短信。幸亏大部分我都删了，她看到的一些都是谈洗衣粉厂的，不过我妈那人很聪明，她还是觉得我们之间有问题。"

赵德海问："你承认了没有？"

王蓉"呵呵"地笑了，说："我也不傻，没当场抓住，我怎么能承认？不过……"

赵德海又紧张了："不过什么？"

王蓉说:"肚子里的孩子恐怕保不住了。他们给了我两个选择,一个是跟孩子的父亲结婚,我爹说,只要他能看上眼,他就陪嫁一套三百万左右的房子,两辆车。你要是能跟我结婚,我爹肯定同意,而且以后这厂子就是我们的了……"

赵德海忙打断王蓉的话,说:"我们一开始就说好了,不涉及婚姻的。再说了,你这么年轻,我们差了十多岁……"

王蓉喃喃地说:"果然你不是真的爱我!你要是真爱我,即便我父亲没有钱,你也会娶我!何况他现在还拿出了这么多的钱。"

赵德海哭笑不得:"王蓉,怎么又说这个事了?爱情归爱情,我不想让爱情改变我的生活状态。"

王蓉冷笑了一声,说:"我明白了。赵德海,那我们就一拍两散吧。这段感情,在你的眼里,就是路边的小花,你把小花采了,玩够了,就想随手扔了。我其实根本就没想耽误你走路,我不过就是随便问问而已。"

赵德海不敢随便说话了。女人的心思最难琢磨。王蓉是个好女孩,但是很显然,她在拥有了跟他的感情之后,就不想放手了。这是让他最害怕的。他赵德海算不上是一个好男人,但是他还没想好,怎么处理自己与苏小菲的关系,他自然不能答应和王蓉结婚。

王蓉在那边沉默了一会儿,叹了一口气,说:"我知道,我们是不可能结婚的。我只能答应我父母,把孩子给流产了。他们都这么大年纪了,我不想惹他们生气。再说了,我要想嫁人,带着个孩子怎么能行。不过赵德海,我是真的想把这个孩子生下来,不管怎么说,他是我们爱情的结晶。"

王蓉的话,让赵德海感动不已。这个小女子,对自己真的是够痴心的。她来到烟台后,不管什么时候,都听他赵德海的,对他是一百个相信。经济上,他虽然帮她赚了一点儿钱,但是她一分钱都没拿回家,除了租房子,就是两人一起花了。这一年多的时间里,他的所有衣服鞋子,都是王蓉买的,而且都是大牌子。而自己,每天却担心她赖上自己。相比王蓉,他赵德海真渣啊。

赵德海惭愧地说:"王蓉,我……我对不起你。"

王蓉冷笑了一声，说："你没有对不起我，都是我自找的。"

此后的日子里，赵德海和王蓉用短信联系，得知她去医院做了流产手术，之后休养了一段时间，现在在工厂里帮她父亲监督质量。

赵德海的单子生产出来后，他又坐车去了趟德丰。王蓉开车到汽车站接他，一个多月不见，没有了身孕的王蓉变得苗条了，她站在车旁边，显得亭亭玉立，艳如桃花。

赵德海在心里感叹，真是一个大美女，谁要是能娶到王蓉当老婆，真是有福了。

这么一想，他心里又有些酸溜溜的。

赵德海走到王蓉的汽车旁边，王蓉朝他笑了笑，调皮地说："欢迎赵经理来工厂视察。"

赵德海笑了笑，说："王蓉，你今天真漂亮。"

王蓉"哼"了一声说："算了，说这些有什么用。再漂亮，人家也不要。"

赵德海不敢接话了，岔开话题："笤帚都装箱了？"

王蓉说："装了，还没封箱，等你验货呢。"

上了车后，赵德海偷看了一眼王蓉，小声问："老厂长不知道咱俩的事吧？"

王蓉瞄了赵德海一眼，问："知道了怎么样，不知道又怎么样？"

赵德海笑了笑，说："万一老厂长骂我，我得有个心理准备。"

王蓉"哼"了一声，说："敢做不敢当，这么胆小，当初怎么敢找我？"

赵德海笑了笑，没敢接话。

王蓉说："你看你，一副没出息的样子。没事，我爸爸不知道。我妈那边，我也把你择了出来。哼，你们男人，就没一个好东西。"

到了工厂，赵德海先去车间看了看。车间的墨西哥高粱苗子，都是从内蒙古或者新疆进的货，价格很高，老厂长以前都会掺一部分本地高粱苗，来降一降成本。为了这件事，赵德海跟老厂长说过多次。王蓉当厂长的时候，把那些本地高粱苗都卖了，现在老厂长当家，赵德海担心他又掺这种本地的高粱苗。

让他高兴的是，他在车间里，没找到本地高粱苗的踪迹。

他又跑去盛放高粱苗的仓库看了看。他刚来工厂的时候，管仓库的是不让他进来的，现在熟悉了，保管员就睁一只眼闭一只眼。仓库里堆着山一样高的墨西哥高粱苗，只在角落里，堆有一小把苗子。他去看了看，果然是本地苗子。他正怀疑时，一个老工人走了进来，他认得赵德海，就跟他打招呼："赵经理啊，在这儿看什么呢？"

赵德海问："这里面的本地高粱苗子呢？"

老工人朝后面指了指，说："卖了，卖给一家扎本地笤帚的了。老板说这些苗子不能用了，再用这种苗子，把客户就都得罪光了，就都卖了。"

赵德海长出了一口气，说："卖了好。"

老工人也说："卖了好，做生意就得讲诚信，糊弄人的生意是做不长久的。"

赵德海跟老工人聊了几句，就返回了前面的办公室。老厂长正坐在沙发上，等着他。

看到他进来，老厂长站起来，笑了笑，说："赵经理，进来坐会儿。"

赵德海有些紧张。他明白，到了老厂长这样的年纪，历经沧桑，目光如炬，他和王蓉之间的那些事，老厂长必然会有所察觉。以他对老厂长的了解，他觉得老厂长不会撕破脸皮，不会当面质问他，也不会当面骂他，但是他不敢保证老厂长不会旁敲侧击，不会让他有所表态。

在沙发上坐下后，赵德海先挑起了话题，说："老厂长，真是对不起，洗衣粉的项目没运作好。这个事怨我，王蓉没有经验，我疏忽了。老厂长，我会努力弥补您的损失，但是……"

老厂长很大度地笑了笑，摆了摆手，说："赵经理，洗衣粉的事我都了解了，投资吗，本身就是有赚有赔。我把钱给王蓉，让她全权处理这件事，就是让她锻炼一下，长一长经验。我既然把钱给了王蓉，就没想再让钱回来，赔啊赚啊都不重要。"

赵德海有些意外，也有些激动："老厂长，您是一个有胸怀的人。"

老厂长笑了笑，说："什么胸怀不胸怀的，这是规律。没有人做生意会一直赚钱，赔钱很容易，赚钱很难，要是不懂这个，就不要做生意。王蓉一开始不懂，所以得让她知道赔钱的滋味，我们都老了，这家业很快就要交给她，她要是能找个会做生意的对象，对方还对她好，这孩子就算有福了。可要是找个混球，她就要自己撑着把日子过下去，所以，让她早些吃点亏，我现在还能帮她兜兜底，不说是件好事吧，起码以后做事能多个心眼，能更小心点。"

老厂长的几句话，让赵德海惊出一头汗。他听得出来，老厂长这是在有意无意地敲打他，试探他。

老厂长说完，赵德海忙把话封死，说："老厂长，您把这个厂子做起来也不容易。我觉得您应该让王蓉回来，从购买高粱苗开始，一直到给外贸公司交货，让她把厂子的业务和生产都完全掌握了。您年纪大了，也该享一享清福了。"

老厂长点头，说："是啊。年轻人不懂事，跑烟台弄什么办事处，还跟人谈恋爱，她也不想想，人家城里人，能要她一个乡下土妞？"

赵德海低着头，不敢说话。

5. 老姚是一名教师

李小小还真遇到了个合适的男人。王伟走后，李小小在家里趴了十多天，这十多天里，她哪儿也不去，天天上网聊天看电视。有个男的加了她好友后，看到她上网就找她，天南海北说了一大通。李小小也正想找个人瞎吹呢，就跟他胡吹神侃。

第四天，男人问："咱见个面吧？"

李小小毫不在乎："见面就见面，吓唬谁呢？"

男人说："那就见一个？"

李小小说："见一个！"

在网上聊天的时候，李小小是全能冠军，胡吹海扯，明星丑闻，国际大事，无所不知无所不能地谈，可来真的了，她就又成了软蛋。

这事她本来不想让苏小菲知道的，但她化妆完毕，打扮利索后，却突然胆怯了。她就像一个打满了气的皮球，突然让人狠踩了一脚，瘪了。

没了底气的李小小想了想，只好打电话给苏小菲，让她陪着自己赴约。苏小菲听了大惊，说："这个不行，李小小，网友见面不方便带人去的。"

李小小说："苏姐，你就帮帮忙吧，这个又不是法律规定，什么方便不方便的。你要是不答应，我就去你们公司找你。"

苏小菲太了解李小小了，知道自己推不掉，只好答应了她。

约会前，苏小菲先来到李小小家，帮她参谋一下装扮。一向喜欢素颜的李小小，这次不知道哪根筋给搭错了，浓妆艳抹，搞得自己五颜六色的。

苏小小很惊讶："李小小，你这是去会见客人啊？"

李小小一脸无奈："苏姐，你说得好。我怎么这么紧张呢，我一点儿自信都没有了，我都觉得自己很不值钱。"

苏小菲说："那就说明你很重视这次见面，你打扮成这样，不是打自己的脸吗？真是的，你平常都是素面朝天的，多好啊。快洗了去，化个淡妆就行。"

李小小照着镜子左看右看，还是有些犹豫："苏姐，你确定这样不好吗？"

苏小菲说："什么叫我确定？要是你在大街上看到这样化妆的，你都会觉得恶心。"

李小小狠了狠心，把脸上的妆容洗掉，给自己化了个淡妆，化完后转过身让苏小菲看。

苏小菲说："这多好，清新，简单。你皮肤本来就好，化什么浓妆啊。"

两人下楼，苏小菲说："小小，我听说网友见面，如果对方看你看对眼了，可是要提进一步交往要求的啊，你可要做好心理准备。"

李小小看着大大咧咧的，对男女之事却很传统，她忙摇头，说："对我来说，那是不可能的。如果看好了，我也得考验他一段时间。"

苏小菲笑道:"妈呀,你以为这是恋爱呢。"

李小小很认真地说:"反正我不是来找一夜情的。"

两人到了约会的饭店,按照事先约好的,李小小手拿一本杂志,跟上世纪七十年代的女青年似的,进了饭店,找了个座位坐下。

苏小菲让李小小先把杂志藏起来,说先看看那人再说,如果长得太尴尬,就溜之大吉得了。李小小想想也是,就把放在桌子上的杂志给收了起来。

等了好久,小店的桌子几乎都坐满了,也没有看到拿着杂志的人进来。苏小菲看看手机,时间已经过了,恼了:"这个人不行,一点儿时间观念都没有。第一次约会,害你白忙活了半天。咱点菜吃饭吧,吃完就走得了。"

李小小有些急躁:"这什么人啊,不应该啊,说得好好的。"

苏小菲把饭店里的客人都看了一遍,看到在她们斜对面有个独自吃饭的男子,也在用目光四下看,就小声对李小小说:"弄不好是他吧?"

李小小说:"不对啊,说好了的,拿本杂志。"

苏小菲说:"你以为就咱想先把自己隐蔽起来啊,弄不好人家也是个老狐狸,想先看看咱呢。"

李小小说:"约会还这么多麻烦啊,斗智斗勇的。"

苏小菲说:"咱先看看,谁有可能是和你来约会的,咱再下手。"

两人就挨个看,挨个点评,最后断定斜对面这个男人就是今晚来约会的,两人就认认真真地打量起来。

这人偏胖,略秃顶,四十岁左右,个头一般,相貌也挺大众化的,唯一有一点儿不同的是,此人的眼神很锐利。苏小菲看到他的眼神扫过自己时,脸上都有点疼的感觉。

李小小胆怯了:"我怎么感觉他不像个好人啊。"

苏小菲也有这种感觉,点头说:"感觉挺阴的。"

李小小说:"要不咱撤吧。"

苏小菲说:"怕什么,咱两个人。你亮出你的暗号来。"

李小小抖着手，把杂志从屁股底下抽出来，放在了桌子上。

那男子显然也注意到了她们，李小小的杂志一拿出来，他就看到了。苏小菲注意到，那个男人一脸讶异。他显然没想到，他约了一个人，对方竟然还来一送一。不过他还是起身走了过来，在她们眼前坐下，也从衣袖里掏出一本杂志。

苏小菲觉得这种场面有些滑稽，不由地笑了。

李小小看着杂志，也笑了起来，她对那男子说："老姚，你真有招。"

男子听到李小小叫他的网名，放松了下来，说："怨妇你好。"

苏小菲最近没用网络聊天工具，不知道李小小起了个这么个性的名字，听到老姚这么叫她，她很惊愕："李小小，你这个名字挺特别啊，这不就是在勾引男人吗？"

老姚很体贴，替李小小说话："没那么严重啊，怨妇不一定非得是情感上的怨妇啊。领导不理解，同事排挤，婆婆找刺，各种原因，都能造就怨妇。所以，苏小姐不要想歪了，这就是个心态问题。"

苏小菲没想到老姚谈吐如此厉害，不由得多看了他几眼。

老姚问："这位女士怎么称呼？"

苏小菲说："您得先告诉我们，您怎么称呼，别弄拼音字母糊弄我们。"

老姚款款一笑说："敝人姓陈，五中老师。"

苏小菲一听张大了嘴巴，因为她中学就是在五中上的，她不大相信老姚的话："您真的是五中老师？"

陈老师说："当然。老师又不是个什么有钱有势的职业，就是一名教书先生，我何必冒充？"

苏小菲问："那您认识高安老师吗？"

陈老师说："当然，高安老师是我们五中的标杆，教了二十多年语文，年年区里第一，去年退休了。"

苏小菲一听说得对，笑了笑说："怪不得说话一套一套的，原来是老师啊。"

陈老师很敏感，微微一笑说："怎么了，老师就不能上网聊天了？"

李小小听说对方是个老师，不由得局促起来："咦，您在网上挺能说啊，也挺……放得开的。没想到，您是个老师啊。"

陈老师说："我觉得你们对老师有偏见。老师就不能见网友了，就不能上网聊天了？老师也是个普通人，也有七情六欲，也有享受爱情的权利，别那么歧视老师啊。"

李小小说："我这人从小养成个毛病，就是怕老师。我看见阎王爷都不一定害怕呢，但就是怕老师，没治了。你说我这个网友见面见的，竟然遇到个老师……"

"是个比阎王爷都可怕的家伙，哈哈哈。"陈老师说完大笑起来。

李小小说："还不止这一样呢，您还偏偏姓陈。陈老师啊，您跟咱们市有名的陈老板是兄弟吗？"

陈老师说："四海之内皆兄弟。但可惜，我想认人家这个兄弟，人家不一定认我。"

李小小呼出了一口气："这就好，这就好。"

陈老师很奇怪，问："怎么了？怨妇，你跟陈老板还有什么关系？"

李小小说："有屁关系。我只是随便问问。"

陈老师说："那就好。为了证明我的诚意，我再详细介绍一下我自己。我姓陈。哦，这个刚才说了。名一，男，三十六岁，无子女，离异。那个，就这些。你们看看，还有什么需要了解的。"

苏小菲刚要说话，陈老师又开口了，说："再补充一点儿啊，学历是本科，某师大中文系毕业，现在在第五中学任教，教的是语文。"

苏小菲怕他再来补充，赶紧举手。陈老师说："这位同学请发言。"

苏小菲说："陈老师，我怎么感觉您像是在相亲啊。"

陈老师表情严肃起来，说道："也可以这么说，也可以说是相亲的前奏，哈哈。"

苏小菲惊愕地看着这位老师，心说，这倒真是个办法啊。

李小小不那么局促了，她说："有意思，长这么大，我还从来没相过亲呢。呵呵,陈老师,您怎么离婚了呢?"

这也是苏小菲非常想知道的。虽然这属于个人隐私,可是喜欢打听隐私,却是大多数人的通病,苏小菲自然也不例外。

陈老师叹了口气,说:"怨妇,其实我的经历跟你非常相似。唯一不同的是,我老婆出国后,再没回来,在那边找了个外国男人,一起过日子了。"

苏小菲有点不相信:"这么巧?当老师的应该不用老婆去海外打工赚钱吧?"

看着苏小菲疑惑的眼神,陈老师说:"我老婆叫林欣,是中医院的医生,会下气针的。当年,她在中医院也算一把好手,很多人都认识的,我不知道你们认不认识。后来,她跟院长闹了矛盾,就主动要求调到了市立医院,再后来……简单点说,就是出了个小的医疗事故,这个事都上报纸了。哎,后来,没办法,她就出国了,走的正规渠道,通过那边的一个私人医院办的手续,打算挣几年钱就回来,然后自己开个诊所什么的。真没想到,哎,人家在那边跟老外有了孩子。"

本来侃侃而谈的陈老师说到这儿,好像触动了伤心事,叹了口气,不说话了。

苏小菲隐隐记得好像市立医院曾经出过一起医疗事故,一个女医生下针的时候,把针捅到了患者的心脏里。再看陈老师的样子,不像是装出来的,就有几分相信了。

听说陈老师的老婆也是去了国外另寻新欢了,有着相同经历的李小小感觉距离一下就拉近了。她问:"陈老师,您老婆出去从来没回来过吗?"

陈老师说:"没有。唉,女人的心,天上的云。不对,我这是说我家那个出国的女人。"

李小小说:"不对,还有我家那个出国的男人。"

陈老师一怔,马上跟着说:"对,对,还有你家那个出国的男人。"

说完,他又加上了一句:"当然并不是所有出国的女人和男人。"

酒菜上来后,陈老师给苏小菲和李小小都倒上酒,自己也斟满了一杯说:"我老姚上网多年,已经见了十一个网友了,今天终于找到位知音。两位,为了我们的友谊,和友谊之后的发展之路,干杯。"

李小小纠正说:"老姚,你说错了,我们还不是知音,顶多算是同病相怜。"

陈老师说:"对,怨妇同学说得对。为了同病相怜,干了这杯。"

苏小菲说:"好,干杯。"

李小小和苏小菲的这次网友见面行动圆满结束,双方在平等友好的气氛中进行了多方面的交流。陈老师终究是老师,没有继续纠缠,吃完饭后,留下了自己的电话号码,并要了李小小的号码,就撤了。

苏小菲看得出来,这个见了十一个网友的陈老师对李小小确实有点一见钟情的意思。

出了饭店,李小小有点意犹未尽的样子,说:"这个老陈,就不能请咱们去唱歌吗?"

苏小菲笑了笑,说:"小小,我看你不是想唱歌,而是想老陈这个人吧。"

李小小说:"苏姐,我现在有权利谈恋爱了啊。王伟不要我了,我这样做过分吗?"

苏小菲说:"当然不过分了。你再不找个男人,就不正常了呢。"

李小小有些害羞,问:"苏姐,您觉得,这个老陈怎么样啊?"

苏小菲说:"感觉还行。具体的,得看你的感觉了。"

6. 算是告别

赵德海回到烟台一个月后,王蓉突然出现在他的公司。赵德海一愣,正要跟她打招呼,老厂长随后走了进来。

赵德海忙给老厂长让座,泡茶。

老厂长跟赵德海说起这次他来烟台的目的,原来,老厂长和王蓉两天前就到了烟台,他们先去了那个已经停止运转的洗衣粉厂,还请孙老板吃了顿饭。之后,他们把王蓉租的两处房子都退了,把她的东西都搬到了车上。

现在，他们就要回德丰了，临走之前，来跟赵德海打个招呼。老厂长在赵德海办公室坐了一会儿，便走了。他说他还要去别的公司送发票，中午回来，请赵德海吃饭，让王蓉在这里等他。

赵德海知道，老厂长这是给他们一点儿时间，让他们做个告别。赵德海不由地暗中佩服老厂长做事厚道又老辣。

老厂长走了后，两人坐在沙发旁，好长时间都不说话。

王蓉一脸经过大风大浪后的平静，她慢吞吞地喝着咖啡，两眼放空，让坐在她对面的赵德海感到很别扭。

尴尬了一会儿，赵德海故意咳嗽了一声，没话找话，说："王……王蓉，你们今天就回去了？"

王蓉点了点头，不说话，两眼还是放空，似乎在看着赵德海背后的花瓶，又好像什么都没看。

赵德海有些局促："我……我对不起你，我想努力帮你赚些钱，让你在这里立足，结果把事办砸了。"

王蓉微微一笑，说："没有，我觉得所有人对我都挺好的。所有的事情都是我自愿的，这样也挺好，经历了，也明白了，也就知道自己以后该怎么生活了，挺好。"

赵德海说："我觉得你恨我。"

王蓉还是笑了笑，说："我连自己都不恨，怎么会恨你？我只是明白了一些事。以前是我太单纯，太幼稚，以为自己想要什么，都能通过努力得到，现在我知道了，是我太年轻了。不过我也只知道这些，以后怎么办，我也不知道，以后怎么对你，我也不知道，不过我会慢慢想明白的。"

王蓉说到这里，眼睛里已经涌出了泪水，她擦了擦眼泪，迷茫的眼神顷刻间充满了悲伤。

赵德海知道，这才是真实的王蓉，是过去的王蓉。

他抓住了她的一只手，王蓉任凭自己的手被赵德海抓着，用另一只手又擦了擦涌出的泪水。

赵德海说："王蓉，别的我不说了，以后要是有什么事，需要我帮忙的，你尽管说。"

王蓉点了点头，泪珠掉在了桌子上。

赵德海突然感到撕心裂肺的哀伤，让他好长时间说不出一句话。

王蓉抽回手，说："我爸说，人不能贪心，贪心就会出问题。他说得太对了，我以前是太贪心了，想要感情，还想要赚钱。现在我知道了，这个世界能让你得到的，只有很少的一点点。"

赵德海抽了一张纸，给王蓉擦眼泪，王蓉闪开了。她自己抽了一张纸，把眼泪擦了，说："没事，我们以后还是朋友。我就是哭我自己。不怕你笑话，大学四年，我都没谈过恋爱，你是我的初恋。人家都说，初恋是最难忘的，我算是为初恋流过泪也流过血了。我爸在下面等我呢，我得走了。哦，对了，把生产洗衣粉的那机器卖了吧，能卖多少就卖多少。我爸了解了一下情况，他做了几十年生意了，经验多，他说你很难做起来，就别费那个劲儿了。"

王蓉站起来要走，赵德海挡在她面前，把她紧紧地抱在怀里。王蓉迟疑了一下，也紧紧地抱住了他。

王蓉说："你保重自己，也别跟你老婆闹别扭了。我会看相，她是个好女人。"

这句话，把赵德海逗笑了："你个小屁孩，真能吹。"

王蓉从赵德海的怀里挣脱，整了整衣服，很认真地说："真的。嫂子肯定是个贤惠的女人。我走了后，你们好好地过日子吧。我很佩服她，我们都这样了，她还借钱帮你还高利贷，想起来我就佩服她，我觉得自己不如她，我才退出的。如果她来找我闹，我肯定不会就这么走了，我非逼着你跟她离婚不可！"

赵德海尴尬地笑了笑。

王蓉伸手，又抱了抱赵德海，之后，便擦着眼泪，走出了赵德海的办公室。

赵德海愣了一会儿，就跑出了办公室，但楼道里已经没有了王蓉的身影。

他上了电梯，下楼，跑出大楼门口，看到老厂长的商务车已经启动。王蓉从中间座位旁的窗口探出头，看到了赵德海，朝他挥了挥手，汽车便转弯，汇入了大街上的车流中。

赵德海走到汽车转弯的地方，朝着王蓉消失的地方看了一会儿，觉得浑身无力。他走到旁边的花坛边上坐了一会儿，才回到办公室。

关了办公室的门，赵德海坐在刚才王蓉坐过的地方，任凭泪水哗哗地流着。他坐着不动，回忆着与王蓉在一起的一幕一幕，从上午十点一直坐到下午三点多，才下楼，到位于地下一层的饭店吃了一碗面。

吃完面后，赵德海又打车，来到王蓉租的办公室，办公室的门锁着。赵德海有一把自己配的钥匙，他打开门，走了进去。

屋里已经物是人非。桌子还在，那是赵德海与王蓉一起去买的办公桌，桌子上的电脑、墙角的落地式饮水机、桌前的老板椅都没了。昔日整洁温馨的办公室，除了桌子和公寓管理方给配备的文件柜之外，只剩下一盆枝繁叶茂的发财树了。

这盆发财树，还是赵德海花了八百多块钱买的呢。赵德海在办公桌上坐了一会儿，便走了出来，锁上了门。

从楼上下来后，他又打车，去了王蓉租住的地方。这次进不去了，房东已经换了锁，赵德海的钥匙打不开门。他拿出电话，想让房东打开门，进去看一看，整理一下心情，又觉得不妥。他在门口站了一会儿，怏怏地转身下楼，走到楼下，觉得心里难受，还是拿起电话，给房东打了电话，说王蓉身份证丢了，让他来帮忙找一找。

房东很不高兴，但还是很快赶了过来。他打开房门，让赵德海自己找，嘱咐赵德海走的时候锁上门，便匆匆走了。

赵德海走进房间，看着屋子里熟悉的沙发、床、厨房用品……两年多来，与王蓉相处的一幕一幕像潮水般涌进脑海。

赵德海瘫在沙发上，嘴里轻轻地呼唤着王蓉的名字，觉得自己脆弱得像一条被扔上岸的即将咽气的鲫鱼。

7. 醉酒的苏小菲

秋末，大卫来到国内，为圣诞节选货。

苏小菲和顾晓墨带着大卫在省内大大小小的地毯厂整整转了十多天，又带着大卫去河南选丝毯，去天津选胶背九十道，忙活了近二十天。虽然金融危机爆发，但是大卫的公司因为在欧洲新增设了几十家门店，要给各门店铺货，这次的选货量竟然超过了历史上大卫公司所有的单次选货量。

从河南回来，三人都累坏了。大卫在宾馆歇息了一天，苏小菲和顾晓墨也在家休息了一天。第二天，两人才请大卫吃了一顿大餐，算是饯行。

大卫对这次选货很满意。三人都是老朋友了，虽然这次宴请比较正式，却也很随意，大家随意吃喝，随意聊天。

每年的圣诞节选货，是很多外贸公司最重要的一仗，苏小菲本来担心因为金融危机的影响，大卫这次选货会很少，但她没有想到，大卫的公司竟然做得这么好，选货量几乎是以前的两倍。苏小菲这大半年来心情很压抑，今天决定大醉一回，她知道大卫酒量厉害，因此带了一箱红酒。

顾晓墨不喝酒，大卫和苏小菲边聊天边喝，喝得很从容，像喝水一样。苏小菲抱着必醉的决心，与大卫对着喝，一杯接一杯，把大卫都看呆了。

跟苏小菲做地毯生意已经有六七年了，他还是第一次看到她这种喝法。大卫怕她喝多了遭罪，劝她少喝点。

苏小菲笑着摇头，说："没事，我今天陪大卫先生好好喝一顿。来，喝啊。"

大卫有些迷惑，只能陪着苏小菲喝。

两人又喝了一会儿，苏小菲已经有些喝多了，说话舌头都不灵活了。

顾晓墨劝她说："苏姐，你不能再喝了，再喝就多了！"

苏小菲酒兴正浓，摆摆手说："顾晓墨，你别那么多废话！你要是吃饱了，可以先走，要是没吃饱，就赶紧吃！"

顾晓墨不敢说话了，但是她也不能走。她怕自己走了，苏小菲吃亏。苏小菲曾经对她说过，要警惕所有男人，对于女人来说，男人就没有一个好东西。

苏小菲和大卫一杯一杯接着喝,一会儿,四瓶红酒就喝光了。这四瓶红酒,大卫喝得多一些,差不多能有两瓶半,苏小菲喝了一瓶半,即便这样,苏小菲也已经支持不住了,端着酒杯的手,已经开始乱抖了。

大卫看得出来,苏小菲有借酒浇愁的意思,就问顾晓墨,她这是怎么了。顾晓墨觉得把苏小菲的家庭变故告诉大卫不合适,只能说苏小菲是高兴的,一下子出了这么多的货,她高兴坏了。

苏小菲站起来,还要跟大卫喝,大卫也喝得差不多了,就劝苏小菲别喝了,喝多了伤身体。苏小菲不肯,趔趔趄趄地去找酒。顾晓墨挡住她,求她不要再喝了。

苏小菲不肯,把顾晓墨推到一边,拿了一瓶酒,想启开,手却不好使了,无法使用酒起子。苏小菲有些恼,拿着酒起子的手用力朝塞子上捅,却不小心捅在了拿着酒瓶子的左手上,顿时鲜血涌出。

苏小菲拿了一张餐巾纸擦了擦血,还要继续开酒。顾晓墨抢过酒瓶子,在大卫的帮助下,把苏小菲从饭店架出来,打车去了医院,准备把手上的伤消毒包扎了。

到了医院,苏小菲酒劲上来了,身体直摇晃,嘴里胡说八道,还要跟大卫再喝两杯。

顾晓墨抱着苏小菲,苏小菲好似魔鬼附身,拼命挣扎。大卫过来帮忙,抱着苏小菲,顾晓墨压着她的胳膊,护士才能给苏小菲消毒包扎。

包扎完毕,两人扶着苏小菲走出医院,苏小菲已经失去了行动能力。大卫和顾晓墨商量了一下,三人一起打车来到酒店。顾晓墨开了一间房,大卫和顾晓墨把苏小菲扶进房间。还不错,好像知道到了可以吐的地方了,苏小菲喉咙里一阵乱响,大卫和顾晓墨赶紧把苏小菲拖进卫生间,顾晓墨扶着苏小菲,让苏小菲的脑袋趴在洗手池上,苏小菲张开嘴巴,一阵排山倒海般的呕吐后,苏小菲再也坚持不住,瘫软在了地上。

顾晓墨先放水把呕吐物冲了,又把在外面的大卫叫进来,两人把她拖上床。顾晓墨怕苏小菲再次呕吐,把垃圾桶拖到了她的床头。

苏小菲躺在床上，呼呼睡了过去。两人都被苏小菲折腾得筋疲力尽，大卫看情况稳定了下来，就回了他的房间。顾晓墨洗漱了一下，也上床睡下了。

第二天一早，苏小菲早早就醒了，她觉得头痛欲裂，不由地"哎呀"了一声。

顾晓墨还在睡，苏小菲爬起来，看到自己竟然睡在酒店里。她想到昨天喝酒的情形，急了，不由地大叫了一声："大卫，这到底是怎么回事？"

顾晓墨被苏小菲喊醒了，她睁开眼，说："苏姐，你喊什么呢？吓死人了！"

苏小菲看到顾晓墨，觉得奇怪："晓墨！你怎么睡在这里？我怎么也睡在这里？这是怎么回事？"

顾晓墨坐起来，打了个哈欠："你还有脸说呢，昨天晚上差点把我和大卫累死！"

苏小菲说："我喝多了吧？不过你怎么不把我送回家啊，为什么还要住酒店？大卫呢？"

顾晓墨又钻进了被窝："我和大卫一起带着你去了医院，大卫不知道怎么打车，我要把他送回来，还要带着你。把他送回来，我自己一个人又弄不动你，不住酒店怎么办？难道住大街？大卫在他的房间呢，你要是想去找他，你就去吧，我还想睡会儿。"

苏小菲放心了："这样啊。对不起啊，晓墨，我这头还疼得厉害，我也得躺会儿。对了，我这手是怎么回事，怎么还包着纱布呢？"

顾晓墨说："你自己扎的！在医院包的！别说话了，我困死了！"

苏小菲口渴，她用电热壶烧了水，喝了水后，又躺回了床上。

躺了一会儿，她突然想起来，今天上午十点大卫要登机飞北京，然后从北京回美国。她忍着头疼，给公司司机打了电话，然后起来洗了脸，刷了牙。

已经八点多了，苏小菲把顾晓墨叫起来，两人收拾完毕后，苏小菲便打电话给大卫，叫他一起下去吃早餐。

第九章　重新开始的爱情

大卫"呵呵"笑，问苏小菲还想不想喝酒了。

苏小菲说："你下次还从我这儿出这么多的货，我还喝！"

8. 拒绝张刚的好意

苏小菲收到大卫的信用证后，便开始和顾晓墨天天泡在了仓库里，一边接受工厂送货，一边指挥仓库的人打包发货。

忙到中途，张刚打来电话，要请苏小菲喝茶。苏小菲说正忙呢，等把货发完了再说。

张刚很执着，货刚发完，苏小菲还没来得及休息，张刚又打电话来了，还是邀请苏小菲喝茶。苏小菲发了十多天的货，天天在仓库吃外卖，吃得味觉都不好了，因此，她对张刚说："别喝茶了，请我吃顿大餐吧。"

张刚请苏小菲吃饭的地方，正是一年前那个姓李的老板请李小小吃饭的会所。张刚的车在会所院子里停下，苏小菲突然想起李小小提起过，说她和那个李老板来这里吃过饭，张刚的女秘书好像在这里管事。苏小菲扯了扯张刚的衣服，小声说："你的那个女秘书在这里。"

张刚笑了笑，没说话。

张刚下车，和苏小菲朝屋子走去。站在门口的两个小伙看到张刚，一起朝他鞠躬："张总好。"

张刚点了点头，走进屋里。

屋子里一个领班模样的干练女子走过来，朝着张刚鞠躬："张总，您来了。"

苏小菲仔细看了看，这个女子不是张刚的秘书，才放下心来。

张刚"嗯"了一声，继续朝里走。

女子跟在张刚后面，说："张总，上个月的营收表下来了，我现在拿给您，还是等您走的时候给您？"

张刚说："这个不忙，等我下次来了再说。"

女子站住，说："知道了，张总。"

张刚带着苏小菲穿过大堂。大堂里摆着许多大型木雕，苏小菲想看一眼，张刚也不停留，苏小菲只得跟着他上了楼，来到位于二楼宽敞的办公室里。

办公室的外面，是一间宽大的客厅，墙上挂着名人字画，窗户边摆着茶台，靠墙的博古架上有许多木雕和玉石摆件。苏小菲对玉石摆件没什么兴趣，却喜欢看这些惟妙惟肖充满着奇思妙想的木雕。

张刚坐在茶台前泡茶喝茶，一直等苏小菲看够了，过来坐下，才说："怎么样，这个地方好玩吧？"

苏小菲点头，说："好玩。我真是没想到，你竟然成了这里的老板！一年要交多少钱啊？"

张刚笑了笑，说："我买下来了，大产权。也不是为了赚多少钱，就是觉得这地方好，山清水秀的，闲着的时候，有个地方住。"

苏小菲张大了嘴巴："买……买下来了？这得多少钱啊。"

张刚说："也没多少钱。后面还有一个池塘，有一片小树林，总共二十多亩地。原先他们没弄好，没修路，我打算修一条水泥路，把池塘和树林连起来，树林里养点鸡，池塘里养上鹅，再雇人种点菜，池塘里还可以钓鱼，吃的东西就齐了。"

苏小菲点头，说："能在这里常住，那真是神仙日子。"

张刚说："这里是会所制，会费一年十五万，现在有会员一百五十人，每年各种费用加在一起大概在九百万，再去掉折旧和维修成本等费用，一年利润在六七百万。当然，我买下这里，不是为了赚钱，而是有个玩的地方，除此之外，还有一个目的……"

苏小菲边喝茶，边随口问："什么目的？"

张刚说："我想让你辞职，来这里当总经理，一年上缴利润十万，剩下的都是你的。"

苏小菲张大了嘴巴："这真是太意外了！"

张刚说："怎么样？考虑考虑吧？我知道你的收入，你在你们公司做得很好，但是每年的收入全部加起来，不会超过二十万。我这里，保证你一年收入在五百万以上，要是不够五百万，我给你补上。"

苏小菲惊叹:"这真是天大的诱惑!"

张刚有些得意:"没有那么夸张,不过在这里,你会认识一些你平常根本见不到的人,都是这个城市甚至附近城市的富豪。我敢说,你在这里住上一年,以后你想在这个城市办什么事,都能办成。"

苏小菲喝了几口茶,笑了笑,说:"我明白了,我来了这里,就是你张大老板的小三了。你的秘书从你公司来这里,是不是也是你安排的?"

张刚忙摇头,说:"这个你可冤枉我了,我买下这里还不到三个月呢。她来这里的事我知道,这里原来的老板,跟我是好朋友。不说这些了,走,到吃饭时间了,咱边吃边谈。"

张刚和苏小菲下楼,进入一个小包间。张刚让苏小菲点菜,苏小菲不客气,想吃的东西点了一大桌子。

菜上来,两人边吃喝边说话,张刚还是继续做苏小菲的工作,让她来会所当总经理。

苏小菲埋头吃喝,吃得差不多了,才说:"张总,我问你个问题。如果你能答对,我就来给你当这个总经理。"

张刚大喜:"你问,你赶紧问。"

苏小菲说:"像你这种身份,要什么样的女人,都不成问题,你为什么非得看上我这个快四十岁的半老女人?提醒一下,不要说那些我有独特的气质之类的屁话。"

张刚看着苏小菲,问:"你能让我说实话吗?"

苏小菲说:"当然。"

张刚说:"那我就实话实说吧,这些话其实我早就想跟你说了。这两年,我做梦总是梦到陈娜。你也知道,我跟陈娜刚认识的时候,我是一名小领导,赚的那点工资,我自己花都不够。我父母都是农民,我得想办法赚钱啊。陈娜利用她的关系,帮我揽到了一幢办公楼的装修工程。我就辞职了,买了一辆三轮车,陈娜和我一起,天天坐着三轮车一块去工地送料,她被晒得黑黑的。唉,现在想起来,真是对不起她啊。要是她现在活着,我肯定不会惹她生气,我会包容她的一切,可是晚了啊……"

苏小菲点头，冷笑一声说："我明白了。你跟我好，是因为我曾经是陈娜最好的朋友，你想借这种关系，从我身上寻找安慰，是不是？"

张刚说："也不全是。你有你独特的美，相比陈娜，你踏实能干，能为别人考虑，跟你在一起，我有种安全感。当然，我不否认，跟你在一起，有一种陈娜似乎还在的感觉。小菲，你别生气，这只是其中的一部分原因。"

苏小菲笑了笑，说："我有什么可生气的？陈娜一家人，对我也有恩呢。我能干外贸，是陈娜家老爷子托人给我找的工作。陈娜没了之后，我都不敢去看他老人家，去一次，老人家就哭一次。没办法，我只能经常给老人家打电话，老人家听到我的声音就哭了。唉，张总，你真的对不起陈娜，对不起她一家人。"

张刚点头，说："我每年都派人去给老人家送东西，我不是怕老人家骂，是怕惹老人家生气。我和陈娜的事，一言难尽。算了，不说这个了，说我们的事。"

苏小菲点头，说："一年五百万，诱惑力真是大啊。不瞒张总，我现在一年还赚不到二十万元钱呢，买个小房子，还得四处借钱。不过人各有所长，我的所长是做外贸，做这个总经理我不擅长。钱啊，很重要，能让人快乐，但是如果强迫自己做不擅长的工作，心情难免不好，不快乐。我是个快乐至上的人。张总的这五百万，还是让别人来赚吧，我能偶尔来蹭顿饭就可以了。"

张刚点了点头，叹了一口气："我就知道，你很难接受这份工作。你多虑了，这个跟小三没关系，我只是想让你名正言顺地多一些收入，我送你钱你又不要。"

苏小菲笑了笑，说："我这个人，是一个够吃够喝就满足的人，喜欢钱，但是不喜欢不是自己努力赚来的钱。没办法，我就是这种性格。"

9. 重新生活

赵德海让孙老板帮忙，把制作洗衣粉的机器给处理了，还不错，卖了六十六万。赵德海给了孙老板三万元钱,把剩下的六十三万,都汇进了老厂长的账户。洗衣粉他没要,让孙老板自己处理,他选择卖或者送给村里的人都可以。

洗衣粉厂的事处理完后,赵德海松了一口气。他雇了一辆车,又去了一趟王蓉的办公室,把她办公室里的发财树搬到了自己的办公室,随后把王蓉办公室的钥匙扔了,他与王蓉昔日的关系,就只剩下了他办公室里的这棵发财树了。

这样也好。这棵树是他和王蓉一起去买的,王蓉走了,树留下了,也算是一个念想。

这一切都收拾完毕之后,赵德海郑重其事地给苏小菲打了一个电话。他告诉她,现在王蓉已经回去了,他们之间的关系也断了。制作洗衣粉的机器也卖了,但是他没留钱,把六十三万元钱,都打给了老厂长。苏小菲帮他借的钱,他会用自己赚的钱慢慢还,实在不行,就把家里的老房子卖了,他租房子让父母住。现在这种情况下,他也没有别的办法了。

赵德海本来以为苏小菲会发火,会骂他,会逼着他把钱要回来按照入股比例分。但让他没想到的是,苏小菲很淡定,只是"哦哦"了几句,没说其他话。

赵德海觉得有些不可思议,就说:"苏小菲,我可是一分钱都没要,还欠下了一大堆的债务,你也不骂我?"

苏小菲说:"已经这样了,骂有什么意思?赵德海,我只想提醒你一件事,我们都是普普通通的老百姓,不要再折腾了,再折腾下去,真的会家破人亡!"

苏小菲挂了电话。

晚上,赵德海去酒吧买醉,喝得站不起来,趴在酒吧一直睡到凌晨两点酒吧打烊,被酒吧的人赶了出来。

走在大街上,被风一吹,赵德海脑袋清醒了,想找手机打电话,却没有找到。他出了一脑袋汗,这才想起来,自己来酒吧的时候,兜里还带着钱包呢。

他找遍了全身,也没有找到钱包。赵德海跑回酒吧门口拍门,一直把住在里面的服务员拍醒,服务员得知他手机和钱包都丢了,忙给他开了门。

然而,赵德海在整个酒吧找了好几遍,也没有找到手机和钱包。赵德海报警,警察来问了问,把他叫到派出所做了笔录,天也差不多亮了。

好在赵德海记得苏小菲的电话号码,他借了所里电话打给苏小菲,把事跟她说了。苏小菲打车来到派出所,接上赵德海一起吃了早饭后,带着户口本去银行挂失了银行卡,去联通公司注销了原先号码,重新买了一个手机,又去补办了身份证。

所有的事忙活完,已经中午了,两人一起吃了顿中午饭后,各自回单位忙活去了。

这时,外贸系统的"首席外贸官"评选接近尾声。顾晓墨从谭林那儿得到消息,经过多轮投票,现在有三个人进入了最后一轮评选,三人中,苏小菲分数居中。也就是说,她即便入选"首席外贸官",也只能是第二名,与第一名无缘。

顾晓墨把这个消息告诉苏小菲,同时告诉她,根据她得来的消息,第一名"首席外贸官",会有十万元奖励。她让苏小菲找找谭林,让谭林找一找老总,帮她争取一下。

苏小菲不想跟任何人争,也没有找人。

很快到了十一月底,谭林来找苏小菲,主动谈起了"首席外贸官"的事情。

苏小菲说:"顾晓墨让我去找你,我没去,这事能成就成,不成就算了,硬要来的荣誉能叫荣誉吗?"

谭林笑了笑,说:"这还用你找我吗?我从第一天起,就经常找总经理。当然了,不止是我,别的部门经理也都这样,都想给自己部门争这个荣誉。我这边没问题。不过,大家都去找,跟大家都不找一个样,这第一名是谁,不到最后谁也没法说啊。"

苏小菲说:"多谢老大支持,有你这几句话,即便拿不到第一名,我也认了。"

苏小菲接待了几个中东客户。这种小客户，货量很少，但是价格高。他们对地毯图案有特殊要求，很少能挑到现货，一般都是下订单。苏小菲把其中一个做得最大的客户给了顾晓墨，让她全程接待，发货的奖金，也都算在顾晓墨身上。在这之前，苏小菲已经给了顾晓墨一个美国客户，顾晓墨做得还不错。加上这个客户，顾晓墨已经拥有两个客户了。如果顾晓墨离开公司，出去单干，有这两个客户就可以保证她能养活自己了。

顾晓墨很高兴，每天屁颠屁颠地忙着跟客户交流。苏小菲想到当年戴金梅跟着自己干了几年，自己像别的部门主管一样，不肯放手给她一个客户，导致两人最终决裂，现在关系虽然有些缓和，但回想起来，她还是觉得有些愧疚。

戴金梅已经离开了工艺品部，去了服装部，当然，还是在同一幢大楼办公。

苏小菲让顾晓墨联系戴金梅，请她吃个饭。顾晓墨刚到地毯部的时候，戴金梅还没到其他部门，两人都算是苏小菲的徒弟，但是两人关系一直没有改善，顾晓墨在大楼里遇到戴金梅，很少跟她搭腔。顾晓墨听说苏小菲要请戴金梅吃饭，很不高兴，却又不能不听苏小菲的话，只得照办。

三人吃饭的地点，选在了海边的一个饭店里，这是外贸圈的人经常吃饭的地方，小店不大，两层楼，很精致。

苏小菲经常和顾晓墨来这里吃饭，因此很熟悉。

坐下后，苏小菲先问了一下戴金梅的服装业务进展情况。戴金梅现在已经跟大卫断了联系，完全脱离了地毯业务。她现在在服装部，服装部又分为梭织部和针织部两个部门，她在梭织部，梭织部有十多个人，分工明确，她现在是学徒阶段，跟着老跟单员学习，几乎天天下工厂，监督生产抓质量。

苏小菲做过服装，自然知道其中的艰难，她说："跟单是做服装最为主要的一关，跟单员把好质量关，服装就没问题，要是把握不好，质量出现问题，会遭到客户索赔不说，很容易把客户的信誉砸了。从某一方面来说，一个优秀的跟单员，比一个优秀的业务员都重要。但这活儿就是太累，太操心了。"

戴金梅点头，说："确实累，相比地毯，服装容易出问题的环节太多。但是怎么说呢，地毯，特别是我们擅长的手工地毯，已经是夕阳行业了。人工费现在越来越贵，地毯利润越来越薄，这次金融危机，很多厂家倒闭了。其实，即便没有金融危机，国内的手工地毯行业也很难坚持下去了。很多人以为我来服装部是在竹编部那边待不下去了，其实并不是，我得未雨绸缪，找个能有点前途的行业。"

苏小菲点头，说："确实如此。我也跟顾晓墨说过这个问题，地毯行业的出路会越来越窄，要学会两条腿走路。现在已经有不少的地毯业务员转行了，有人做家具，有人做油画，有人做服装，服装在国内，肯定是个有前途的行业，努力干吧。"

说了这么一会儿话，顾晓墨对戴金梅的印象也改变了很多，她说："戴姐，你好好做，要是地毯做不下去了，我到时候跟您学做服装。"

戴金梅说："地毯还会持续下去的，只不过需要根据市场进行调整而已。苏姐是地毯圈的老大，即便业务萎缩，肯定还是会有业务。我这种地毯圈的边角料，如果地毯形势不好，我就先被甩下了。"

苏小菲笑了笑，说："金梅，别说这些了。咱都不是外人，我和顾晓墨都知道，你要是想在地毯圈混饭吃，也不是没办法，你舍弃大卫这样的客户，其实是不想跟我争罢了。"

戴金梅笑了笑，说："怎么说呢，我其实主要是想另换个行业，地毯这个行业，太……让人伤心了。我在这个行业里，失去了自尊，失去了家庭……我想换一种方式，重新生活。"

10. 孩子住院了

外贸系统的"首席外贸官"表彰活动如期举行，市里对这次活动很重视，市领导亲自出席，外贸系统的四百多名员工参加了会议。

然而，即便在会议之前，也没人知道，"首席外贸官"评选的名次。

谭林和苏小菲坐在一起，他告诉苏小菲，"首席外贸官"的第一名，应该是服装部的一名业务员。这名业务员这三年的销售额，比苏小菲的多，利润也可观，他们几个二级部门经理一起讨论过，这小子最有可能是真正的"首席外贸官"，苏小菲应该是第二名。

苏小菲笑了笑，说："首席外贸官应该就是一个人啊，否则为什么叫'首'？首席外贸官要是还有个第一名，第二名，第三名，那与'首席'这两个字不是矛盾了吗？"

谭林笑了笑，说："领导就是想了个名头而已，别那么较真。"

会议开始，市领导先发言，然后是外贸总公司领导讲话，之后便是宣布"首席外贸官"的评选结果。出乎众人意料，"首席外贸官"的第一名，竟然是苏小菲！

宣布完之后，便是外贸系统每年的表彰大会。苏小菲作为"首席外贸官"上台领奖，奖金竟然是十二万！

众人哗然，掌声热烈。

会议开完，已经是傍晚，苏小菲被谭林和几个好朋友围着，让她请客。苏小菲责无旁贷，请大家去海边的饭店撮了一顿。

十二万奖金到手后，苏小菲向张刚要银行账号，要把欠款转一部分给他，张刚不给。苏小菲没办法，只能打了一个存折，把存折送给了张刚。

张刚很不高兴，说在他眼里，这点钱根本不算什么，他苏小菲何必这么认真。

苏小菲说："不对，在我眼里，这是一笔大钱，不把钱还给你，我心里很难受。"

从张刚公司出来后，苏小菲突然接到学校老师打来的电话，说孩子在学校突然呕吐，老师已经把孩子送到医院了，让苏小菲赶紧到医院来。

苏小菲急了，忙打电话给赵德海，让他赶紧去医院。

赵德海离医院近，苏小菲还在半路，便接到了赵德海的电话，赵德海告诉她，孩子没事，就是病毒性感冒，挂几个吊瓶就好了。

苏小菲这才放下心来。她赶到医院的时候，看到病房里就儿子和赵德海两人,儿子坐着挂吊瓶,赵德海坐在一边,陪儿子说话。

看到苏小菲,霖霖喊了声:"妈妈!"眼泪便哗哗地流了下来。

苏小菲抱着儿子,说:"霖霖,你忘了你是男子汉了?男子汉大丈夫,怎么能掉眼泪呢。"

儿子擦了擦泪汪汪的双眼,说:"妈妈,我没哭。我就是……就是忍不住要掉眼泪。"

儿子的话把苏小菲逗笑了:"儿子真勇敢!哈哈哈。"

赵德海问她:"你吃饭了吗?"

苏小菲这才觉得饿坏了。她早上因为起床晚了,没吃饭,现在不但觉得肚子饿了,而且两条腿也饿得发软,走路都费劲了。

赵德海对她说:"我留在这儿看着孩子,你去找地方吃饭吧。"

苏小菲说:"我先喝口水。一会儿你下去吃饭,给我带个包子就行。"

赵德海说:"我不饿,你给我打电话的时候,我刚吃完饭。今天一家工厂派人来送样品,我陪着人家吃的,吃得挺饱。"

苏小菲说:"哦,那就再等等,我也歇一歇。"

儿子却说话了:"爸爸,您陪着妈妈吃饭去,您是男人啊。"

这话吓了苏小菲一跳,她问儿子:"男人就得陪我去吃饭吗?"

儿子说:"嗯。男同学要关心爱护女同学,这是我们老师说的。"

赵德海笑了,说:"可是我和你妈妈,不是同学啊。"

儿子说:"你们真幼稚,虽然不是同学,但妈妈也是女人啊。"

儿子的话这下惹笑了苏小菲和赵德海,赵德海边笑边摸着儿子的头,问:"你老师真的这么说的?"

儿子有些不好意思,说:"当然了。"

赵德海问儿子:"那,男人,我问你,我和你妈去吃饭,你自己能行吗?"

儿子用那只没打吊瓶的手,摸了摸小肚子,说:"行。"

苏小菲奇怪,问他:"儿子,你摸肚子干什么,疼吗?"

儿子说:"不疼。我就摸下试试有没有尿。没有,你们走吧。"

第九章 重新开始的爱情

赵德海朝儿子竖起大拇指，说："好，这才是个男人。我们真走了，我去陪你妈妈吃饭了。"

邻床的一个中年妇女说："没事，我给你们看着。抓紧时间吃，吃了赶紧回来就行。"

苏小菲问儿子："儿子，你自己行吗？"

儿子说："没事，我这又不是第一次住院。"

儿子的话把大家都惹笑了，苏小菲对邻床的大姐说："大姐，那就麻烦您给照看一会儿，我们吃完饭就回来。"

中年妇女说："他这么乖，没事的。"

苏小菲和赵德海走出医院，找到一家比较干净的小饭店，苏小菲坐下，赵德海去点了几个菜，又要了饺子。苏小菲饿坏了，吃相不雅，狼吞虎咽的。

赵德海说："慢点吃，又没人跟你抢。"

苏小菲不好意思地笑笑，说："真饿了。刚才老师打电话说孩子呕吐，我差点晕倒。"

赵德海说："要保重身体，别只顾工作。最近单子多吗？"

苏小菲说："单子还可以。不过，我看人民币就要升值了，估计未来会有影响。"

赵德海叹气，说："是。外贸出口越来越难做了。"

边说话，赵德海边用筷子给苏小菲剔鱼刺。原先他们下饭店，这是赵德海的基本功。在家里怕妈妈说他矫情，赵德海不敢在家里剔鱼刺。两人多少年没一起到饭店吃饭了，苏小菲也多少年没吃过他剔完刺的鱼了。

苏小菲一开始吃得挺自然，赵德海把鱼刺剔完，夹到她面前，她就挑着吃，跟以前一样。吃了一会儿，苏小菲突然想起了什么，不吃了。

苏小菲端起碟子，放到赵德海面前。赵德海一开始纳闷，想了想，知道为什么了，他苦笑一声，把碟子又推到苏小菲面前。苏小菲看着眼前的鱼，眼圈一红，眼泪就一串一串地掉了下来。

赵德海看情况不好，赶紧把碟子换了，从桌子上拿起一张餐巾纸给她。苏小菲擦了擦眼泪，草草吃了几口，就不吃了，坐在一边发呆。

赵德海也吃了点，然后打包了些，准备拿给儿子，随后两人就出了饭店，朝医院走。

走着走着，苏小菲说："赵德海，其实我了解你，我看咱俩把离婚办了吧。以后，一个人过日子，总比这么着好，我不想一辈子就这么过去。"

赵德海不说话。苏小菲问他："怎么了？想什么呢？我说话你没听见吗？"

赵德海说："我已经告诉你了啊，我现在跟王蓉已经断绝关系了，她也回老家了。"

苏小菲说："但是你色心不死啊，这是你们男人的通病。我现在对所有男人都不信任，尤其是你。"

赵德海看到苏小菲情绪激动，不敢说话了。

两人回到医院，儿子已经挂完了吊瓶。苏小菲把从饭店带回来的饺子让儿子吃了，便要搂着儿子在病床上睡觉。赵德海让她打个车回去，他自己在这里陪儿子。苏小菲让赵德海回去，说她明天事不多，下午去公司就可以了。

赵德海很认真地说："你身体抵抗力差，别在这儿传染上什么病。我也没什么事，要不你还是打个车回家吧，明天中午来给我们送饭就行。"

苏小菲想了想，说："好，那我回去了。"

苏小菲朝外走，赵德海不放心跟了出来，一会儿有出租车闪着灯开了过来。苏小菲上了车，赵德海跟司机说等到了地方，车要停在小区正门，别停在边上的树影里。司机笑着说："知道了。放心，大哥。"

苏小菲看着赵德海憔悴的脸庞，心里紧了一下。

11. 看望妈妈

李小小来找苏小菲，说陈老师向她求婚了。

苏小菲看着满面春风的李小小，问她跟陈老师的关系到哪一步了。李小小笑着不说话。苏小菲说："李小小，这次你可得看清了，别让人家给玩了。"

李小小说:"我找人打听过了。陈老师的老婆确实出国了,有一个闺女,有房子没车,普通老百姓,不过人家在编啊,每月有稳定的工资进账。他家的房子装修得不错,他老婆当年当医生,赚了不少钱。"

苏小菲笑了:"不错啊,有长进,都侦查到人家里去了。"

李小小发现自己说漏了嘴,不好意思了,说:"你说的啊,不管干什么事,都要把人了解清楚了。"

苏小菲说:"既然你都这么了解了,是否结婚就得你自己拿主意了。我对老陈了解得很少,怎么帮你拿主意?"

李小小其实不是来找苏小菲讨主意的,她只是习惯性征求一下苏小菲的意见,走一遍过场而已。经过这么多的事情,脆弱的李小小已经开始成长了。

十多天后,苏小菲接到了李小小的电话,李小小邀请苏小菲到影楼一趟,帮忙参谋一下穿什么样的婚纱。

苏小菲有些惊讶,打车来到影楼,看到一脸幸福、已经开始秃顶的五中教师陈老师正在和苏小小挑选婚纱。苏小菲看着一脸笑意的李小小,终于明白了,李小小已经不需要自己的意见了,这个昔日离开她和陈娜就没法活的小妹妹,开始坚强起来了。

挑选完婚纱后,两人一起去了陈娜家,看望两位老人。

三年多过去了,老人不得不接受了陈娜已经离世的现实。他们热情地招呼两人,四个人小心翼翼,说一些当前的话题,没人敢提陈娜,以及跟陈娜有关的任何事。

李小小告诉两位老人,她要结婚了,到时候请他们去喝喜酒。两位老人很高兴,得知李小小新男友是一位教师,更高兴了。五中是这个城市有名的中学,学生努力学习,老师认真教学,风气很正。陈娜的父亲也是一名老教师,吃了一辈子粉笔灰,对教师这个职业自然很是推崇。

坐了一会儿,两人告辞准备下楼。陈娜的妈妈突然说:"当初你们三姐妹多好啊,现在就剩下你们两个了。"

陈娜妈妈的这一句话，瞬间让刚刚还比较温暖的气氛凝固了。苏小菲和李小小站住，转身要安慰陈娜的妈妈，老太太却已经捂着脸，转身跑进卧室去了。

陈娜的父亲说："你们走你们的，别管她，越劝她哭得越凶。你们走了，她哭一会儿就好了。"

苏小菲和李小小下楼，匆匆走到大街上，才长舒了一口气。

她们隐隐觉得，陈娜离她们已经越来越远了。所有的伤口都会有一个结果，或者愈合，或者死亡。但对于陈娜的父母来说，那道伤口是无法愈合的，他们只能小心翼翼，假装看不到那道伤口，但是伤口会像鬼魅一样跟着他们，直到一起消亡。

人生有时候就是这么残酷。

李小小的婚宴如期举行，人不少，苏小菲和赵德海都去了。李小小一脸幸福地偎依在半秃顶的陈老师怀里，陈老师更是春风满面，不多的头发梳得很板正，显得很精神。

赵德海对苏小菲说："这老师可以啊，看起来这么老，最后还找了一个美女。"

苏小菲说："女人要的是安全感，是稳定的生活。老点怎么了？能让女人不流眼泪，那就是幸福。"

婚宴结束后，苏小菲接到了叔叔的电话，说她妈妈又晕倒了，现在正往医院赶。

苏小菲要搭车去医院，赵德海听到她打电话，跟着跑过来："妈病了？我也去看看吧？"

苏小菲不理他。

车来了，苏小菲上了车，赵德海也跟着坐在了后排。苏小菲"哼"了一声，说："你付车费啊。"

赵德海笑了，说："没问题。我付，我付。"

出租车一路疾驰，拉着他们拐出了酒店停车场，驶入了车流中。